Donde no llegan las sombras

Crimen y Misterio

Jordi Llobregat
Donde no llegan las sombras

DESTINO

La lectura abre horizontes, iguala oportunidades y construye una sociedad mejor.
La propiedad intelectual es clave en la creación de contenidos culturales porque
sostiene el ecosistema de quienes escriben y de nuestras librerías.
Al comprar este libro estarás contribuyendo a mantener dicho ecosistema vivo y
en crecimiento.
En **Grupo Planeta** agradecemos que nos ayudes a apoyar así la autonomía
creativa de autoras y autores para que puedan seguir desempeñando su labor.
Dirígete a CEDRO (Centro Español de Derechos Reprográficos) si necesitas
fotocopiar o escanear algún fragmento de esta obra. Puedes contactar con
CEDRO a través de la web www.conlicencia.com o por teléfono en el 91 702 19
70 / 93 272 04 47.
Queda expresamente prohibida la utilización o reproducción de este libro o de
cualquiera de sus partes con el propósito de entrenar o alimentar sistemas o
tecnologías de inteligencia artificial.

Adaptación de la cubierta: Booket / Área Editorial Grupo Planeta
Fotografía de la cubierta: © Gustavo Ten
Primera edición en Colección Booket: junio de 2025

Depósito legal: B. 8.680-2025
ISBN: 978-84-233-6798-6
Impreso en España

Biografía

Jordi Llobregat (Valencia, 1971) soñó con ser escritor a la edad de doce años tras ver la película *Le Magnifique*, con Jean-Paul Belmondo y Jacqueline Bisset. Es el autor de la novela *El secreto de Vesalio* (Destino, 2015), traducida a veinte idiomas y vendida a más de cuarenta países, y de *No hay luz bajo la nieve* (Destino, 2019). Su inquietud por la difusión de la cultura le ha llevado a crear y dirigir Valencia Negra, uno de los principales festivales literarios europeos dedicados al género negro, y cofundar AMUNDSEN Laboratorio Cultural, desde donde impulsa proyectos como Artilugio, Torrent Històrica, Xàbia Negra, el festival solidario Marcapáginas o el ciclo de encuentros XATS. Responsable de la columna «Atasco en la mesita de noche» en el diario *Las Provincias*, colabora habitualmente con medios especializados. Pertenece al grupo literario El Cuaderno Rojo.

Para David, mi hermano,
del que nunca digo suficientes veces
lo mucho que lo admiro

Al fondo del fondo del agua,
allá donde el Sol no abrasa;
allá donde el viento no azota
ni las tormentas zumban;
allá donde es iris la sombra
y es el silencio música;
donde todo vive en sueños,
donde todo suavemente ondula,
donde se teje de los lirios
la delicada túnica,
allá he nacido; de los lirios soy hermana
y mi nombre es Liliana.

APELES MESTRES,
Liliana

I

Quince años antes

Las llamas envolvían el edificio bajo la tormenta. Reptaban por techos y paredes, recorrían los pasillos, irrumpían en las habitaciones, en los elegantes salones, en la capilla, en las cocinas y los despachos. Nada escapaba a su ira. Largas lenguas de fuego asomaban al exterior por los altos ventanales. La misma torre del reloj, que unas pocas horas antes se alzaba orgullosa sobre el valle, se había convertido en una tea ardiente a punto de desmoronarse.

Apoyado en una piedra, el hombre permanecía en silencio mientras la lluvia le empapaba. En sus mejillas húmedas bailaba el reflejo del fuego. El calor era insoportable, pero no se apartaba. El brazo izquierdo le colgaba inerte a un lado del cuerpo. Las ampollas trepaban por él hasta el codo y parte de la piel había desaparecido. Indiferente al dolor, solo tenía ojos para el edificio, que se retorcía sobre sí mismo entre crujidos y lamentos de agonía.

Había creído que aquel lugar podía ser un refugio. Lejos de todo, en un valle cuyo nombre le pareció una premonición: la Vall Fosca. La oscuridad. El olvido. Estaba convencido de que allí podría dejar atrás, de una vez por todas, el pasado, pero, en su lugar, solo había servido para despertarlo de nuevo.

Su mano sana sostenía un manojo de pequeñas flores. Sus dedos las desmenuzaban sin darse cuenta y el aire empujaba los restos, mezclados con sus lágrimas, por encima de las aguas del lago.

Alguien le llamó por su nombre, pero lo ignoró. Sabía que esa voz solo existía en su cabeza. Los últimos años había conseguido contenerla, pero ahora se removía en su interior como un animal enjaulado. Sentía su impaciencia, sus exigencias, sus ruegos. Le pedía que lo liberara. Otra vez. Esa noche había accedido y aquel era el resultado. No debía repetirse, nunca más. Lo borraría de su memoria. Cambiaría de nombre. Iría más lejos que nunca con tal de que no encontrara jamás el camino de vuelta.

Un estruendo, que se multiplicó como un eco por las montañas, lo sacó de sus pensamientos. Una sección del techo había cedido, levantando una nube de chispas. Las llamas, libres de obstáculos, se alzaron en el aire rasgando el cielo nocturno, para caer unos segundos después sobre los restos del edificio que aún quedaban en pie. Solo entonces, el hombre se levantó y comenzó a caminar hacia la oscuridad sin volver la vista atrás.

2

Hoy

Gorda imbécil.

En la mente de Martina se repiten una y otra vez las mismas palabras. Intenta pensar en otra cosa, pero fracasa. Se restriega la manga del vestido por los ojos llorosos y pedalea con toda la fuerza que le permiten las piernas. Apenas consigue mantener el equilibrio sobre la bicicleta.

Esta vez ha sido durante la hora del recreo. La han acorralado detrás de la fuente mientras Ramón, el profesor al que le tocaba vigilar el patio, charlaba con la de gimnasia. No la tocan. No hace falta. Escucha su coro de burlas mientras ella se acurruca en el suelo tapándose la cara con las manos. Siente sus escupitajos sobre la ropa, los brazos y el pelo. Le quitan la cartera y la vacían en el suelo. Pisotean su almuerzo entre risas mientras le gritan: «¡Gorda imbécil!».

Martina intenta controlar los nervios mientras avanza por el arcén de la carretera. Hoy, al sonar el timbre que anuncia el fin de las clases de la tarde, estaba preparada y, antes de que pudieran evitarlo, ha salido la primera. Algunas veces la esperan fuera del colegio, donde nadie puede protegerla. En esta ocasión, sin embargo, ha sido más lista.

Pedalea con la mirada fija al frente. El camino es largo, aunque no tiene pérdida si sigue el curso del río. Atraviesa varias zonas boscosas donde nunca llega el sol. De vez en cuando, alguna masía aislada se asoma entre los árboles. Invariablemente, su mente se llena de las terribles historias sobre animales salvajes y monstruos que pueblan aquellas montañas. Le dicen que no debe tener miedo, pues, como no dejan de repetirle, ya está dejando de ser una niña, pero ella no se siente así. Para nada.

Hace unos meses que se ha mudado allí, a la casa de su tía. La única familia que le queda. No consigue acostumbrarse al frío, ni a las tormentas, ni tampoco al silencio de las noches. Simplemente, ella no pertenece a aquel lugar, y si en algún momento lo olvida, otros se encargan de recordárselo. Odia el pueblo. Odia el colegio. Odia a aquellos niños que no la dejan en paz. Desde que sus padres murieron todo ha ido a peor. Los echa terriblemente de menos. Ojalá..., ojalá hubiera muerto con ellos.

Unas voces a su espalda la sobresaltan. Varios niños pedalean en su misma dirección un centenar de metros atrás. Avanzan ajenos a su presencia, entre risas y bromas. Ella los reconoce de inmediato.

Se inclina sobre el manillar e intenta imprimir velocidad a su vieja bicicleta, pero justo en ese momento empieza una cuesta. Resoplando, se pone de pie sobre los pedales como ha visto hacer a otros, pero no consigue ir mucho más rápido. Segundos después oye unos gritos a su espalda. Le parece oír su nombre. Los niños la señalan.

Martina suelta un sollozo. Tiembla tanto que casi pierde pie. No obstante, al mirar hacia delante siente renacer la esperanza. Ha reconocido, entre los árboles, la forma cuadrada de la ermita de Sant Martí, eso significa que está más cerca de lo que creía. Si consigue llegar arriba antes de que la alcancen, apenas le faltarán unos trescientos metros de bajada para llegar a casa. Una vez allí, estará a salvo.

Las piernas se le vuelven bloques de piedra con cada vuelta de pedal. Tiene la mirada borrosa por las lágrimas. Resopla y siente el sudor bajo la camiseta. El pecho le duele y se pregunta si es posible que una niña sufra un ataque al corazón. A su espalda, oye las voces de sus compañeros con claridad. Se están acercando, pero ella solo mira hacia delante. Apenas le quedan unos metros para terminar la cuesta, pero le parece un mundo. Ignorando el dolor que siente por todo el cuerpo, cierra las manos con fuerza alrededor del manillar, aprieta los dientes y sigue pedaleando.

De repente, cuando está a punto de desfallecer, desaparece la resistencia que tiraba de ella hacia atrás. El cambio repentino la hace trastabillar. El pie derecho se le resbala y el pedal le golpea el tobillo, pero se mantiene sobre la bici, que avanza por sí sola. Ha alcanzado la cima. Le gustaría gritar eufórica, pero no puede. Apenas consigue respirar. Se detiene y vuelve la cabeza para comprobar dónde se encuentran sus perseguidores.

Toda su alegría desaparece cuando ve que ya han empezado a subir la cuesta. Ellos van mucho más deprisa. Se da cuenta de que no conseguirá llegar a la casa antes de que la alcancen. Desesperada, ruega para que aparezca algún coche. Cruzaría su bici en medio de la carretera y lo pararía. Se tumbaría sobre el asfalto si hiciera falta. Pero ya sabe que, a aquellas horas, por allí no pasa nadie. Mira a su alrededor, buscando alguna otra salida, mientras sus labios murmuran una y otra vez: «Por favor, por favor, por favor...». Es entonces cuando cree ver algo junto al arcén.

Al acercarse, descubre que se trata de un viejo mojón de carretera. No lo había visto en ninguna de las anteriores ocasiones en que había pasado por allí. Se da cuenta de que tan solo es visible desde la posición donde ella se ha detenido, pero apenas repara en él. Sus ojos se han desplazado a su derecha, desde donde, oculto por la maleza, parte un sendero que, unos metros más adelante, vuelve a desaparecer bajo los árboles.

Martina levanta la mirada. El sol empieza a esconderse tras las montañas. Pronto se hará de noche. Vuelve a mirar hacia sus compañeros de clase. Desde allí no pueden verla todavía, pero están ya muy cerca. Ve sus caras enrojecidas por el esfuerzo. Oye sus chillidos anticipando la diversión. Mira de nuevo hacia los árboles; justo entonces una ráfaga de aire se desliza entre sus troncos retorcidos y se oye una especie de gemido, lo que hace que recuerde otra vez las historias, y se estremece. Sin embargo, son los últimos gritos de sus perseguidores los que acaban por decidirla. Coge con fuerza el manillar y se interna con su bicicleta por el sendero. La maleza se cierra tras ella, como si nadie hubiera pasado por allí. Unos metros más adelante, las sombras del bosque la engullen y Martina desaparece.

I

Los monstruos son reales, los fantasmas también: viven dentro de nosotros y, a veces, ganan.

Stephen King

3

El todoterreno de la policía encaró el último tramo del camino. La tormenta había convertido el sendero de tierra en un arroyo. El coche cabeceaba de un costado a otro cada vez que las ruedas patinaban entre las piedras y el fango, lo que obligaba a Alain a sujetar el volante con tanta fuerza que le dolían las palmas de las manos. Tras el cristal, cubierto de vaho, sus ojos no perdían de vista el trazo borroso del camino. La lluvia, impulsada por las rachas de viento, golpeaba el coche, y los limpiaparabrisas apenas conseguían cumplir con su función el tiempo suficiente antes de la siguiente embestida del agua.

Tras unos minutos que se le hicieron eternos, el coche encaró el último repecho y el camino desembocó en un claro envuelto en jirones de niebla. Unos metros más allá, tras unos árboles, el joven policía distinguió las formas de la cabaña. Tomó aire y lo dejó salir despacio, intentando ignorar los nervios de su estómago.

Aparcó junto a unos postes de madera de los que colgaba un cable electrificado que delimitaba el terreno. Al apagar el motor se hizo de repente el silencio, excepto por el golpeteo de la lluvia sobre el capó. Alain salió del vehículo y el viento le zarandeó, arrancándole la capucha y obligándole a sujetar la puerta. Mientras se ajustaba la chaqueta, miró a su espalda. Sabía que era producto de su imaginación, pero en aquel lugar siempre se sentía observado. La luz del atardecer, ya en retirada, dejaba paso a las sombras que empezaban a cubrir todos los rincones del valle. Como si estuviera en suspenso, la quietud dominaba el aire. Se preguntó quién querría vivir en un lugar tan aislado que incluso el silencio daba miedo.

Recordó todo lo que se decía de ella. Unos afirmaban que era inestable e imprevisible. Algunos creían que la desaparición de su hermana veintitrés años antes la había trastornado hasta el punto de abandonarlo todo e irse a vivir a un sitio tan remoto como aquel. Otros directamente pensaban que estaba loca y que eso la hacía muy peligrosa. Desde luego, él sabía bien que Álex Serra, exsubinspectora de policía y antigua jefa suya, era muchas de esas cosas y algunas más.

Las botas se le hundieron en el barro. El camino hasta la cabaña fue una sucesión de chapoteos. La construcción tenía el aspecto de resistir cualquier temporal: se alzaba rotunda a dos alturas, con muros de mampostería de granito en la base y travesaños de pino. El techo a dos aguas, cubierto con tejas de pizarra negra, brillaba bajo la lluvia, y de la chimenea brotaba un hilo de humo. La casa la habían levantado junto al precipicio que se abría a su espalda. La niebla ocultaba el paisaje. En un día claro, las vistas debían de ser escalofriantes.

A la izquierda, junto a un montón de leña, vio aparcado un Wrangler X Sport, un coche enorme en comparación con su dueña. Lo había comprado hacía poco, de segunda mano. El anterior había terminado destrozado tras una avalancha y tan solo un milagro había hecho que su ocupante sobreviviera.

Alain subió las escaleras que daban al porche. Nadie salió a recibirle, lo que le resultó extraño. Empujó la puerta, pero estaba cerrada. Pegó la cara al cristal de una ventana. Dentro estaba tan oscuro que no se veía nada.

—¿Hola?

Entonces un disparo rasgó el aire.

Alain se tiró al suelo, golpeándose contra las tablas de madera. Buscó el arma que llevaba bajo la chaqueta mientras miraba alrededor. La lluvia arreciaba y la niebla apenas dejaba ver unos metros más allá.

Un nuevo disparo siguió al primero.

Le pareció que sonaban a su izquierda. Muy cerca. Avanzó agachado, pegado a la pared de troncos de la cabaña, manteniendo el revólver junto a su pierna, tal y como le habían enseñado en la academia. Él era técnico forense, maldita sea. Nunca había disparado estando de servicio. Cuando entró en el cuerpo, a duras penas había conseguido pasar las pruebas de tiro. Las armas no eran su fuerte. En realidad, si hubiera podido, se hubiera negado a llevar una.

Se limpió el agua que le empapaba el rostro y se dio cuenta de que le temblaba la mano.

Junto a la casa se alzaba una caseta rodeada de malas hierbas. Recordaba que allí guardaba el viejo generador. La puerta estaba entreabierta y se movía a merced de las rachas de viento. Estaba pensando qué hacer cuando se oyó un nuevo disparo que arrancó unas astillas de la pared de troncos por encima de su cabeza. Eso le impulsó a tomar una decisión. Atravesó a la carrera el par de metros que le separaba de la caseta y se lanzó a su interior. Chocó contra una mesa, y varias cajas de plástico con macetas y tierra cayeron al suelo. Ahogó un gemido. ¡Le estaban disparando! El corazón le latía desbocado. Intentó recordar el entrenamiento. Tomó aire y lo dejó salir lentamente para calmarse. Se arrodilló y, asomándose por la puerta, apuntó con la pistola hacia el bosque.

—¡Agente de policía! ¡Ti...re el arma!

La tormenta pareció ahogar sus palabras. Nada se movía frente a él. Amartilló el arma y se dispuso a repetir el grito cuando una figura apareció entre los árboles. Le apuntó, aunque apenas conseguía mantener la pistola alzada. La figura, que se hizo más nítida según se acercaba, llevaba los brazos en alto. Iba enfundada en un chubasquero y calzada con unas botas altas. Al llegar a dos metros de él bajó las manos. Su voz resonó acompasada con el estallido de un relámpago.

—Maldita sea, Alain, ¿se puede saber qué haces ahí?

4

Desde el interior de la cabaña, los sonidos de la tormenta parecían un eco lejano. Unos troncos ardían en la chimenea, encajada en un rincón. Dentro de un capazo esperaba su turno una buena cantidad de leña recién cortada. A pesar de encontrarse a finales del mes de marzo, el frío no terminaba de abandonar la montaña.

Alain soltó un suspiro mientras el calor le quitaba la humedad a la ropa. Terminó de secarse el pelo con una toalla que la mujer le había prestado y se recostó en el sofá. Echó un vistazo a su alrededor. Nada había cambiado desde la última vez que había estado allí. Casi todo el espacio del reducido salón lo ocupaba el sofá donde él estaba sentado, cubierto con una horrible funda amarilla. Libros, guías de consulta, carpetas clasificadoras llenas de documentos, fotografías, expedientes y recortes de periódicos cubrían cualquier espacio a la vista. A su espalda, la pared estaba cubierta por un enorme mapa de los Pirineos lleno de anotaciones ininteligibles y trazos de color rojo que unían varios puntos.

—Casi me pegas un tiro —protestó en voz alta.

—Te acercaste como un idiota —escuchó cómo le respondía desde la cocina—. Practicar es importante; sobre todo, en entornos adversos. Bajo una tormenta se pierde visibilidad y estabilidad. ¿No te lo dijeron nunca en la academia?

Alain hizo caso omiso del tono irónico de su antigua jefa y se abstuvo de preguntarle por el permiso de un arma que se suponía que no debía tener.

El aire se llenó con el aroma del café y el olor a dulce recién horneado.

—¿Ahora cocinas?

Álex asomó la cabeza por la puerta, pareció dudar un momento y volvió al interior de la cocina sin decir nada. Al cabo de unos minutos, trajo dos tazas y un plato con varias porciones irregulares de bizcocho con los bordes ennegrecidos. Apartó un fajo de papeles de encima de una silla, colocó allí las bebidas y el dulce y se sentó.

Alain se llevó uno de los trozos a la boca. Al instante se arrepintió, pero ante la mirada escrutadora de su antigua jefa engulló el pedazo mordido y forzó una sonrisa. Observó que ella no cogía ninguno.

—¿Cómo van las cosas en la comisaría?

—Bien —mintió—. Poco tiempo después de tu marcha me destinaron de nuevo a Laboratorio.

Tras formar parte del equipo de la subinspectora el año anterior, Alain había vuelto a su antiguo puesto, donde antes se sentía tan cómodo y tranquilo. Pasada una semana, se subía por las paredes. Nunca hubiera pensado que iba a echar tanto de menos el trabajo de campo y, sobre todo, la emoción de la investigación.

Álex hizo una mueca y se masajeó el hombro. Alain distinguió, asomando bajo la manga, las cicatrices que como serpientes se enroscaban alrededor de su antebrazo.

—¿Todavía te duele?

—Solo si lo uso.

Álex evitó contarle que los médicos no se mostraban muy optimistas al respecto y que cada vez que disparaba un arma el dolor era apenas soportable. Por ese motivo estaba practicando en el exterior. Intentaba saber hasta qué punto suponía un problema. Los resultados eran descorazonadores. Apenas había conseguido sostener la pistola en el aire, no digamos acertar en algo.

—Aquí tienes lo que me pediste.

Del interior de la chaqueta, que había dejado en el brazo del sofá, Alain extrajo una carpeta doblada con manchas de humedad y la colocó sobre un hueco de la silla. La mirada de Álex se transformó. Alain advirtió cómo se reprimía para no abrirla y ponerse a revisar su contenido.

—Sacar expedientes de la comisaría no está permitido. Y menos entregárselos a una civil —le dijo.

—Te debo una. Una más.

Alain tuvo la tentación de preguntarle si había avanzado en su investigación, pero se contuvo. En las anteriores dos ocasiones había recibido un bufido como respuesta. Optó por llevarse la taza a los labios. Para su alivio, el café estaba bueno.

—¿Te... te encuentras bien? —preguntó, y se sorprendió al darse cuenta de que evitaba mirarla a los ojos.

—¿Te refieres a que si todavía sufro ataques?

Alain asintió con la cabeza, cohibido.

—Los mantengo a raya —respondió, y tragó saliva. En el pasado había sufrido episodios de pánico tan fuertes que en uno de ellos había terminado por herir gravemente a un compañero y, en otro, a punto había estado de perder la vida.

Alain dio otro sorbo al café. El silencio entre los

dos se alargó un poco más. Decidió soltar lo que venía preparando desde que se había subido al coche.

—Ha desaparecido una niña. Lo habrás visto en las noticias... —Se interrumpió al darse cuenta de que allí no había ningún televisor—. Bueno, te habrás enterado.

Álex arqueó las cejas, desplazando su atención de la carpeta que sostenía entre sus manos a su antiguo compañero. Alain evitó su mirada, pero no evitó decirle lo que le preguntaba en cada ocasión en que se encontraban.

—¿No te planteas...?

Ella negó con la cabeza antes de terminar la frase.

—No voy a volver, Alain.

Asintió, como si hubiera esperado aquella respuesta. La observó con más atención. En su rostro descubrió signos de cansancio que no había visto la última vez. Tenía los rasgos de la cara más marcados. Había perdido peso, y su cuerpo, de por sí fibroso, se había convertido en algo casi etéreo. Lo único que continuaba igual era el brillo acerado de sus ojos.

El resto de la conversación transcurrió por lugares comunes hasta que terminó de hacerse de noche y el café se enfrió. Álex le despidió desde el porche. Antes de que llegara al todoterreno de la policía, su antigua jefa ya había desaparecido. Arrancó el motor y se quedó allí un momento, mientras la calefacción hacía más habitable el coche. Observó la cabaña, de la que solo se veían sus formas oscuras fundiéndose con el bosque que la rodeaba. Por unos segundos, le pareció ver una luz en la ventana de la guardilla, pero enseguida desapareció. Que él supiera, Álex nunca subía a aquella parte de la casa. Consultó la hora. Se había hecho tarde. Con un suspiro metió la marcha y giró el volante. Al menos había dejado de llover.

5

El grupo de voluntarios, junto con varios miembros de la brigada forestal, personal de Protección Civil y los agentes de policía que coordinaban la búsqueda, se extendió en una línea amplia y empezó a avanzar en dirección al bosque. Iban equipados con material de montaña, chubasqueros y botas en previsión de la lluvia que amenazaba con caer de nuevo en cualquier momento. Cargaban con mochilas con comida y agua. Los frontales y las linternas de mano preparados para cuando entraran en una zona sombría o los sorprendiera la noche. La mayoría portaban bastones para revisar matorrales o agujeros. Todos llevaban colgando del cuello un silbato para, en caso de encontrar algún rastro o a la propia niña, poder avisar al resto.

Las conversaciones eran mínimas, se mezclaban con los chasquidos que emitían las emisoras y los gañidos de los perros, que se removían inquietos ante la perspectiva de la búsqueda. De todos modos, a nadie le apetecía hablar. En cada ocasión que se oía alguna señal en los transmisores todo el mundo se ponía en tensión esperando oír la noticia de que la habían encontrado.

Era el quinto día y no se había hallado ni el más

mínimo indicio de la niña. Martina se había evaporado como si el bosque se la hubiera tragado. Algunos aún esperaban encontrarla sana y salva, quizás herida, seguro que hambrienta y aterida, pero viva. Se aferraban a la esperanza porque era lo único que tenían. Otros no sabían qué pensar, o, mejor dicho, no querían hacerlo porque tenían hijos de la misma edad, y solo atisbar la posibilidad de que hubieran sido ellos los que estuvieran en el lugar de la niña suponía un horror indescriptible. Finalmente, los más viejos pensaban que eran demasiados días para que una niña de once años pudiera sobrevivir a la intemperie. Aquellos primeros meses del año estaban siendo más lluviosos y fríos que nunca, por lo que solo esperaban hallar su cadáver, seguramente roído por las alimañas.

A primera hora de la mañana se había convocado a quienes quisieran ayudar frente al ayuntamiento de Torre de Capdella, el pueblo donde vivía la pobre chiquilla con su tía. El objetivo era batir los bosques colindantes con la casa. Otro grupo se concentró en la Plana de Mont-ros para ocuparse de inspeccionar la zona alrededor del colegio. Algunos hombres con perros se habían adentrado en la mina Eureka, que estaba a tan solo medio kilómetro de allí, por si la niña se había aventurado a entrar en aquella vieja explotación. Era un lugar peligroso. Las instalaciones se habían abandonado hacía décadas y estaban en muy mal estado. Por último, varios coches habían recorrido el camino por donde se presumía que Martina había ido a su casa. Tampoco encontraron ningún rastro.

Por la tarde, las clases del centro escolar al que acudía Martina habían finalizado algo más pronto para poder sumarse a los trabajos. Todo el claustro de profesores y un buen número de alumnos del último curso engrosaron el grupo de los voluntarios. A pesar de ser menores, no dejaban de ser compañeros de la niña, y nadie protestó por su presencia. La gente del valle cuidaba de los suyos.

Rezagado respecto del resto avanzaba un grupo de chicos. Aunque les habían dicho que se separaran para cubrir más terreno, ellos caminaban juntos.

—Maldita sea —exclamó Jaume dándole una patada a una piedra—. Por culpa de esa pava vamos a acabar empapados.

El chico que iba a su lado andaba cabizbajo. Al advertirlo, se volvió hacia él.

—Xavi, lo que ha pasado no es cosa nuestra. ¿Está claro?

Ante el silencio de su amigo, le pegó un codazo.

—Venga. Esa tía era tonta del culo. Se habrá montado en un bus sin decírselo a nadie y se habrá vuelto a casita. Ahora mismo debe de estar en algún lugar bien caliente riéndose de todos nosotros. Cuando, dentro de unos días, vuelva al colegio, le pienso hacer pagar este paseo.

—Pero ¿de qué hablas? —respondió Xavi enfurruñado—. Desapareció delante de nuestras narices.

Jaume torció el gesto.

—¿Y qué? Se escondió en algún sitio, esperó a que nos alejáramos y luego se marchó.

—¿No crees que deberíamos decir algo? —insistió—. Nosotros fuimos los últimos que la vimos. Están buscando en un lugar equi...

Un cachetazo detrás de la cabeza le hizo callar.

—¿Eres idiota o qué te pasa? —susurró su amigo—. ¿Quieres que piensen que ha desaparecido por nuestra culpa?

Xavi se mordió los labios guardándose lo que pensaba de todo aquello.

Fran, un chico pecoso que había dado el estirón el verano anterior y parecía todo brazos y piernas, soltó un escupitajo entre sus pies.

—Joder, eres un bocas.

—Y tú un capullo —le respondió, y sacó las manos de los bolsillos de la chaqueta—. ¿Quieres que te dé una?

—A callar —zanjó Jaume—. Si me entero de que alguno de vosotros se chiva, se la carga.

Xavi negó con la cabeza rojo de rabia. Él no creía que la chica se hubiera escapado de forma voluntaria. Aunque ignoraba la razón, estaba convencido de que Martina había tenido un mal encuentro mientras ellos llegaban a lo alto de la carretera. ¿De qué otro modo podría haber desaparecido así, de repente? Observó el sombrío bosque que se extendía frente a ellos hasta perderse de vista. Lo que se había llevado a Martina bien podía esconderse allí sin peligro de ser encontrado jamás. De repente, como si le estuviesen leyendo el pensamiento, una ráfaga de aire se deslizó entre los árboles y las nubes oscurecieron el cielo. Xavi apartó la mirada amedrentado.

—Puede que esa gorda imbécil —escuchó decir a Jaume a su espalda— se haya ido hasta Barcelona con su mierda de bicicleta.

Los chicos rieron a coro. Xavi lo intentó, pero de su boca apenas surgió un gemido.

Uno de los profesores se giró hacia ellos con el ceño fruncido. Con un gesto les indicó que no se rezagaran.

Se apresuraron a obedecerle hasta que dejó de vigilarlos y de nuevo ralentizaron el paso.

Entonces, Fran gritó tras pisar un charco y mancharse las deportivas.

—Mecagüen todo. A la mierda las zapatillas. Cuando esa tía vuelva al colegio me va a pagar unas nuevas.

Y todos, excepto Xavi, volvieron a reír.

6

A kilómetros del lugar donde todo el mundo buscaba a Martina, un ser con apariencia humana y rasgos animales se deslizaba sigiloso entre los árboles. En aquella parte del valle el sol apenas se atrevía a entrar a pesar de que la tarde no había hecho más que comenzar. El ser se desplazaba con la seguridad y la rapidez de un depredador, sus pasos no seguían un sendero, ni tampoco emitían ningún sonido, apenas se percibía su respiración mientras trepaba por entre las rocas con grandes zancadas.

De improviso, se detuvo. Unos metros más adelante, bajo los restos de un árbol derribado durante el invierno anterior, había percibido un ligero movimiento. Retrocedió despacio sin hacer ruido y se ocultó tras un espeso boj. Esperó tan inmóvil como las piedras que le rodeaban. Transcurrieron varios minutos sin que nada alterara la quietud del lugar. Sabía que debía ser paciente. Se encogió un poco más dentro de las pieles que cubrían su cuerpo. Dejó que su respiración se ralentizara y sus sentidos se volvieran más agudos para poder percibir cualquier pequeño matiz. Sobre su cabeza se oyó un trueno lejano; sintió la humedad del aire y las primeras gotas empezaron a llenar de suaves sonidos el bosque. No se inmutó.

Entonces ocurrió.

Fue una variación leve, apenas perceptible. Junto al tronco caído, una hoja del suelo se inclinó y, al momento, volvió a su posición inicial. La excitación le aceleró el pulso y tensó los músculos, incitándole a salir de su escondite, pero refrenó sus ansias y se obligó a seguir esperando. Volvieron a pasar unos minutos sin que nada ocurriera. Entonces, tan de improviso como antes, se volvió a reproducir el mismo movimiento bajo una corteza de pino negro, un poco más cerca del lugar donde estaba. Ese era el momento.

El topillo rojo advirtió su presencia un segundo tarde. Intentó huir de vuelta a su madriguera, pero fue inútil. Cayó sobre él y lo atrapó. El pequeño roedor chilló desesperado y se retorció entre sus dedos intentando escapar. El ser hizo un gesto con las manos. Se escuchó un leve crujido y el animal dejó de moverse. Lo observó con curiosidad infantil. Podía sentir todavía el calor de su cuerpo, ahora flácido, y su fuerte olor a almizcle. Al morir había vaciado sus intestinos. Lo introdujo en el morral de cuero que colgaba de su costado y se limpió con la tierra húmeda; se disponía a seguir su camino cuando sus sentidos se dispararon.

Unos ojos amarillentos le observaban desde las sombras. Al verse descubierto, el lobo se subió de un salto sobre una roca y avanzó despacio hasta la luz. A pesar de todas sus precauciones, no lo había oído acercarse, pero no le extrañó. Aquel animal era lo más parecido a un fantasma.

Se trataba de un ejemplar joven separado de su manada. El pelaje del lomo, que subía y bajaba con su respiración, brillaba por el sudor. Enseñó los dientes.

Sin perderlo de vista, se llevó la mano a la espalda y extrajo despacio una ancha hoja que llevaba en el cinto. El animal no se inmutó. Tan solo emitió un gruñido bajo sin dejar de observarla. Decían que su mirada podía atraparte y dejarte indefenso ante su ataque, por eso evitó mirarlo directamente. Se quedaron así, inmóviles, como sopesando las fuerzas del otro. Por un instante, pareció que el tiempo se hubiera detenido a su alrededor. Entonces, el ser decidió enseñar los dientes y gruñir a su vez. Los músculos del lobo se tensaron, dispuesto a saltar, y él, como respuesta, afianzó las piernas, preparado para recibir su ataque. Sin embargo, cuando este parecía inminente, el animal alzó la cabeza de pronto. Miró a un lado, se dio la vuelta sobre sí mismo y desapareció tras la roca como si nunca hubiera estado allí. El ser se quedó quieto, con el cuchillo en la mano, observando a su alrededor. Esperaba que apareciera por cualquier otro lado. Sin embargo, nada alteró la quietud del bosque. Al cabo de un tiempo, supo que estaba solo.

Una hora más tarde, avanzaba sumergido hasta las rodillas en las heladas aguas del torrente. La bruma flotaba por encima de la superficie y se enroscaba entre sus piernas cada vez que daba un paso. Las aguas bajaban con fuerza, salpicando las rocas y formando nubes de espuma.

Cada poco tiempo detenía su marcha y escuchaba con atención mientras escrutaba la espesura, esperando detectar alguna señal del lobo. Sin embargo, no parecía que estuviera siguiéndolo. En ningún momento se preguntó por qué había actuado de esa forma. No era necesario. Las motivaciones de los animales solían ser sencillas. Quizás por eso siempre le habían resultado más fáciles de entender que las acciones humanas.

Continuó y, al cabo de unos minutos, llegó a una zona donde las rocas habían creado una poza más profunda. Se hundió en el agua hasta la cintura. El frío le acuchilló la carne, pero no se inmutó. Dos andarríos se movían con tranquilidad unos metros más adelante agitando su cola. También se oía el golpeteo de un carpintero en el interior del bosque.

Satisfecho, rebuscó en el interior de su morral y extrajo una tela arrugada. La olió. Aún quedaban restos del aroma de su propietaria. Con cierta reticencia, la sumergió en la corriente. El agua se tiñó con restos de tierra y formó una nube sonrosada en la superficie. Esperó unos instantes con las manos metidas bajo el agua, luego las sacó y alzó la tela en el aire. Emitió un gruñido de aprobación cuando la luz mortecina iluminó el unicornio de colores dibujado en el centro. Sus facciones se relajaron por un instante. Los recuerdos acudieron a su mente: la cara borrosa de una niña, una canción infantil..., pero de inmediato esas imágenes fueron sustituidas por las palizas y los gritos. La rabia arrasó cualquier atisbo de nostalgia. Con un resoplido, se dirigió hacia la orilla. De repente, a medio camino, se detuvo. El bosque había enmudecido.

Se agachó lentamente al tiempo que se giraba hasta quedar casi completamente sumergido en la corriente. Inmóvil dentro del agua, su mirada recorrió cada árbol, roca o matorral sin resultado, pero sabía que estaba allí. Lo sentía.

Entonces, se alzó y, con dos zancadas, salió del agua como una exhalación. En cuanto alcanzó la orilla, echó a correr todo lo rápido que sus piernas le permitían.

El lobo emitió un leve gruñido. Inmóvil, su silueta apenas se diferenciaba del resto de las sombras que lo rodeaban. Observó sin inmutarse cómo el extraño ser que había seguido hasta allí se alejaba. Sus ojos amarillentos se entornaron al distinguir la camiseta infantil que sostenía contra su pecho.

7

La biblioteca municipal de Sant Agustí de la Seu d'Urgell estaba ubicada en la iglesia del antiguo convento del mismo nombre. A Álex le gustaba. Era un edificio imponente donde se mezclaba con inteligencia una moderna estructura de hierro y vidrio con muros y arcos de piedra con más de cuatro siglos de antigüedad.

Se acercó a las puertas acristaladas de la entrada. Entre los anuncios de cursos de la escuela de adultos, un programa de fiestas y la invitación al club de lectura de un libro de un tal Martí Gironell, colgaban varios carteles con el rostro de Martina. En la fotografía, la niña sonreía a la cámara con la expresión de quien no tiene más preocupación que ser feliz. Sus grandes ojos miraban al fotógrafo directamente. Era una niña guapa, pensó, al tiempo que empujaba las puertas y entraba al edificio.

La mujer de la recepción la saludó con una sonrisa. En los últimos tres meses había venido en una veintena de ocasiones y ya la conocían de vista. Subió sin detenerse a la tercera planta, donde se encontraba el archivo. Desde los grandes ventanales podía oírse el rumor de las aguas del Segre, que bordeaba la ciudad por el sur, y ver a lo lejos las cumbres cercanas del Cadí.

Dejó la mochila junto a una silla y se sentó frente a uno de los tres ordenadores de que disponía la sala. Estaba sola. Nadie solía subir allí. Preparó, como tenía por costumbre, una libreta y un bolígrafo. Introdujo las claves que le habían facilitado y entró en la hemeroteca digital. Abrió el listado de publicaciones. Comprobó que estaba en el intervalo temporal adecuado. Desplazó el ratón y cliqueó donde se había quedado en la última ocasión que había podido venir a la biblioteca a trabajar.

Hacía medio año que había decidido dejar el cuerpo de policía, al que había dedicado toda su vida, para investigar la desaparición de su hermana. Lía había desaparecido sin dejar rastro cuando ellas eran pequeñas. Habían pasado veintitrés años, siete meses y dos días. Muchos pensaban que estaba mal de la cabeza, no sin razón. En realidad, no sabía decir si hacía aquello porque se sentía responsable de su desaparición o porque había descubierto, al volver a los Pirineos el año anterior, que su padre no había perdido nunca la esperanza de encontrarla, y ahora se sentía en la obligación de continuar su búsqueda. Tras su fallecimiento, le había legado la cabaña donde dormía y tres cajas llenas de mapas, recortes y archivos. El pobre hombre había registrado las noticias de cada una de las desapariciones que se habían dado en las últimas dos décadas. Ella había estudiado toda aquella documentación una y otra vez. En su mayoría se trataba de casos resueltos. Casi todas las chicas habían vuelto a casa. A unas pocas las habían encontrado en otra ciudad. En siete de los casos, las chicas habían fallecido tiempo después de su huida a causa de un accidente o por consumo de estupefacientes. Tan solo dos casos no se habían resuelto, y, por el momento, nada indicaba que tuvieran alguna relación con la desaparición de su hermana. Las notas de su padre no tenían apenas sentido. Eran el producto de una obsesión, y según avanzaba en su lectura resultaban más incomprensibles. Empezaba a pensar que su búsqueda iba a terminar siendo una enorme pérdida de tiempo, como no dejaban de repetirle, pero lo que más temía era verse arrastrada a la misma locura que su padre.

Soltó aire con fuerza y abrió la carpeta que le había traído Alain. Se trataba de viejos informes de tres casos ocurridos durante la década en que desapareció Lía y que tenían alguna similitud o una relación circunstancial. A diferencia de su padre, ella podía acceder a los expedientes originales. Tras ojear las primeras páginas, vio enseguida que no tenían nada que añadir a lo que ya sabía. Había tenido la esperanza de que, en esta ocasión, hallaría alguna pista, algo que arrojara un poco de luz al caso de su hermana; pero, como ocurría desde hacía semanas, todo terminaba siendo un callejón sin salida.

Se apoyó en la mesa y dejó caer la cabeza entre las manos. Sin querer empujó la carpeta de los expedientes con el codo y, antes de que pudiera evitarlo, todo su contenido cayó al suelo. Al ir a recogerlo se encontró con el alegre rostro de Martina asomando entre unas páginas grapadas.

Recogió los papeles con rapidez y los colocó sobre la mesa. Por unos segundos, se quedó mirando la carpeta sin hacer nada. Luego extrajo las últimas hojas. Se trataba de una copia del expediente de la niña desaparecida. Alain la había colocado entre el resto de los documentos esperando que lo leyera, algo que no pensaba hacer. Una cosa era que le facilitara algunos viejos informes que nadie echaba en falta, y otra, un caso activo. A su mente acudió la imagen del joven policía y varias palabras malsonantes.

Guardó la carpeta en la mochila e intentó seguir con su trabajo, pero, durante la siguiente hora, su mirada iba una y otra vez a la bolsa apoyada en los pies de la silla. Cuando se dio cuenta de que había leído tres veces el mismo titular de un viejo semanario leridano se rindió. Apagó el ordenador, extrajo el expediente de Martina y lo abrió sobre la mesa. Apartó a un lado, sin mirarlas, las cuatro fotografías de la niña prendidas con un clip. Tomó aire, abrió la primera página y empezó a leer.

Martina era una niña a punto de cumplir los doce años que, según el informe, había desaparecido a primera hora de la tarde en las inmediaciones de su casa tras salir del colegio en bicicleta. Vivía con su tía. Era ella quien había denunciado la desaparición al ver que se hacía tarde y no aparecía. La había buscado, ayudada por algún vecino, hasta el anochecer, y, al no encontrarla, había conducido una hora hasta la comisaría más cercana, que estaba en Tremp. Álex recordó que Torre de Capdella pertenecía al Área Básica del Pallars Jussà. El caso pertenecía, *a priori*, a los compañeros de allí.

En el informe aparecían los datos básicos que el agente había recogido en la denuncia. Álex se fijó en que todavía no se había establecido la causa de la desaparición. Solía clasificarse según el motivo que la había provocado. Se catalogaba como fuga voluntaria si la niña había decidido irse por su cuenta, y como desaparición involuntaria si había sido producto de un accidente o no tenía una causa aparente; si no era ninguno de esos casos, entonces se definía como desaparición forzosa, que incluía el secuestro, haber sido atrapado en una red de trata de seres humanos o captado por una secta, entre otras cosas. Las diferencias entre unas y otras eran importantes, sobre todo en los procedimientos que se debían seguir. Ella estaba más que familiarizada con los resultados finales de cada uno de los tipos de desaparición. Casi ninguno era bueno.

A la denuncia se adjuntaba una relación de la ropa que vestía —unos vaqueros, una camiseta con el dibujo de un unicornio, deportivas de tela...— y una detallada descripción física. Observó que esta era muy similar a la de su propia hermana, pero enseguida desechó la idea que empezaba a germinar en su cabeza. Uno de los errores más frecuentes de un investigador era empezar a ver relaciones donde no las había.

Le pareció curioso que el único contacto que aparecía era el de su tía. En el caso de menores, se solía incluir también a los amigos cercanos, a los compañeros de clase o a los padres de estos.

Tras la denuncia, se había activado la alerta establecida en el protocolo de desaparición de menores. Durante toda la semana se habían organizado batidas sin ningún resultado. Ni tan siquiera habían encontrado la bicicleta.

—Esa pobre niña...

La voz de la bibliotecaria la sobresaltó. Abstraída en la lectura del informe, no la había oído acercarse. La joven, cargada con varios libros, se había detenido a su lado y había visto las fotografías de Martina esparcidas sobre la mesa. Álex se apresuró a recogerlas.

Creía recordar que se llamaba Silvia. Le había ayudado con varias peticiones de información. Era una joven bajita de pelo rizado y gafas estrechas. Siempre la había atendido con una cálida sonrisa y una mirada llena de entusiasmo. Estaba claro que le gustaba su trabajo.

—No me atrevía a molestarla, pero creo que la vi en la televisión el año pasado. ¿Usted es la policía que resolvió aquellos terribles asesinatos? —preguntó la chica con timidez.

Álex empezó a guardar los papeles esparcidos por la mesa dentro de la mochila.

—Perdona. Debo irme.

Se levantó apartando la silla y se dirigió hacia las escaleras. La voz de la joven la detuvo.

—La encontrarán, ¿verdad?

Álex no se volvió. No quería ver la expresión de la chica. Adivinaba su mirada, el anhelo de que alguien le dirigiera unas palabras que la tranquilizaran, que le dijera que el mundo era seguro y no un lugar cruel e injusto que permitía la desaparición de una niña. Ella había sido una de esas personas. Bajó las escaleras sin responder. La esperanza no era más que el lujo de los inocentes.

8

Álex apagó la emisora, y los sonidos entrecortados de las comunicaciones entre las patrullas y la central de la comisaría enmudecieron en el interior del Wrangler. En el asiento contiguo descansaba la mochila con el expediente de Martina. Esa misma noche pensaba deshacerse de él. Intentó no pensar en su contenido, aunque su mente no dejaba de recordar una y otra vez la mirada de la niña. Se arrellanó en el asiento mientras escuchaba caer la lluvia en el exterior. El golpeteo sordo de las gotas contra el techo la reconfortaba. Cerró los ojos, cogió aire y lo dejó salir despacio. Lo hizo varias veces hasta que sintió que su pecho se relajaba y sus pulsaciones volvían a la normalidad poco a poco. Dejó pasar así unos minutos, y luego volvió a dirigir su mirada hacia la casa.

Se trataba de un chalet de montaña de dos alturas muy bonito con un amplio jardín. Un muro de piedra seca lo separaba de la carretera. Junto al camino de la entrada se alzaba un robusto pino negro del que colgaba un columpio. Observó con fascinación el árbol, de gruesas ramas, que se elevaba hacia el cielo. La luna lo bañaba con su luz y proyectaba su sombra sobre la casa, dando la impresión de que una garra deforme se cernía sobre ella.

Buscó en el bolsillo lateral de la puerta del todoterreno. Entre una botella de agua vacía, su viejo inhalador y varios pañuelos usados encontró un vaso de cartón con la tapa puesta. Al agitarlo comprobó que todavía contenía algo de café. Calculó que tendría un par de días. Lo probó. Hizo una mueca. El líquido cayó en su estómago vacío como si fuera engrudo. Optó por devolverlo al lugar de donde lo había cogido.

Amagó un bostezo. Volvía a dormir poco y eso era el preludio de cosas peores. No quiso pensar en regresar a aquel infierno oscuro, sin aparente salida, en el que había caído otras veces. No quería que sucediera, pero reconocía las señales. Sabía que el monstruo, como ella lo llamaba, tan solo esperaba el momento.

Una luz se encendió en el exterior de la casa y Álex se enderezó en el asiento al instante. A continuación, la puerta se abrió y una niña salió al porche. Gritó algo hacia el interior y bajó las escaleras. Llevaba unas mallas oscuras y un jersey que le iba varias tallas grande. A pesar de la lluvia, iba descalza, y llevaba el pelo recogido en una coleta que saltaba al ritmo de sus pasos. Dio la vuelta a la casa y un perro se acercó encantado de verla. Ella le acarició el lomo y le dijo unas palabras. El perro la siguió hasta un banco torcido apoyado en la pared, bajo un alero del que colgaba una bombilla. La niña se sentó y subió los pies; el perro se recostó debajo. Miró a un lado y a otro, cerciorándose de que estaba sola y, entonces, extrajo de debajo de la ropa un tebeo y, tras una última caricia al perro, se puso a leer.

Unos minutos más tarde se oyó una voz que salía del interior de la casa y la niña se sobresaltó. Se bajó del banco y salió corriendo perseguida por el perro. Se detuvo antes de llegar a la entrada y ocultó a toda prisa el tebeo bajo la ropa. La voz volvió a llamarla. La niña terminó de subir las escaleras y entró en la casa.

Álex levantó la mirada hacia el cielo. Había parado de llover. Tras las nubes, que parecían un ejército en retirada agrupándose para el siguiente día, el cielo se cubrió con una paleta de tonos oscuros. Un intenso olor procedente de la granja cercana se introdujo por el hueco abierto de la ventanilla. En la casa, la luz exterior se apagó. Álex esperó un poco más, después encendió el motor, salió de entre las sombras del almacén que ocultaba su presencia y condujo despacio, dejando que el coche descendiera la colina por la calle, iluminada tan solo por las farolas.

9

Ya entrada la noche, Álex llegó a la cabaña. Dejó caer la mochila al suelo y su mirada se detuvo un instante en los documentos, los libros y el material de investigación que invadían el pequeño salón. Luego miró el mapa de los Pirineos, que cubría media pared, lleno de trazos de color rojo y notas. Todo este tiempo intentando encontrar alguna conexión con la desaparición de su hermana Lía y ¿qué había conseguido? Nada.

Se sentó en el sofá tirando al suelo varias carpetas que no se molestó en recoger. Se quitó la funda de la pistola y la dejó en la mesita auxiliar. Se preguntó qué estaba haciendo con su vida. El impulso que la había llevado a dejarlo todo para intentar desentrañar qué le había ocurrido a su hermana parecía ahora una estupidez. Una búsqueda inútil. ¿Tenían razón quienes creían que se trataba de una obsesión sin sentido? ¿Era posible que se hubiera convertido en alguien como su padre? Quizás era el momento de pasar página y dejarlo todo atrás. Ese pensamiento la llenó hasta rebosar de culpa, la misma culpa que arrastraba desde que era una niña. Pero, como también le sucedía, ese sentimiento fue sustituido por la rabia.

Se levantó como un resorte y arrancó de un tirón el mapa haciendo que las chinchetas saltaran una tras otra con un chasquido seco. Recogió todos los expedientes, documentos y recortes amontonándolos sin orden. No descansó hasta que lo tuvo todo metido en un par de cajas. Cuando terminó se dio cuenta de que tenía los ojos húmedos y la respiración entrecortada.

Antes de que pudiera cambiar de opinión, subió las cajas al piso de arriba. El sexto escalón crujió bajo su pie, como siempre. Allí estaban las habitaciones. Álex ocupaba la que había sido de su padre. Las otras estaban vacías. Se detuvo en medio del pasillo. Tiró de un asa que abrió una trampilla y desplegó una escalera metálica.

El desván seguía tal y como lo había encontrado al llegar de Barcelona. Apretó un interruptor, y una bombilla polvorienta se encendió sin que casi se notara el cambio de luz. El espacio bajo el techo inclinado estaba invadido por un sinnúmero de bultos envueltos en viejas telas cubiertas de polvo. Objetos que, aunque en su momento fueron importantes y tenían un significado, ahora no eran más que restos de un naufragio, recuerdos condenados al olvido. Desde que había decidido quedarse a vivir en la cabaña solo había subido allí en dos ocasiones, aquella era la tercera. No había movido ni tocado nada, excepto las cajas. Algo le impedía hacer ningún cambio allí dentro. Se inclinó para dejar su pesada carga donde la había encontrado, junto a un viejo baúl apoyado contra la pared. Al levantarse, se sintió mareada. De repente, hacía mucho frío. Retrocedió con cuidado, intentando, sin saber muy bien por qué, no hacer ruido. Aun así, las sombras a su alrededor parecieron cobrar vida. Según avanzaba, se extendían por el techo y las paredes tras ella, como si quisieran adelantarla y bloquearle el paso. Llegó a la escalera y descendió con rapidez. Cuando cerró la trampilla sobre su cabeza, la sensación de malestar desapareció tal y como había venido.

No le apetecía cenar y se preparó un café. Uno de los postigos de la ventana de la cocina estaba suelto y empezó a balancearse con el aire. Salió fuera y lo aseguró. El viento soplaba con intensidad y en el aire se olía la tormenta. Volvió al interior de la casa y encendió la chimenea. Llevaba en la mano el expediente de Martina. Se agachó frente a la puerta metálica abierta. El calor de las llamas la obligó a separarse un poco. Dudó unos segundos antes de lanzar las hojas mecanografiadas junto con las fotografías al interior. Se sentó enfrente. Observó cómo el rostro de la niña se consumía hasta que solo quedaron sus ojos, que la miraban acusadores. Bebió un sorbo de café; el líquido le quemó los labios, pero la hizo sentir mejor. Siguió mirando las llamas hasta que su mente se deslizó con suavidad hacia el sueño.

Álex se levantó de golpe. Algo no iba bien.

El fuego se había apagado. La casa estaba helada y a oscuras. El silencio era tan profundo que permitía oír el aullido del viento en el exterior. Desenfundó con cuidado la pistola, que descansaba encima de la mesita, y se desplazó hacia la pared con ella entre las manos. No vio nada extraño ni fuera de lugar. Sin embargo, sabía que se había despertado por alguna razón.

En ese instante, las vigas del techo crujieron sobre su cabeza.

Subió despacio por la escalera. El frío de la madera atravesó la piel de sus pies descalzos. Al llegar arriba oyó una voz cantando y música de fondo. Atónita, se detuvo a medio camino. Sabía cuál era esa canción: un viejo éxito de Nacha Pop; pero, por encima de eso, reconoció la voz, a pesar de que no la oía desde hacía más de veinte años.

Atravesó el pasillo hasta llegar ante la puerta de la habitación que compartía con su hermana cuando eran niñas. Nada más trasladarse allí, incapaz de soportar los recuerdos, se había deshecho de los muebles y quemado el resto. Luego la había cerrado con la idea de no volver a entrar nunca.

Empuñó con fuerza la Walther y giró el pomo poco a poco hasta que oyó un chasquido. La música se detuvo y la voz enmudeció.

Álex tragó saliva y abrió la puerta de golpe.

La habitación volvía a tener las paredes pintadas de azul claro. Las dos camas estaban en su lugar, con sus correspondientes cubrecamas floreados. Sobre ambas, en las paredes, colgaban varios pósteres de la revista *Superpop* y un dibujo de *Esther*. Junto a la pared estaba el antiguo escritorio que papá había recuperado de un almacén y encima, el tocadiscos de mamá. La aguja había llegado al final del disco y saltaba una y otra vez con un zumbido discontinuo.

No había nadie.

Se acercó al aparato y lo detuvo. Incrédula, miró a su alrededor. Ahí estaba el armario doble de caña trenzada, al lado del espejo de medio cuerpo. Abrió un cajón. En su interior, perfectamente doblada, estaba su ropa de niña. No le hacía falta mirar para saber que en los cajones contiguos encontraría la ropa de su hermana. Desde una estantería, una docena de ojos de plástico le devolvió la mirada. Los peluches que compartían Lía y ella yacían, como de costumbre, amontonados entre su colección de cuentos de El Barco de Vapor.

Sintió que se ahogaba. Tomó aire y un aroma a narcisos la invadió. La flor preferida de Lía. A veces, por las noches, le colocaba un ramillete sobre la almohada.

Abstraída, se sobresaltó cuando sintió un movimiento a su espalda. Se volvió y alzó la pistola por instinto. Lía se encontraba frente a ella.

Álex trastabilló hacia atrás y cayó sobre su antigua cama. Con un hilo de voz pronunció su nombre; pero su hermana, que parecía no haber advertido su presencia, cruzó la habitación canturreando y se detuvo frente al espejo. Se ajustó alrededor del cuello una fina cadena de la que colgaba una pequeña hada de plata. Álex se llevó la mano al pecho, donde pendía el mismo colgante. Se lo había regalado su hermana la última vez que habían estado juntas. Entonces se dio cuenta de que la ropa que vestía Lía era la misma que llevaba aquel día. La noche en la que desapareció.

Iba a la cita con la pandilla. Se preparaba para ir al búnker.

Tenía que impedirlo.

Alargó el brazo para detenerla, pero su mano pasó a través de su hermana como si hubiera atravesado una corriente de aire. La llamó, pero Lía continuó con sus preparativos ignorando su presencia. Cogió una chaqueta, echó una mirada a la puerta, se apoyó en el alféizar, pasó las piernas por encima y desapareció al otro lado. Álex fue tras ella, pero al asomarse por la ventana ya no estaba. La llamó hasta quedarse sin voz.

Se despertó con la garganta dolorida y el nombre de su hermana aún en los labios. Aturdida, tardó un tiempo en descubrir que se encontraba en el salón, tendida en el sofá. El fuego ardía con fuerza en la chimenea. Tambaleándose, se levantó y corrió escaleras arriba.

La habitación que compartían su hermana y ella estaba tal y como la había dejado después de mudarse allí: vacía. No había ningún mueble, ni pósteres, ni peluches, nada. Una hoja de la ventana estaba abierta y bajo ella se había formado un charco de agua. En el exterior, los sonidos de la tormenta parecían alejarse hacia otro valle. Álex atravesó la habitación y la cerró. Descubrió entonces unas marcas brillantes sobre el suelo de madera. Las reconoció enseguida. Eran las huellas de un lobo.

Se apoyó en la pared y resbaló hasta el suelo. Se abrazó intentando detener el temblor de su cuerpo. Negó con la cabeza, intentó frenarlo, pero empezó a abrirse camino en su interior. Sintió el terror extendiéndose y empezando a controlar sus pensamientos. Cerró los ojos con fuerza, reteniendo las lágrimas, que pugnaban por salir. Volvía a ocurrir, y no sabía si esta vez conseguiría detenerlo.

10

Martí apenas lograba ocultar su nerviosismo. La idea de venir al bosque de Les Estunes había sido de Laura. Era un paraje muy popular en la zona. Miles de años de cambios geológicos habían tallado las gigantescas piedras de travertino, obteniendo como resultado un laberinto natural con decenas de pasadizos, grietas y cuevas justo en el centro de un denso bosque de encinas y robles. Las leyendas contaban que las hadas y otros seres fantásticos lo utilizaban como refugio desde tiempos inmemoriales. Era un lugar mágico, y a Laura le fascinaba. Él les había dicho a sus padres que iba a estudiar con su amigo Antonio y que, como se haría tarde, dormiría en su casa. Ella vivía sola con su abuela y no necesitaba pedir permiso a nadie. Hacía solo dos años que Martí había venido con sus padres de excursión, pero apenas lo recordaba. Y aunque lo hubiera podido hacer, daba igual, de noche aquel lugar era muy diferente a lo que decía el folleto de la oficina de turismo de Porqueres.

La luna llena se alzaba en el cielo e iluminaba con una luz espectral todo cuanto los rodeaba. Avanzaban con las mochilas sobre los hombros y las linternas en la mano por si hacían falta. Laura no dejaba de hablar y se reía de las expresiones atemorizadas de él. Daba saltos a su alrededor, excitada por la aventura. Estaba preciosa con aquel chubasquero azul que le quedaba pequeño. El pelo le caía en tirabuzones por la frente bajo la capucha y el brillo de sus ojos poblaba de mariposas el estómago de Martí.

—¿Sabías que este es un lugar encantado? —le preguntó ella.

Martí negó con la cabeza y sonrió ante la emoción de la chica. Intentó besarla, pero ella lo apartó de un empujón.

—Tonto. Deja que te cuente.

—Vale —accedió con un suspiro.

Ella le cogió del brazo.

—Dicen que en este bosque viven mujeres de ojos claros y largos cabellos dorados. Bailan desnudas y muestran su belleza inmortal a la luz de la luna.

En ese instante, apoyó su mano junto a la ingle de Martí y el chico dio un respingo.

—Cuidado —continuó con una sonrisa pícara—. Es mejor no encontrarse con ellas porque pueden volverte loco. De día se esconden porque huyen de la luz, como los vampiros. Pero, por las noches, noches como esta, celebran grandes fiestas en sus palacios de piedra.

Laura se apretó contra él. Martí agradeció que estuviera tan oscuro, de ese modo no veía que se había ruborizado.

—Para no ser descubiertas —le susurró en el oído—, tejen delgados hilos que impiden el paso a curiosos y atrevidos. Cuentan que, si consigues atravesarlo, jamás podrás regresar al mundo de los mortales y quedarás atrapado para siempre con...

Laura calló de repente.

—¡Mira!

Señaló una indicación de madera con el dibujo de un hada.

—¡Venga! A ver si las encontramos —gritó entusiasmada como una niña pequeña, y echó a andar.

Martí se apresuró a seguirla.

—No vayas tan deprisa.

La senda los condujo hasta un puente de madera que salvaba una profunda grieta. Martí enfocó la linterna hacia abajo, pero apenas consiguió alterar las tinieblas del fondo. De repente, se produjo una sucesión de correteos apresurados. Por un instante, creyó distinguir unas sombras arrastrándose entre los huecos de las rocas. Cuando, alarmado, levantó la vista, su amiga había desaparecido.

—¿Laura?

Había seguido andando sin esperarlo.

Más adelante, el camino continuaba encajado entre bloques de piedra de más de doce metros de altura. Se internó por él. El sendero se estrechaba cada vez más hasta el punto de que su mochila rozaba contra las paredes. Pasados unos minutos, empezó a inquietarse, pero entonces le pareció oír el rumor de una corriente de agua. El viento se levantó removiendo las hojas de los árboles. Por un momento, oyó con claridad un tintineo seguido de un coro de risas, o tal vez era producto de su imaginación. Nervioso, iluminó con la linterna a un lado y a otro, pero no vio nada aparte de árboles y rocas.

—¡Laura! Esto no es divertido.

Se maldijo por su voz temblorosa. Iba a pensar que era un gallina.

El sonido del agua se hizo más nítido. Las paredes de piedra se abrieron y el sendero desembocó en un claro bañado por la luna. En el centro, una cascada caía entre las rocas formando a sus pies una poza de aguas oscuras. No se veía a Laura por ninguna parte.

De repente, una sombra se alzó a su espalda sin que lo advirtiera y se abalanzó sobre él. Martí soltó un grito mucho más agudo de lo que hubiera querido. Cayeron rodando por el suelo hasta que él se golpeó la espalda contra una raíz y quedó dolorido en el suelo. Su atacante seguía encima y apenas le dejaba respirar. Se disponía a suplicar por su vida cuando escuchó las carcajadas de Laura. Martí la apartó y se levantó molesto.

—No ha tenido gracia. Ninguna...

La chica se acercó y le cogió el rostro entre las manos. Sus labios se pegaron a los de él. Martí sintió la lengua de Laura buscando la suya. Cerró los ojos y se dejó llevar. Él podía quedarse así eternamente.

De repente, Laura se apartó, dejó caer la mochila y empezó a quitarse la ropa.

—¿Qué..., qué haces?

—Bañarme.

—Pero hace frío.

—No seas quejica. No hace tanto frío —respondió mientras se deshacía de la camiseta y mostraba un minúsculo sostén negro. Llevó sus manos atrás y con un breve gesto se deshizo de él. Martí tragó saliva.

—Venga, cobarde —insistió Laura. La luz de la linterna apoyada en la mochila iluminó su espalda desnuda mientras se adentraba en la poza.

Martí apenas era consciente de lo que hacía. Se quitó la ropa con torpeza y la dejó amontonada sobre una piedra. La brisa nocturna le acarició la piel desnuda arrancándole un temblor.

—Maldita sea —exclamó al poner un pie en el agua—. Está helada.

—Sí —respondió Laura mientras braceaba hacia atrás. Su risa resonó entre las paredes de piedra.

Martí se zambulló y, por un segundo, de la impresión, le faltó el aire. Braceó resoplando con la intención de acercarse a Laura, pero ella se alejó hacia el centro de la poza y, sonriéndole de modo travieso, se hundió en el agua. Fue tras ella; sin embargo, bajo la superficie, la oscuridad era absoluta. Buceó a ciegas de un lado a otro esperando encontrarla, pero fue inútil. Cuando ya creía que tendría que volver a la superficie, rozó con la mano algo sólido que se desplazó a un lado.

Martí se giró bajo el agua y sus pies encontraron unas piernas, que se removieron como intentando huir de él. Amagó una sonrisa. Braceó para rodearla y cogerla por detrás de modo que no pudiera escapar. La atrapó por la cintura y se pegó a ella. Sintió su espalda contra su pecho. Ya no podía aguantar más tiempo sin aire. Abrazado a ella, se impulsó hacia arriba.

Al salir del agua, lo primero que vio fue a Laura en la orilla envuelta en una toalla. Ella empezó a reír señalándole, pero se interrumpió de golpe. Su expresión se transformó en una máscara de horror y empezó a gritar. Martí la miró desconcertado. Si ella estaba fuera del agua, ¿a quién sostenía contra su cuerpo? En ese instante, la cabeza que se apoyaba en su hombro se inclinó de lado, y unos ojos sin vida le devolvieron la mirada.

II

Puedo ver cada monstruo mientras vienen.

TRUMAN CAPOTE

I I

Oculta tras una caseta de información turística, Álex observaba la entrada de la garganta. Había dejado el coche antes de llegar al parking de visitantes y cubierto los doscientos metros que la separaban del lugar a través de una senda. Hizo el gesto de buscar un cigarrillo, pero recordó con fastidio que lo había dejado.

La lluvia arañaba las luces azuladas que giraban en el techo de los coches patrulla. Junto a la furgoneta de atestados, una pareja joven, envueltos ambos en mantas térmicas, hablaba con un agente. Un poco más allá, una ambulancia esperaba con el motor en marcha. Una cinta policial recién colocada y otros dos policías evitaban que alguien pudiera acercarse.

Álex se preguntó qué estaba haciendo allí en lugar de estar metida en la cama. Tras escuchar el aviso por la emisora y oír la primera descripción física de la víctima, se había montado en el coche y había recorrido ciento sesenta kilómetros hasta aquel paraje. Durante las más de dos horas de trayecto, varias veces pensó en dar la vuelta, pero no lo hizo.

Una Nissan Primastar con el logo de una televisión nacional llegó en ese momento levantando gravilla del suelo al frenar en el camino. De su interior salió una joven cuya ropa entallada y cuyos tacones le auguraban una pulmonía. Le seguía un hombre bajo y robusto, bien abrigado con una chaqueta de montaña y cargado con una cámara. Encendió el foco y una luz deslumbrante bañó el lugar. Los agentes se apresuraron a mantenerlos tras la cinta. Otros vehículos se aproximaban ya por el camino.

Mientras los agentes atendían las reclamaciones de la periodista, que, en ese momento, clamaba por la libertad de prensa, Álex se deslizó por detrás de la furgoneta de atestados, salvó la cinta y se internó sin prisa por el sendero.

La luz de la luna iluminaba el camino que se internaba entre las formaciones de roca, por lo que Álex no se molestó en encender la linterna que llevaba. Siguió el curso del agua entre ejemplares magníficos de encinas y robles. Sus pasos iban deshaciendo jirones de niebla que serpenteaban a ras del suelo. Dejó atrás una señal que indicaba la dirección hacia las pozas y cruzó un puente de madera que salvaba una sima. Una veintena de metros más allá, al fondo de la garganta, el resplandor de las luces del equipo forense flotaba por encima de las copas de los árboles.

El contraste entre el bucólico paraje y la frenética actividad que se producía en ese momento resultaba perturbador. De algún modo, todos aquellos hombres y mujeres embutidos en monos blancos y manos enguantadas, las luces de los potentes focos y los flashes intermitentes de las cámaras parecían fuera de lugar.

Como era de esperar, el equipo de la policía científica procedente de la comisaría de Banyoles había hecho su trabajo con eficiencia, marcando un camino sucio por donde iban a pasar todos los que tuvieran que intervenir en la escena mientras peinaban la zona en busca de indicios y se fotografiaba cualquier detalle. A diferencia de otras ocasiones, se trabajaba en un silencio inusual.

Uno de los agentes, que llevaba una cámara colgando del cuello, se percató de su presencia y se acercó.

—Esta es una zona restringida. No puede estar aquí.

Se disponía a responder cuando los interrumpió una voz a su espalda.

—No se preocupe. Viene conmigo.

La figura recia de la jueza Marina Andrés quedó recortada por la luz de los focos. La acompañaban el forense y el secretario judicial, que se mantuvieron en un discreto segundo plano. La mujer, de baja estatura y corta melena oscura, era una vieja conocida de Álex. La jueza la saludó con un breve gesto de la cabeza. Tras las lentes de montura Dolce & Gabbana, su mirada brillaba con dureza. Las arrugas que solían marcar su rostro se veían más pronunciadas que nunca, y Álex detectó unas bolsas oscuras bajo los ojos que no había visto la última vez que se habían encontrado.

—Diría que es una sorpresa verla —le dijo con aquella voz ronca que tan bien conocía.

—Yo diría lo mismo —respondió Álex.

—Ya que está aquí, no me haga perder el tiempo y eche un vistazo —le espetó mientras le tendía un par de guantes y unas fundas para los zapatos.

Se acercaron a la orilla de la poza. Habían cubierto el cuerpo con una manta térmica. Aun así, una mano sobresalía por un lado. Álex no pudo evitar pensar en lo pequeña que era. Varios triángulos numerados, como extraños hongos de plástico amarillo, llenaban el suelo a su alrededor. Álex se agachó y descubrió el cadáver.

Enseguida reconoció a la niña de la fotografía. Martina. Así de cerca aún parecía más pequeña. Vestía un camisón de gasa semitransparente que, a causa del agua, se pegaba a su cuerpo revelando su desnudez. Observó que alrededor de la cabeza llevaba una diadema trenzada con flores. No la tocó. Le examinó las manos y las uñas y descubrió algunos rasguños en las rodillas y una contusión en el tobillo por encima del pie derecho. A simple vista no detectó ninguna herida susceptible de haberle provocado la muerte, ni tampoco rastros de sangre. En realidad, Álex casi esperaba que la chica se despertara y preguntara qué hacían allí. Dejó escapar un suspiro mientras le apartaba un mechón rubio que le caía sobre el rostro infantil inquietantemente sereno.

—¿Alguna duda de su identidad? —preguntó por mantener las formas.

La jueza negó con gravedad.

—Estamos muy lejos de la Vall Fosca.

—Así es.

Álex se puso en pie.

—¿Signos de violencia o abuso?

—Ninguno, aparentemente, aunque tendremos que esperar a la autopsia. Estaba sumergida dentro de la poza, entre esas rocas. Una pareja que había venido a pasar la noche la encontró. Al parecer, decidieron bañarse y al remover el agua la sacaron a flote.

En ese instante, un técnico forense pasó junto a ellos, recogió algo del suelo y marcó el lugar con uno de los triángulos amarillos numerados. Álex se fijó en las bolsas transparentes de pruebas que sostenía. Lo detuvo con un gesto.

—¿Qué llevas ahí?

El policía, antes de responder, miró a la jueza.

—Posibles indicios —dijo encogiéndose de hombros—. El problema es que este es un sitio muy popular y está repleto de basura.

El joven les mostró lo que llevaba: cigarrillos, un bolígrafo roto, envoltorios de plástico... Descartar todo aquello iba a ser una tarea ingrata.

Entonces, Álex adelantó la mano y cogió una de las bolsas. En su interior había un naipe. A pesar de que estaba bastante deteriorado por la humedad, era fácil distinguir la A y el dibujo del trébol. Un as de tréboles. Por un momento, se quedó paralizada. Los sonidos a su alrededor enmudecieron de golpe. Vio como los labios del técnico se movían, pero no lo oía. Transcurridos unos segundos, tal y como había venido, la sensación desapareció. La jueza la observaba con expresión preocupada.

—Serra, ¿ocurre algo? ¿Se encuentra bien?

—Sí, sí —respondió mientras le devolvía la bolsa de pruebas al técnico, que hizo un gesto a modo de saludo y se marchó.

—¿Alguna idea?

—Sabe que esto no funciona así.

La jueza asintió. Entonces, se oyó un zumbido procedente del bolsillo de su chaqueta.

—Disculpe.

Mientras la jueza atendía la llamada, Álex se fijó en el paraje. El lugar era realmente bonito. El agua resbalaba suavemente por las rocas y alimentaba la poza, cuyas aguas parecían un espejo. Alrededor, las piedras estaban cubiertas de un musgo que reptaba en todas direcciones hasta alcanzar los pies de los árboles. Se agachó. Vaciló un instante antes de quitarse el guante de plástico y colocar la mano sobre las piedras, lo más cerca que pudo del cuerpo. No le gustaba mucho aquella habilidad suya. Tampoco sabía muy bien cómo funcionaba, pero era capaz de liberar su subconsciente de algún modo que, unido a la información que había captado su mente al observar el escenario de un crimen, le permitía visualizar y reconstruir situaciones de una manera inviable para los demás. Había demostrado ser muy útil, pero lo cierto es que no ayudaba en la consideración que tenían de ella sus compañeros. No podía culparlos.

Respiró hondo y cerró los ojos.

La humedad de la roca le atravesó la piel y ascendió por el brazo. Una imagen empezó a definirse en su mente poco a poco, como si entrara en un sueño. Siempre era del mismo modo. Una chica. La reconoció. Era la niña que yacía en el suelo a unos centímetros de ella. En su mente estaba viva, montaba en una bicicleta. Lloraba. Tenía miedo, como si...

—¿Todavía sigues con esas movidas?

Álex parpadeó sorprendida. La imagen palideció hasta que se desvaneció por completo. A su lado se inclinaba, envuelto por el halo de la luz de los focos y el aroma de una colonia de marca, un hombre trajeado que esbozaba una sonrisa. Sus ojos, de color ámbar, la miraban con una mezcla de diversión y prudencia.

—Vaya —acertó a decir al reconocerlo—. ¿Qué haces tú, precisamente tú, aquí?

12

—Sigues igual.

Álex asintió sin devolverle el cumplido y deambuló por el despacho de la comisaría de la Seu d'Urgell. Conocía bien la sede central de la Región Policial Alto Pirineo y Arán. A pesar de los meses transcurridos, se sentía como si no se hubiera marchado nunca, y lo peor es que no sabía si aquello era bueno o malo. Los compañeros apenas la habían saludado, sabía que no gustaba a la mayoría. Para ellos era la responsable de haber metido entre rejas al anterior intendente. Aun siendo culpable y un capullo, no dejaba de existir un código de solidaridad profesional que ella se había saltado.

Miró de reojo al hombre que la observaba callado desde el otro lado de la mesa. Debía admitir que Ricardo Díaz se había conservado estupendamente. Siempre había sido guapo, y los años habían asentado su atractivo. Debajo del traje de corte impecable, más propio de un político que de un policía, se adivinaba un cuerpo en forma. El cabello oscuro y ensortijado, jaspeado con alguna cana, continuaba siendo rebelde a pesar de la gomina. Y su expresión pícara seguía ahí. Joder. En su momento, aquella sonrisa la había vuelto loca, aunque de aquello hacía un mundo. Evitó su mirada y, aparentando indiferencia, se asomó por la ventana para ver el tráfico de la carretera.

—Intendente —resopló a modo de burla.

—Ya ves.

A pesar de su encogimiento de hombros, Álex no se dejó engañar. Ambos habían coincidido en la academia. Ya por entonces Díaz no ocultaba su ambición. Era un policía capaz, conocía a la gente adecuada y sabía estar en los lugares en los que convenía estar. Procedente de una familia del barrio de Pedralbes de Barcelona, aquel puesto al frente de la región era temporal, un trámite en el camino de su ascensión hacia la cumbre.

—Venga, siéntate de una vez.

Álex se tomó el tiempo suficiente para que pareciera idea suya y no consecuencia de su petición. Al sentarse, cruzó las piernas, y restos de barro de las botas llenaron el suelo, hasta entonces impoluto. Díaz hizo una mueca, pero no dijo nada. Sobre la mesa, junto a un portátil de última generación, se acumulaban varias carpetas de documentos. Un móvil vibraba una y otra vez tras pequeñas pausas, pero Díaz no hizo ademán de querer consultarlo. Álex se dio cuenta de que la estaba poniendo nerviosa y desvió la mirada hacia el suelo. A un lado de la mesa descansaba una caja de cartón abierta de la que sobresalían dos manuales de gestión, documentos de procedimientos policiales y varios trofeos de competiciones de tiro. Álex miró hacia el techo disimulando una sonrisa.

—Aún no he terminado de instalarme —comentó Díaz a la pregunta no formulada.

—Ya.

—Hacía bastante tiempo que no sabía de ti. Me enteré de tu problemilla en Barcelona...

Álex se removió en el asiento. Tan solo Ricardo era capaz de denominar *problemilla* a pegarle dos tiros a tu compañero por la espalda y ser suspendida.

—Luego te enviaron aquí y resolviste un caso tremendamente complicado.

El dolor punzante del brazo le provocó una mueca. Sin querer se estiró la manga en un intento innecesario de tapar sus cicatrices.

—A punto estuve de perder la vida, pero vale.

—¿Recuerdas lo que decíamos?

Álex tomó aire un segundo antes de responder.

—Sí. «Mereció la pena.»

—«Mereció la pena» —repitió Díaz, y soltó una carcajada. La miró con expresión divertida—. Te he echado de menos.

—Tu madre seguro que no.

Díaz negó con la cabeza.

—¿Sigues con los... ataques? Me han dicho que dejaste la medicación —inquirió sin dejar de mostrar sus blancos dientes, aunque su mirada había cambiado.

—¿Cómo está Victoria? —preguntó Álex a su vez.

El gesto sonriente de él se congeló, pero se rehízo con rapidez. De no conocerlo, apenas hubiera percibido el cambio del tono de voz.

—Bien, bien. Le gusta esto. —Señaló un sitio indeterminado en el aire—. Hemos decidido seguir un tratamiento de fertilidad. Queremos tener un hijo.

—Me alegro por vosotros —sonrió Álex, descruzando las piernas y permitiendo que cayeran más trozos de barro seco en el suelo—. Bueno, ahora que ya nos hemos puesto al día, ¿por qué me has pedido que viniera?

—Tan directa como siempre.

Díaz se echó atrás en la silla y rebuscó en un cajón.

Con gesto descuidado, puso sobre la mesa una cartera y un arma. Sus ojos, que ella había visto de cerca muchas más veces de las que prefería recordar, la miraron con intensidad.

—Eres la mejor policía que conozco. Quiero que vuelvas y trabajes para mí.

—No. Y aunque quisiera, no creo que lo permitan. Dimití.

—Déjalo en mis manos. El papeleo es cosa mía.

Ella negó con la cabeza. Ricardo se inclinó hacia ella.

—El caso de esa niña te interesa.

—No —repitió mientras a su mente acudía de nuevo la imagen del naipe en la bolsa de pruebas.

Desde que lo había visto no había dejado de pensar en ello. Incluso había llamado a los de Laboratorio haciéndose pasar por un compañero del departamento, y le habían confirmado que no tenía huellas identificables, lo que no era una sorpresa teniendo en cuenta las condiciones en las que lo habían encontrado. Parecía que se trataba de una simple coincidencia. Las casualidades ocurrían, eso era todo. No debía dejarse llevar por la imaginación, que le hacía ver cosas que no eran reales. Ya tenía suficiente con soñar con su hermana desaparecida.

Se levantó del asiento.

—No estoy interesada en volver. Ni tampoco en esa pobre chiquilla. Es cosa vuestra. Ahora mi vida es otra.

—¿Sí?, ¿qué vida? Es una lástima que malgastes tu tiempo y tu talento en lugar de hacer algo verdaderamente útil.

Álex no le contestó. Al llegar a la puerta escuchó la voz de Díaz a su espalda.

—Han trasladado el cuerpo aquí, a la Seu, para que esté más cerca de la familia. Está en el centro de la Fundació Sant Hospital. Quizás te interese saber que la autopsia se va a hacer esta misma tarde. A las... —consultó el TAG Heuer de su muñeca—... seis, aproximadamente.

Álex abrió la puerta.

—Me ha alegrado verte —continuó el intendente—. Por cierto, sé que te han estado pasando expedientes a mis espaldas. Eso se ha terminado.

Casi podía sentir su sonrisa satisfecha.

—Dale recuerdos a tu mujer —respondió Álex.

Y cerró la puerta del despacho con tanta fuerza como pudo.

13

Aina sostenía el libro entre las piernas. La única luz, procedente de una linterna, se mecía con su respiración. Ella leía en voz tan baja que apenas se escuchaba el siseo de sus palabras, pero era suficiente. Su hermano pequeño, Nil, la observaba con los ojos abiertos como ventanas y enrollado entre las mantas, a las que se aferraba con fuerza. Cada poco tiempo, el niño miraba de reojo las sombras de la habitación para confirmar que ninguna de ellas se había movido. En la mayoría de las ocasiones, no estaba seguro.

—... y un día Manel —susurró Aina mirando de reojo a su hermano— volvió a su casa después de trabajar en el campo, pero en lugar de su ciudad encontró un gran lago. Nadie sabe qué vio en el agua, pero, desesperado, se zambulló en ella y ya no lo volvieron a ver. Desde entonces, dicen que, si miras fijamente sus aguas tenebrosas un día sin viento, puedes distinguir las formas de casas, calles y plazas. Nadie que haya intentado conseguir los tesoros que se rumorea que se esconden allí ha regresado. Por San Juan, si uno acerca el oído lo suficiente, puede escuchar los lamentos de sus antiguos habitantes, pero ¡cuidado! —Hizo una pausa dramática. Evitó sonreír ante la expresión asustada de su hermano—. Hay que tener mucho mucho cuidado, porque si llegas a tocar el agua, aunque solo sea rozarla, una mano aparece y te arrastra al fondo para vivir en una eterna oscuridad.

Justo al pronunciar la última palabra, Aina cerró el libro de golpe y Nil dio un respingo.

—Mañana más —dijo la niña aguantando la risa.

A Nil le hubiera gustado expresar su desacuerdo, pero un bostezo se lo impidió. De todos modos, la mirada de ella era suficiente para no protestar.

—Ahora a tu cama.

—No, por favor. Por favor. Por favor. Déjame dormir contigo.

Aina suspiró. Le hubiera gustado escribir un poco esa noche, tenía muchas novedades que contarle a su diario, pero era difícil decirle que no a ese renacuajo con rizos.

—Está bien, pero si estas historias te van a dar tanto miedo, el próximo día leemos otro cuento.

—Noooo. Estos me gustan.

Su hermana lo arropó y Nil metió la cabeza hasta desaparecer bajo las mantas. Era bien sabido que los monstruos solían atrapar a los niños por cualquier parte del cuerpo que quedara al descubierto.

—A dormir.

Horas después, en plena noche, Nil se despertó. La oscuridad era absoluta, igual que el silencio. Tan solo se oía la respiración tranquila de su hermana. Aun así, el niño sabía que algo andaba mal. Se había despertado por alguna razón, pero no se atrevía a moverse de debajo de las mantas porque algo le decía que no debía hacerlo. Entonces notó un cambio en el aire. Fue algo sutil que solo un niño puede sentir. A pesar de no ver nada, de no oír nada, ahora estaba seguro: no estaban solos en la habitación.

Transcurrió tanto tiempo antes de volver a notar un nuevo movimiento que creía que se había dejado llevar por el miedo; sin embargo, a punto estuvo de soltar un grito cuando vio, junto a la puerta, una sombra que se desplazaba hacia ellos. Nil estaba convencido de que se deslizaba por el aire, flotando por encima del suelo. La sombra pasó por delante de la ventana y su figura se recortó bajo la luz de la luna, para volver a disolverse entre las tinieblas de la habitación un segundo después. Sin hacer ningún ruido, se acercó a la cama por el lado de su hermana Aina. El niño quiso levantarse y despertarla, pero estaba paralizado. Probó a pedir ayuda, alguien le oiría en la casa, pero de su garganta apenas salió un estrangulado gemido.

Eso fue suficiente.

La sombra se detuvo, durante unos segundos se quedó inmóvil con las manos como garras suspendidas a unos centímetros de su hermana. Luego, muy despacio, volvió su rostro hacia él. Sus ojos, unos puntos brillantes enrojecidos, se clavaron en los suyos. A Nil no se le ocurría ni respirar.

Entonces la sombra empezó a moverse.

Aterrado, Nil vio como se desplazaba hacia su lado de la cama. Cerró los ojos y apretó los párpados con fuerza. En su mente imaginó sus dedos largos y escamosos, cubiertos de mugre, cerrándose alrededor de su garganta, igual que la mano del cuento. Enrollado sobre sí mismo, intentó hacerse más y más pequeño bajo las mantas. Notó el cambio del aire cuando la sombra se inclinó. Sintió su rostro a pocos centímetros de su cara. Estaba observándole. Se le encogió el estómago cuando su aliento caliente se derramó sobre él.

Un intenso hedor le envolvió. La sombra soltó un gruñido y Nil tuvo que hacer un enorme esfuerzo para no gritar. Entonces, cuando ya creía que le iba a devorar, de pronto, dejó de sentir su presencia. Ya no estaba. Había desaparecido tal y como había llegado, sin ruido. Aun así, Nil no se atrevió a abrir los ojos, y tampoco pudo evitar la oleada de calor que se derramó entre sus piernas.

14

Al llegar a la Fundació Sant Hospital, Álex aparcó el coche en una plaza vacía del parking de visitantes y apagó el motor. La lluvia, que se había dado un descanso al mediodía, empezó a caer de nuevo. Varias personas corrieron a refugiarse bajo los soportales. El parabrisas empezó a cubrirse de agua, lo que enturbió la imagen del edificio hasta deformarla como en uno de esos cuadros de Dalí.

El caso de aquella pobre niña le correspondía resolverlo a la policía, no a ella. Sin embargo, allí estaba, como había predicho Ricardo, y lo peor es que sabía por qué. La niña le recordaba a su hermana Lía. Por si eso no fuera suficiente, desde que había visto aquella carta, el naipe de la bolsa de pruebas que llevaba el técnico de la científica, no conseguía olvidarlo. Se trataba de un hallazgo casual, nada que ver con el asesinato. No dejó de repetírselo mientras bajaba del coche.

Envuelta en la cazadora de montaña, cruzó la calle a la carrera bajo el aguacero y, tras dejar a su izquierda la entrada, se encaminó hacia las escaleras medio ocultas que bajaban al sótano. Las salas de autopsias de los hospitales solían estar apartadas del resto, compartiendo espacio solo con las de mantenimiento, la lavandería o las cocinas. Tenía que recordarlo la próxima vez que volviera a comer en un hospital.

Al cruzar las puertas correderas, un intenso olor a lejía la recibió. Recorrió un largo pasillo de paredes color crema con puertas cerradas a un lado y ventanales estrechos en la parte de arriba, hasta que vislumbró al final unas puertas dobles con un adhesivo en el centro que advertía: Prohibido el paso.

Junto a las puertas, sentada en una bancada de asientos de plástico, esperaba una mujer con el pelo recogido en un moño. Era más joven de lo que su pelo canoso y su forma de vestir permitía adivinar. Se inclinaba hacia delante mientras se retorcía las manos.

—Perdone, ¿se sabe algo? Nadie me dice gran cosa.

Al oír la voz quebrada de la mujer, se detuvo a su pesar.

—Llevo aquí casi dos horas —añadió con un tono tan bajo que casi no la entendió.

—Lo lamento. No creo que tarden mucho más.

—¿Cuándo podré llevármela a casa?

Álex se volvió para aclararle que la niña que jugaba en su habitación, que reía o que lloraba, que no paraba de hablar en las cenas o se mostraba taciturna en los desayunos, aquella niña que tenía sueños que cumplir, no iba a cumplir ni uno de ellos, ni, por supuesto, iba a volver. Entonces advirtió la expresión de la mujer y enmudeció.

—Era muy buena, ¿sabe? La pobre, tras la muerte de sus padres... —La mujer rompió a llorar—. ¿Quién..., quién ha podido...?

Álex empujó las puertas y se internó por el corredor mientras a su espalda, poco a poco, enmudecían los sollozos.

El olor la golpeó nada más abrir la puerta. A pesar de los sistemas de ventilación, la mezcla de descomposición, formol y humedad hacía que el aire pareciera más denso y que costase respirar. Álex tragó saliva y se obligó a entrar en la sala. Hacía mucho tiempo que no pisaba un sitio como aquel. Nunca era agradable.

La sala de autopsias era una habitación alargada y estrecha. Al fondo, tras unas cortinas de plástico traslúcido, estaban las cámaras mortuorias. En la pared de la derecha había tres grandes pilas de agua intercaladas con armarios con puertas de cristal. Y en el centro, dos mesas de acero inoxidable sobre las que colgaban varios focos. Solo una de ellas estaba iluminada.

Cuando cerró la puerta a su espalda, Álex oyó unas notas suaves de piano. Se sorprendió al reconocer la melodía. No tenía ninguna duda de que se trataba de *Ma mère l'oye*, de Ravel. Los recuerdos se agolparon en su memoria sin que pudiera detenerlos. Por las tardes, mientras cosía, su madre siempre escuchaba la misma cinta de música clásica, la única que tenían, en un destartalado radiocasete, mientras ella y su hermana jugaban a su lado. En ocasiones, la cinta magnética se enganchaba y, al extraerla, colgaba como las entrañas de un animal. Había que darle vueltas con un bolígrafo metido en uno de los agujeros del carrete para volver a colocarla en su sitio. Lía y ella se peleaban por hacerlo.

El doctor Joan Valet apareció a su lado y la miró por debajo de sus gafas de gruesos cristales, que, junto a su voluminoso cuerpo, le daban aquella apariencia de topo que servía de burla en el departamento.

—Resulta adecuado, ¿no le parece? —dijo con una sonrisa torcida al tiempo que señalaba los altavoces del techo.

Si le sorprendía que ella estuviera allí, no lo expresó. Por lo general jovial e indiferente a los *pacientes* que trataba, en esta ocasión, Valet se movía con gesto serio por la habitación. Era un profesional brillante que hubiera podido ejercer donde quisiera, pero su lengua mordaz y su carácter, en ocasiones extravagante, lo mantenían allí.

La puerta se abrió a su espalda y apareció el intendente Díaz. Un agente que le acompañaba se quedó fuera. Ricardo tampoco pareció sorprendido de verla. La saludó con una inclinación de la cabeza y susurró unas palabras al médico, que simplemente asintió.

El cuerpo de la niña yacía sobre la mesa de acero inoxidable con bordes sobreelevados. Estaba tapado hasta la cintura con una sábana verde. Parecía descansar igual de plácidamente que en la poza donde la habían encontrado. Seguía dando la sensación de que, en cualquier momento, se iba a levantar y saludar. Sin embargo, la sutura que cruzaba su torso de arriba abajo aseguraba que eso no iba a ocurrir.

Un joven moreno vestido con una bata quirúrgica, guantes y mascarilla, como su jefe, se colocó al lado del médico forense.

—Les presento a Víctor, es estudiante de Medicina de último curso y mi asistente este trimestre —dijo señalando a su acompañante, que, en ese momento, ordenaba unos escalpelos junto con una pinza anatómica sobre una tela blanca. El joven ayudante hizo un breve gesto con la cabeza a modo de saludo.

Sin advertirlo, Álex se había ido acercando a la mesa. Con la luz intensa de las luces del techo pudo ver detalles que junto a la poza no había podido apreciar. La melena de la niña había perdido el color y caía por encima de la mesa como algas resecas. Se fijó también en que sus ojos tenían el mismo iris azulado que los de su tía. A ambas les habían robado el brillo. Tenía los labios gruesos y unas pecas que le daban un aire divertido. Estaba un poco rellenita, algo típico de ese paso de niña a adolescente. Se adivinaba la bonita mujer en que se habría convertido si la hubieran dejado. Sin pretenderlo, le vino a la mente una imagen de Lía y volvió a reconocer cuánto se parecía aquella chiquilla a su hermana desaparecida. En aquel entonces, tendría más o menos la misma edad. La voz del forense la hizo volver en sí.

—Si les parece... —dijo Valet—. Me he permitido adelantar el trabajo antes de su llegada. Imagino que tendrán prisa. Voy a enumerar las conclusiones. —Tomó aire y encendió la grabadora—. La víctima ha sido identificada como Martina Seguí. Once años de edad. Metro treinta y ocho. De complexión normal respecto a su edad. Sin ninguna enfermedad ni dolencia previa conocida. No se aprecia ninguna herida, ni cortante ni punzante. La niñ..., víctima tampoco ha sufrido ningún traumatismo, excepto algunas contusiones *post mortem* del cuerpo a causa del contacto contra las piedras de la poza donde fue encontrada...

—¿Algún indicio de agresión sexual?

Valet frunció los labios, incómodo por la interrupción de Díaz.

—La exploración no ha descubierto ninguna señal de abuso físico. —El forense carraspeó esperando una nueva interrupción hasta que vio que ni el intendente ni Álex iban a intervenir—. Por las condiciones en las que se halló el cadáver, el cuerpo no estuvo en el agua más que unas pocas horas. Con la temperatura actual hubiera tardado en descomponerse entre una semana y diez días.

Valet carraspeó de nuevo mientras repasaba sus notas.

—Tenía las uñas arregladas y limpias, no hemos encontrado nada en ellas. A pesar de la exposición al agua de la poza, hemos detectado restos microscópicos de maquillaje. Al parecer se lo aplicaron una vez fallecida.

—¿Cómo sabe que fue después?

—El maquillaje interactúa con el cuerpo de forma sutilmente diferente según una persona esté viva o no. En una persona viva, el calor que emana la piel fija mejor el maquillaje y hay unos niveles de hidratación previa.

Valet se colocó junto al cadáver y apoyó la mano con delicadeza sobre el hombro desnudo de la niña.

—Hemos comprobado que no hay edema pulmonar ni enfisema acuoso, es decir, que, en principio, no murió por ahogamiento, pero se dan casos de cuerpos recuperados del agua que no tienen líquidos en los pulmones. —Suspiró—. La hipotermia suele estar asociada a los cuadros de asfixia por sumersión, sobre todo en el caso de menores. Cuando la temperatura corporal disminuye, el temblor aumenta el consumo de oxígeno y la actividad metabólica, en un intento de aumentar la producción de calor. Por debajo de treinta grados centígrados, el temblor cesa, el ritmo cardíaco se enlentece, disminuye la presión sanguínea, y el consumo de oxígeno y la velocidad metabólica también disminuyen. La víctima se encuentra, de este modo, en una situación de riesgo de bradicardia extrema, asistolia o fibrilación ventricular.

—Entonces, ¿murió de frío? —preguntó Álex.

—No. Los análisis no son concluyentes.

—¿Cómo murió entonces?

El forense movió la cabeza con frustración. Álex se dio cuenta de cuánto le costaba pronunciar las siguientes palabras.

—Lo cierto es que no puedo decirles cuál fue la causa de la muerte, porque no lo sé.

15

Álex salió del hospital adelantándose a los demás para evitar el encuentro con Díaz. La noche ya había caído. La luz de una solitaria farola apenas era suficiente para iluminar el parking. Se disponía a entrar en su coche cuando una voz la detuvo.

—¿A dónde vas tan deprisa?

Un joven vestido con la bata blanca de médico le sonreía desde las sombras. Estaba apoyado en el capó del coche contiguo al suyo. La brasa del cigarrillo se encendió un instante y el humo ascendió hasta perderse en el cielo oscuro. Álex le devolvió la sonrisa. Joan Canellas era el médico que había atendido a su padre el año anterior. Le caía bien.

—Continúas debiéndome un café —dijo el joven, lanzando la colilla al suelo y pisándola.

En ese instante, Álex advirtió que Díaz cruzaba las puertas del hospital mientras conversaba con el agente que le acompañaba. Al salir a la calle escrutó el parking hasta que la localizó. Entonces, encaminó sus pasos hacia ella, pero al verla junto al médico se detuvo. Álex se volvió hacia Canellas.

—Ahora mismo es un buen momento.

—Ya veo que te sirvo de coartada. Qué emocionante.

Cuando tomaron asiento en la cafetería, Álex recordó sus pensamientos antes de entrar al hospital y rechazó cualquier cosa de comer que Canellas le sugirió.

Los esfuerzos por hacer de aquel lugar un sitio agradable fracasaban. Las vistas desde los ventanales, junto a los que ellos se habían sentado, daban a un seto que no conseguía camuflar la visión del parking. Las paredes necesitaban una mano de pintura, aunque dudaba que eso mejorara las cosas. En el aire flotaba una mezcla de olor a desinfectante y fritanga. Un televisor, colgado en un rincón, emitía imágenes sin sonido del telediario. En ese momento, una imagen de archivo del papa Juan Pablo II ocupaba un lateral de la pantalla. Su muerte y la consiguiente elección de su sucesor, un alemán de apellido autoritario, era una de las noticias del año.

A aquellas horas de la noche, solo unas pocas mesas estaban ocupadas. Los rostros mostraban el cansancio de pasar la noche en un sillón de escay. En sus miradas, Álex pudo ver desde la esperanza a la resignación. Todos compartían la incertidumbre por lo que pudiera pasar o por lo que no terminaba de ocurrir. Ella se reconoció en esas personas porque había sido una de ellas. Todo el mundo, en algún momento, terminaba pasando por una cafetería como aquella.

—Bueno, ¿cómo estás?

Álex volvió su atención al joven médico, que le sonreía al otro lado de la mesa.

—Bueno..., digamos que bien.

—Eso no suena muy positivo.

Álex no pudo evitar una mueca.

—Supongo que no.

Canellas no dijo nada, solo esperó a que ella continuara si quería. Álex le dio varias vueltas al café en silencio. Era una sensación agradable no sentirse presionada. No ocurría con frecuencia.

—Creo que llevo meses persiguiendo una quimera —dijo por fin.

—¿Tu hermana?

Álex asintió y pegó los labios a la taza.

—¿Por eso estabas aquí?

—No, no era por eso. He asistido a la autopsia de la chiquilla que encontraron en Les Estunes.

—Ah, sí. Pobre, pero —hizo una pausa mirándola con atención— tenía entendido que habías dejado la policía.

Ahora que estaban cerca, Álex se dio cuenta de que, tras el gesto relajado, las gruesas gafas de pasta y la bata de médico, Canellas era un hombre atractivo, más de lo que parecía a simple vista. Como si lo supiera y prefiriera esconderlo. También era tierno y atento. Si las cosas fueran diferentes, quizás... Parpadeó sorprendida por sus propios pensamientos. ¿Qué estaba haciendo?

—Es complicado —dijo al fin, evitando su mirada.

—A mí me lo puedes contar. Si te apetece.

Los dedos del médico rozaron los suyos de modo accidental. Álex retiró la mano y volvió a coger la taza de café, esperando no haber sido demasiado brusca. Canellas no pareció darse cuenta de su incomodidad y siguió mirándola con atención.

Álex tomó aire y lo dejó salir. Entonces, empezó a hablar. Al principio, quería zanjarlo en unas pocas palabras, no le apetecía dar explicaciones a, prácticamente, un extraño, pero según hablaba mejor se sentía, y descubrió que le gustaba que alguien la escuchara como él lo hacía. Le contó lo exhausta, física y emocionalmente, que había terminado con el caso anterior, en el que había estado a punto de morir, y también compartió con él cómo había tomado la decisión de dejar el cuerpo con la intención de encontrar a su hermana, desaparecida veintitrés años antes. Le pormenorizó los infructuosos meses de búsqueda. Su creciente frustración, sus dudas. Él simplemente la escuchaba y, de vez en cuando, asentía. Por último, terminó por contarle el sueño en que aparecía su hermana, aunque sabía que después se arrepentiría, pero una vez que hubo empezado a hablar no pudo parar.

—¿Habías tenido sueños así antes?

—Sí. Cuando llegué aquí tuve varios. —Hizo una pausa y alzó la vista. Llevaba bastante tiempo mirando el fondo de su taza—. Espero que no pienses que estoy loca. —Descubrió que le importaba que así fuera.

—Yo creo que estás más cuerda que muchos de los pacientes que trato —respondió ampliando la sonrisa.

Álex apoyó el brazo sobre el respaldo de la silla e hizo un gesto de dolor. Canellas se fijó entonces en las cicatrices que asomaban por la manga de la camiseta.

—Deberías pasarte un día y te echo un vistazo.

—Tal vez lo haga.

Se hizo un silencio agradable entre los dos que no era necesario romper. Desde su asiento, Canellas apartó una silla para facilitar el paso de una pareja de ancianos. Álex se fijó en que el hombre estaba ingresado, como mostraba su bata azul, desgastada por el uso. La llevaba medio abierta por la espalda, mostrando más de la cuenta. Su mujer intentaba taparle al tiempo que le ayudaba a avanzar con el tacataca, aunque no conseguía ni una cosa ni la otra. Los rostros de ambos, surcados de arrugas, estaban tensos; sin embargo, sus miradas se cruzaron un instante y los dos compartieron una sonrisa. Apenas duró un suspiro.

—Si me permites un consejo... —empezó Canellas.

Álex le animó a continuar con un gesto de la mano.

—Creo que deberías volver al cuerpo y hacerte cargo de la investigación de esa chica.

Álex le miró sorprendida.

—¿Y eso?

—Quizás te ayude a tener una nueva perspectiva respecto a la desaparición de tu hermana.

—Es posible... —asintió.

Entonces, Canellas soltó una carcajada.

—Madre mía. En realidad, ya lo tienes decidido.

Álex no pudo contener la sonrisa. ¿Cómo narices hacía para conocerla tan bien? Apuró el café para contener el exabrupto que pugnaba por salir de su boca e hizo una mueca.

—Sí, el café de aquí es horrible. —Canellas volvió a reír levantando su taza hacia ella—. Por eso yo tomo té.

Ante el ceño fruncido de Álex, dijo rápidamente:

—Te lo puedo compensar..., invitándote a cenar.

Álex se tensó en la silla. Sintió calor en las mejillas y esperó que él no lo hubiera notado. ¿Hablaba en serio? ¿Le estaba pidiendo salir o se trataba de una cena entre amigos? Las preguntas sin respuesta se le acumulaban, pero se sorprendió al darse cuenta de que no le importaba demasiado. Una cena en buena compañía no le parecía tan mala idea.

Dejó un billete sobre la mesa y se levantó.

—Ya te llamaré.

16

Álex pensó que había pocos lugares donde sentirse más solo que en un cementerio. Estaba de pie, apoyada en un banco de piedra, junto al camino de gravilla que dividía el sencillo camposanto en dos. La lluvia no había dejado de caer desde la madrugada. Estaba empapada, pues hacía tiempo que la vieja cazadora que llevaba había dejado de ser impermeable, pero apenas lo advertía, atenta a la escena que se desarrollaba unos metros más adelante.

La misa por Martina la habían oficiado unos minutos antes en la iglesia de Sant Martí. Había asistido una buena parte de los habitantes del valle. También algún medio de comunicación, pero había sido recibido con el desdén y el callado enojo propio del lugar. Nadie había querido hacer declaraciones y se habían marchado después de tomar un par de imágenes.

Tras la ceremonia, la tía de Martina había decidido que el entierro se celebrara en la estricta intimidad, por ese motivo ella era la única presente. Vestida de riguroso negro, no se había movido un centímetro desde hacía varios minutos. Álex adivinó los sollozos de la mujer por el movimiento de hombros. Junto a ella, dos operarios municipales, cubiertos con chubasqueros amarillos, habían acomodado la caja de pino en una plataforma para subirla hasta el tercer nivel, donde se encontraba el nicho en el que iban a reposar los restos de la niña. El elevador de tijera se puso en marcha, emitiendo un pitido estridente y repetitivo mientras acercaba el ataúd hacia su última morada.

A su espalda, Álex oyó el rechinar de unos zapatos sobre la gravilla mojada.

—¿Quién quiere pasar la eternidad en un agujero de cemento? Cuando me toque, prefiero que me incineren —susurró Díaz colocándose a su lado mientras se frotaba las manos, cubiertas con elegantes guantes de cuero.

—No creo que nadie quiera ser enterrado de ningún modo, y menos una niña.

Observaron en silencio cómo introducían el féretro en el hueco. Álex contuvo un estremecimiento al oír los rasguños de la madera al rozar el cemento mientras terminaban de empujarlo hacia el interior. Uno de los operarios, que había subido a la plataforma, apoyó en el hueco una placa gris y aplastó en las esquinas varios pegotes de yeso que acababa de mezclar en un barreño. Después terminó de cubrir el resto con rapidez y se bajó de allí.

Los operarios recogieron sus cosas y se marcharon.

La tía de Martina se quedó un momento más. Luego se dio la vuelta y se alejó con la cabeza gacha ignorando la presencia de los policías.

Álex pronunció las palabras despacio, sin perder de vista el nicho donde habían escrito rudimentariamente el nombre de Martina. Al cabo de unos días colocarían una brillante placa de mármol con una foto de la pequeña. Habría flores durante un tiempo, mientras tuviera fuerzas y ánimo su tía.

—Acepto.

El intendente no se molestó en simular sorpresa. Su sonrisa hizo que Álex frunciera el ceño, y algo similar al arrepentimiento cruzó por su mente.

—¿Por qué ahora y antes no?

Álex cogió aire.

—Esta es tan solo la primera.

Notó la contracción de la mandíbula de él y sus ojos clavados en su nuca.

—¿Cómo lo sabes?

—Lo sé.

—Te equivocas —negó Díaz—. Pero no importa. Quiero, igualmente, que detengas al responsable de esto.

—Vuelvo —Álex se giró hacia él—, pero con condiciones: elijo a mi equipo y nos dejas trabajar sin entrometerte.

—No es problema.

—También quiero la sala que tenéis abajo.

—¿El antiguo almacén? Es un lugar lleno de trastos, sin apenas luz.

—Nos vale.

Díaz se encogió de hombros.

—Como quieras.

—También me gustaría que se reabriera el caso de Lía.

Díaz la miró con sorpresa.

—¿No creerás que tiene algo que ver...?

Álex negó con la cabeza.

—No. Se trata de una petición personal.

—Sé cuánto te importa, pero es un expediente cerrado. Miraré lo que puedo hacer, pero no te prometo nada.

Álex pensó que, al menos, había estado bien intentarlo.

—Muy bien —concluyó mientras se volvía para marcharse.

—Yo también tengo algunas condiciones —dijo apoyando la mano en el brazo de Álex.

Ella le miró la mano y Díaz la retiró despacio. Su sonrisa se amplió mientras se alzaba el cuello de la chaqueta. A pesar del mal tiempo, el lugar y la hora, parecía recién levantado de la cama tras un sueño reparador. Se acercó a ella y Álex reconoció un tenue olor a Hugo Boss.

—Desde hace un tiempo —siguió hablando Díaz—, tenemos un servicio de apoyo para los agentes...

Le tendió una tarjeta de visita a Álex.

—¿Un loquero?

—Si quieres decirlo así... Aunque nosotros preferimos llamarle psiquiatra. Quiero que vayas a verlo.

—¿No confías en mí?

—Digamos que no quiero que le pegues un tiro a otro compañero.

Álex bufó.

—Yo mismo voy a verlo de vez en cuando.

—¿Tú?

—Otra cosa... —continuó Díaz sin inmutarse. Observó las nubes que oscurecían el cielo. Una racha de viento le removió el abrigo—. Hostia. ¿Aquí llueve todo el tiempo?

—En esta época sí. ¿Eso es lo que querías saber?

—No —rio mirándola de nuevo—, no me refería a eso. Quería decir que tengo otra condición. Puedes elegir a los agentes que quieras para tu equipo. Sin pasarte, que voy corto de efectivos. Pero necesito que uno de ellos me reporte. —Levantó una mano para atajar las protestas de Álex—. Sé que tú no lo harás, así que tendrás que aceptar que un miembro de tu equipo lo elija yo. Si no, olvídate.

Álex se separó de él y empezó a andar. La sonrisa de Díaz vaciló un segundo.

—Nos vemos en comisaría —soltó ella sin volverse.

Salió del cementerio, entró en el coche, lo puso en marcha y encendió la calefacción. Se quitó la chaqueta empapada y la lanzó a los asientos de atrás. Poco a poco, el frío que sentía empezó a remitir.

Siguió con la mirada a Díaz mientras este salía del cementerio y cruzaba la calle para subir a un coche de la comisaría que le esperaba. Pasó frente a ella sin mirarla. Álex estaba dispuesta a asumir las condiciones que le había exigido. De hecho, hubiera aceptado cualquier cosa para volver, pero no le quería dar la satisfacción a aquel cabrón arrogante de ceder con facilidad. Sacó la tarjeta de visita del bolsillo: DOCTOR JAC MAURY. PSIQUIATRA. La arrugó y la tiró al asiento contiguo. Díaz estaba listo si creía que iba a cumplir esa condición.

17

Al entrar a la casa, Aina oyó que la televisión estaba encendida e intentó llegar a su habitación sin que se percataran de su presencia; sin embargo, nada más llegar al pie de la escalera oyó la voz estridente de su madre pronunciando su nombre. Con un suspiro de resignación, volvió sobre sus pasos y entró en el comedor. Allí estaba también él. Siempre que papá estaba fuera, se las arreglaba para pasar a visitarlas.

—Señor Bosch, ¿otra vez aquí?

El hombre inclinó la cabeza de un modo formalmente anticuado y le sonrió. A Aina se le revolvieron las tripas. Igual creía que con una sonrisa de miles de euros iba a convencerla de sus buenas intenciones.

—Tenía algunos asuntos del despacho que tratar con tu madre.

—Hay que ver la cantidad de asuntos que tiene.

—¡Aina!

—Dime, mamá.

El rostro de su madre se contrajo y aparecieron algunas arrugas al fruncir el ceño. Aina pensó que cuando se diera cuenta evitaría hacerlo para no estropear su cutis.

—Te dije que no te vistieras tan corta. Vas al instituto, no a una sala de fiestas.

Ella sonrió con desgana mientras su madre se acercaba.

—Hueles a tabaco otra vez.

Aina ignoró la siguiente retahíla de palabras que le soltó. Se las sabía de memoria. Desvió la atención hacia el televisor, donde estaban puestas las noticias. El locutor comentaba los detalles del descubrimiento de una chica asesinada. Las imágenes mostraban una confusa escena nocturna con gente yendo de un lado a otro, una ambulancia, cámaras, luces y coches de la policía. Un hombre bastante guapo apareció en primer plano. Respondía con gesto serio las preguntas del periodista. Estaba claro que intentaba calmar las cosas, mantener la ilusión de falsa seguridad que todos debían sentir. Sin embargo, no le gustó su mirada. Se veía a la legua que no era sincero. Se fijó entonces en el texto que se deslizaba en la parte baja de la pantalla, en el que aparecía el nombre del lugar donde se había encontrado el cuerpo: Les Estunes. Aquel sitio lo conocía, había estado allí con su padre el año anterior.

—¿Aina? ¡Aina!

La voz de su madre se impuso al volumen del aparato.

—Ni siquiera me escuchas. —Su madre tenía las mejillas enrojecidas y el ceño todavía más fruncido que antes—. Estoy harta. Te vas inmediatamente arriba, a tu cuarto. Esta noche no cenas.

La ira explotó en su interior. Aina cerró los puños hasta sentir las uñas clavándose en su carne. Como un incendio con viento a favor, el calor le inflamó las entrañas y le ascendió por el cuerpo hasta llegar a la garganta convertido en palabras.

—Te odio.

Fue como si la golpeara. Su madre palideció por

un momento. Aina empezó a arrepentirse: en ninguna de las discusiones que habían tenido durante el año le había dicho algo parecido. Pero entonces el abogado se adelantó, quizás para sostener a su madre si se le ocurría desmayarse; sin embargo, fue innecesario, porque se rehízo y con un dedo tembloroso le señaló las escaleras.

—Fuera de mi vista. Ya hablaremos cuando vuelva tu padre.

El momento para echarse atrás había pasado. La ira se apartó para darle espacio al orgullo. Aina se dio la vuelta con el gesto más ofendido posible y subió la escalera pisando con fuerza los escalones en dirección a su habitación. De fondo oía la voz meliflua del abogado consolando a su madre. Mientras avanzaba por el pasillo, oyó sus sollozos. No dejó que eso la hiciera flaquear. Era puro teatro, todo mentira, como su propia vida, se dijo. Al pasar junto a la habitación de su hermano pequeño vio que Nil estaba en la puerta y la miraba con cara de miedo. Intentó sonreír, aunque le salió una mueca, por lo que optó por sacarle la lengua. Nil sonrió indeciso. Aina se agachó a su lado.

—¿A qué estás jugando?

El niño sostenía un muñeco en cada mano. Uno era una especie de ogro con una desproporcionada mandíbula y largos brazos, y el otro un caballero plateado que empuñaba una lanza.

—Estoy luchando con el monstruo que viene por las noches. No quiero que te haga daño.

Aina asintió con la mente todavía en la pelea que acababa de producirse. Le dio un beso en la cabeza y se levantó.

—Esta noche puedes venirte y leemos otro cuento, ¿vale?

La cara del niño se iluminó. Aina le removió el pelo y entró a su habitación. La furia que la dominaba se desvaneció, y un sentimiento de pesar ocupó su lugar. Quizás no debería haberle dicho a su madre que la odiaba. Quizás las cosas podrían ser de otra manera. Podría bajar y pedirle perdón. Intentar arreglar las cosas. Contarle todo: lo confusa que se sentía, lo difícil que era dejar de ser una niña. Pero entonces una mezcla de vergüenza y orgullo malherido acalló cualquier esperanza de redención. Negó con la cabeza y terminó de cerrar la puerta. Se tumbó en la cama y dejó que las lágrimas salieran; total, nadie iba a verla llorar.

18

El mayor problema de Alicia Vila era ser una mujer atractiva. Su cuerpo atlético de piel lechosa punteada de pecas, su melena rubia casi blanca y sus expresivos ojos, todos rasgos heredados de un leridano y una madre alemana, se habían combinado para convertirla en una belleza. Si a eso se le sumaba que apenas había cumplido los veinticuatro años, nadie terminaba por tomarla en serio.

Cuando, después de estudiar la carrera de Ciencias Políticas en Barcelona, anunció a su acomodada familia, con grandes expectativas para su futuro, que quería ser agente de policía, fue como si se desencadenara una tragedia griega. Su madre todavía no le hablaba desde su ingreso en el cuerpo, excepto para preguntarle cuándo pensaba casarse.

Tampoco había tenido suerte en sus relaciones. Ninguno de sus novios, todos ajenos a la policía, había entendido su dedicación profesional. Tuvo también una experiencia con una chica, que fue mucho más placentera de lo esperado, pero que terminó igual que el resto. Pasaba muchas más horas entre las paredes de la comisaría que en su propia casa. Por otra parte, estaba la opción de liarse con un compañero, pero eso no se le pasaba por la cabeza. Había visto demasiadas exparejas de policías y estaba escarmentada.

La llamada del intendente fue una sorpresa, aunque aún no sabía si buena o mala. Tras su participación, el año anterior, en el caso Dante, la habían destinado a patrullar para reforzar los turnos de vigilancia en la calle. Desde entonces se había dedicado a detener a borrachos y resolver algún altercado familiar y un par de robos menores, pero no habían contado con ella en ninguna investigación criminal de verdad. Al parecer, no era lo suficientemente buena. Lo echaba de menos y empezaba a pensar que tendría que pedir el traslado.

Esa mañana se dirigía al almacén que les había servido de sala de reuniones el año anterior. Su recuerdo le produjo un sentimiento de nostalgia. No pudo evitar rememorar la emoción de aquellos días persiguiendo a un asesino en serie inteligente e implacable. El caso se había resuelto de una forma dramática e inesperada. El mérito había sido de la subinspectora, aunque, para evitar el escándalo, desde arriba se había decidido echar tierra sobre el asunto. Álex Serra. No había conocido nunca a alguien como ella, parecía siempre en tensión, a punto de explotar en cualquier momento. Capaz de cualquier cosa, incluso de morir, literalmente, por resolver un caso. Se preguntó qué sería de ella.

Bajó las escaleras que conducían al sótano de la comisaría. Al final del pasillo, junto a la puerta de la sala, estaba apoyado en la pared un hombre muy alto y delgado.

Alicia sonrió al reconocer a Alain López. Algunos lo menospreciaban por sus pintas desgarbadas y porque le gustaban los juegos de rol y disfrazarse en fechas señaladas de sus personajes favoritos. Para muchos era un tarado, pero ella había trabajado con él y había descubierto a un tipo inteligente, con una especial sensibilidad —además de ser uno de los pocos hombres de la comisaría que no le miraba el culo—.

Creía que, tras lo ocurrido el año anterior, había vuelto a su puesto original.

—¿A ti también te han llamado?

—Ayer por la noche —respondió con una sonrisa incómoda, tan propia de él.

Alicia echó un vistazo a la sala. El antiguo almacén seguía siendo el único espacio de la comisaría sin ventanas. Arrugó la nariz ante el intenso olor a cañerías. Aquel sitio solía estar lleno de cajas y trastos, pero lo habían limpiado y habían colocado varias mesas en círculo, ordenadores y una larga pizarra blanca y otra de corcho, ambas con ruedas. Como la vez anterior. Empezó a sentir ciertos nervios.

—¿Sabes de qué se trata?

—Ni idea.

Los dos callaron al ver a Álex aparecer por el pasillo cargada con una caja. Pasó entre los dos sin saludar mientras la miraban atónitos.

Álex entró en la sala, dejó caer la caja sobre una mesa cercana. Vació su contenido y empezó a colgar en la pizarra de corcho varias fotografías tomadas en el lugar del descubrimiento del cadáver de Martina. Detuvo la mano en el aire durante unos segundos antes de colgar la última imagen. Se quedó mirándola unos segundos. Martina inclinaba el rostro de modo coqueto, aún con torpeza infantil. Sonreía con un deje triste hacia la cámara. Álex cerró los ojos, terminó de atravesar la fotografía con una chincheta y se volvió hacia sus compañeros, que seguían en la puerta.

—¿Y bien? ¿Vais a quedaros todo el día ahí plantados?

Los dos se apresuraron a entrar en la sala y tomar asiento en las sillas. Alain y Vila apenas conseguían disimular las sonrisas de entusiasmo. Álex se sentó sobre una mesa y los miró a ambos con seriedad. Tenía que admitir que le alegraba verlos de nuevo.

—El intendente Díaz ha decidido organizar un equipo de investigación especial para resolver los casos de desaparición y asesinato de las niñas. Oficialmente, somos nosotros. Si queréis, podéis rechazarlo y volver a vuestro puesto.

—¿Eso significa que has vuelto al cuerpo? —preguntó Vila.

—Algo así.

—Debo de haber oído mal. ¿Has dicho *casos*? —preguntó a su vez Alain.

Álex carraspeó.

—El caso, quería decir. Bueno, veamos qué tenemos. Por favor, hacedme un resumen.

Les señaló una carpeta que estaba delante de ellos sobre la mesa. Alain, recuperado de la sorpresa, se estiró en la silla, abrió el expediente y, tras echarle un vistazo, empezó.

—Bueno, la víctima es una niña de once años, de nombre Martina Seguí. Vivía en Girona, pero hace medio año perdió a sus padres en un accidente de tráfico cuando volvían de una cena. La niña estaba durmiendo en casa de una amiga cuando ocurrió. La única familia que le quedaba era su tía, Lucía Hernández, que tuvo que hacerse cargo de ella.

—Pobre chiquilla —musitó Vila.

—Martina —continuó Alain— desapareció en el camino hacia su casa después de salir del colegio, situado cerca de la Plana de Mont-ros. La tía vive en Torre de Capdella. La niña recorría en su bicicleta el mismo camino cada día por la única carretera que hay.

—Se han identificado todos los vehículos que fueron vistos ese día por diferentes testigos —añadió

Vila—, excepto una furgoneta negra con matrícula de Marsella. Los de tráfico están corroborando la identidad de su propietario con la Gendarmerie. La teoría inicial es que Martina fue abordada en el camino por un vehículo lo suficientemente grande para poder montar la bicicleta, además de a la niña.

—¿Qué sabéis de esa zona? —preguntó Álex.

Alain pasó varias hojas hasta que encontró lo que buscaba.

—La Vall Fosca es un pequeño valle situado al norte de la comarca del Pallars Jussà. Le pusieron ese nombre porque las montañas que lo forman no permiten que la luz solar llegue al fondo del valle más que unas pocas horas. Agrupa a unas diecinueve poblaciones que no llegan a sumar mil habitantes. Es decir, que se conoce todo el mundo. En su parte más al norte linda con el Parque Nacional de Aigüestortes, donde se alza toda una cadena montañosa con picos de más de dos mil quinientos metros de altitud y hay una veintena de lagos de los que se alimentan dos centrales eléctricas: Sallente y Capdella.

Álex asintió pensativa.

—La última vez que fue vista, Martina —intervino Vila al tiempo que consultaba las notas realizadas por los compañeros de Tremp— vestía un pantalón vaquero y una camiseta azul claro con rayas oscuras y un unicornio en el pecho. Según las declaraciones tomadas en el colegio, su profesora testificó que se había marchado, como cualquier otro día, con su bicicleta. Fue de las primeras que salió del centro escolar. A partir de ahí, nadie la volvió a ver. Todos los esfuerzos que se llevaron a cabo para encontrarla no tuvieron ningún resultado.

Los tres sabían cómo continuaba el relato de los hechos.

—Hace cinco días —rememoró Alain—, su cadáver fue encontrado por dos chavales en Les Estunes, un paraje muy popular cerca de Banyoles. Eso está a casi trescientos kilómetros del lugar donde presuntamente desapareció.

—¿Se ha encontrado algún indicio allí?

—El paraje tiene un solo acceso y un único parking de visitantes. Se presume que el asesino dejó el vehículo allí y cargó con la niña, ya muerta, hasta la poza. Seguramente lo hizo de noche. Es un lugar muy concurrido. Se encontraron medio centenar de rodadas de neumáticos. Innumerables pisadas y restos de basura. Además, la lluvia de estos días no ayuda, por lo que no tenemos nada.

—¿Por qué tomarse la molestia de desplazarse tan lejos? Hay pozas similares en muchos otros lugares más cercanos —reflexionó Alain negando con la cabeza—. No tiene sentido.

Nadie tenía respuesta a esa pregunta.

—Laboratorio está analizando la corona de flores y el vestido de gasa que llevaba la chiquilla. En la autopsia —concluyó Vila—, el forense no ha encontrado rastros de violencia o abuso. Lo que resulta desconcertante es que tampoco ha conseguido determinar la causa de la muerte.

Un denso silencio se adueñó de la sala.

—Bien. —Álex pegó una palmada que pareció despertarlos—. No sabemos cómo, ni dónde, ni por qué... Estamos a oscuras. Necesitamos ir más allá, hacer las preguntas que nos permitan obtener las respuestas que necesitamos, ver lo que no vemos, entender lo que ahora no entendemos. Vamos a interrogar a los familiares, a visitar el colegio...

—En su momento ya les tomaron declaración —expuso Alain enseñando las hojas del expediente.

—Bien, pues ahora lo haremos nosotros.

19

Torre de Capdella formaba una especie de luna contra la falda de la montaña. Con dificultad llegaba al medio centenar de hogares. Las aguas del río Flamisell corrían al otro lado de la carretera por la que se accedía al pueblo tras una hora de vueltas y revueltas. La iglesia románica de Sant Vicenç, su bien más preciado, se alzaba sobre una roca desde hacía siglos vigilando las almas de sus feligreses. La oscuridad la rodeaba como si intentara traspasar sus viejos muros.

Cuando llegaron, el pueblo parecía abandonado bajo la cortina de agua que caía. Las puertas y ventanas cerradas, las persianas de las ventanas bajadas y un silencio que solo perturbaban sus pisadas sobre el irregular empedrado. Los tres avanzaron por la estrecha calle tras dejar el coche junto al ayuntamiento. Vila advirtió que en algunas puertas colgaban unos hombrecitos formados con hierbas secas entrelazadas.

—Es una tradición. Se utilizan para alejar a los malos espíritus —señaló Alain.

Sobre sus cabezas se oyó una ventana cerrarse.

—Necesitamos preguntar a los vecinos si vieron u oyeron algo. Dad una vuelta a ver qué conseguís.

Alain y Vila se detuvieron frente a una de las casas y llamaron a la puerta. Al no recibir respuesta, pasaron a la siguiente. Una voz anciana hizo una pregunta desde el interior y Álex oyó a su espalda a Vila identificarse. Siguió andando por la calle mientras el cielo parecía querer limpiar los pecados de la tierra. Miró hacia las nubes que cubrían las cumbres de las montañas cercanas. Cualquiera hubiera dicho que estaba a punto de anochecer a pesar de que apenas pasaban unos minutos del mediodía.

El hogar de Lucía Hernández, la tía de Martina, se encontraba a las afueras del pueblo. Álex siguió las indicaciones que le habían dado en la comisaría de Tremp. El camino de tierra, encajado entre muretes de piedra, atravesaba algunos campos de trigo, que se alternaban con prados sin cultivar. Se detuvo frente a una cancela de hierro. Entre las hierbas, un cajón metálico, que en el pasado había servido como buzón de correos, yacía cubierto por el óxido mientras esperaba inútilmente recibir alguna carta.

La casa tenía dos plantas y era similar a las del resto del pueblo, aunque algo más humilde. Los muros de piedra brillaban por efecto de la lluvia. De un estrecho balcón colgaban varios tiestos vacíos. Tras llamar al timbre, apareció en la puerta la mujer que había visto en la sala de espera del hospital. Ella le devolvió la mirada sin reconocerla. Tras ver su identificación, la hizo pasar a la cocina. El resto de la casa estaba a oscuras. Tomaron asiento junto a la mesa. La luz de la lámpara del techo dibujaba ondas sobre el descolorido mantel de plástico. Olía a verduras cocidas.

—Le ofrecería un café o una infusión, pero creo que no tengo.

—No se preocupe. No es necesario.

Álex no se quitó la chaqueta. La temperatura dentro de la casa apenas era algo más cálida que en el exterior.

—Le puedo ofrecer agua.

Lucía no esperó su respuesta; se levantó y rebuscó en un armario, del que extrajo un vaso de cristal que llenó con agua del grifo. De improviso, se le resbaló de las manos y cayó en el fregadero, haciéndose añicos. La mujer se quedó mirando los pedazos sin moverse. Álex se levantó de la silla.

—¿Quiere que la ayude?

Ella se sobresaltó como si hubiera olvidado que estaba allí, luego la miró con alivio y se retiró a un lado.

—No, no, luego lo recogeré. Lo siento. Desde que Martina...

La mujer cogió una silla y se sentó de nuevo frente a Álex. Sus manos, muy delgadas y afectadas por la artrosis, parecían las ramas de un almendro. Se las colocó en el regazo, sobre el delantal, para controlar los temblores.

—Quería hacerle algunas preguntas, pero si es mejor otro momento...

Lucía negó con la cabeza.

—Ya vinieron sus compañeros antes. Si puedo ayudar en algo...

—Han surgido algunas cosas que me gustaría aclarar.

Ella entornó los ojos.

—Usted..., usted estaba en el hospital.

Álex asintió.

—Fue muy amable.

—Lamento no haber podido hacer mucho más.

—Está bien. Dígame, ¿qué necesita saber?

—Vamos a ver. —Fingió que consultaba unas notas—. Martina vivía con usted desde la muerte de sus padres.

—Así es. Tuvieron un accidente. Su madre era mi hermana, y no tenía más familia, con lo que me hice cargo de ella.

—Supongo que sería una situación complicada, tan joven...

—Fue difícil para todos, pero así lo quiso Dios.

Extrajo un pañuelo arrugado del delantal y se secó las comisuras de los ojos.

—Entiendo que para Martina no sería fácil adaptarse a la vida aquí.

—Ella era una chica de ciudad. Esto no le gustaba.

—¿Qué tal estudiante era? ¿Se integró bien en la escuela?

—Era buena estudiante —afirmó con rotunda brevedad.

Álex esperó. Sabía que el silencio resultaba incómodo y la gente tendía a llenarlo con palabras. Miró a su alrededor. Sobre un aparador habían dispuesto numerosos marcos de fotografías junto a un jarrón con flores. En casi todas aparecía Martina con, supuso, sus padres. La niña sonreía en la mayoría, en otras hacía una mueca burlona, en una posaba seria. Junto a estas había otras fotografías de Lucía con la mujer que aparecía en los otros retratos. En el centro ardía un velón de cera. Aquello era lo más parecido a un altar.

—Bueno —musitó la mujer—, de vez en cuando venía con algún moratón, pero ya sabe cómo son los críos. Ella no decía mucho, de todos modos.

—¿Observó algún cambio en la pequeña en los días anteriores a su desaparición?

La mujer se encogió de hombros.

—Mi sobrina no era muy habladora. Sin embargo,

estas últimas semanas se volvió aún más callada que de costumbre. Ya sabe, las hormonas y esas cosas. La adolescencia altera a las chicas, las vuelve de repente hurañas, pero lo que se dice tener, ella no tenía ningún problema —afirmó con voz algo más alta de lo normal.

La mujer alzó la cabeza y miró a Álex en silencio. Tenía los ojos brillantes por las lágrimas y los labios apretados con tanta fuerza que le temblaban. Su puño estrujó el pañuelo.

—Verá, yo no quise nunca tener hijos. Sin embargo, tras la inesperada muerte de mi hermana me encontré cuidando de una chiquilla desolada. Ambas lloramos nuestra pérdida. En unas semanas pasé a considerarla mi hija. Y ahora, ella también...

Los sollozos la interrumpieron. Álex intentó continuar con las preguntas.

—¿Recuerda si Martina le habló de alguien a quien hubiera conocido recientemente? En este tipo de casos, suelen estar implicadas personas con las que se tiene alguna relación más o menos cercana.

—No, no me habló de nadie. Si hubiera conocido a alguien, me lo hubiera dicho. ¿A quién iba a conocer?

Cuando salió de la casa, Álex agradeció el frío del exterior. La tormenta se había tomado un respiro, dejando tras su paso el golpeteo moribundo de los restos de la lluvia cayendo de los tejados y escurriéndose por los desagües. La mujer, que la había acompañado hasta la puerta, sostenía contra su cuerpo un paquete envuelto en un papel marrón.

—Esto es lo único que me queda de la pobre Martina. —Tras un momento de duda, se lo tendió a Álex.

Sus ojos evitaron mirarlo—. Le gustaba dibujar, es posible que encuentren algo ahí. No sé.

—Gracias, Lucía. Se lo devolveré. Se lo prometo.

La mujer asintió, dio un paso atrás y empezó a entornar la puerta. Álex le tendió una tarjeta por el hueco.

—Si recuerda o necesita algo, llámeme.

Con una fugaz sonrisa, la mujer terminó de cerrar. Álex se quedó con la mano en el aire y la tarjeta entre los dedos.

20

Aina tenía miedo a las tormentas. No quería admitirlo porque estaba a punto de cumplir trece años y ya no era una niña. Sin embargo, esa noche parecía que el cielo estaba a punto de romperse en pedazos. La lluvia caía con una fuerza que ella no había visto nunca. El viento azotaba los árboles del exterior y sus troncos crujían a cada golpe de aire, y Aina esperaba que, de un momento a otro, los arrancara de raíz y salieran volando.

Se enfrascó en la lectura de *El misterio de Salem's Lot*. Sus padres le prohibían leer novelas de terror, y, quizás por ese motivo, ella leía a escondidas siempre que podía. Al cabo de unos minutos se dio cuenta de que, en contraste con el exterior, la casa estaba en completo silencio, y eso aún le provocaba más inquietud. Si hubiese oído el trasiego de alguien, se hubiera sentido más acompañada, pero era tarde y todos se habían ido a dormir. Incluso el personal de la casa estaba ya descansando. Algunas noches, cuando no podía conciliar el sueño, bajaba a la cocina y Carmelina le ofrecía un vaso de leche caliente, un bollo azucarado y unas palabras tranquilizadoras. Había criado cuatro hijos y seis nietos, y a ella la trataba como si fuera una más.

Aquella tarde, tras una nueva bronca con su madre, había vuelto a ser castigada sin cenar y confinada en su habitación, el único refugio que le quedaba en aquella casa. Su estómago gruñía a causa del hambre. Intentó ignorarlo y concentrarse en la lectura, pero le era muy difícil.

Un nuevo estallido hizo que diera un respingo. No era una buena noche para leer aquella historia de vampiros. Devolvió la novela a su escondrijo y apagó la luz del flexo, que colgaba a su lado. Se envolvió con las mantas hasta cubrirse las orejas y cerró los ojos con fuerza.

Sin embargo, tras media hora dando vueltas y más vueltas, terminó por levantarse exasperada. No conseguía dormir. Estaba demasiado nerviosa. Sacó de su bolsa del colegio el iPod que le había regalado su padre la última vez que estuvieron juntos. Su madre no sabía nada de esos regalos. Era uno de los secretos que compartía con él. Se puso los cascos y pulsó el *play*. La voz chulesca de Dani Martín inundó sus oídos. El Canto del Loco era su grupo favorito ese mes.

Probó a concentrarse en la canción, pero, en el exterior, los sonidos de la tormenta cada vez eran más fuertes y los oía de fondo. Parecía que estuviera justo encima de ellos. Varios relámpagos seguidos iluminaron la habitación. Aina subió el volumen.

De pronto, se oyó un crujido que hizo temblar toda la casa y la ventana se abrió de par en par con un fuerte golpe. Aina ahogó un grito y, con el sobresalto, se le cayó el iPod al suelo, arrancándole los cascos. El viento y la lluvia irrumpieron en la habitación, removiendo y empapando todo lo que encontraban a su paso. Las cortinas se levantaron hasta tocar el techo, un cuadro de corcho con fotografías de su último viaje se estampó contra el suelo y los apuntes de su clase de Ciencias salieron volando.

Por un segundo, aunque era imposible, se vio tentada de no salir de debajo de las mantas, pero pensó en la bronca que soportaría al día siguiente por el destrozo de su habitación. Además, hacía un frío horroroso. No podía dejar la ventana abierta. Bajó de la cama y pulsó el interruptor del flexo, pero no se encendió. Estupendo. Lo que faltaba. Se había ido la luz.

Contuvo un gemido al notar el frío del suelo bajo sus pies descalzos. Cruzó la habitación a oscuras. De repente, se sintió vulnerable vestida tan solo con la camiseta de tirantes con la que dormía. Se acercó a la ventana, que oscilaba al capricho del viento. Se maldijo por haberla cerrado mal al irse a la cama, sobre todo porque le daba la razón a su madre cuando le decía que era una niña descuidada. Al acercarse, sus pies descubrieron que el suelo estaba lleno de agua. Echó un vistazo fuera. Las ramas del arce que crecía frente a su habitación se balanceaban como si fueran una decena de brazos sobrehumanos. Le vino a la memoria una vieja película de un tipo que tenía tijeras en lugar de manos.

Probó a cerrar la ventana, pero la tormenta se negaba a perder lo conquistado. Tuvo que utilizar todo el peso de su cuerpo hasta que, con un golpe, consiguió devolverla a su sitio y girar el tirador. La calma volvió a reinar en la habitación. Soltó un suspiro con la frente apoyada en el cristal. Al otro lado las gotas de lluvia golpeaban el vidrio como si pidieran permiso para volver a entrar.

De repente, un relámpago estalló e iluminó los alrededores de la casa por unos segundos como si fuera de día. Aina se separó sobresaltada de la ventana. Justo antes de que todo se oscureciera de nuevo, le había parecido ver una figura en el jardín, pero no podía ser.

No con ese tiempo. Sin embargo, estaba casi segura de haber visto a un hombre de pie, junto al árbol, mirando hacia su ventana. Se volvió a asomar en contra de su instinto, que le decía lo contrario. El siguiente relámpago mostró el jardín vacío. Sintió un gran alivio. Su imaginación le había jugado una mala pasada. Ninguna persona cuerda podía estar allí fuera con aquella tormenta. Entonces se dio cuenta de que temblaba de frío.

Al meterse en la cama, un calor agradable la recibió. Soltó un suspiro. Qué tonta era por dejarse llevar por sus miedos de aquella forma. Era la última vez que leía una novela de Stephen King antes de dormir. Cerró los ojos.

Apenas pasados unos segundos, los volvió a abrir. La casa permanecía en silencio y a oscuras, mientras que la tormenta continuaba en el exterior. Nada parecía haber cambiado. Sin embargo, tenía una impresión extraña. Incómoda. No sabía muy bien por qué, pero sentía que no estaba sola. Pero eso no podía ser. Era imposible. Allí no había nadie.

Justo en ese momento, un nuevo relámpago iluminó la habitación. Tras el cristal de la ventana, un rostro blanco la miraba fijamente, sin parpadear. Sus labios, una especie de mancha ensangrentada, se curvaron en una sonrisa.

La oscuridad volvió y Aina empezó a gritar.

21

—Yo estudié en un sitio como este —afirmó Alain lúgubre.

—¿Y cómo te fue?

—Mal.

Álex presionó el timbre, junto a la entrada del colegio. Unos segundos más tarde, surgió una voz metálica del interfono.

—¿Sí?

—Policía, tenemos una cita con el director.

Se oyó un chasquido y Alain empujó la puerta metálica para terminar de abrirla. Ambos atravesaron un patio de tierra y, a continuación, una pista cuyo suelo de cemento gris era un confuso mapa de líneas de diferentes colores que delimitaba los terrenos de juego de fútbol, baloncesto y balonmano.

El edificio, situado entre la carretera y el río, cerca de la Plana de Mont-ros, la antigua casería convertida en pueblo, era similar a cualquier otra construcción de la zona, con las paredes pintadas de color crema y grandes ventanales rectangulares repartidos en dos plantas. Como si fuera una colmena, un runrún de fondo surgía de su interior y contrastaba con el sonido de los pájaros procedente de los árboles y la suave corriente del Flamisell.

Unas escaleras de piedra llevaban a la puerta principal. Álex observó los antiguos letreros pintados a mano, que diferenciaban la entrada para niños y para niñas. En el interior, detrás de una ventanilla, una mujer con las gafas en la punta de la nariz levantó la vista hacia ellos. Tras presentarse, salió de su refugio y les indicó que la siguieran.

—El director los atenderá de inmediato.

Subieron por una amplia escalera tras la señora. Un olor a madera y goma de borrar flotaba en el aire. Álex se vio transportada a su infancia, y cuando iba a comentarlo con Alain se sorprendió al ver a su compañero con el gesto serio.

Tras una mesa tan oscura que parecía rechazar la luz, se sentaba un hombre grueso y con entradas. En su rostro destacaba un bigote poblado que le daba la apariencia de un animal marino. Vestía un traje gris y jugueteaba con un grueso anillo dorado que llevaba en el anular. A su espalda, un imponente cuadro, ensombrecido por el tiempo, mostraba el semblante severo de un antiguo director del centro. Cuando entraron les tendió la mano y les señaló dos asientos.

—Buenos días, siéntense, por favor. ¿En qué puedo ayudarlos?

—Queríamos hablar con la profesora de Martina.

El hombre asintió.

—Pensaba que ya habían hablado con ella. La muerte de la niña ha sido un golpe muy duro para todos. El Consejo Escolar está muy preocupado por lo ocurrido. Los padres están atemorizados, y los niños, sobre todo los más pequeños, hacen constantemente preguntas.

—Es comprensible, por supuesto. Estamos trabajando para detener al culpable y por eso estamos aquí.

El hombre levantó el teléfono y, tras cruzar unas palabras con alguien al otro lado de la línea, colgó.

—Viene enseguida. Aún se encuentra en clase, pero está a punto de empezar la hora del patio.

Como subrayando sus palabras, un sonido estridente resonó por todo el colegio, seguido del arrastrar de sillas y de una ola de voces infantiles. Minutos después, una joven entró al despacho.

—Soy Elena, la profesora de Martina.

—Encantados —empezó Alain—. Sabemos que es una situación difícil, pero nos gustaría que nos respondiera algunas preguntas.

La profesora asintió esquivando la mirada de los dos policías. Álex se fijó en que tenía un rostro agradable, de aire juvenil, enmarcado por un cabello recogido en una coleta. Seguro que sus alumnos la adoraban.

—¿Qué puede decirnos de Martina?

—Es... —carraspeó—, era tranquila y aplicada, pero sobre todo muy sensible, debido al accidente de sus padres. A pesar de que era inteligente, sus notas no eran excepcionales. Solía andar sola en los recreos y le costaba relacionarse. Al fin y al cabo, no llevaba mucho tiempo aquí.

—¿Tenía algún problema?

—Su falta de adaptación tenía que ver con el duelo que la pobre estaba pasando —respondió el director. Álex advirtió que el rostro de la joven profesora se crispó. Tenía los ojos enrojecidos y se frotó con el dorso de la mano. La piel encarnada mostraba que era un gesto que había hecho muchas veces en los últimos días.

—¿Usted opina igual?

La profesora miró al director de reojo.

—Sí, sí, sin duda. Eso la hacía una niña vulnerable. Por otro lado, estaba físicamente más desarrollada que otras niñas, lo que la convertía en blanco de algunas burlas.

—¿Burlas?

—Los niños pueden ser muy crueles. En una ocasión, un profesor la encontró llorando con la cartera rota y sus cosas desperdigadas por el suelo. Martina se negó a explicar qué había pasado.

—¿Eso cuándo ocurrió?

—El jueves de hace dos semanas.

No consiguieron mucha más información, por lo que Álex y Alain, tras despedirse y agradecerles su colaboración, dieron por concluida la entrevista.

Cuando salieron al patio, la calma anterior había sido sustituida por el alboroto de decenas de niños que corrían, gritaban y jugaban. Álex se dio cuenta de la rigidez de su compañero mientras andaban hacia la salida.

—¿Qué te ocurre?

—No me gustan mucho los niños. Gritan, se mueven sin control, son muy... imprevisibles.

Álex reprimió una sonrisa. A su derecha, vio a un hombre conversando animadamente con una joven bajo la sombra de un árbol. No parecieron advertir su presencia. Seguramente serían los profesores encargados de vigilar el patio. Mientras avanzaban entre los grupos de niños, una idea empezó a germinar en su mente. Ante la sorpresa de Alain, se detuvo junto a unas niñas que chocaban las manos al ritmo de una canción infantil.

—Hola —saludó—. ¿Vosotras conocíais a Martina?

—Sí, pero no era de nuestra clase.

—Era de sexto.

Una de las niñas señaló a un grupo que estaba conversando en un banco, apartado de los demás.

—Esos son de su clase.

Cuando se acercaron, los niños los miraron con suspicacia.

—Hola. Me llamo Álex, y él es Alain, somos policías.

Al oír sus palabras, uno de los niños hizo un gesto despectivo que sorprendió a Álex por lo adulto que resultaba. El grupo se cerró a su alrededor.

—Ya, seguro.

Álex se abrió la chaqueta, extrajo la cartera y les mostró la identificación. Sabía que habían visto el arma colgando de su sobaquera. Echó una mirada a los profesores, que seguían con su charla.

—¿Conocíais a Martina?

—¿Martina? No me suena —respondió el mismo niño entre risas.

—¿Cómo te llamas?

—¿Me vas a detener?

Álex sonrió.

—¿Has hecho algo malo?

El chico miró a los otros y rieron. Todos menos uno. Álex volvió a mirar hacia los profesores. Le pareció que la profesora los observaba. Carraspeó para evitar mostrar impaciencia. Señaló al chico callado.

—Tú, ¿cuál es tu nombre?

—Xavi.

—Cállate, joder. No le importa.

—Álex —oyó el susurro de advertencia de Alain a su espalda. El profesor se dirigía hacia ellos desde el otro lado del patio.

—¿Conocíais a Martina? —repitió.

—¿Y qué si la conocíamos?

De nuevo risas. Excepto el chico moreno.

—¿La visteis al salir del colegio el día que desapareció?

Negaron con la cabeza entre risas y miradas cómplices. Álex advirtió que el chico callado hizo un gesto con intención de decir algo, pero un codazo le hizo volver a cerrar la boca.

—Esa chica era muy rara —se adelantó el niño descarado—. No era de aquí. Se perdió y un ogro se la comió. Fin del cuento.

Las risas corearon la gracia. Álex se enderezó soltando un suspiro. Se volvió hacia Alain, que miraba al grupo de niños como si fueran pequeños monstruos. Un poco sí que lo eran, pensó Álex. Al volverse, se encontraron frente al profesor responsable del patio, que los miraba con el ceño fruncido.

—¿Qué están haciendo? No pueden hablar con los niños sin autorización de los padres.

—Tan solo charlábamos. Son unos chicos estupendos.

El hombre los observó con suspicacia, pero, al final, hizo un gesto con la mano.

—Los acompaño a la salida.

Mientras se marchaban, Álex se volvió hacia el chico que había dicho que se llamaba Xavi. Él le devolvió la mirada con frialdad.

Fuera del colegio, Álex se volvió hacia Alain.

—¿Puedes ir a la comisaría por tu cuenta?

22

Xavi se notaba el estómago revuelto cuando salió por la puerta del colegio. No le apetecía estar más tiempo con sus amigos. Al terminar la clase, la profesora les había anunciado que el centro se proponía celebrar en los próximos días un acto de homenaje a Martina. Jaume les había prohibido asistir. Mejor si hacían pellas en su honor ese día, había dicho, lo que había provocado las risas del grupo. Él no se había reído y Jaume se había dado cuenta. Le importaba una mierda.

Recorrió el parking del colegio hacia el lugar donde dejaban las bicicletas. Su bici, una vieja Orbea que había pertenecido a su abuelo, estaba atada junto a otras en la reja de la escuela.

—Joder.

La llanta de la rueda trasera tocaba el suelo. Debía de haber pinchado sin darse cuenta. Le iba a tocar volver a pie arrastrando la bicicleta hasta su casa. Eso significaba cerca de una hora andando. Menudo coñazo. Empezó a quitarle la cadena con la que la ataba cuando oyó un frenazo a su espalda.

—Hola, ¿necesitas ayuda?

Al volverse se encontró con el rostro sonriente de la poli de unas horas antes. Asomaba por la ventanilla de un coche enorme. La subinspectora Sierra o algo parecido, había dicho que se llamaba. Él no se dejaba engañar con facilidad, a pesar de la sonrisa: su mirada le hizo dar un paso hacia atrás. Era posible que para otros niños pasara desapercibida, pero él conocía bien esa clase de mirada. Era la misma que había visto en su padre cuando murió su madre. La que seguía teniendo desde entonces, sobre todo cuando se enfadaba. Negó con la cabeza.

—No, gracias. Ya me apaño.

—¿Estás seguro?

Ella había bajado del coche y abría la capota de atrás.

—Venga. Sube la bici y te llevo a casa.

Xavi dudó. Recordó que su padre había insistido mucho en que fuera puntual. Tenía que ocuparse de varias tareas de la granja. Si iba andando llegaría demasiado tarde y su padre se enfadaría mucho. Ninguna excusa sería buena. Desde hacía tiempo no le escuchaba. Quizás volvería a pegarle con la correa. Sin pensar, se llevó la mano a la espalda, donde aún sentía palpitar los verdugones de la última vez. Aun así, todavía se resistió.

—Mi padre no quiere que suba a ningún coche con extraños.

—Bueno, no soy exactamente un extraño. Nos hemos visto antes, y, además, soy policía. No podrías ir más seguro.

La mujer, sin dejar de sonreír, había cogido su bicicleta y ya la estaba cargando en el coche. Xavi todavía dudó unos instantes, pero finalmente se encogió de hombros.

—Está bien —musitó.

Subió al coche y dejó la mochila entre sus pies.

—Ponte el cinturón. No querrás que te multe.

La sonrisa seguía allí.

Xavi hizo lo que le decía mientras se ponían en marcha. Al pasar frente a las puertas del colegio, vio a varios niños saliendo hacia sus casas. Junto a unos contenedores, los chicos de su pandilla hablaban entre ellos. Aunque se agachó en el asiento, juraría que Jaume le había visto. Mierda.

Fijó la vista en el paisaje que pasaba junto a la ventanilla lateral, inclinándose todo lo que podía para darle la espalda a la poli. Tras indicarle cómo llegar a su granja, no dijo ninguna otra palabra, y de vez en cuando apretaba los labios para recordar que debía mantener la boca cerrada.

—¿Cómo te has hecho eso?

Álex le señaló los verdugones que asomaban por debajo de la camiseta. Xavi se apresuró a cambiar de posición en el asiento para cubrirse los riñones. Sintió la mirada de la mujer sobre él esperando su respuesta.

—Me caí con la bici.

—Una buena caída.

Se encogió teatralmente de hombros.

—Un accidente. No me ha vuelto a ocurrir.

Vio que la mujer asentía sin decir nada. Avanzaron durante un tiempo sin hablar. Hasta que la poli volvió a romper el silencio.

—Siento lo de tu amiga.

—Bueno... No era, realmente, amiga mía —titubeó.

—Aun así, supongo que estarás afectado. Iba a tu clase, ¿verdad?

—Llegó a mitad de curso. Apenas la conocía —carraspeó al notar que la garganta se le estrechaba.

Xavi se alegró de desviar la conversación al tener que indicar el camino. Dejaron la carretera y se internaron por un camino de tierra convertido en un lodazal por las lluvias de aquellos días. El coche se inclinó a un lado mientras subían el sendero.

—Antes me ha parecido que querías contarme algo.

Xavi se tensó en el asiento y no respondió, evitando la mirada de la mujer. Pasaron junto a un cercado donde pastaban un par de vacas que parecían encantadas con el mal tiempo.

—¿Sabes? Desconocemos cómo murió Martina. Pero yo creo que murió de miedo.

El niño se estremeció y cerró los ojos. Todas las terribles posibilidades de lo que le había ocurrido a la niña y que había imaginado durante aquellos días se agolparon en su mente. Sobre todo ello planeaba la sensación de que, en el fondo, era culpa suya y de sus amigos. Una sensación cada vez mayor y más pesada. Ojalá aquella poli se callara de una vez.

—Es posible —continuó sin hacer caso del silencio hosco de Xavi— que la persona que le ha hecho eso a Martina vuelva a hacerlo. La siguiente víctima puede ser cualquiera, un amigo, un vecino o incluso podrías ser tú. Quizás sepas algo que crees que no es importante, pero tal vez sí lo sea y nos permita encontrar al responsable y atraparlo.

Xavi recordó las palabras de Jaume y volvió a apretar los labios con fuerza. Negó con la cabeza. Él no era un chivato. Ya podría preguntar lo que quisiera aquella mujer, que no iba a soltar prenda. El resto del camino lo hicieron en silencio. Parecía que la mujer se había rendido. Aun así, cuando vio aparecer su casa suspiró de alivio. Antes de que el coche se detuviera del todo, abrió la puerta y saltó. La poli se bajó a su vez y le ayudó a bajar la bicicleta. Ya no sonreía.

De un cobertizo salió un hombre de mediana edad. Vestía botas altas de goma y un mono de trabajo lleno de barro hasta las rodillas. En la mano sostenía una llave inglesa. Era alto y corpulento, producto del pesado trabajo en la granja. Al ver el Wrangler frunció el ceño y se encaminó hacia ellos a grandes pasos. Álex pudo distinguir que, tras una densa barba, su rostro rubicundo se veía tamizado de pequeñas venas rojas. El niño se apresuró a ponerse a su lado. Su padre no le hizo el menor caso.

—¿Quién es usted? ¿Y qué hacía mi hijo en su coche? —Su vozarrón bien podía servir para llamar a sus animales en medio de una tormenta.

— La bicicleta de su hijo ha tenido un problema y me he ofrecido a llevarlo.

—Es verdad, papá, pinché la rueda...

—Cállate —gruñó sin mirarlo, y Álex vio como el niño se encogía—. Mi hijo no necesita la ayuda de nadie.

—Papá...

La mano del hombre salió disparada y golpeó el hombro del chico, que trastabilló hacia atrás arrastrando la bicicleta con él.

—Métete en casa. Luego hablaremos.

Álex vio como el chico contenía las lágrimas mientras obedecía a su padre empujando la bicicleta por el barro hacia la casa. Casi lamentó haberle pinchado la rueda.

—Quizás está siendo demasiado duro con el chico.

El hombre se acercó hasta detenerse a unos pocos centímetros de la cara de Álex. Los nudillos de la mano que empuñaba la pesada herramienta de acero se volvieron blancos por la tensión. Al menos le sacaba dos palmos. Álex arrugó la nariz ante su aliento, una mezcla de mala digestión y alcohol. Al hablar, pequeñas gotas de saliva le caían sobre la barba.

—Nadie me dice cómo debo criar a mi hijo, ¿entiende?

Su índice le golpeó por encima del pecho remarcando cada una de sus palabras.

Álex se movió sin pensar. La expresión airada del hombre se tornó en sorpresa cuando le atrapó el dedo y lo dobló con fuerza hacia él. El hombre gimió de dolor y cayó de rodillas sobre el barro. Álex lo tenía bien sujeto y no dejaba de tirar con fuerza. La expresión del hombre se llenó de pánico. Ambos sabían que si empujaba un milímetro más, le desgarraría los ligamentos que soportaban la articulación. Recordó los moratones del niño en la espalda y sintió cómo la rabia ascendía en su interior. Se inclinó hacia delante y el hombre gritó. Se lo merecía. Se merecía que le rompiera el dedo y mucho más. Sin embargo, si lo hacía, necesitaría cirugía y no podría trabajar durante las próximas semanas. Aquel lugar se convertiría en un infierno. Lo soltó y se apartó de él.

Para su sorpresa, el hombre se quedó arrodillado en el charco inclinado sobre sí mismo, sostenía la mano herida contra su pecho. Parecía haber enmudecido. Sus anchas espaldas empezaron a sacudirse y las lágrimas anegaron sus ojos.

Álex dejó salir el aire que retenía, le dio la espalda y volvió al coche. Cuando se disponía a maniobrar para regresar al camino, bajó la ventanilla. El hombre ya se había levantado y la observaba con una mirada vacía.

—Póngase hielo. La inflamación le bajará. —Hizo una pausa—. Si me entero de que esto continúa, le denunciaré a los servicios sociales, pero antes volveré y le romperé algo más que un dedo.

Álex pisó el acelerador, quería poner la mayor distancia posible entre ella y aquel lugar. No había obtenido su propósito de conseguir información del chico y, en cambio, se había encontrado con una tragedia familiar. Quizás debía avisar igualmente a los servicios sociales... Sin embargo, volvió a recordar el gesto de súplica del chaval cuando se metió dentro de la casa. El mensaje estaba claro. Le daría una oportunidad.

Respiró hondo varias veces mientras retomaba el camino de vuelta a la carretera. Intentó apaciguar la rabia, que amenazaba con desbordarse. Por el retrovisor, observó al hombre volver renqueante hacia el cobertizo. Le dolería el dedo un par de días. Esperaba que fuera un buen recordatorio. Tomó aire de nuevo mientras intentaba centrarse en el camino y en detener el temblor de sus manos sobre el volante. A pesar de que aquel hombre lo mereciera, Álex se daba cuenta de que apenas había conseguido contenerse. La rabia se removía en su interior como un animal enjaulado y no sabía cuánto tiempo más podría mantenerla bajo control.

De improviso, una sombra surgió de detrás de un árbol y se cruzó en el camino. Álex hundió el pie en el freno y el todoterreno derrapó en el barro. Xavi, con las mejillas sucias por las lágrimas y la respiración acelerada por la carrera, se asomó por la ventanilla abierta.

—Martina no desapareció donde la estuvieron buscando.

23

Aina estaba quieta al otro lado de la puerta del hostal. Tenía ganas de ir al baño otra vez. Se había puesto la ropa que le había ordenado, a escondidas en los servicios de un bar, y se había maquillado, tal y como le había dicho que hiciera. Era alta para su edad y ahora parecía mayor, aunque ella se veía rara. Se recordó que aquello era lo que ella quería. Nadie la iba a tratar como una niña. A partir de ahora todo iba a ser diferente.

Consultó su reloj. Mickey Mouse le devolvió la mirada detrás de las manecillas. Aquel reloj era un recuerdo de cuando las cosas eran diferentes. Se lo quitó de la muñeca y lo guardó en el pequeño bolsito que llevaba colgando. Era ya la hora, pero sus pies parecían clavados en la acera, mientras que sus manos no paraban quietas. Una catarata de pensamientos contradictorios colapsaban su mente. Notó el peso del móvil en el bolsillo y sopesó llamar. Le había dado el número de teléfono para momentos como aquel. Él siempre había sido amable, la había escuchado. Lo entendería. Oh. ¡A la mierda! Pensó en irse sin más. Simplemente, debía volver a coger el bus de vuelta y nadie se enteraría. Pero entonces recordó las consecuencias si lo hacía.

Cruzó la calle.

Esperó junto a la puerta a que el hombre que estaba en la recepción se ausentara un momento del mostrador y entonces atravesó con rapidez el vestíbulo. Mientras andaba pensó que sus pisadas resonaban con tanta fuerza sobre el suelo que iban a delatarla. Sin embargo, llegó frente a las puertas del ascensor sin que nadie la detuviera. Aunque intentaba aparentar tranquilidad, no dejaba de mirar a un lado y a otro esperando que apareciera el recepcionista y le preguntara a dónde se dirigía. Si eso ocurría, habían ensayado varias excusas. Sin embargo, se dio cuenta horrorizada de que no recordaba ninguna de ellas. Si la atrapaban se quedaría inmóvil, balbuceando como una niña pequeña.

Sus dedos pulsaron con insistencia los dos botones de llamada al mismo tiempo. Con una flecha arriba y otra abajo, nunca se aclaraba cuál debía apretarse para que acudiera el ascensor. Observó el reloj del vestíbulo. Los segundos parecían pasar a cámara lenta. Una pareja cargada con maletas entró al vestíbulo y se dirigió a la recepción. Sintió un sudor frío recorrerle la espalda. No tardaría en venir alguien para atenderlos. Se darían cuenta de que ella no debería estar allí y la echarían, o, peor aún, llamarían a su madre. El miedo empezaba a dominarla cuando oyó el sonido de una campanilla y las puertas metálicas se abrieron.

Aina se lanzó al interior de la cabina y estuvo a punto de arrollar a una señora que salía. Apretó la mandíbula contra el pecho para evitar que le viera la cara, musitó unas disculpas ante las protestas en una lengua extranjera de la mujer. Pulsó el tres y suspiró aliviada cuando las puertas se cerraron y el ascensor empezó a subir.

Al llegar al tercer piso, se encontró en un pequeño

distribuidor del que salían tres pasillos. Por un instante, no supo hacia dónde dirigirse. En las instrucciones que le había dado no decía nada de ningún pasillo. Entonces descubrió unas placas de madera en la pared de enfrente que indicaban la disposición de las habitaciones según su número.

Se internó por un pasillo mal iluminado de paredes marrones. A alguien le había parecido apropiado colgar cuadros en blanco y negro de lugares emblemáticos de la ciudad. A Aina le parecieron deprimentes. Descubrió que sus zapatos ya no hacían ningún ruido al pisar el suelo enmoquetado. No se cruzó con nadie, y el silencio la amedrentó aún más. Los nervios contrajeron su estómago. Se detuvo frente a la última puerta.

Tenía la garganta seca y el corazón le latía con tanta fuerza que parecía que fuera a salírsele del pecho. Miró el papel arrugado en el que tenía apuntado el número, que guardaba en el bolsito. Lo comprobó dos veces, como si le resultara increíble haber llegado hasta allí. Apoyó la oreja en la madera. No oyó ningún sonido en el interior de la habitación. Igual no había llegado todavía. Dudó. Ella quería estar allí. ¿O no? Estaba hecha un lío. ¿Aquello estaba mal? La imagen de su madre le vino a la cabeza. Luego fue remplazada por la de su hermano pequeño. Quizás debería marcharse; aunque había llegado muy lejos, empezaba a sentirse incómoda con la ropa que llevaba. Su mirada se desplazó hacia los ascensores, que se hallaban al fondo del pasillo. No debería estar allí. No quería estar allí. Sin embargo, antes de que pudiera decidirse, la puerta se abrió.

Aina se quedó paralizada, bañada por la luz amarillenta que surgía de la habitación. Volvió a mirar hacia el pasillo por donde había venido. Él se hizo a un lado para dejarla pasar. Aún podía irse. Si salía corriendo no la alcanzaría. Se desharía de aquellas ropas, se limpiaría el maquillaje y volvería a casa.

Vio su gesto impaciente y entonces toda su resistencia se desmoronó. Bajó la cabeza, dejó caer los hombros y cruzó el umbral. La puerta se cerró tras ella.

24

Al entrar en la sala de reunión, Álex se encontró a un joven delgado, de espaldas a ella, mirando muy concentrado el panel de corcho. Iba de uniforme. Tenía el pelo oscuro y rizado, peinado hacia atrás y un poco más largo de lo necesario. Al oírla entrar se volvió y, al verla, se acercó con la mano extendida. Sus ojos, tras unas gruesas gafas de pasta, brillaban con entusiasmo. Una amplia sonrisa iluminó su cara y aún le pareció más joven.

—Subinspectora Serra, ¿verdad?

Álex correspondió al saludo. Fue un apretón fuerte.

—¿Puedo ayudarte?

—Soy Albert Melero, recién destinado a la Seu. —Un ligero rubor cubrió sus mejillas—. El intendente Díaz me ha dicho que me ponga a sus órdenes.

En ese momento entraron Vila y Alain, que miraron al extraño con curiosidad.

Sin decir nada, Álex salió de la sala y cruzó a largos pasos la comisaría hasta el despacho de Díaz. El intendente estaba en la puerta hablando con otros dos agentes. Al verla llegar, los despachó con un gesto. Pasaron dentro de la oficina y cerró la puerta.

—¿Quién narices es Albert Melero? —soltó Álex.

—Creo que te refieres al agente de policía.

—¿Qué hace en mi sala?

—Primero de todo, esa no es tu sala. Y segundo, desde hoy forma parte de tu equipo.

—¿Cómo?

—Necesitas refuerzos. Melero te irá bien. Acaba de llegar, no tiene prejuicios sobre ti y es un chico prometedor. Ha obtenido unas valoraciones estupendas en la escuela. Y tú vas a ser la responsable de la evaluación de sus prácticas.

—¿Prácticas? ¿Es un agente en prácticas?

—Sí, ya sabes, esa parte fundamental del proceso que sirve para poder poner en práctica los conocimientos adquiridos en la fase de formación.

—No quiero lavar pañales.

—Pues déjaselos puestos.

—¿Va a ser tu informante?

—Nada de eso. Ya tengo asumido que vas a tu aire. Solo espero que resuelvas este maldito caso cuanto antes.

Álex suspiró y miró un momento hacia el techo con los brazos en jarras. Luego, sin decir nada más, se dio la vuelta y salió del despacho dando un portazo.

Díaz se arrellanó en el sillón y sonrió. Observó cómo Álex se alejaba cruzando la oficina de vuelta a la sala con su equipo. Aquella mujer tenía un carácter insoportable, era tozuda como una mula y capaz, si se le cruzaban los cables, de volar por los aires la comisaría entera. Por eso mismo seguía poniéndole cachondo. Se preguntó cómo sería volver a tener una historia con ella. Se relamió recordando el pasado. Entonces no era la misma, ahora era una versión mejor. Más impredecible. Su mirada se detuvo entonces en la fotografía que descansaba encima de su mesa. Su esposa sonreía desde el marco devolviéndole la mirada. Díaz se irguió en el asiento descartando las imágenes que le habían venido a la cabeza y empezó a ordenar la mesa. Aquello estaba hecho un desastre.

25

... esta semana continuarán las tormentas en todo el Pirineo. Mañana se producirán precipitaciones en la primera mitad del día, de nieve por encima de los dos mil metros, con algunos chubascos por la tarde en el Prepirineo y en el entorno del Cadí; además, se esperan algunas tormentas por la tarde hacia el este de la Cerdaña en la vertiente francesa. Localmente descargarán con fuerza y dejarán cantidades importantes de precipitación en cortos periodos de tiempo. Temperaturas en moderado descenso. Vientos de componente oeste moderados con intervalos de intensidad fuerte, con rachas fuertes o muy fuertes en...

Álex bajó el volumen de la radio hasta que se extinguió la voz del locutor. Detuvo el motor del coche y disfrutó del silencio. Extrajo de una bolsa de papel un sándwich y un botellín de agua medio vacío y los dejó en el asiento del costado. Llevaba puesta la chaqueta porque desde hacía unas horas tenía frío. La oscuridad alargaba las sombras alrededor de la casa como si quisiera introducirse en su interior. Tenían encendidas las luces de la planta baja. Colgando del retorcido pino negro, las dos cuerdas del columpio ondulaban al capricho de las rachas de viento. Álex bajó la ventanilla y dejó que entrara el frescor de la lluvia caída durante la tarde.

Pensó en lo que le había contado el niño. Casi con toda seguridad, el paso de los días y la lluvia habrían borrado cualquier rastro, pero ella necesitaba ver las cosas por sí misma. Unas figuras se recortaron al fondo de la carretera y Álex se irguió en el asiento. Allí estaba.

La niña andaba por la acera hablando con otras dos chicas. Su melena corta se mecía al ritmo de sus pasos. Las tres reían y se empujaban. Ella se paró frente a la cancela de la casa y, con un breve gesto, se despidió de las otras dos. En el momento en que las niñas giraron la siguiente esquina, la expresión de ella cambió. La mochila que llevaba se hundió en sus hombros y ya no sonreía. Abrió la cancela y avanzó por el camino empedrado hasta la puerta de la casa. Llamó al timbre y, unos segundos después, se deslizó en el suelo un arco de luz al abrirse la puerta. La figura de una mujer delgada se recortó en el hueco. La niña no saludó, solo entró, cabizbaja, al interior.

Se encendió una luz en la primera planta. Sabía que aquella era la habitación de la niña. Poco después vio una sombra cruzar por delante de la ventana de la cocina. Pasado un tiempo, las luces se apagaron en la planta de abajo. La luz de la habitación del piso de arriba se mantuvo encendida unos minutos más, pero, finalmente, también se apagó y la oscuridad pareció tragarse la casa.

Álex apoyó la cabeza en el volante y dejó salir el aire. Intentó calmarse. Percibía la tensión recorriendo su cuerpo. Sus pensamientos se agolpaban impidiéndole pensar con claridad. El monstruo quería que lo soltaran y arrasar con todo. Resultaba curioso que cuando peor se encontraba, cuando más cerca estaba de derrumbarse, más sentía la tentación de dejarse llevar y caer definitivamente en aquel pozo.

Apretó los dientes cuando sintió el tirón en la herida del hombro. Como si exigiera su parte de atención, pensó con una media sonrisa. El dolor culebreó por su cuerpo hasta el pecho. Se inclinó sobre el asiento del acompañante y rebuscó en la guantera hasta que encontró el bote de analgésicos. Se tomó dos cápsulas con un trago de agua del botellín. Dejó pasar unos minutos para que el dolor se atenuara, encendió el motor y se marchó.

26

Las tinieblas extinguen el último claro de luz de la cumbre de las montañas. En la Vall Fosca se da por finalizado el día dando paso a la noche y a los seres que la habitan. La luna intenta encontrar un hueco entre el manto gris de las nubes, que se retuercen inquietas. El viento se levanta entonces saludando la llegada de la oscuridad y la montaña se puebla de silencios contenidos, interrumpidos solamente por los susurros que remueven las hojas de los árboles.

En el pasado, los humanos entendían aquellos avisos. Sabían que bajo los torrentes, las rocas y las raíces profundas de los árboles más ancianos se refugiaban criaturas cuyos nombres se pronunciaban en voz baja. Sabían que al caer el sol era mejor estar en el hogar, junto a una buena lumbre. Por eso, las puertas de los hogares se mantenían cerradas y sus ocupantes dormían con una luz encendida, con la esperanza de superar las largas horas nocturnas una vez más y despertar al día siguiente con el alivio del amanecer.

De una de esas casas, cuyos habitantes originales hace mucho que dejaron de ser recordados, surge una melodía. Si alguien tuviera la oportunidad de escucharla, quizás reconocería una antigua nana infantil, aunque la voz se asemeja más al lamento de un animal. Sus muros están ahora medio derruidos, y sus ventanas, desgajadas, pero una de las habitaciones aún se mantiene en pie. La llama trémula de una vela dibuja un baile de sombras sobre una pared cubierta de arriba abajo por trazos extraños, apenas reconocibles como humanos. Una de las sombras, más corpulenta y sólida que las otras, se mueve adelante y atrás al ritmo de la canción. La oscuridad no permite ver qué sostiene entre sus brazos, envuelto en pieles de animales, pero la sombra se mueve con la torpeza propia del que es consciente de su fragilidad. De improviso, se detiene, interrumpe el canto, aguza el oído y, tras alzar la cabeza hacia la luna, que se asoma curiosa entre los agujeros del techo, deja salir un sonido gutural que tiene un ligero parecido a una risa. Este se eleva más allá de los muros de la casa y de las montañas escarpadas para adentrarse en el valle transportado por la bruma.

Lejos de allí, en una aldea cuyo nombre no importa, una anciana vela sentada en una mecedora. Está acostumbrada a no dormir, consciente de que su muerte no está muy lejana. De pronto, los postigos de su ventana se estremecen sin viento que los mueva. Se alza despacio, su cuerpo cada vez tarda más en responder. En su interior un temor va abriéndose camino. Confirmando sus palabras, una corriente de aire atraviesa la habitación y la luz de la lámpara se apaga como si de una vela se tratara. De inmediato, se santigua y sus dedos huesudos, enroscados en sí mismos, agitan el rosario que lleva siempre encima. Cierra los ojos y musita unas antiguas palabras en una lengua perdida. Palabras trasladadas en secreto de padres a hijos desde tiempos ancestrales. Palabras que su madre le obligó a memorizar para momentos como aquel. Entonces era tan solo una niña, pero nunca las olvidó, ni lo hará lo que le resta de vida, por muy poco que sea. Intentó enseñarle a su hija, pero las nuevas generaciones no creen ya en nada. No saben hasta qué punto eso es peligroso. Su madre se lo dijo al terminar el aprendizaje: nada es suficiente para detener el mal que extiende su mano al caer la noche.

III

Si no oyes la danza de las hadas, no
se detendrán para robarte el aliento.

NEIL GAIMAN

27

A las ocho de la mañana, la galería de tiro estaba vacía, y Álex lo prefería así. Se dirigió a la cabina que le habían asignado, la número tres. Extrajo la Walther P99 y dos cargadores. Dudó por un instante. Sin embargo, la costumbre se impuso y ejecutó las comprobaciones de forma maquinal. Tras verificar que todo era correcto, se colocó los cascos que colgaban de su cuello para protegerse los oídos y, tras afianzarse con los pies, introdujo el primer cargador con un chasquido y alzó la pistola.

El blanco representaba la figura de un hombre armado que retenía a un rehén. Ella vio a una niña. Estaba a cincuenta metros de distancia. Le pareció un mundo. La rigidez de su hombro se tornó en una tirantez molesta que le recorrió todo el brazo. Quitó el seguro mientras sentía las palpitaciones de su corazón. Estaba nerviosa. Ralentizó su respiración, apuntó y presionó el gatillo.

El disparo resonó entre las paredes de la galería.

Expulsó el aire como si le hubieran dado un puñetazo en el estómago. Aunque el retroceso de la pistola era limitado, fue suficiente para provocarle un latigazo de dolor que zigzagueó por su torso de derecha a izquierda. Contuvo las ganas de soltar la pistola y hacerse un ovillo en el suelo. En su lugar, respiró hondo y volvió a apretar el gatillo. De nuevo, se repitió el dolor y Álex volvió a disparar.

La sala devolvía como un eco cada uno de los disparos y la agonía le estremecía el brazo. El sudor le cubrió la frente. Deseaba con todas sus fuerzas bajar las manos; sin embargo, continuó disparando hasta que calculó que había utilizado la mitad del cargador.

De acuerdo con el procedimiento, Álex colocó el seguro al arma y la dejó sobre el atril que tenía delante. A continuación, se encogió sobre sí misma. El brazo le colgaba sin fuerza. Un cosquilleo desagradable recorría todos sus músculos, desde el hombro hasta la punta de los dedos. Apenas podía mantener la pistola en el aire, disparar era una quimera.

Volvió la cabeza ante un ruido a su derecha. Las voces de dos jóvenes resonaron al entrar a la galería. Ambos llevaban el pelo a cepillo, y bajo sus camisetas de la academia de policía se marcaban los músculos. Se movían seguros de sí mismos, con el desenfado de quien se siente joven y poderoso.

Al pasar a su lado, sintió como la miraban de arriba abajo, demorándose lo justo para, a continuación, perder el interés. Álex evitó el contacto visual. Lo que menos deseaba ahora era mantener una conversación. Sentía el dolor como si fuera una serpiente enroscándose alrededor de sus cicatrices. Ansiaba llegar a la cabaña, meterse en la cama y no salir de allí el resto de la semana. En lugar de eso, volvió a coger el arma, soltó el seguro y apuntó.

La sala le devolvió el eco de los disparos uno tras otro. Álex apenas podía apuntar, pues tenía los ojos velados por las lágrimas. Se dio cuenta de que había vaciado el resto del cargador cuando oyó un clic repetitivo.

Presionó un interruptor iluminado que sobresalía de un costado de la cabina, y la diana, colgada de un rail, se desplazó hacia su posición. Con un pitido, se detuvo frente a ella. Álex comprobó el desastre. El mejor disparo apenas rozaba el hombro del criminal. Otro disparo había acertado en el centro mismo de la cabeza del rehén. Los demás ni tan siquiera habían tocado el papel.

Álex se dijo que no había sido una buena idea venir y empezó a recoger.

—Vaya, casi aciertas.

Álex alzó la cabeza. Los chicos miraban el resultado de sus disparos apoyados en la pared del fondo. A duras penas aguantaban las risas.

—Un rehén muy peligroso.

Las carcajadas corearon la gracia.

—Deberías dejar de jugar con pistolas —añadió el más rubio mientras se retiraban—. Podrías hacer daño a alguien.

Álex forzó una sonrisa sin tan siquiera mirarlos, terminó de recoger y se dirigió a la salida. Los chicos se habían metido en la cabina siguiente a la suya. Al pasar a su altura, el más alto de los dos dijo entre dientes:

—Anda, bonita, cuando quieras te doy clases particulares.

Y, ante el asombro de Álex, le dio una palmada en el trasero.

Los chicos reían dándole la espalda. Eran tan solo unos críos con exceso de testosterona, solo comparable a su nivel de idiotez. No merecían la pena. Esa última frase no dejó de repetírsela mientras sacaba la pistola de la funda. Con un movimiento fluido, introdujo el segundo cargador y apuntó. El chasquido al cargar la pistola los hizo volverse.

—¡Pero qué...!

—¡Coño!

Los dos se lanzaron al suelo cubriéndose con los brazos en un gesto inútil. Álex descargó un disparo tras otro. Comprobó que la rabia ahogaba el dolor. Tras cada detonación tomaba aire ignorando los pinchazos del brazo y los gritos de los chavales. Cuando vació el cargador, se hizo el silencio. El aire de la sala parecía haberse solidificado. Álex avanzó hacia la cabina con el arma pegada al muslo. Esquivó los cuerpos tendidos en el suelo y le dio un manotazo al interruptor iluminado.

—¿Estás loca? —acertó a farfullar el rubio, encogido a sus pies.

Sin tan siquiera mirarle, guardó el arma con tranquilidad y abandonó la sala de tiro.

Solo cuando comprobaron que se había marchado de verdad, se atrevieron a levantarse. La diana colgaba del rail frente a ellos. Ninguno de los dos dijo nada, tan solo miraban el boquete enorme en el papel, donde antes estaba dibujada la entrepierna del secuestrador.

28

Isaías Solís intentó acomodar por enésima vez su enorme corpachón sobre el taburete alto. Concluyó que hoy en día hacían los asientos muy incómodos. La chaqueta también le molestaba. Se pasó el pañuelo de tela por la frente. En aquel lugar hacía bastante calor, y además olía a cloaca. Uno de los policías le había confesado que hasta no hacía mucho lo utilizaban de almacén.

A su lado esperaba de pie la subinspectora que le había contactado. Había sido muy clara y directa cuando le llamó por teléfono. Saltándose cualquier protocolo, le había enviado el cuaderno de dibujo para su análisis. Daba por hecho que iba a aceptar su petición, y, de algún modo extraño que él no terminaba de entender, así había sido. Se sentía algo molesto, porque normalmente cobraba por estas cosas. Al fin y al cabo, era investigador del Departamento de Psicología Evolutiva de la Universidad de Lleida. Bueno, intentaría acabar cuanto antes y marcharse.

A una señal suya, la sala quedó a oscuras. Podía sentir la incomodidad de los presentes. La imagen del cuaderno de dibujo de la niña ya estaba proyectada sobre la pared blanca. Contuvo una mueca. Era cierto que aquellos trazos enérgicos y desesperados alrededor de las figuras parecían manchas de sangre.

—Bueno —empezó—. Este caso resulta singular porque el sujeto en cuestión tenía una edad en la que, normalmente, se abandona esta forma de expresión porque suelen ser capaces de usar las palabras para comunicar sus preocupaciones. Aunque tampoco se les entienda demasiado, claro.

Nadie rio el chiste. Tragó saliva. Con su público habitual siempre tenía éxito. Carraspeó y continuó.

—Bueno, el dibujo ha sido siempre considerado una herramienta psicodiagnóstica de gran utilidad, ya que aporta muchos elementos simbólicos. Quiero que tengan en cuenta, de todos modos, que los análisis gráficos son un recurso complementario. Lo ideal es también mantener sesiones de trabajo con el sujeto.

Solís calló un instante. Era obvio que el sujeto en cuestión no iba a poder asistir a ninguna sesión. Volvió a carraspear y pasó a una nueva diapositiva. La dejó durante unos segundos y pasó a otra sin comentar nada. En las sombras sintió la expectación de los policías. Hizo lo mismo con otras dos más, siempre dejando un tiempo para que pudieran ver bien las imágenes. En ellas se repetían las figuras con la cabeza pequeña, redondas y de frente, pero con el cuerpo de perfil. Las caras tenían algunos rasgos, pero en general eran inexpresivas; excepto las bocas, que aparecían abiertas, como emitiendo un grito silencioso. Una de las figuras era mucho más gruesa que las demás y aparecía siempre en un lado apartado de la hoja.

—Como ven, las figuras no tienen pelo. Los ojos son grandes y vacíos. Tampoco hay orejas ni narices. Los cuellos son largos, igual que los brazos, que dibujó separados. No hay manos. Lo mismo ocurre con las piernas, que se ven largas y delgadas y sin pies. Hay también una clara asimetría entre el dibujo que la representaba a ella y el resto, el exterior, visto como agresor.

Pasó algunas imágenes más donde se veían figuras similares.

—De acuerdo con estos dibujos, se puede afirmar, con toda la precaución posible, que el sujeto presentaba rasgos que pueden asociarse a la depresión, con tendencia a alejarse y evadirse. Parece que estaba a la defensiva, aunque hay también un componente de cierta agresividad. Se infiere también de su análisis cierta inmadurez emocional y negación de su sexualidad. Seguramente tenía un déficit de comunicación importante, sumado al rechazo de las relaciones sociales. Y un gran sentimiento de culpa. Estaba inadaptada y, a veces, mostraba falta de contacto, pues era dependiente y deseaba ser autónoma.

La incomodidad del asiento se acentuó. Volvió a pasarse el pañuelo por la cara. Qué calor, por Dios. Los observó mientras asimilaban sus palabras. Ahora venía lo interesante. Hasta aquí, aquel cuaderno de dibujo no tenía nada de extraordinario, nada que él no hubiera visto antes. La pobre chica sufría acoso, sin duda, que se sumaba a una terrible carga emocional por su situación personal. No obstante, las siguientes imágenes eran otra cuestión. Presionó el ratón inalámbrico y cambió la transparencia.

Un enorme animal, que bien podría ser un perro, un lobo o algo similar, ocupó toda la pared. Lo había dibujado con trazos enérgicos y profundos. Tenía unos colmillos enormes y garras a juego. Estaba subido encima de una figura que representaba a la niña. No tenía ojos, solo una gran boca abierta.

Volvió a apretar el botón.

En la siguiente imagen, toda la hoja estaba pintada

de negro excepto en el centro, donde había dibujado una cara blanca. Sonreía, pero no parecía alegre, más bien era una sonrisa siniestra. El único color en todo el dibujo era el rojo brillante de la boca.

—Estas son las últimas imágenes del cuaderno.

Hizo un gesto y se encendieron las luces. Definitivamente, había captado el interés de la sala.

—Bueno. Estos dibujos, debo admitirlo —se rascó la cabeza—, resultan bastante desconcertantes. Se diferencian mucho de los anteriores. No es fácil establecer conclusiones específicas claras. El sujet... —Enmudeció al ver la expresión de la subinspectora—. La... niña, quería decir, sin duda, sufría. Los dos dibujos se realizaron en un corto espacio de tiempo. Imprimió tanta fuerza y velocidad al hacerlos que las hojas de papel están arrugadas y una, incluso, rota por un lado. El significado se me escapa, sin poder trabajar con ella es difícil establecer un diagnóstico completo, pero puedo afirmar que estos dibujos fueron efectuados en un estado emocional bastante comprometido.

—¿Qué quiere decir? —preguntó un chico espigado sentado al fondo.

—Quiero decir que la niña estaba muerta de miedo cuando los dibujó.

Solís terminó de guardar su material y abandonó la sala tras estrecharle la mano a la subinspectora. Parecía aliviado. Por un momento, el equipo se quedó callado, sumido cada uno en sus pensamientos, hasta que Serra rompió el silencio.

—¿Conseguisteis alguna declaración en el pueblo?

—La gente era muy reacia a hablar —apuntó Vila—. Todos coinciden en que la tía de la niña es una buena persona, aunque no hablaron tan bien del marido. Al parecer, el hombre no tenía oficio ni beneficio, bebía de más y, de vez en cuando, se incorporaba a las brigadas municipales de forma temporal. Murió hace tres años. De la niña no sabían decir mucho. No la veían salir de casa y tampoco se relacionaba con los niños del pueblo.

—Hubo una anciana —intervino Alain— que nos dijo que aquella casa estaba maldita. Que en el pasado habían vivido allí brujas y que no le extrañaba nada de lo que había ocurrido. Luego nos cerró la puerta en las narices.

—Lo cierto es que el ambiente de aquel pueblo era inquietante.

—Sí. Es como si realmente creyeran que el responsable de la muerte de Martina sea un monstruo salido de alguna de sus antiguas historias.

El intendente se asomó por la puerta y los interrumpió.

—Subinspectora Serra, ¿tiene un momento?

Álex asintió y salió al pasillo. Notó que Díaz hacía grandes esfuerzos para controlarse.

—¿Estás mal de la cabeza? —masculló en voz baja.

—¿De qué hablas?

—Consigo que te reincorpores al servicio y antes de que me haya dado cuenta ¿disparas sobre unos compañeros?

—Disparé a una diana.

—¡Me importa una mierda! —gritó con el rostro enrojecido. Luego, miró a ambos lados del pasillo. Se lo pensó mejor y bajó la voz—. Eres afortunada porque no te van a denunciar, aunque todo el mundo se ha enterado de lo sucedido. Lo mínimo sería abrirte un expediente.

Álex se encogió de hombros.

—Hazlo.

—Mira —insistió pegándose mucho a ella. Podía notar su aliento en la cara—, me la he jugado por ti.

Álex apoyó la mano en el pecho de Díaz y lo empujó hacia atrás.

—No te acerques tanto o te rompo el brazo.

Díaz frunció el ceño. Dio un paso atrás y, apoyado en la pared, se pasó la mano por el rostro.

—Tienes que controlarte..., por favor. No puede repetirse algo parecido. Te recuerdo que una de las condiciones para tu vuelta al servicio era ir a ver al psiquiatra del cuerpo.

Álex se volvió hacia la sala.

—Lo haré en cuanto pueda. Si me disculpas, ahora tengo trabajo, intendente.

29

Jac Maury miró por la ventana de su consulta y contempló como la lluvia anegaba el terreno que daba a la parte trasera de la casa. La tarde apenas había empezado, pero fuera estaba tan oscuro que cualquiera podía pensar que era ya de noche. Hasta el clima parecía en sintonía con su estado de ánimo. Sonrió con ironía. Aquel era un buen día para aplicar el test de la persona bajo la lluvia. Los test proyectivos de ese tipo se enmarcaban en la teoría psicoanalítica y resultaban muy útiles para definir el perfil de un sujeto en estudio. Estaba tentado de ofrecerle un lápiz y un papel a su nuevo paciente, aunque ya preveía que un entorno adverso no suponía ningún problema para él. Se preguntó cuál sería el resultado, no obstante dudaba que consiguiera exteriorizar su mundo interior, tal y como se suponía que el test lograba.

Suspiró mientras se dirigía hacia su mesa.

—Repítamelo, por favor, pero con otras palabras.

No es que no estuviera interesado en lo que le acababa de decir, más bien quería evitar que supiera que no había escuchado ni una palabra durante los últimos diez minutos. Sin embargo, por la pausa que siguió a su petición, advirtió que no había pasado desapercibida su falta de atención. Carraspeó e intentó estar más atento.

Le costaba concentrarse en aquel caso. Observó a su

paciente. Desde su posición veía su reflejo en el espejo de cuerpo entero que tenía apoyado contra la pared. Estaba sentado en el sillón que normalmente utilizaba él mismo. Parecía relajado, pero no se dejaba engañar. Había visto muchos pacientes que sabían esconder muy bien su verdadera naturaleza. Había algo en él que le ponía nervioso, y tal vez por eso estaba menos centrado. Sin duda, aquel hombre le inquietaba. Aunque quizás esa no era la palabra. *Miedo* se acercaba mejor a las sensaciones que le provocaba. Le daba miedo.

Al principio había pensado en delegar el caso a otro compañero, un psiquiatra de la Seu que, como él, ofrecía psicoterapia individual. Más de uno hubiera pensado que, de acuerdo con las circunstancias, era lo más acertado profesionalmente. Él no había trabajado nunca antes con alguien que sufriera amnesia disociativa. Pero, al fin y al cabo, aquel era su trabajo y no veía otro mejor que él para hacerlo.

Lo cierto es que no le iba mal. Aparte de las terapias individuales, también trabajaba ocasionalmente, para complementar ingresos, con alguna institución. Algunas veces, muy contadas, incluso la policía había solicitado sus servicios. Esto último le había resultado de lo más estimulante, desde luego, mucho más que escuchar una y otra vez a pacientes con los mismos trastornos de conducta, ansiedad o depresión. Aquella zona de los Pirineos no era precisamente la más poblada del planeta.

—La veo en sueños.

La voz, de un tono grave y educado, le sobresaltó. Había vuelto a despistarse. Cambió de postura en el asiento e intentó focalizar su atención en la sesión. Hizo como que anotaba algo en su libreta, esquivando la mirada del paciente, que le observaba expectante.

—¿Cómo son esos sueños? Cuénteme —preguntó por fin.

El hombre carraspeó. Maury vio en el reflejo del espejo cómo se frotaba con insistencia el brazo. Con el movimiento se levantó la camisa sin querer y mostró por unos segundos una amplia cicatriz que iba desde el codo hasta la muñeca. Él advirtió su escrutinio y, con rapidez, se ajustó la manga.

—Ella ha vuelto para devolverme los recuerdos. Era la persona más dulce que he conocido. La única persona que he amado.

—¿Era? ¿Ya no está con nosotros?

La sonrisa amarga del hombre pareció apartar por unos segundos el velo de su verdadera personalidad, contenida y oculta por años de amnesia. Le dio un escalofrío. ¿Era prudente despertar aquella consciencia? ¿Ayudar a recuperar sus recuerdos? De repente, sintió una gran necesidad de dar por concluida la sesión y salir de aquella habitación. Pero eso no era propio de él, por lo que, en su lugar, cogió aire e intentó retomar la conversación.

—No sé si acabo de entenderle.

—Ella es el origen de todo. El principio y el final. En definitiva, el motivo por el que estoy aquí, con usted.

—Sigo confundido, perdóneme.

—Tal vez si se lo explico desde otro punto de vista...

—Inténtelo.

—Muy bien. Quizás me ayude si me contesta usted una pregunta.

—Hum. De acuerdo, adelante.

—Dígame, ¿cree que existe un motivo lo suficientemente importante como para estar dispuesto a matar a un ser inocente?

30

Álex se plantó en medio de la carretera. A ambos lados se alzaba el bosque, y, por encima de los árboles, las montañas se elevaban hasta estrechar el cielo. El viento removía las hojas de los pinos negros y los abedules. Al rozarlas, estas emitían un sonido similar al revuelo de una bandada de pájaros.

Las tareas de búsqueda se habían concentrado alrededor del colegio y del pueblo, muy lejos de allí. Sin embargo, según le había dicho el chico, a Martina la habían visto pedalear hasta subir aquella cuesta, pero, al llegar ellos arriba, la niña se había evaporado. La explicación más plausible era que un vehículo se hubiera detenido y la hubiera recogido. Sin embargo, el chico juraba que no habían tardado más de un minuto en alcanzar la cima con sus bicicletas y no habían visto ni oído ningún coche ni nada parecido. Desde ese punto, la carretera continuaba en línea recta hasta que se perdía en una curva trescientos metros más allá. Era imposible que un vehículo hubiera pasado sin cruzarse con ellos.

Por la mañana le había llamado Alain. Habían conseguido identificar al dueño de la furgoneta con matrícula de Marsella que había sido vista el mismo día de la desaparición de Martina. Se trataba de un técnico de la empresa de mantenimiento del motor del teleférico de Sallente que volvía a casa tras una visita rutinaria. No tenía antecedentes y su coartada era impecable.

Álex recorrió andando el arcén derecho de la carretera durante unos treinta metros, se detuvo y miró hacia atrás. El sol acariciaba la cumbre del Coll d'Oli. Volvió sobre sus pasos por el otro arcén y se detuvo al llegar a la parte más alta de la cuesta. Su mirada volvió a escrutar el bosque. Los únicos testigos de la desaparición de Martina eran aquellos árboles. Sin embargo, allí no había nada. Las copas se agitaron con una nueva racha de aire que le removió la chaqueta abierta. Contuvo un exabrupto, giró sobre sí misma y cruzó la carretera hacia el coche para volver a comisaría.

Cuando llegó a la altura del Wrangler, advirtió que se le había desatado la bota. Al inclinarse, su mirada vagó sin dirección hasta que se detuvo en los densos matorrales de boj que se alzaban a su derecha. Se enderezó de repente, olvidando su bota desatada. Le había parecido ver algo de color rojo. Se acercó hasta el borde del arcén y apartó las ramas con el brazo, descubriendo un viejo mojón de carretera inclinado y con una grieta que lo partía en dos. Resultaba curioso que solo se viera desde el lugar donde ella se había parado a atarse los cordones. Se disponía a volver al coche cuando distinguió un trazo en la tierra que parecía el principio de un sendero. Al acercarse, descubrió unas marcas en el barro reseco. Se trataba de las huellas de un neumático de bicicleta.

Álex avanzó por la senda de tierra. Apenas había señales a causa de la lluvia caída, pero, cuando ya empezaba a desesperarse, descubrió una leve marca de neumático. Sin darse cuenta se encontró bajo los árboles. Al volver la vista atrás comprobó que desde allí ya no se veía la carretera. Los chicos no habrían podido ver a Martina aunque hubieran sabido por dónde se había metido. Siguió adelante. Cada vez más espaciadas, volvía a ver las mismas marcas de neumáticos en la tierra. Por un momento, Álex pensó que era posible que se tratara del rastro de otros ciclistas; sin embargo, dudaba que por aquel camino casi impracticable pasara nadie.

Continuó por el sendero ajena a las gotas que empezaron a caer. Según avanzaba, el bosque se volvía más denso e intrincado. La luz de la tarde apenas conseguía llegar hasta allí. Las sombras a su alrededor parecían adquirir vida, solidificándose a su paso. La temperatura empezó a descender. Llegó a un claro donde descubrió un árbol con la corteza dañada y tierra removida alrededor. Los tallos de unos helechos a su izquierda estaban retorcidos contra el suelo, como si hubiera caído un peso sobre ellos. Ahí se terminaba el rastro.

Se arrodilló y colocó la mano en el suelo sin importarle mancharse de barro. Cerró los ojos. Pasaron unos minutos sin que nada ocurriera, pero entonces la imagen de Martina se formó en su mente. La vio pedaleando a punto de desfallecer. Sintió sus emociones como una corriente que la arrastraba y que amenazaba con llevársela a ella misma por delante. Álex clavó las uñas en el suelo. Desesperación. Cansancio. Miedo. Mucho miedo. De pronto, un fuerte dolor. ¿Una caída? La imagen se distorsionó y cambió. El terror de la niña la inundó con tanta fuerza que Álex se tambaleó y abrió los ojos de golpe. Las imágenes desaparecieron de su mente, pero no las sensaciones.

Intentó recuperar el aliento. Había estado conteniendo la respiración sin darse cuenta. Los latidos de su corazón resonaban en sus oídos, y una creciente sensación de pánico le empezó a cerrar la garganta. El terror que la imagen de la niña le había transmitido se había quedado con ella.

Se levantó más deprisa de lo que pretendía. Cerró con fuerza los puños para intentar detener el temblor de sus manos. Sus pensamientos se volvieron oscuros y caóticos. El pánico reptó desde el pecho hacia su garganta. Se le hizo más difícil respirar. Un grito estalló en su mente: corre.

Álex volvió a cerrar los ojos a pesar de que sus instintos le gritaban que no lo hiciera. Su cuerpo se estremecía a causa de la tensión de los músculos. Cogió aire y, mientras lo soltaba, se obligó a enterrar todos sus miedos. Volvió a repetir la respiración una y otra vez. No se podía permitir dejarse arrastrar por el sentimiento de terror de Martina, que la había inundado. Se dijo que todo estaba bien. Que estaba a salvo. Se forzó a abrir las manos, a calmarse, hasta que consiguió que sus pulsaciones se ralentizaran, los temblores pararan y el monstruo volviera al lugar del que había salido.

Cuando volvió a abrir los ojos tuvo que apoyarse en el tronco del árbol. De repente, estaba agotada. Aún sentía su interior bullendo, pero había vuelto a tomar el control. Lo había conseguido, por el momento.

Lo más prudente era marcharse y volver con refuerzos para organizar una batida en aquella parte del bosque. Empezó a retroceder sobre sus pasos con cuidado de no dañar el rastro, pero entonces sus ojos se fijaron en una roca, a su derecha. Sobre la piedra había una mancha de color ocre en forma de mano. Al acercarse, descubrió una vereda apenas visible, excepto para alguien habituado a la montaña. Se alejaba aún más de la carretera. Unos metros más adelante un objeto brillaba entre el barro. Lo recogió del suelo. Se trataba de un trozo de plástico anaranjado, un reflectante que se solía llevar entre los radios de la bicicleta. Al parecer, la niña había cogido ese camino, pero ¿qué la había llevado a internarse todavía más en el bosque? No tenía sentido.

Miró al cielo, Álex calculó que quedaba un par de horas de luz, como mucho. La lluvia empezaba a caer con más intensidad. Se repitió que lo más inteligente era volver al día siguiente con ayuda. Eso era lo más razonable. Pero, a estas alturas, no pensaba engañarse.

El camino, una senda abierta por los animales, apenas era practicable, y en dos ocasiones creyó haberlo perdido. No encontró más huellas, pero no era extraño, porque aquel lado de la montaña estaba mucho más afectado por las lluvias. Empezó a bajar en dirección a la vaguada. Su avance se volvió más complicado cuando tuvo que sortear un torrente de agua que bajaba con fuerza entre piedras y un árbol caído. Según descendía, el bosque se hizo más denso. Los árboles apenas dejaban pasar la luz del exterior. La niebla surgía del suelo y se aferraba a sus troncos. Había tanta humedad en el aire que Álex tenía la sensación de estar dentro de una nube. Empezó a pensar que era imposible que Martina hubiera podido llegar hasta allí por sí sola cuando, de repente, se topó con el final del sendero.

En el lugar donde se había detenido, unas grandes rocas formaban un enorme conjunto de piedra. Optó por ascender por él para tener una mejor visión de la zona. Al llegar arriba, al otro lado del río, descubrió la casa.

31

Se trataba de una antigua masía abandonada.

Álex descendió de las rocas por el otro lado. Una vez abajo, las hierbas le llegaban a la altura de la cintura. Haciendo honor a su nombre, la oscuridad empezó a cubrir el valle. Álex extrajo de su chaqueta una pequeña Maglite con la que iluminó el edificio más cercano. Era un viejo corral invadido por las hierbas y con el tejado hundido. Las vigas, largos troncos tallados de forma tosca, se apoyaban contra la pared como el costillar de un moribundo. Unos metros más allá se alzaban los restos de un aljibe. El hueco donde debía estar la puerta estaba cubierto de telarañas. En ese momento, se oyó un chirrido metálico más allá de los árboles.

Álex apagó la linterna, desenfundó el arma y se agachó hasta situar su cabeza apenas por encima de las altas hierbas. El sonido volvió a repetirse. Parecía provenir del edificio más grande, que se alzaba a su izquierda. Conservaba todavía parte del techo. Álex supuso que sería la casa principal. Al acercarse, observó que algunas ventanas del piso superior estaban tapadas con cartones y plásticos. Se pegó a la pared junto a la entrada. Rebuscó en un bolsillo del pantalón y extrajo el móvil. No tenía cobertura. Volvió a guardarlo maldiciendo en voz baja. Con la mano libre empujó la puerta y esta cedió con un crujido. Terminó de abrirla con un golpe del hombro y entró empuñando la pistola.

Un intenso hedor flotaba en el aire. Encendió la Maglite e iluminó la estancia vacía, una especie de establo. El suelo de tierra apelmazada estaba cubierto de restos de basura. El techo, por encima de su cabeza, se combaba como un viejo colchón, apenas sostenido por cuatro viejas vigas de madera recubiertas de telarañas. La luz de la linterna mostró unos peldaños de obra incrustados en el muro que accedían al siguiente piso.

Álex subió despacio. El hedor era cada vez más insoportable, y empezó a oír un zumbido. Al llegar arriba, se encontró en un pequeño recibidor. El aire del exterior se colaba entre los huecos del cartón incrustado en la ventana. Se internó por un pasillo. El suelo crujía a cada paso que daba. Al otro lado había dos estancias. Entró en la primera cruzando la pistola por encima de la mano con la que sujetaba la linterna. Allí descubrió el origen del olor.

El cuerpo colgaba de una cuerda de cáñamo atada a la viga del techo. Era una masa sanguinolenta apenas reconocible. Lo habían despellejado sobre una oxidada bañera, cuyo fondo estaba cubierto por una costra oscura. Una decena de moscas zumbaba alrededor. Álex desplazó el haz de luz a su derecha. Sobre un banco de trabajo descansaban varias trampas cubiertas de óxido y una sierra con los dientes retorcidos. Un rudimentario marco de madera apoyado en la pared mantenía en tensión la piel aún fresca. Álex reconoció el pelaje oscuro y las manchas blancas del cráneo propias de un tejón. A tenor de la sangre que aún goteaba del cuerpo, hacía poco tiempo que lo habían cazado.

Volvió al pasillo desplazándose con sigilo y entró a

la siguiente estancia. El hedor de la anterior se mezcló con el olor a humo y sudor rancio. La única ventana que tenía la habitación estaba cubierta por bolsas de plástico, cartones y ramas encajadas. Álex giró sobre sí misma, iluminando el lugar con la linterna. Tirado en el suelo, descubrió un colchón cubierto con un montón de mantas mugrientas. Una sucia toalla enrollada con el rostro de Snoopy hacía de almohada. A su izquierda, se abría el hueco de una chimenea medio derruida, donde distinguió ceniza acumulada y restos de troncos quemados. Alzó la linterna e iluminó las paredes. Álex contuvo una exclamación.

Del suelo al techo, todas las paredes estaban cubiertas de intrincados dibujos y frases ininteligibles. Deslizó la mano por encima y emborronó un trazo, que estaba hecho con carboncillo. Dirigió entonces la linterna hacia el resto de la estancia. Objetos de todo tipo se acumulaban formando pilas y ocupando cualquier espacio libre de la habitación. Al moverse Álex, el haz de luz arrancó un reflejo metálico de un rincón. Se acercó dubitativa sin dejar de enfocarlo. Era una bicicleta. Alargó la mano para tocarla cuando a su espalda oyó un gruñido.

Antes de que pudiera girarse y levantar el arma, una de las montañas de basura tomó vida y se abalanzó sobre ella. Álex sintió un fuerte dolor en la mano. La linterna voló por los aires y desapareció en la oscuridad. Una especie de garra le torció la muñeca y la obligó a soltar la pistola mientras la agarraba del cuello con una fuerza animal y la levantaba del suelo.

Un rostro deformado por la ira se pegó a ella: apenas distinguió el brillo de unos ojos rodeados de una maraña de pelo grasiento. No podía respirar. Empezaba a perder la consciencia cuando, de forma inesperada, su atacante la soltó y ella se derrumbó como un muñeco. Antes de poder alegrarse de volver a respirar, se vio arrastrada fuera de la habitación. De repente, el suelo desapareció bajo su cuerpo y cayó por el hueco de la escalera. El golpe la dejó sin aire. El sabor de la sangre inundó su boca. Intentó levantarse, pero las piernas no le respondían. Temió haberse roto la espalda. Antes de desmayarse tuvo tiempo de ver una enorme sombra bajando por las escaleras.

32

El dolor volvió con la consciencia. Álex se resistió. Intentó no despertar. Quería seguir sumergida en aquella oscuridad reconfortante, sin preocupaciones ni miedos, sin sueños. Sin embargo, el dolor continuó abriéndose paso. Sintió la humedad del suelo bajo su espalda y la lluvia que empapaba su rostro. Comprobó que le costaba tragar. Tomó aire y el dolor se trasladó a la garganta. Se llevó la mano al cuello y soltó un gemido. Despacio, se giró sobre sí misma y se puso en cuclillas. Un lado de su cuerpo parecía que estaba en llamas. Contuvo las ganas de vomitar. El hombro le dolía horrores, pero al menos el brazo se movía.

Al levantar la vista, aún desenfocada, comprobó que estaba fuera de la casa y que era de noche. Consultó su reloj, pero la esfera se había partido en pedazos. No sabía cuánto tiempo había transcurrido. Miró a su alrededor. Ningún rastro de su atacante. Quizás la daba por muerta o prefería volver más tarde para rematarla. Se apartó el pelo de la cara, toda ella estaba empapada. Los temblores le anunciaron una más que posible hipotermia. Intentó levantarse, pero tuvo que volver a sentarse y apoyar la espalda contra el muro de la casa cuando el mundo a su alrededor empezó a dar vueltas. Rebuscó dentro de su chaqueta hasta que encontró el móvil. Por fortuna, no había corrido la misma suerte que su reloj. Sin embargo, seguía sin tener cobertura. Maldijo entre dientes sintiendo el sabor de la sangre. Se obligó a levantarse y avanzó a trompicones por entre el mar de hierba hasta que no pudo más y se dejó caer al suelo. No se creía capaz de volver a andar nunca más.

Volvió a consultar la pantalla del móvil. El indicador de intensidad de señal seguía en blanco. Soltó un taco y agitó el móvil de un lado a otro sabiendo que era algo inútil. La emisora la tenía en el coche, que ahora parecía estar a miles de kilómetros de distancia. Volvió a mirar la pantalla. Para su sorpresa, apareció una titubeante línea. Pulsó las teclas con la sensación de que en cualquier momento volvería a perder la señal. El tono de llamada le pareció prometedor.

—Comisaría de la Seu, ¿en qué puedo ayudarle?

Al empezar a hablar, el dolor le cerró la garganta.

—Soy... la subinspectora Serra.

—¿Cómo? ¿Quién dice que es?

Álex no repitió sus palabras. Sintió que volvía a perder la consciencia. Murmuró su localización y cayó de lado. Incapaz de sostenerlo en la mano, el móvil rodó entre la hierba. No sabía si la había oído. Descubrió que no le importaba cuando su mente empezó a fundirse en negro. Antes de perder el sentido, se preguntó si en aquella ocasión volvería a despertar. Abrazó la creciente oscuridad con alivio. A lo lejos, creyó oír una voz que surgía del teléfono, pero ya no oyó lo que decía.

Lo primero que Álex pensó al despertar es lo molesta que resultaba aquella luz encima de su rostro. A lo lejos oía voces y el trasiego de personas. Distinguió dos coches patrulla y una ambulancia. Abrió los ojos, pero enseguida los cerró dolorida.

—¿Está bien?

Hizo una mueca ante la voz más cercana que la interpelaba. Su sencilla pregunta se había multiplicado dentro de su cabeza un centenar de veces. Respiró hondo y volvió a abrir los ojos. Se encontró con el rostro preocupado de un joven con barba de chivo, por las ropas descubrió que era un sanitario. A su lado, se inclinaba Díaz.

Se removió en el sitio y descubrió que la cubría una tela brillante. Alguien la había envuelto con una manta isotérmica que crujió cuando la apartó de un tirón. Probó a ponerse de pie, pero el sanitario, que parecía simpático, le puso una mano en el hombro para evitarlo.

—Es mejor que no se levante. Vamos a llevarla al hospital.

—Esto empieza a ser una mala costumbre —dijo recordando el año anterior, y enseguida se arrepintió al arderle la garganta. Insistió en levantarse a pesar de las protestas. Cuando lo consiguió comprobó con alivio que el mundo volvía a ser estable.

—Una taza con algo caliente me iría bien.

No reconoció su voz convertida en un susurro. Se llevó las manos al cuello y enseguida las retiró con un gruñido por el dolor.

—Tienes un moratón importante y quizás algo roto. ¿Estás segura de que no quieres tumbarte? —intervino Díaz solícito.

Su preocupación resultaba enternecedora. Carraspeó y negó con la cabeza.

—Estoy bien. ¿Cómo...?

—Melero fue quien supo dónde encontrarte —explicó Díaz—. El agente que recibió tu llamada no terminó de entenderte, pero el chaval acababa de terminar un inventario con posibles lugares del valle donde el asesino pudo esconder a Martina tras su secuestro y uno de ellos coincidía con tu descripción.

—¿Y...? —Señaló los coches.

—No ha sido nada fácil llegar hasta aquí. Hay un viejo camino que atraviesa la montaña. ¿Puedes explicarme qué cojones ha pasado?

Tras darle varios tragos al café caliente que un agente le había traído en un termo, Álex les desgranó cómo había sabido que Martina había desaparecido en un lugar diferente al que ellos suponían, cómo había encontrado el viejo sendero por donde la niña había escapado de sus compañeros y cómo todo eso la había llevado a aquella masía abandonada. Brevemente, les relató el ataque que había sufrido.

—Aquí no hay nadie aparte de ti. Emitiremos una orden de busca y captura de inmediato.

Álex simplemente asintió. Cada palabra le ardía en la garganta y las explicaciones la habían agotado. Un agente salió de la casa y se acercó al intendente.

—El equipo está trabajando todavía. Hay mucho que hacer ahí dentro. Habrá que pedir refuerzos, pero —se volvió hacia Álex— hemos encontrado tu arma. —Hizo una pausa y volvió a dirigirse a Díaz—. También hemos encontrado una bicicleta y una camiseta con el dibujo de un unicornio.

Se hizo el silencio por unos segundos. Todo el mundo sabía qué podía significar aquello.

—¿Habéis encontrado alguna baraja de cartas? —preguntó Álex.

El policía frunció el ceño.

—Tardaremos unos días en analizar todo lo que hay ahí dentro, pero yo diría que no.

—Bueno, felicidades, Serra —intervino Díaz sonriendo—, parece que has encontrado al responsable de la muerte de Martina. No tardaremos en arrestarle y podremos dar por cerrado este caso.

Álex no respondió. Solo pensaba en llegar a casa y dormir un día entero.

33

Díaz se sentía a sus anchas en una rueda de prensa. Esa mañana llevaba el uniforme impoluto, su mejor camisa azul Oxford y una corbata oscura bien ajustada. Aquel era su entorno natural. Allí él era el depredador, el animal dominante en la cúspide de la pirámide alimentaria. Todos aquellos periodistas ávidos de titulares eran como las hienas que rodean al león esperando para apoderarse de los despojos de su caza. Rondaban alrededor. Gruñían un poco, pero al final inclinaban la cabeza servilmente. Sin embargo, él no se llevaba a engaño, sabía que si notaban una mínima debilidad se echarían encima y le devorarían sin dudarlo.

Cuando se encendieron los focos de las televisiones, contuvo una sonrisa. Era una lástima, porque constituía uno de sus mayores atractivos, pero el asesinato de una niña no admitía esa clase de gesto. No le haría quedar bien.

La mesa estaba ocupada por una decena de micrófonos y grabadoras. A su izquierda se sentaba Álex. La miró con el rabillo del ojo. Estaba intentando abrir un botellín de agua mineral sin éxito. Notaba su incomodidad. Como esperaba, al principio se había negado a asistir, pero finalmente había tenido que ceder al recordarle que, del mismo modo que la había incorporado, podía apartarla del caso. Todos los presentes en la sala habían visto las heridas del rostro, así como el moratón del cuello, a pesar de que Serra hacía todo lo posible por taparlo. Era perfecto para mostrar como sus agentes (su equipo) anteponían el deber a su propia integridad. Una excelente imagen para el cuerpo y un paso más hacia su futuro puesto de comisario.

El murmullo en la sala se apaciguó lo suficiente para saber que era hora de empezar. La responsable de la relación con los medios, una chica recién salida de la universidad, dio paso a la rueda de prensa.

—Buenos días a todos. Gracias por venir. El señor intendente hará una declaración y, posteriormente, daremos paso al turno de preguntas.

Díaz echó los hombros hacia atrás y empezó a hablar con voz clara y segura. En todo momento pensaba mantener un tono institucional.

—Como ya han podido leer en la nota de prensa que les hemos facilitado, en el día de ayer localizamos e identificamos al responsable del secuestro y posterior muerte de Martina Seguí. Su nombre es Ángel Bonmatí, un hombre sin domicilio conocido que ocupaba de forma ilegal una antigua masía.

Díaz vio con satisfacción cómo casi todos los periodistas tomaban nota, atentos a sus palabras. El silencio en la sala de prensa era absoluto.

—El operativo de búsqueda —continuó— está en marcha. Se ha dado también aviso a los cuerpos de Policía Nacional y Guardia Civil. En estos mismos instantes, equipos de agentes con perros adiestrados están peinando todo el valle, apoyados por un helicóptero que sobrevuela desde primera hora de la mañana la zona donde fue visto por última vez. Si les parece, ahora pasaré a responder sus preguntas.

Se levantaron una decena de manos.

Luc Moreau miró a su alrededor enarcando las cejas. Un joven que apenas sobrepasaba la mayoría de edad se volvió hacia él y le sonrió como haría a su abuelo. Moreau masculló por lo bajo y el chaval volvió a centrarse en las palabras de Díaz, que respondía en ese momento a un corresponsal de la Cadena SER. Joder, los compañeros que le rodeaban no habían nacido todavía cuando él ya pateaba las calles de Barcelona como periodista de sucesos. Los medios de comunicación cada vez andaban más escasos de recursos y tiraban de críos recién salidos de la facultad. Solo había que ver las preguntas que hacían: un baño y masaje para el intendente.

Disimuló un eructo. El regusto agrió del alcohol le hizo pensar que le iría muy bien una cerveza. No recordaba la noche anterior. Esto le ocurría cada vez con más frecuencia. Se miró los pantalones de pana arrugados y los zapatos cubiertos por una capa gris de polvo. No necesitaba ver su camisa para saber que tendría manchas de café y comida. Su pesado tres cuartos, que no se quitaba ni para ir al baño, olía a fritanga. Bueno, en general, todo él emanaba un aroma desagradable. Se pasó la mano por el pelo desgreñado, que empezaba a clarear en las entradas. Al volver la cabeza, se vio en el reflejo del cristal de la puerta de la sala. Tenía que admitir que no estaba en su mejor momento.

Bufó ante la siguiente pregunta de un chico de *La Vanguardia*, situado dos filas detrás de él. Como en otras ocasiones, cada vez más frecuentes, Moreau se preguntó cómo narices había terminado en aquella situación.

Desde hacía un año cubría la información local de *Pirineos Actual*, un periodicucho cuyos lectores se podían contar con los dedos de la mano. Él, que había firmado una decena de portadas en los más importantes periódicos del país, cuyo nombre había figurado tres veces entre los candidatos al Albert Londres, se encontraba ahora cubriendo el parto de una vaca o el accidente de tráfico del borracho del pueblo. Ese día, al menos, el asunto era más interesante. La desaparición de una chiquilla, y el posterior hallazgo de su cadáver, no ocurría todos los días. Cunillera, el imberbe redactor jefe que creía que las noticias se hacían desde su despacho, le había enviado a la rueda de prensa con reticencia. Como si no supiera ya qué hacer con él.

En un momento dado, el intendente presentó a la mujer de gesto serio y con heridas en la cara que se sentaba a su lado como la subinspectora Serra, responsable del equipo encargado del caso. La mujer contestó con monosílabos y puntualizó algunos aspectos técnicos con desgana.

Una chica que se sentaba delante de él, con evidentes problemas para mantener las bragas bajo la falda, levantó la mano. Tenía un tono de voz tan estridente que hizo que Moreau se cogiera las sienes.

—De acuerdo con sus afirmaciones, ¿piensan detenerlo pronto? —la oyó preguntar.

El intendente la miró un momento. Un amago de sonrisa. A Moreau le pareció que sopesaba si responder la pregunta o invitarla a cenar. Volvió a contener un eructo. Definitivamente, necesitaba un trago.

—La Vall Fosca es una zona abrupta de acceso

complejo, pero esperamos poner a disposición judicial al sospechoso lo antes posible.

Otras manos se alzaron. Moreau ahogó un bostezo. Se fijó entonces en la subinspectora... ¿*Serra*, había dicho? Parecía que tenía tantas ganas de marcharse de allí como él mismo. Entornó los ojos y la miró con más atención. Le sonaba su cara. Intentó hacer memoria, pero la resaca le impedía pensar con claridad. Entonces, de pronto, le vino a la mente su foto en la portada de un periódico y recordó la noticia. Levantó la mano e intervino sin esperar su turno.

—Creía recordar que la agente Serra había causado baja en el cuerpo el año pasado.

El intendente miró a Álex antes de responder con rostro serio.

—La subinspectora tuvo un tiempo de descanso y ha vuelto a incorporarse al cuerpo recientemente.

—¿Puede ser —continuó Moreau, ignorando el murmullo de protestas de sus compañeros— que su presencia en la investigación se deba a su experiencia con asesinos en serie?

La pregunta provocó un murmullo en la sala.

—¿Asesinos en serie ha dicho? —dijo Díaz en tono jocoso—. Creo que se confunde. Estamos hablando de un único suceso. La agente Serra es una profesional muy capaz, como demostró en el pasado, y con experiencia en todo tipo de casos. Es la máxima responsable del equipo de investigación y estamos muy satisfechos de poder contar con ella.

Esto último lo dijo mirando a Álex con una sonrisa cómplice que no fue correspondida.

—¿Podría ser que Marin..., Martina, perdón, sea tan solo la primera víctima conocida? —Ante la expresión del intendente, se apresuró a corregirse—. Reformulo la pregunta: ¿es posible que se hayan producido o puedan producirse más sucesos similares?

Se hizo el silencio en la sala de prensa. Díaz empezó a responder, pero Moreau le interrumpió.

—Disculpe, señor intendente, querría conocer la opinión de la responsable de la investigación.

Se oyeron los clics de las cámaras mientras Álex apoyaba los codos y se inclinaba hacia el micrófono.

—Como se ha dicho ya, la investigación está en curso. —Hizo una pausa—. No se puede descartar nada. Además de la bicicleta de Martina, se han encontrado otros objetos en el refugio de Bonmatí. Hay que analizar su procedencia.

—Para aclararnos, ¿está diciendo que, en el transcurso de las indagaciones, podrían descubrirse otros asesinatos de menores?

Álex se removió en el asiento.

—Entra dentro de lo posible.

Todo el mundo pudo sentir cómo se incrementaba la tensión dentro de la sala de prensa. Algunos periodistas más espabilados tomaban notas apresuradamente.

—Aunque nada hace pensar eso —intervino Díaz—. Tenemos identificado al responsable. Todos los cuerpos de seguridad del Estado se encuentran en alerta, y, sin ninguna duda, será capturado pronto. No debemos hacer suposiciones que puedan generar una alarma innecesaria entre la población.

Díaz sonrió a Álex, pero en sus ojos brillaba una advertencia implícita. Álex se encogió de hombros, se recostó contra el asiento y tomó un sorbo del botellín de agua.

Varias manos se levantaron, pero tras un gesto del intendente, la responsable de prensa intervino provocando unas leves protestas.

—Muchas gracias por su asistencia. Les informaremos en cuanto haya más novedades.

Mientras se levantaba de su silla, Moreau todavía daba vueltas al comentario final de la subinspectora. Allí había algo más. Sintió una excitación que hacía mucho tiempo que no sentía; tanto que, al principio, lo confundió con uno de los síntomas de la resaca. En su adormecido cerebro empezó a abrirse paso una idea. Sorprendido, reconoció su antiguo instinto, que parecía renacer después de años dormitando. De repente, se sintió con fuerzas renovadas. Sabía qué tenía que hacer, y, por primera vez en mucho tiempo, un trago no fue lo primero que le vino a la mente.

34

Canellas observaba las imágenes con rostro serio. Sobre la mesa estaba el informe de la resonancia que había solicitado una semana antes. Encima de una silla, Álex había dejado el arma, junto con la chaqueta y la camiseta. Esperaba sentada en la camilla mirando el techo con impaciencia.

—¿Ya tienes un diagnóstico?

—Te recuerdo que soy endocrino. Esto debería vértelo un compañero... —Negó con la cabeza mientras sonreía—. El accidente de coche que sufriste el año pasado te ha dejado secuelas y las heridas que te has hecho ahora no ayudan, precisamente.

—Dime algo que no sepa. El dolor va a más y hay momentos en que pierdo la fuerza en el brazo.

Canellas se levantó del asiento y se acercó a ella. Ante la proximidad del joven, Álex se tensó un poco. El médico, ajeno a sus reacciones, empezó a explorarle el hombro. Murmuró algo entre dientes mientras recorría el músculo atravesado por dos largas cicatrices. Álex gruñó cuando el dolor le pegó un latigazo.

—El manguito rotador está compuesto de un grupo de cuatro importantes músculos: el subescapular, el supraespinoso, el infraespinoso y el redondo menor y sus tendones correspondientes. El accidente te provocó un importante daño y en las imágenes se ve claramente una microrrotura en dos de esos músculos.

—Muy bien. ¿Qué solución tengo?

—Las infiltraciones no te servirían para mucho. No sé ni cómo puedes moverte o agarrar algo con la mano. Tienes que operarte. La baja es entre tres y seis meses. Es una operación sencilla...

—Ni de broma —respondió volviendo a ponerse la camiseta—. No me lo puedo permitir.

Canellas reprimió sus siguientes palabras sabiendo ya que era inútil discutir con Álex. Vio como gruñía por el esfuerzo de pasar el brazo izquierdo por la manga. Se sentó frente a su mesa y jugueteó con una especie de bolígrafo grueso.

—¿Y eso? —le dijo Álex mientras acababa de vestirse.

La miró sin entender hasta que vio que se refería al objeto que sostenía entre los dedos.

—Ah, la pluma. Es un dispositivo para inyectar insulina. Más cómodo que las jeringuillas tradicionales. Esta está vacía. La tengo para enseñársela a los debutantes.

—¿Debutantes?

—Sí. De ese modo se llama a los pacientes que son diagnosticados por primera vez con diabetes tipo 1, que es consecuencia de una destrucción de las células del páncreas que...

Se interrumpió al ver la expresión de Álex. Sin perder la sonrisa, dejó a un lado el dispositivo y extrajo de un cajón el talonario de recetas.

—Bueno. Te voy a prescribir un antiinflamatorio. Una pastilla cada ocho horas. Si tienes más dolor del que puedas soportar... —escribió en otro papel—, tómate un Nolotil.

Sostuvo las recetas en el aire frente a Álex impidiendo que las cogiera.

—Prométeme que vas a darle descanso a ese hombro y que, en cuanto resuelvas ese caso, que será pronto por lo que he podido ver en los medios, te vas a operar. Tengo compañeros muy capaces. Puede empeorar.

Álex le miró como si le estuviera hablando en un idioma incomprensible. Canellas soltó un suspiro y le alargó las recetas.

—Gracias, doctor.

Al bajar de la camilla tropezó con él y sus rostros quedaron muy cerca. De repente se sintió muy incómoda, por lo que cogió sus cosas a toda prisa y salió del despacho sin volver la mirada ni despedirse.

35

A la mañana siguiente, Alain y Vila llegaron a la sala y se encontraron con que Serra ya estaba en ella. Las heridas alrededor del cuello y el lateral del rostro se habían transformado en verdugones de color amarillento. Vestida con un pantalón de montaña con bolsillos y una camiseta negra ajustada de manga larga, observaba de pie con fijeza las fotografías de Martina y el mapa donde se situaban con chinchetas de colores los lugares relevantes de la investigación: donde había sido vista por última vez, donde habían encontrado su cuerpo, la casa de su tía...

—¿Cuánto tiempo crees que lleva aquí? —le susurró Vila a Alain mientras señalaba la media docena de vasos de plástico de café y la decena de envoltorios vacíos de Huesitos que llenaban la papelera.

—Ni idea. Parece que no ha dormido.

En ese momento, llegó también Melero sin aliento.

—Llegáis tarde. Sentaos —les dijo Álex sin mirarlos.

Cuando el ruido de sillas se apagó, ella se sentó a su vez sobre una mesa.

—¿Qué sabemos de Bonmatí? —preguntó.

—Perdón. —Melero levantó la mano—. Pensaba que el caso había pasado a ser responsabilidad del

Grupo Especial de Intervención —dijo sin ocultar su sorpresa.

—La investigación no ha concluido —zanjó Álex con gesto serio.

—A ver, dejadme que haga memoria —intervino Alain inclinándose hacia atrás sobre la silla y entornando los ojos—, revisé el expediente ayer por la tarde. Ángel Bonmatí, treinta y dos años. Es natural de Llarvén, una aldea cerca de Sort. Apenas hay información sobre él. —Suspiró—. Se sabe que ingresó en el ejército, en una unidad especial, pero causó baja tras un incidente con un oficial. En un informe psiquiátrico le diagnosticaron desorden cognitivo, es decir, que tiene dificultades para concentrarse, pérdidas de memoria y problemas para entender instrucciones, recordarlas y ejecutarlas correctamente. Tras licenciarse, hace ocho años, se pierde su rastro. No aparece en ningún registro oficial: ni en el Servicio Público de Empleo, ni en la Seguridad Social... Nada. Como si no existiera, vaya.

—Hasta ahora —afirmó lúgubre Vila.

—¿Cómo es posible que alguien pueda desaparecer así del mapa? —preguntó Melero.

—Al parecer —continuó Alain—, todo este tiempo ha utilizado corrales, masías abandonadas o refugios de montaña cerrados por temporada. Conoce la zona. En el ejército adquirió habilidades para la supervivencia. Por los restos encontrados en la casa, se alimentaba de lo que cazaba y, en ocasiones, robaba en alguna granja. Siempre ha evitado el contacto con otras personas, con éxito.

—Tampoco tiene antecedentes —apuntó Vila mientras abría una libreta y leía unas notas—. Ayer localizaron a una hermana mayor que aún vive en

Llarvén. Ella creía que estaba muerto. Nos contó que apenas sabe leer ni escribir. Sus padres trabajaban de pastores.

—¿Sabemos algo de las inscripciones de las paredes de la masía?

—Sí. Los de la científica las han analizado —intervino Alain—. Al parecer, se repite una y otra vez la misma canción de cuna entremezclada con cruces y otros signos desconocidos.

—Está claro que es un enfermo mental —concluyó Melero.

—Es posible —apuntó Álex mientras se acariciaba el cuello magullado.

—¿Qué nos estamos perdiendo? —preguntó Alain.

Álex, en lugar de responder, se dirigió de nuevo a la pizarra y empezó a pegar varias fotografías que guardaba en la mano. Todas ellas eran retratos de niñas de edad y características físicas parecidas a Martina.

—He contactado con las comisarías del resto de las regiones de los Pirineos, la Nacional y la Guardia Civil. Les he pedido que me faciliten todas las denuncias de desaparición de menores que tengan abiertas. He hecho una selección según su físico y edad. Estas cinco niñas han desaparecido de su casa en las últimas setenta y dos horas, lo que las convierte en prioritarias.

—¿Te has pasado la noche haciendo eso? —preguntó Vila.

—Más o menos.

—Has dicho prioritarias —apuntó Alain—. ¿Hay más?

Álex rebuscó en su bolsa, que colgaba de la silla, y colocó sobre la mesa tres gruesas carpetas.

—Aquí están los expedientes de las desapariciones de menores en los últimos tres años.

—¿Crees que Bonmatí ha asesinado a otras chicas en el pasado?

—Creo que Martina no ha sido la primera víctima y también creo que no será la última.

Melero se removió incómodo en su asiento.

—Bien —continuó Álex, ignorando la expresión de desconcierto del equipo—. Esto es lo que vamos a hacer: Melero: quiero que revises todos estos expedientes y establezcas relaciones con el caso y los perfiles de las chicas. Descarta los que se hayan resuelto de un modo u otro. Estudia, especialmente, los pendientes de resolver.

Aunque su expresión era de incredulidad, el chico asintió. Álex se volvió hacia el resto.

—Vosotros dos. —Señaló a Vila y a Alain—. Quiero que contactéis con los familiares de estas cinco niñas. Vamos a ir a verlos.

—Por lo que veo —comentó Vila ojeando los expedientes—, se trata de jurisdicciones de otras comisarías. Deberíamos notificar nuestra intervención.

—Bueno. Lo haremos luego. A las familias les decís que necesitamos actualizar algunos datos. Lo que es, de algún modo, cierto.

—¿Qué buscamos?

—Cualquier cosa que las relacione con Martina.

Al terminar la reunión, Melero esperó a que Álex se marchara y se aproximó a Alain y Vila, que conversaban animados.

—Esto que estamos haciendo, ¿no contraviene las instrucciones del intendente? Pensaba que debíamos atenernos, exclusivamente, a recopilar pruebas contra Bonmatí.

Alain levantó los hombros a modo de respuesta.

—Pronto descubrirás que la subinspectora tiene su propia forma de hacer las cosas —le respondió Vila.

—Pero ¿eso no nos meterá en problemas?

—Si Díaz no lo sabe, no tiene por qué haberlos. Al fin y al cabo, no dejamos de hacer lo que se nos pide.

El chico asintió pensativo.

36

—¿Sabe, doctor? El otro día no me respondió.

Maury contuvo un estremecimiento. A pesar de su tono sosegado, en el modo en que pronunciaba la palabra *doctor*, separando las sílabas como si las masticara, se intuía una violencia a punto de aflorar en cualquier momento. La tensión que se respiraba en la habitación le ponía muy nervioso. Intentó centrarse en la razón por la que se suponía que estaba allí: la terapia.

—Aquí estoy para escucharle.

La risa inesperada del hombre le sobresaltó, aunque intentó disimularlo. El otro se dio cuenta y su boca se torció en una mueca satisfecha. Maury no dejó de repetirse mentalmente que necesitaba ayuda y él era el más indicado para ayudarle.

—Me gustaría que se tranquilizara. Si no, es difícil que funcione.

—¿Tranquilizarme? ¿Tranquilizarme, dice? —gritó—. He estado mucho tiempo tranquilo, ¡demasiado!, pero eso ahora se ha... —Se interrumpió de repente. Las manos crispadas y los brazos tensos, medio levantado del sillón. Maury pudo ver la ira en su rostro descompuesto. Parecía un animal a punto de saltar. Sin embargo, bajó la cabeza y se obligó a sentarse de nuevo. Tras unos segundos en silencio, que

Maury no se atrevió a interrumpir, el hombre volvió a hablar con un tono más sosegado—. Tiene razón, doctor. Discúlpeme.

Maury se arregló distraídamente la pajarita. Notaba el pulso desbocado. Cogió la pipa que tenía sobre la mesa y empezó a cebarla. Despacio, con movimientos precisos, como solía hacerlo. Eso siempre le había calmado. Cuando notó que había conseguido recuperar el control, tomó aire y prosiguió.

—Decía que cree que sus problemas tienen origen en su pasado.

—Y tanto que sí. Desde mi propio nacimiento. Estoy empezando a recordarlo todo, pero creo que será una historia larga de contar. Tendrá que tener paciencia conmigo.

—No se preocupe. De eso tengo mucho. —Encendió la pipa—. Adelante, le escucho.

—Verá, mi madre era una joven aragonesa nacida en un pueblo miserable cuyo nombre no viene al caso. Su familia era pobre. Su novio la dejó preñada un poco antes de que estallara la Guerra Civil. Al muchacho se le ocurrió alistarse en el bando de los perdedores. Creo que acabó flotando en el Ebro como muchos otros. El caso es que cuando la guerra empezó a resolverse, mi madre, viuda de un rojo y con un crío, no tuvo más remedio que marcharse del pueblo, por lo que emprendió camino hacia la frontera, uniéndose a la riada de gente que huía de las represalias de los vencedores. Aunque mis recuerdos son escasos, aquello fue muy duro, como puede imaginar. A pie, con lo puesto, hostigados por cielo y tierra, con la sensación de que, en cualquier instante, podíamos morir. Pero mi madre aguantó lo suficiente para cruzar la frontera cargada conmigo. Nada más llegar a Francia, nos recibieron los gendarmes. Creíamos estar a salvo por fin, pero, si esperábamos un recibimiento caluroso, enseguida nos desengañamos. Todo el mundo conoce la historia: miles de refugiados españoles terminaron hacinados en campos de concentración. Y, de ese modo, acabamos en Vernet y se selló mi destino.

»No sé cómo sobreviví los primeros años. Supongo que mi madre hizo todo lo que una madre puede hacer para salvar a su hijo. En aquel lugar ser un niño no significaba nada, por lo que, en cuanto tuve consciencia, dejé de serlo en poco tiempo. En Vernet metieron a más de doce mil personas en barracones de madera que apenas se mantenían de pie. Era un infierno en la tierra. Un infierno helado.

»Mi madre y yo, junto a otras mujeres con niños, fuimos todos agrupados en uno de los barracones. Hacía mucho frío. Nos abrigábamos con cualquier cosa que encontráramos, pues nuestras ropas eran insuficientes. Mi madre creía que, al escapar de los nacionales, en Francia íbamos a tener una vida mejor. Llamarlo decepción se queda muy corto. Esos primeros años tan solo recuerdo el frío intenso y el hambre. Sin embargo, más que las terribles condiciones de aquel lugar, fueron la desolación y la desesperanza las que mataron a mi madre...

—Hábleme de ella.

Maury observó a través del reflejo del espejo la irritación que había causado la interrupción en el hombre. Vio como se esforzaba por contenerse. Siempre era difícil volver a vivir los recuerdos, sobre todo los dolorosos. En el caso de su paciente, la amnesia disociativa que sufría hacía aún más complejo el proceso. Aquel era el verdadero reto de la terapia.

—Sí, tiene razón —dijo con un tono de voz tan

bajo que casi no lo oyó—. Todo empezó con su muerte. Si le parece, voy a continuar, pero no vuelva a interrumpirme.

Y Maury se prometió no hacerlo.

Las compañeras de barracón habían hecho un esfuerzo para que tuviéramos un espacio un poco mayor, aunque no podía dejar de sentir su presencia alrededor. Entre los tablones se colaban el viento procedente de las montañas y las primeras luces del alba. Iba a ser, de nuevo, una mañana fría.

Miré incrédulo aquel cuerpo exhausto en el que se había convertido mi madre. Tendida en el camastro, estaba cubierta con una manta raída que pronto tendría otro dueño. No ocupaba apenas espacio. Un bulto pequeño que se confundía con las sombras, como si la empezaran a llamar para convertirse en una de ellas. Sus ojos, clavados en el techo, miraban algo que nadie más veía. La piel de las cuencas se le había hundido y la carne de las mejillas había desaparecido. Sus labios se habían convertido en una línea de llagas. La frente le ardía a pesar de los paños de agua fría que le cambiaba a cada momento. En los últimos días, toda ella parecía haberse consumido. La única señal de que todavía continuaba viva era el sonido de su respiración. Respiraba a intervalos cada vez mayores, que hinchaban su pecho unos centímetros para caer luego de golpe. Despedía un hedor insoportable. Seguramente se había cagado encima. Estaba sentado en el suelo, a su lado, quieto, callado, esperando, aunque todo mi ser deseaba huir de allí.

Agaché la cabeza y me quedé dormido.

Un cambio en la respiración me despertó. Mi madre había girado la cabeza y me miraba. Deslizó la mano por debajo de la manta hasta que sus dedos se cerraron alrededor de mi muñeca. Aquella no parecía la mano de un ser humano, se había convertido en unos huesos que con dificultad mantenían la piel y los tendones juntos. No dijo nada, solo me miraba con los ojos muy abiertos. Tenía una expresión terrible. Sabía que se moría y el miedo se apoderaba de ella. Su respiración, una vaharada de aire caliente, me cubrió la cara. Hedía a podrido.

No pude más. De un tirón me solté de su mano y salí de la habitación dando traspiés. Ignoré a las demás mujeres que, en la puerta, intentaron detenerme. Me pareció oír su voz llamándome. Bajé los escalones de madera del barracón a trompicones, y, por primera vez, abracé el frío con gusto. En mi carrera, caí de rodillas sobre un charco. Mi vómito se mezcló con el barro. Cuando alcé la mirada, las lágrimas cubrían mis mejillas escuálidas. No recordaba haber llorado antes. Sentí mi garganta ardiendo y vi como el sol se elevaba sobre las montañas lejanas en un cielo libre de nubes. Iba a ser una mañana preciosa.

37

El automóvil entró en el paseo de Maristany de Camprodon bajo la sombra de hayas y castaños de Indias. Concebido a principios del siglo xx para albergar las residencias de las familias bien de Barcelona, seguía siendo un lugar privilegiado. Según avanzaban, Álex observaba los enormes árboles que, como columnas talladas por gigantes, se elevaban a ambos lados de la amplia avenida. En lo alto, formaban un techo de ramas y hojas. Daba la sensación de que estaban recorriendo la nave central de una catedral.

—¿Estás segura de esto? Se trata de una familia muy influyente —preguntó por tercera vez Alain.

Álex no respondió. La familia March poseía un importante grupo industrial de Cataluña. Según la denuncia que les habían facilitado, su hija había desaparecido unos pocos días después de haber encontrado el cadáver de Martina. El equipo había pasado parte de la tarde y la noche anterior gestionando los expedientes de desaparición de las otras menores. Finalmente, habían descartado dos de ellos porque ya se habían resuelto. Vila y Melero habían ido a ver a los padres de una niña de Rialp y luego se habían acercado hasta Vielha para interrogar a los progenitores de otra de las niñas desaparecidas. Tras las visitas, habían concluido que ninguna de las dos tenía ninguna relación con el caso. Aquella era la última opción de comprobar si su teoría era cierta u otro camino sin salida.

La calle continuaba hacia la derecha, pero ellos se detuvieron en la esquina, ante una cancela de bandas metálicas. Antes de que pudieran llamar al timbre, la puerta se deslizó a un lado con un zumbido. Álex observó al pasar la cámara, situada sobre el muro de piedra que rodeaba la residencia.

Avanzaron por un camino de gravilla que, como una herida blanca sobre un tapiz verde, dividía el jardín en dos. Rodearon una fuente vacía donde un delfín hacía una cabriola sobre una ola de piedra y se detuvieron frente a la entrada de la mansión.

—Así que esto es una casa de veraneo —afirmó Alain, y soltó un silbido mientras descendía del vehículo.

Frente a ellos se alzaba una construcción de tres alturas y techo a dos aguas de inspiración inglesa. Grandes ventanales lacados en azul claro se abrían en la fachada, adornados con jardineras desbordadas de flores. Junto a la puerta de nogal de la entrada esperaba un hombre mayor vestido de traje oscuro. Al verlos acercarse, hizo un gesto hacia el interior de la casa y, sin pronunciar palabra, se internó en ella.

Como buena familia catalana, era en el interior donde podía apreciarse la opulencia de los March. Acompañados por el hombre, dejaron atrás varias estancias con muebles de diseño y exclusivos elementos de decoración. En contraste con el exterior, todo era mucho más sofisticado, seguramente ideado por algún diseñador de renombre. A Álex le recordó más una galería de arte que una casa. Al pasar junto a un cuadro, arqueó las cejas al reconocer un Miró, y, más adelante, le pareció ver un grabado de otro autor famoso. Pensó que si aquel lugar fuera la exposición de una lista de bodas, no podría comprar ni un cenicero.

—Mejor no rompamos nada —susurró Alain.

El hombre que les precedía abrió unas puertas correderas que daban a un salón de techo alto. Un ventanal cubría toda la extensión de la pared. Tras los cristales se adivinaban las formas de una piscina cubierta con una lona gris. Otra construcción más pequeña, destinada al servicio, asomaba a lo lejos. El jardín, salpicado de árboles como los del paseo, continuaba sin que se vislumbraran los límites de la finca.

Acomodados en un largo sofá de cuero blanco los esperaban dos personas. En un lado se sentaba una mujer de mediana edad. El cabello rubio con un corte *garçon* enmarcaba un rostro afilado del que sobresalía una nariz aguileña. En ese momento contraía los labios con gesto irritado, resultado de la conversación que mantenía con su acompañante. Vestía un conjunto beige de Givenchy ajustado al cuerpo y cruzaba las piernas mostrando unas bailarinas negras. Entre los dedos sostenía un cigarrillo mentolado. Como si fuera costumbre de la casa, llevaba unas gafas de sol.

A su lado se sentaba un hombre también de mediana edad con un traje entallado y camisa y corbata discretas, pero de excelente calidad. Álex advirtió cómo apartaba la mano apoyada sobre el brazo de la mujer. Su abundante pelo blanco y el bronceado favorecían un rostro que culminaba en un mentón prominente. Al verlos entrar, sus labios se curvaron en una sonrisa.

—Gracias por venir —dijo el hombre al tiempo que se alzaba y les estrechaba la mano—. Soy Alfred Bosch, abogado de la familia, y ella es Amalia Farré, la madre de Aina. Tomen asiento, por favor —invitó con un gesto.

Álex se sentó en el lado libre del sofá, mientras que Alain hizo suya una silla algo más alejada.

—¿No nos acompaña su marido? —preguntó Álex.

—¿Alberto? —La mujer miró a Álex como si la viera por primera vez e hizo un gesto lánguido con la mano—. Está de viaje de negocios.

—¿De viaje?

—Sí, estos días ha estado muy afectado, pero tiene que atender sus obligaciones.

—Bueno, hablaremos con él más adelante. Si le parece, queríamos hacerle unas preguntas —empezó Álex mientras extraía un cuaderno de notas del bolsillo.

—Amalia está muy afectada —intervino el abogado—. Les rogaría que sean breves.

Sin dejar de fijarse en la familiaridad con la que nombraba a la mujer, Álex miró al abogado y se dispuso a explicarle lo breve que podía ser la vida de Aina cuando se percató de la mirada de advertencia de Alain. Optó entonces por coger aire y soltarlo despacio.

—¿Cuándo se dieron cuenta de que Aina había desaparecido?

—Nos dijo que iba a pasar la noche en casa de una compañera. Al día siguiente, cuando vimos que no volvía, llamé a la madre de su amiga. No sabían nada.

—¿Puede explicarme cómo transcurrió el día en el que desapareció?

—Fue un día normal, supongo. Por la mañana, Susana la levantó...

—¿Quién es Susana?

—Una de nuestras asistentas.

—De acuerdo, siga.

—Se arregló y desayunó como cualquier otro día. Después, Miguel, el chófer, la llevó al colegio. Como es habitual, se esperó hasta que entró en el edificio.

—Hablaremos luego con ellos —murmuró Alain.

—¿Aina se encontraba bien? —preguntó Álex—. ¿Observó algo inusual en su comportamiento?

—Yo no la vi. Estaba descansando. Pero el personal asegura que actuaba como siempre.

Álex hizo un par de tachones ilegibles sobre el papel. No necesitaba transcribir las palabras de la mujer, pero había comprobado que los testigos solían esforzarse más al ver que alguien tomaba nota.

—Señora Farré, ¿sabe si en estas últimas semanas Aina ha mantenido contacto con alguna persona aparte de la familia?

La mujer se encogió de hombros.

—Lo ignoro. Aina es una niña muy independiente.

—Su hija está a punto de cumplir... ¿trece años?

—No representa la edad que tiene. Está muy... desarrollada. Es casi una mujer. —Expresó esa última frase con sequedad para a continuación volver al tono monocorde anterior—. Es muy posible que se haya escapado y todo esto no sea más que un simple inconveniente.

—¿Lo ha hecho otras veces? —Álex se inclinó hacia delante.

—Sí. Tres veces más. Por eso tardamos un tiempo en hacer la denuncia. Es bastante rebelde. Tiene una idea muy peculiar de las relaciones sociales.

—¿Qué quiere decir?

—El año pasado organizamos una fiesta por su cumpleaños y desapareció en mitad de la celebración.

No la encontramos hasta bien entrada la noche. Estaba fuera del pueblo, en un parque, fumando.

—¿Fumando dice? —preguntó Alain alzando las cejas.

—Sí. Eso la hace sentirse mayor.

—¿Y por qué ocurrió eso? —intervino Álex.

—¿A qué se refiere?

—A que Aina se escapara de su propia fiesta de cumpleaños.

La mujer volvió a elevar los hombros y miró hacia el ventanal.

—A saber.

Álex dejó pasar unos segundos. La mujer siguió fumando sin inmutarse.

—Y en este caso, ¿qué cree que le puede haber motivado a escapar?

—Una de sus rabietas. Es una malcriada.

—Necesitamos que nos faciliten algunas fotografías recientes. Datos sobre su escuela, lugares a los que pudiera ir... y también el listado de las personas a su servicio —intervino Alain.

El abogado empujó una carpeta hacia ellos.

—Me he adelantado a sus peticiones.

—Señora Farré —retomó Álex la conversación—, habrán hablado con sus amigos, me imagino.

—Sí, pero terminamos pronto. Aina no tiene muchos.

—Ah, ¿no? Es extraño en una chica de su edad. ¿Sabe si tenía algún problema en la escuela?

—No, ninguno. A pesar de todo es una estudiante aceptable.

—¿Algo que la inquietara últimamente?

—Bueno, sí, pero, bueno, es una estupidez.

—Cuéntenos, nunca se sabe.

—Una noche se despertó por culpa de la tormenta. Gritó y nos despertó a todos en casa. Decía que había visto una cara blanca pegada al cristal de la ventana. El servicio revisó el exterior y no encontraron a nadie.

—No da la impresión de creerla.

—Verá, mi hija tiene una gran imaginación y siempre quiere ser el centro de atención. Tanto mi marido como yo pensamos que esto es una forma más de torturarnos.

—Señora Farré, ¿puede quitarse las gafas? —dijo Álex como si tal cosa.

—¿Perdón?... —preguntó el abogado.

La mujer no pareció sorprendida por la petición. Con un leve gesto de los dedos, se las bajó mostrando unos ojos achinados y oscuros. El colorete no podía esconder las profundas ojeras.

—Una última cuestión, señora... ¿Usted quiere a su hija?

Alain tuvo un arrebato de tos y el abogado se levantó del sofá como si se hubiera quemado.

—¿Cómo se permite...?

Álex le ignoró y esperó sin dejar de observar a la mujer. Ella le dio una calada al cigarrillo y dejó salir el humo despacio. Luego respondió con voz calmada.

—Sí que la quiero, subinspectora. Qué madre sería si no lo hiciera.

—Bueno, creo que han terminado... —dijo el abogado levantándose.

Alain se levantó también.

—Por supuesto, claro. Muchas gracias por...

—Nos gustaría ver su habitación —solicitó Álex sin moverse de la silla.

—¿Cómo dice?

—La habitación de Aina. Podríamos encontrar algún indicio que nos ayude en su búsqueda —insistió Álex ignorando la mirada de Alain. El abogado miró a la mujer. La señora Farré asintió levemente.

—Yo los acompañaré —dijo finalmente Alfred Bosch con resignación.

38

Bosch los guio hasta una escalera y, tras subir al segundo piso de la casa, les señaló una puerta al final de un corredor. Un niño pequeño salió de la habitación contigua y se los quedó mirando. Se acariciaba los rizos de la cabeza como si se hubiera acabado de despertar. En la mano llevaba un muñeco, un monstruo con cara de perro al que le faltaba un brazo.

—Hola —dijo—. Soy Nil.

—Hola, Nil. Yo soy Álex.

—¿Quiénes sois?

Álex se agachó junto al niño y le sonrió.

—Somos la policía. Estamos buscando a tu hermana para que vuelva a casa.

El niño negó con fuerza. Álex descubrió que los ojos enrojecidos del niño no se debían a que tuviera sueño. Había estado llorando.

—Se la ha llevado el monstruo.

Álex inclinó la cabeza a un lado.

—¿A qué monstruo te refieres?

—El de las noches.

Antes de que Álex pudiera seguir hablando con el niño, oyeron una voz a su espalda.

—¡Nil, ya te has despertado!

Una joven apareció por el pasillo; parecía azorada.

Sonriéndoles a modo de disculpa, se inclinó hacia el niño.

—Ya tengo la merienda preparada. Chocolate y galletas. Las de dinosaurios.

El niño sonrió a su vez, se abrazó a la chica y esta lo levantó del suelo.

—Disculpen —se excusó, y se lo llevó pasillo abajo.

Álex los miró mientras se alejaban ignorando la impaciencia de Bosch. El niño estiraba con saña el brazo que le quedaba al muñeco. Cuando desaparecieron escaleras abajo, Álex se volvió hacia el abogado, que esperaba junto a la puerta del fondo.

—Esta es la habitación de Aina.

—¿Ha entrado o la ha tocado alguien desde que desapareció?

—No, que yo sepa.

—Bien. Quédese aquí. Tú también, Alain. Será un momento.

Álex no esperó la respuesta de Bosch y entró. La voz de Alain deshaciéndose en disculpas enmudeció tras cerrar la puerta.

La habitación estaba en penumbra. A través de las cortinas echadas, la luz del exterior intentaba entrar sin éxito. Pulsó el interruptor y, tras dos destellos de indecisión, un plafón que había en el techo se encendió. De las paredes colgaban fotos de París y Roma. Álex se fijó en que en ellas aparecía la niña abrazada a un hombre que debía de ser su padre. No había ninguna foto de la madre. Pasó la mano por encima de un mapa de Europa, pegado en la cabecera de madera, donde la niña había trazado con rotulador una línea que enlazaba diferentes capitales desde Barcelona hasta llegar a Budapest. Al lado de la cama, cubierta con una colcha rosa, una estantería se doblaba por el peso de los libros que se amontonaban unos sobre otros. La mayoría eran novelas juveniles de fantasía y algún cuento infantil que todavía resistía la criba preadolescente, aunque ya se sabía sentenciado.

Álex se acercó al armario empotrado que ocupaba la pared del fondo. Al abrirlo, evitó mirar su reflejo en los espejos del interior. Revisó la ropa de tonos apagados y estilo formal que esperaba en perfecto orden a que volviera su dueña. Dirigió su atención hacia la única ventana de la habitación. Apartó la cortina y descubrió que daba a la parte lateral de la casa. Desde allí se veía el terreno de la propiedad contigua. Se asomó por la ventana. Estaba bastante alto. Justo debajo, los dos jardineros que habían visto antes estaban podando una enredadera que colgaba de una estructura metálica fijada en la pared.

Pensativa, fue hacia el escritorio, encajado en un rincón. La mesa estaba vacía. Pasó los dedos por encima. Ni una mota de polvo. Abrió los cajones. Rotuladores y lápices, un par de gomas, una regla rota, una calculadora, libretas, un libro de ejercicios de fracciones. Todo en perfecto orden.

Levantó el colchón y tanteó con la mano los bajos de madera de la cama. Encontró una manoseada novela de Stephen King. Tras revisar sus páginas, la volvió a dejar en su sitio. Se tendió en la cama y cerró los ojos.

—Subinspectora, ¿ha terminado?

Álex ignoró la voz del abogado, que la interpelaba tras la puerta. ¿Qué lugar habría elegido ella si fuera una niña, pensó, y quisiera guardar algo para que nadie pudiera encontrarlo en una habitación que, como la celda de un centro penitenciario, revisaban cada día? Una habitación que siempre debía estar ordenada. Una habitación que olía a productos de limpieza.

—¿Subinspectora?

Observó de nuevo la mesa con atención. Se levantó de la cama y empezó a abrir y cerrar los cajones. El de arriba sobresalía unos milímetros apenas perceptibles por encima del de abajo. Pegó un tirón y lo extrajo por completo, desparramando su contenido por el suelo.

—¿Qué es ese ruido?

Le dio la vuelta al cajón. En la parte posterior encontró pegado, con cinta adhesiva, un sobre tamaño folio de papel acolchado, por el que asomó un cuaderno de tapas rojas.

Álex volvió a sentarse en la cama con el cuaderno en las manos. La cubierta era de cuero, y una cuerda del mismo material lo ataba con un simple lazo. Deshizo el nudo y lo abrió. Sus páginas crujieron cuando empezó a pasar las hojas.

Se trataba de un diario. La letra infantil de Aina se iba transformando según avanzaba la escritura y con ella las fechas. Álex vio que se trataba del típico diario de una adolescente: un amigo secreto donde confiar sus emociones, sus escapadas con amigas, sus peleas, sus sueños, sus primeros escarceos en el amor, sus primeras decepciones... Intentó recordar su propia adolescencia, las cosas que ella hubiera escrito en un cuaderno así; sin embargo, desde aquella noche en el búnker, cuando desapareció su hermana, cualquier posibilidad de tener una vida normal se había desvanecido. De hecho, no tenía recuerdos a partir de entonces. Como si su cerebro hubiera borrado esa parte de su vida. Como si hubiera dejado de ser niña desde entonces.

—Álex, ¿te queda mucho?

La voz de Alain la hizo volver en sí.

—Un momento —gritó hacia la puerta.

Volvió a concentrarse en la lectura. Al pasar la siguiente hoja, un trozo de cartón se deslizó entre las páginas y cayó al suelo. Al descubrir que se trataba de un naipe, Álex sintió cómo se le erizaba la piel de la nuca. No podía saber de qué carta se trataba porque había caído del revés. Estuvo unos segundos dudando, hasta que se inclinó y la cogió entre los dedos. La luz del techo iluminó un as de tréboles.

Unos minutos más tarde, Álex y Alain caminaban hacia el coche acompañados por un coro de crujidos de la gravilla bajo sus zapatos. Por encima de sus cabezas, las nubes se removían engulléndose unas a otras mientras se hacían más y más grandes. Un estruendo retumbó a lo lejos. Pronto volvería a llover. Álex sentía el peso del diario de Aina en el bolsillo y no dejaba de pensar en el naipe, que había vuelto a colocar en su interior. Ya no podía ser una simple casualidad. Sintió vibrar el móvil en sus pantalones, pero lo ignoró.

Cuando salieron de la propiedad de los March se oyó un sonido, como si se desinflara un dibujo animado. Su compañero la miró sonrojado mientras rebuscaba en los numerosos bolsillos de su chaqueta.

—Es Pac-Man cuando muere —aclaró Alain; pero, ante la cara de Álex de no saber de qué estaba hablando, continuó—: Pac-Man, el videojuego. ¿No lo conoces? Es mítico. ¿Sabías que su nombre procede de la onomatopeya japonesa *paku*, que describe el sonido que se produce al abrir y cerrar la boca?

Álex negó con la cabeza, divertida. Aun en aquellas circunstancias, Alain conseguía sacarle una sonrisa.

Dejó el paseo atrás y tomó la rotonda que llevaba a la carretera nacional. Con el rabillo del ojo vio como Alain conseguía encontrar por fin su Nokia y leía el mensaje que había recibido. Su expresión cambió de repente. Se volvió hacia ella con el rostro contraído por la excitación.

—Lo han cogido.

39

La sala de interrogatorios era de pequeñas dimensiones y no podía ser más anodina. El único mobiliario eran una mesa y dos sillas colocadas en el centro. No había ninguna ventana que alterara el gris continuo de las paredes excepto un cristal tintado que permitía ver el interior desde otra sala sin ser visto por sus ocupantes. Una cámara grababa la imagen y el audio en cuanto se encendía la luz. Varios tubos de neón iluminaban con intensidad el habitáculo. Uno de ellos fallaba, y se apagaba y encendía de forma intermitente. Siempre hacía calor allí dentro. A algunos detenidos se les dejaba esperando un tiempo antes de empezar a interrogarlos.

En la sala contigua se encontraba Díaz, que no podía ocultar su satisfacción. Le acompañaba un hombre alto de rostro simpático. Vestía una chaqueta de traje a cuadros y pajarita. No aparentaba haber llegado a los sesenta años, aunque lo había hecho de largo.

—Supongo que ya conoces a Jac Maury —dijo Díaz mirándola de reojo.

—Por supuesto que nos conocemos —se adelantó el hombre. Con un movimiento fluido le tendió la mano a Álex. Al inclinarse hacia ella, le guiñó el ojo y esta se vio sonriendo sin pretenderlo. El apretón fue mucho más cálido de lo que esperaba. En ese instante, sonó un teléfono. Díaz se disculpó y salió fuera para atender la llamada.

—Encantado de conocerla, subinspectora —susurró el psiquiatra—. Me han hablado mucho de usted.

—Espero que bien.

—No creo que le importe mucho lo que digan los demás, ¿verdad? —respondió con una sonrisa agradable que marcó sus arrugas, delatando su verdadera edad.

—Es cierto —admitió—. Me da completamente igual.

Se quedaron callados un instante hasta que Álex se volvió hacia él.

—Tiene una pregunta para mí, ¿verdad? —dijo el psiquiatra.

Álex inclinó la cabeza como para observarle mejor.

—Muy intuitivo, señor Maury. Espero que no le moleste, pero ¿por qué está usted aquí?

—El intendente ha creído interesante que estuviera presente en el interrogatorio. El detenido es una persona con dificultades de socialización evidentes y quiere mi opinión sobre las respuestas que dé.

—Ya veo.

—Cuando hay algún loco, siempre llaman a los loqueros.

Se volvió sorprendida y descubrió que Maury reía disimuladamente. Concluyó que le caía bien aquel hombre.

—Espero que pueda encontrar tiempo para venir a mi consulta. Creo que —añadió el psiquiatra mirando de reojo al intendente, que departía con una agente en ese momento— le han sugerido venir a verme.

—No es mi intención, si le soy sincera.

—No se preocupe. Si me necesita no tiene más que llamarme. Suelo pasar consulta los jueves por la tarde en mi casa. Si no viene, es posible que no necesite hacerlo. —Y añadió con una nueva sonrisa, que parecía un gesto perenne en su rostro afable—: Igual no está tan loca como dicen por la comisaría.

—¿Les da credibilidad a los cotilleos?

—Tan solo cuando son divertidos.

Álex no pudo evitar reír. En ese momento, apareció el intendente junto a ellos.

—¿Me he perdido algo?

Álex negó con la cabeza y centró su atención en el ocupante de la sala contigua, que acababa de entrar escoltado por dos policías. La sonrisa abandonó su cara.

Se fijó en cómo lo esposaban a la mesa frente a la que acababan de sentarlo. Aunque no se veía desde allí, sabía que también le asegurarían los tobillos con esposas a la silla, que a su vez estaba fijada en el suelo. Al terminar, uno de los agentes se quedó de pie al fondo de la sala.

Según le explicó Alain, la noche anterior Bonmatí había vuelto a la masía abandonada, tropezándose con una de las patrullas que estaba buscándolo. Afortunadamente, los compañeros solicitaron apoyo, porque no había sido nada fácil su detención. Hasta seis agentes hicieron falta para reducirlo. El hombre se había resistido con uñas y dientes, textualmente. Dos de los policías estaban ingresados en el hospital comarcal de Tremp. Uno tenía el pómulo roto y el otro iba a verse obligado a vivir con un trozo de oreja menos.

Era más grande de lo que recordaba, aunque apenas retenía en su mente unos pocos fragmentos de su encuentro con él. Había sido todo muy rápido. Mantenía la cabeza gacha, apoyada en sus enormes manos, que se perdían entre el pelo largo y enmarañado. Ya no vestía aquellos andrajos de pieles, pero no debían de haber encontrado ropa de su talla, pues sus brazos velludos sobresalían de las mangas del jersey gris que llevaba.

—No ha dicho ni una palabra desde que lo detuvieron —explicó Díaz—. No tiene abogado, obviamente. El de oficio está de camino, pero tardará. Viene de Puigcerdà.

—Entonces hay que esperar —dijo Maury mientras cruzaba los brazos y se apoyaba en la pared.

Álex observó en silencio al hombre de detrás del cristal. Negó con la cabeza, impaciente. Miró a sus acompañantes y, antes de que alguien pudiera evitarlo, cruzó la habitación, abrió la puerta contigua y entró en la sala de interrogatorios. Con un gesto indicó al agente que estaba en el interior que se fuera. El policía dudó un momento, hasta que la voz del intendente por el altavoz le indicó que saliera.

A pesar del cambio de ropa y la ducha forzosa, Ángel Bonmatí seguía desprendiendo un olor tan intenso que a Álex le pareció que acababa de entrar en la jaula de un animal salvaje. Si advirtió su presencia, no lo mostró. El gigante continuó inmóvil en la misma posición. Álex se sentó en la silla vacía y dejó la carpeta que había traído consigo sobre la mesa.

—Hola, Ángel.

Álex extendió tres fotografías de Martina frente a él. El hombre apenas levantó la mirada, pero fue suficiente para atisbar el moratón que cubría el lateral de su rostro. Volvió a bajar la cabeza. Soltó un gruñido, a lo que siguió algo ininteligible.

—No te entiendo.

Los labios cortados del hombre volvieron a musitar unas palabras.

—¿Luz? ¿Has dicho *luz*?

El gruñido se repitió, más bajo. En ese momento se oyó un chasquido y un tubo de neón del techo parpadeó. Entonces Álex lo comprendió. Se levantó de la silla. Al pasar por delante del cristal tintado, sonrió. Imaginó el enfado de Díaz si adivinaba lo que se disponía a hacer. Solo esperaba que no se lo impidieran. Al llegar junto a la puerta, pulsó el interruptor y todo quedó a oscuras.

Hizo caso omiso a la tensión que, de inmediato, sintió. Evitó pensar en lo pequeña que era la sala de interrogatorios o en lo difícil que sería encontrar la salida si necesitaba escapar de allí con rapidez. No dejó de repetirse que el sospechoso estaba esposado mientras volvía a su asiento guiándose por el borde de la mesa. A su mente, siempre tan oportuna, acudieron imágenes de cuando estuvo a punto de ahogarla, y su imaginación hizo el resto. Con un gesto mental, apartó a un lado aquellos pensamientos y se sentó. Frente a ella, a escasos centímetros, oyó el tintineo de la cadena de las esposas al moverse. En aquellas tinieblas, solo intuía su posición. Le pareció que el olor que desprendía se hacía más intenso y se estremeció. «Ahora no», pensó tajante cuando en su mente germinó la urgente necesidad de salir de allí.

—¿Mejor ahora? —preguntó.

Álex se tomó como un sí el silencio que siguió.

—¿Te parece que hablemos?

Un gruñido resonó en la oscuridad con mayor intensidad que antes. Álex tragó saliva.

—¿De qué conocías a Martina?

—¿Qui...én? —La voz ronca y entrecortada surgió con dificultad de una garganta poco acostumbrada a hablar.

—La niña que aparece en las fotografías que te he mostrado antes.

Volvió a oír el tintineo de las esposas. Poco a poco, los ojos de Álex se acostumbraron a la falta de luz y empezó a distinguir el contorno inmenso del hombre al otro lado de la mesa. Ya no estaba agachado, tapándose el rostro. Dos puntos brillantes la miraban fijamente.

—Eres la... intrusa.

—Estaba buscando a la niña.

—No me gusta que toquen mis cosas.

—¿Cosas como la bicicleta?

Siguió un nuevo silencio y un asentimiento. Álex podía notar la impaciencia de Díaz detrás del cristal. Estarían oyéndolos, pero no veían nada.

—La encontré —dijo por fin.

—¿Dónde?

—En el bosque. No tenía dueño.

—¿Y la camiseta?

—La trajo el agua, como otras cosas.

El hombre se removió en el asiento y las cadenas sonaron de nuevo.

—¿Por qué volviste a la casa?

—Mis cosas. Necesito mis cosas.

—¿Sabes quién es Aina?

De nuevo, el silencio siguió a la pregunta. Negó con la cabeza.

—Alguien está haciendo daño a algunas niñas. Quiero atraparlo. ¿Puedes ayudarme?

La pregunta quedó suspendida en el aire sin respuesta. Se disponía a cambiar la pregunta cuando Bonmatí musitó unas palabras. Álex no comprendió lo que decía, pero detectó el temor en el gigante por primera vez.

—¿Qué quieres decir?

La voz del hombre resonó como un eco en la oscuridad de la sala.

—Malo. Hay algo... malo.

—¿Dónde?

—Arriba. En los túneles. En la montaña.

—¿Qué quieres decir?

Siguió un silencio. Álex pensó que no sabía cómo explicarse. Lo intentó de otra forma.

—¿Me llevarías ahí?

—No.

—Necesito que me digas...

—¡No!

El grito resonó en las estrechas paredes. Álex sintió crecer el terror del hombre como una ola inmensa. De repente, Bonmatí se echó hacia atrás con tanta fuerza que los tornillos que sujetaban la silla chirriaron con su peso. Dio un tirón con sus enormes brazos y la cadena de las esposas se partió con un chasquido arrastrando la mesa, que cayó a un lado.

En ese momento, todo se precipitó. Las luces se encendieron, cegándolos al instante. Varios agentes entraron en tromba y se abalanzaron sobre él. No se resistió. Se encogió en el suelo mientras lo reducían. Esposado de nuevo, escondió la cabeza entre las manos y soltó un gemido. Empezó a sacudir los hombros al ritmo de sus sollozos. Ángel Bonmatí no volvió a decir nada más.

Álex salió de la sala de interrogatorios y se encontró en la puerta a Díaz hablando con el psiquiatra.

—Maldita sea, Ricardo, ¿por qué habéis tenido que entrar?

Él la miró sin ocultar su sorpresa.

—¿Estás mal de la cabeza? Te hubiera podido matar.

—De eso nada.

—¿Y a qué ha venido esa pregunta sobre una tal Aina?

Álex se negó a responder y Díaz sacudió la cabeza.

—No importa. La cuestión es que tampoco estabas consiguiendo una mierda.

—No estoy de acuerdo. Además, estaba ganándome su confianza.

—Debo darle la razón a la subinspectora —intervino Maury.

Díaz se volvió hacia el psiquiatra y señaló a la sala contigua, donde, en ese momento, se llevaban a Bonmatí.

—¿Ve capaz a ese hombre de secuestrar y matar a una niña?

—Es difícil de decir sin un examen más completo, pero entra dentro de lo posible, claro.

—Bien. Para mí es más que suficiente. Tenemos pruebas que lo incriminan. Lo vamos a pasar a disposición judicial —concluyó.

—Señor Maury, explíquele al intendente qué es un sesgo de confirmación —resopló exasperada. Luego, sin esperar respuesta, se dio la vuelta y se marchó pasillo abajo, apartando de su paso a un estupefacto hombre trajeado con un maletín en la mano que acababa de llegar.

40

Álex observaba desde el coche el difuso contorno de la casa, que la oscuridad parecía engullir poco a poco. Las luces de las ventanas se habían apagado más pronto. Esa tarde, la niña había vuelto del colegio antes. Como de costumbre, había subido la colina con sus amigas y, como hacía siempre, se había quedado parada unos segundos antes de entrar a la casa. En esta ocasión, se había fijado en que movía el brazo izquierdo con dificultad.

Sin embargo, esa noche su mente estaba en otra parte. Álex cogió las dos bolsas de pruebas que tenía en el asiento contiguo. Los naipes relucían a la luz tenue de las farolas de la calle. No dejaba de repetirse que aquello ya no podía ser una coincidencia.

Dejó las bolsas a un lado y reclinó su asiento. Enseguida sintió la tirantez del hombro y el dolor le recorrió el brazo como si le estuvieran clavando un millar de agujas. Bajó unos dedos la ventanilla y el frescor de la lluvia, caída hacía una hora, invadió el interior del coche. Cerró los ojos.

Recordaba tan solo fragmentos de aquella noche, pero con una sorprendente nitidez a pesar del tiempo transcurrido. Veía con claridad los rostros atemorizados y, al mismo tiempo, excitados de sus amigos a la luz de las velas. Volvía a oler el hedor húmedo y rancio de aquellos túneles perdidos en la profundidad del bosque. A sentir la dureza del suelo de tierra. A ver la sonrisa confiada de su hermana. A disfrutar del murmullo de sorpresa de todos cuando ella sacó la carta vencedora. Aquella maldita carta. Un as de tréboles. Cuántas veces había soñado con no haber hecho trampas. En cuántas ocasiones había deseado cambiarse por ella. Entonces era solo una niña; sin embargo, aquel juego inocente había marcado su vida. El dolor nació entonces y ya nunca la había abandonado. Y cuando el dolor daba una tregua, entonces ocupaba su lugar el vacío provocado por la pérdida. Un vacío que había ido llenando año tras año con toneladas de culpa.

Y ahora aparecían aquellas cartas...

Álex volvió a fijar la atención en la casa. Algo había cambiado. Durante unos instantes, no supo de qué se trataba hasta que se dio cuenta del silencio que la rodeaba. No se oía nada. Absolutamente nada. Entonces, las farolas de la calle se apagaron una tras otra, excepto la más cercana al coche. La niebla, inexistente hasta ese momento, apareció de improviso y se extendió difuminando las casas a su alrededor.

De golpe, sintió que se mareaba. Cerró los ojos y apoyó la frente en el volante. Aún no se había recuperado de las heridas. Estaba agotada y su imaginación le jugaba malas pasadas, eso era todo. Negó con la cabeza. En las últimas semanas casi no dormía y necesitaba descansar. Hora de volver a casa. Se irguió en su asiento y llevó la mano a la llave de contacto. Entonces, un escalofrío le recorrió la espalda. Despacio, levantó la vista.

El lobo surgió de la niebla como si fuera parte de ella. Arrastraba entre sus patas algunos jirones blanquecinos y daba la sensación de que flotaba en el aire.

Sin pararse a pensarlo, Álex abrió la puerta y salió del coche. El animal se detuvo debajo de la única luz de la calle y se volvió a mirarla. Estaban tan cerca que Álex podía distinguir las ondas que dibujaba su pelaje gris, el movimiento de su torso en cada inhalación y el olor salvaje que despedía su cuerpo. A su memoria acudió el recuerdo de un encuentro parecido meses atrás. No lo había compartido con nadie. En aquella ocasión concluyó que se trataba de una ilusión producto de su trastorno mental. Como entonces, el animal se tendió en el suelo sin dejar de mirarla. «No es real», se dijo Álex. «No lo es», se repitió por segunda vez. De improviso, el animal se alzó y, tras dirigir la mirada hacia la casa de la niña, reemprendió la marcha. Volvió a entrar en la niebla y su figura se desvaneció.

Álex se quedó inmóvil. Las luces de las farolas volvieron a encenderse iluminando la calle desierta. Álex no se movió. Se preguntó si estaba perdiendo la cordura. Estaba tan absorta en sus pensamientos que no se dio cuenta de que se había encendido una luz en la casa y alguien había salido al exterior.

El ruido de la cancela la hizo volver en sí. Un hombre se acercaba directamente al coche. En la mano esgrimía un bastón de montaña. Álex volvió al vehículo. Oyó un grito, pero antes de que pudiera alcanzarla, encendió el motor, metió primera y aceleró. Dio un volantazo y salió a la carretera. El cristal del asiento de atrás estalló en pedazos, pero no se detuvo. Cuando tomó cierta distancia, miró por el retrovisor. Su atacante se había quedado parado, recuperando el aliento, con los brazos en jarras en medio de la calle. La figura se fue haciendo más y más pequeña hasta que ella tomó una curva y desapareció de su vista.

41

Álex se recostó vestida en la cama al llegar a la cabaña. En cuanto pudiera llevaría al taller el coche para
arreglar la ventanilla; entretanto, un cartón y un
poco de cinta de embalar sería más que suficiente.
Estaba exhausta, pero abrió el diario de Aina y se
dispuso a terminar de leerlo. No dejaba de pensar en
el naipe metido entre sus páginas y en por qué y
cómo había llegado hasta allí, pero dejó a un lado
esas reflexiones para centrarse en las palabras de la
niña.

Al principio, observó que no se diferenciaba del
diario de cualquier chiquilla de su edad, tal y como
había comprobado al ojearlo en su habitación, y empezó a creer que no habría nada relevante entre sus
páginas; pero entonces leyó un fragmento que le
hizo detenerse. Volvió a leerlo. Descubrió que, entre las historias del colegio, las relaciones con sus
amigas y las broncas con su madre, Aina escribía
frases con un sentido equívoco o sin relación con lo
escrito. Se trataba de pensamientos fugaces que le
venían a la cabeza. Las fue apuntando en un cuaderno aparte y luego, al llegar a la última página, las
leyó:

Hoy ha sido diferente.

He descubierto algo que me aterra. Mi vida nunca va a ser igual.

Me dice que soy ya una mujer y me sonrojo como una tonta.

Me quiere. Esto es mi mayor secreto.

A veces tengo dudas. ¿Está bien lo que hacemos?

Lo echo de menos, pero cuando nos vemos todo cambia.

Estoy nerviosa. Muy, muy, muy nerviosa.

Vuelvo a tener dudas. ¿Debería ir?

He quedado con él.

Él. ¿Quién era *él*? Aina parecía emocionada y aterrada al mismo tiempo, como si no fuera dueña de sus decisiones. Álex pensó en hablar con los March de nuevo. Vio la hora y se asombró de lo tarde que era. En su mente seguían agolpándose los pensamientos de forma acelerada y sin control. Eso la mantenía despierta, pero tenía que descansar, al menos unas horas. Dejó a un lado el diario junto con el cuaderno de notas. Una luz parpadeaba en el móvil. Tenía cinco llamadas perdidas de Díaz y dos de Joan, la bandeja de mensajes de texto rebosaba. ¿Desde cuándo Canellas había pasado a llamarse Joan?, se preguntó antes de apagar el teléfono y lanzarlo al otro lado de la cama.

Rebuscó en un cajón de la mesita hasta que encontró la caja de Orfidal que había comprado días antes en la farmacia. Le habían puesto problemas para vendérselo hasta que les había mostrado su identificación. La dejó sobre la mesita, se apoyó en la almohada y se quedó mirándola. Necesitaba dormir. Lo necesitaba mucho, pero volvía a costarle conciliar el sueño, aún más con el dolor del brazo. Las tres últimas noches se había despertado de madrugada y terminaba levantándose tras una hora dando vueltas entre las sábanas. Empezaba a temer que las cosas se descontrolaran otra vez, y ese mismo miedo alimentaba el descontrol. Un círculo en el que no quería entrar, pero sentía el vértigo de estar al borde de caer en él. El miedo asomaba en cada uno de sus pensamientos. Cada vez era más difícil mantener el control. Su monstruo personal estaba allí, agazapado, esperando y sonriendo.

Se levantó, de un manotazo cogió la caja de la mesita, bajó las escaleras y entró en la cocina. Ya había pasado por aquello antes. Las pastillas le permitían controlarlo, crear la falsa ilusión de dominar la situación, pero también hacían que se volviera lenta. Su mente se sumergía en una nebulosa que le impedía pensar. En medio de la investigación no podía permitírselo. Dejó caer la caja en el cubo de la basura. El ruido de la tapa metálica resonó como una campana en su cabeza. Luego volvió a la cama. Tras dos horas de lucha con las sábanas, por fin se durmió.

Al abrir los ojos, Álex despertó junto a un lago. Frente a ella se extendía una inmensa lámina de agua cuya superficie permanecía perfectamente lisa, como si fuera una plancha de acero azul oscuro. Unas montañas escarpadas rodeaban el agua. Levantó la mirada hacia el cielo. No había ninguna nube, ni tampoco pájaros. Nada rompía la uniformidad del cielo, que parecía el reflejo gris del lago. Advirtió que tampoco se oía ningún sonido. Ni tan siquiera había viento.

Álex se acercó a la orilla, se puso en cuclillas y pasó la mano por encima del agua. Unos zarcillos surgieron del fondo y se enroscaron entre sus dedos. Su tacto era viscoso y muy frío. Desagradable. Apartó la mano y se levantó. No estaba sola.

Unos metros hacia dentro la superficie del lago, que hacía unos instantes era completamente lisa, se onduló hasta quebrarse; como una lámina de azúcar caramelizado, pensó. Primero apareció una cabeza, luego el torso y, por fin, el resto del cuerpo. Se elevó por encima del agua sostenida por los zarcillos, que jugueteaban entre sus pies desnudos.

Se trataba de una niña. Vestía con una ligera tela que transparentaba su pequeña figura. Álex no podía distinguir con detalle su rostro, pero sintió que la conocía. Ella la miró y movió los labios, pero ningún sonido surgió de ellos.

—¿Qué quieres decirme? —preguntó Álex, pero el aire parecía enmudecer sus propias palabras nada más salir de la boca. Entonces advirtió la guirnalda de flores que envolvía la frente de la niña. Y supo quién era.

Sin pensarlo, se metió dentro del lago y avanzó hacia la niña, hundiéndose cada vez más en el agua hasta que le llegó a la altura del pecho. Ella la miró con expresión alarmada y empezó a negar con la cabeza. Según se acercaba, más atemorizada parecía. Entonces se oyó el tañido de una campana. Álex detuvo su avance sorprendida al oír un sonido en aquel lugar. La niña pareció aterrada. Le hizo un gesto de súplica y, de nuevo, sus labios se movieron. Lo hizo gritando, pero las campanadas ahogaron cualquier sonido. Intentó acercarse más, pero el agua se había vuelto de repente más densa y no le permitía avanzar. La niña la miró por última vez, los zarcillos se enredaron entre sus piernas y tiraron de ella hacia abajo. En un segundo, desapareció.

Álex se quedó sola, flotando en aquel líquido pegajoso. En ese instante, el toque de campanas se redobló. Las montañas devolvieron su eco hasta hacerse ensordecedor y la superficie del lago comenzó a agitarse. Decidió volver, pero, por mucho que lo intentaba, la orilla parecía cada vez más lejana. De pronto, sintió un tirón en la pierna derecha y se hundió en el agua. Por un momento flotó en medio de una profunda oscuridad. Sentía los zarcillos alrededor de las piernas, del torso y el rostro, como si pretendieran reconocerla. Notaba que estaba quedándose sin aire. Batió las piernas con todas sus fuerzas y logró sacar la cabeza. Se quedó estupefacta cuando vio que se encontraba a decenas de metros de la orilla. Antes de que pudiera pensar en algo más, volvió a hundirse. Algo tiraba de ella desde el fondo. No se rindió. Braceó con todas sus fuerzas, pero en lugar de subir, se hundió aún más. Era inútil, pero ella continuó luchando. El aire se le escapaba a borbotones, apenas conseguía moverse. Era como si nadara en una balsa de engrudo. Agotó los últimos restos de aire que contenían sus pulmones y se deslizó hacia la inconsciencia. Lo último que sintió fueron los zarcillos que la rodeaban.

Álex se incorporó en la cama de golpe, presa del pánico. No podía respirar. Se ahogaba. Reconoció entonces la habitación y recordó dónde se encontraba. Poco a poco consiguió calmarse, aunque aún sentía sobre su piel el tacto viscoso del agua y todavía esperaba oír unas campanas resonando en el aire en cualquier momento. Encendió la luz y se levantó. Abrió la ventana para que entrara el frío del exterior. Respiró profundamente y consiguió ralentizar los latidos de su corazón. Volvía a tener las cosas bajo control. Súbitamente, su pulso se aceleró de nuevo. No era a causa de la pesadilla. Al menos, no del todo. Acababa de comprender lo que intentaba decirle la niña en el sueño. Se trataba de una palabra. Una sola. La pronunció en voz alta y se estremeció al oírla en el silencio de la casa.

Sau.

La niña había dicho Sau.

Empezó a vestirse a toda prisa.

42

Maury observó en el reflejo del espejo que su paciente, cuya voz se había convertido en un murmullo en los últimos minutos, tenía la mirada perdida. Según avanzaba en su historia, según iba recordando, su ira se apaciguaba. Eso era un buen síntoma y era fundamental para que funcionara el trabajo que había planteado. Sin embargo, aún tenía la sensación de que, en cualquier momento, podía desatar una gran violencia. Le había recetado lorazepam, pero sabía que no se lo estaba tomando, al menos no como debería. De hecho, tenía sospechas. Unas sospechas terribles. Se preguntó si no debería hablar con la subinspectora Serra sobre aquel paciente. Ella le ayudaría.

—¿Doctor? No me está escuchando.

Maury tragó saliva. Aquel hombre parecía leerle la mente.

—Claro que sí. Solo que hoy estoy algo cansado.

—No me mienta. Sabe que no puede hacerlo, ¿verdad? Hay un código odontológico o alguna mierda similar, ¿no es cierto? Durante mi hora —señaló el antiguo reloj de pared— es todo mío.

La risa que acompañó sus palabras no tenía nada de jocoso.

—Siga, por favor.

El paciente cerró los ojos y apoyó la cabeza en el sillón.

—¿Sabe? Algunas veces, cuando creemos que una situación no puede ir a peor, solo por demostrarnos lo equivocados que estamos, lo hace. Eso ocurrió en Vernet. Vaya si lo hizo. Cuando Alcázar me eligió.

El empujón me tiró contra la pared del barracón. Sin embargo, pude mantener la mano bien pegada al cuerpo donde guardaba el mendrugo de pan que le había birlado a un antiguo sargento de la división Durruti.

—Maldito crío. A punto has estado de tirar la sopa.

Sobre una hoguera improvisada con restos de un matorral y dos tablas mohosas pendía un viejo casco que hacía las veces de recipiente. En su interior burbujeaba un líquido gris con grumos. Cuatro hombres observaban la escena con desinterés mientras se arremolinaban alrededor del fuego para intentar calentarse un poco.

No esperé que el viejo brigadista se diera cuenta de mi hurto y, como un ratón de campo, salí de allí todo lo rápido que mis piernas me permitían.

Mientras me internaba por entre los barracones del sector A, feliz con mi trofeo conquistado, le fui dando bocados al duro trozo de pan. Sentí un escalofrío y me subí el cuello del abrigo. Tenía los dedos fríos a pesar de que los llevaba envueltos con tiras de tela. Empecé a toser y tuve que detenerme un momento hasta que se me pasó. El invierno había caído sobre el campo. El aire era tan frío que había quien no se despertaba al día siguiente. Todos temíamos enfermar porque era lo mismo que una sentencia de muerte. Sin embargo, desde hacía unas semanas me dolía el pecho y tenía ataques de tos que me dejaban sin aliento. Por suerte había conseguido un antiguo chaquetón militar que me llegaba por debajo de las rodillas. Lo llevaba puesto todo el día, incluso cuando dormía, por lo que, igual que la costra de suciedad que cubría mi piel, ya casi formaba parte de mí. Pertenecía a un soldado muerto por unas fiebres el mes anterior. A él ya no le hacía falta. El frío en Vernet causaba más bajas que la mismísima guerra.

Ocupado en comer, olvidé lo esencial para sobrevivir en aquel lugar: no distraerse. Un golpe me llevó al suelo y el mendrugo de pan rodó hasta detenerse en un charco. Intenté recuperar mi preciado tesoro, pero una bota me pisó el brazo al mismo tiempo que una mano me agarraba del pelo. Una sombra se cernió sobre mí, ocultando la luz mortecina del cielo.

—Hombre. Mira a quién tenemos aquí.

Con un movimiento me volvió la cara y la hundió en el charco. Antes de que me tragara toda aquella agua cenagosa, me soltó. Escupiendo barro, me arrastré hacia atrás hasta que mi espalda topó con la pared del barracón. El pánico me inundó al darme cuenta de quién estaba frente a mí.

Gabriel Alcázar era alto y corpulento a pesar de las privaciones que sufría todo el mundo allí. Su nombre, uno de los ángeles de Dios, era una ironía del destino. Todo el mundo temía sus puños. Decían que había sido boxeador profesional, aunque quizás fuera él mismo quien había hecho circular ese rumor. Daba lo mismo. En una ocasión tuvo una discusión con un veterano del Ebro. El tipo era de Huesca, duro como una piedra. Durante la pelea, que fue breve y no muy limpia, Alcázar le reventó la cara, varias costillas y, quizás, algo peor, pues murió a los pocos días. Aquella mala bestia ejercía su poder de tal modo que todos los demás prisioneros le temían. Tenía sus chanchullos con los gendarmes que se ocupaban de vigilarnos. Disfrutaba de comodidades que otros soñábamos. Se libraba de las tareas más duras. Disponía de cigarrillos, alguna lata de comida extra. Se sospechaba que trabajaba de chivato para nuestros captores, pero al no poder probarlo y, sobre todo, no haber nadie que pudiera enfrentarse a él, seguía imponiendo su voluntad.

—Tenía ganas de hablar contigo. Has crecido y no me había dado cuenta de lo guapo que eres. —Su carcajada resonó en el aire—. Deberías venir a verme a mi barracón. Allí tenemos buena comida.

Me acercó su rostro, desfigurado por una bomba de los fascistas, según contaba él. La parte derecha era una gran cicatriz, como si le hubieran roto un huevo en la mejilla y los restos se hubieran secado al sol. Sus ojos, muy oscuros, se hundían en su rostro como dos pozos sin fondo. Nadie sabía dónde había combatido y algunos sospechaban que, en realidad, era un delincuente fugado que había robado el uniforme a alguien para esquivar la pena máxima.

—Eres un chico listo. ¿No te apetece comer algo mejor que esa mierda y entrar en calor?

La punta de su bota golpeó el trozo de pan que asomaba por encima del agua encharcada. Me sonrió con sus dientes ennegrecidos. De algún modo extraño, pretendía ser amable, pero yo sabía bien lo que quería. La simple idea me produjo un escalofrío mayor que si la nieve bajara de las montañas y llenara mis calzoncillos.

—¡Diago!

La voz procedía del barracón junto al que estábamos. Una mujer con el cabello recogido y veteado de blanco asomaba por la puerta y miraba la escena con el ceño fruncido.

—*Molodói chelovek!* ¿Qué haces? ¿No dije ven pronto? —soltó mirándome con enojo.

Me levanté de un salto al tiempo que recuperaba el mendrugo remojado y lo escondía en un bolsillo de mi chaquetón. Antes de que Alcázar pudiera impedirlo, pasé por su lado para acercarme a la mujer. El hombretón la miró en silencio, pero ella no cambió el gesto. Finalmente, Alcázar soltó una risotada y entonando *En el barranco del Lobo* se alejó por entre los barracones.

—Ya hablaremos, Diago —se despidió remarcando cada sílaba de mi nombre—. Ve pensando en mi oferta.

Cuando se perdió entre los barracones, la mujer dejó salir el aire contenido y me di cuenta de que le temblaban las manos.

—Gracias, Magda.

—No debes acercarte a él. Hombre peligroso —me dijo con su español retorcido.

—No pienso hacerlo.

Me revolvió el pelo y se metió dentro del barracón. Tras la muerte de mi madre era lo más parecido a alguien que se preocupaba por mí. Magda era rusa. Una mujer valiente que dormía en su litera con un desgastado cuchillo de cocina bajo las mantas. Junto con otros voluntarios, había nutrido una brigada internacional que había luchado en Madrid durante meses. Al final, como todos los demás, había terminado en Vernet. No tendría ni cuarenta años, pero parecía una anciana. Es lo que ocurría allí, la vida nos consumía con más rapidez que en cualquier otro sitio.

43

La lancha neumática llegó a la orilla y con un crujido se incrustó en el fondo pedregoso. Dos hombres exhaustos bajaron de la embarcación y empezaron a descargar el equipo de buceo. Mientras, otras dos personas —un hombre y una mujer, en esta ocasión— terminaban de enfundarse los neoprenos para sustituirlos.

El Grupo Especial de Actividades Subacuáticas de la Guardia Civil, procedente del Estartit, llevaba haciendo inmersiones por turnos desde las diez de la mañana y ya eran las cinco de la tarde pasadas. A pesar del cansancio, nadie se quejaba. Se trabajaba en silencio. Todos sabían cuál era el objetivo de la búsqueda.

Álex los observaba desde el balcón del restaurante del Club Náutico Vic Sau sentada en un banco de hierro. El complejo de muros marrones y grandes ventanales estaba cerrado. En las piscinas vacías se acumulaba el agua verdosa y los charcos cubrían las pistas polideportivas y la zona de juegos infantiles. Al cabo de pocas semanas aquel lugar se llenaría con el bullicio de familias y niños. Ahora el único sonido que se oía era el golpeteo metálico de los cabos del mástil de un catamarán metido tierra adentro y el piar corto y duro de los chorlitejos. En el parking esperaban una ambulancia y varios coches de los Mossos y la Guardia

Civil. El intendente de la comisaría de Vic había accedido a enviar varias patrullas a instancias de una llamada de Díaz. En las entradas del recinto, una cinta blanca y azul marcaba el límite para cualquier curioso.

Miró hacia el fondo del valle, donde se acumulaban las nubes, y se subió el cuello de la chaqueta. A partir del mediodía, la lluvia había dado una tregua, pero no iba a durar mucho. Frente a ella, las aguas del pantano de Sau se extendían contra las pendientes de la sierra de las Guilleries. Desde las alturas de sus cortados y precipicios, Collsacabra se erigía imponente.

Sintió una presencia a su lado. La jueza Andrés se sentó junto a ella, extrajo del interior de su abrigo un paquete de Gitanes y se llevó un cigarrillo a los labios. Tras varios intentos, por fin consiguió encenderlo. Álex aspiró el aroma del tabaco negro y la imagen de su padre le vino a la mente. Se levantó y se apoyó en la barandilla, apartándose del humo.

—¿De verdad está segura de esto? Estamos a unos ochenta kilómetros del lugar donde desapareció la niña.

Era la tercera vez que se lo preguntaba. Álex asintió reprimiendo las dudas que ella misma sentía. Apenas amanecido el día había sacado de la cama a la jueza. Le había explicado que había recibido una llamada de un testigo ocular anónimo. Según este, una semana atrás, cuando iba a pescar al embalse de forma ilegal, vio a un hombre con una furgoneta aparcada junto a la orilla. Arrastraba un bulto y tenía una actitud sospechosa. Aquella historia era una mierda, pero Álex sabía que, si contaba la verdad, que había soñado que la niña le decía dónde encontrarla, no iban a creerla. De hecho, ni ella misma terminaba de creérselo, y según pasaban las horas y los equipos de búsqueda no obtenían ningún resultado, más dudaba.

Los nuevos componentes del equipo del GEAS montaron en la lancha y se adentraron en el embalse hacia la siguiente cuadrícula de búsqueda, cerca del enorme muro de hormigón que formaba la presa. El sonido del motor de la embarcación se fue alejando hasta volverse un eco sordo. Más allá, otras lanchas rastreaban las orillas. Los cuerpos solían emerger al cabo de siete días a causa de los gases de la descomposición, por ese motivo esos otros equipos buscaban por la superficie mientras varios agentes con perros adiestrados rastreaban en tierra.

Juan Armengol, oficial responsable del operativo, se acercó hasta donde estaban. Al llegar, se llevó la mano a la gorra para saludar a la jueza. Era un hombre de rostro curtido por el sol y la sal del mar, de baja estatura y pecho ancho. Hacía tiempo que había pasado la cincuentena, y, sin embargo, Álex suponía que, si era necesario enfundarse un neopreno, lo haría sin dudarlo. Su gesto reflejaba la frustración que sentía.

—Ha salido el relevo para inspeccionar la última zona. Los equipos de superficie y los de tierra no han encontrado nada. La inmersión en embalses siempre es complicada, la constante carga de sedimentos hace que no haya apenas visibilidad. Además, no quedan muchas horas de luz. —Se rascó la cabeza y se quedó callado unos segundos—. Tengo la sensación de que estamos perdiendo el tiempo. Lo lamento, pero voy a ordenar la retirada del dispositivo.

Álex sintió que la jueza la observaba esperando su reacción. No sabía qué decir, pero no podían irse sin más. Sabía que era allí. Tenía que ser allí, pero ¿dónde? Intentó recordar los detalles del sueño. Miró hacia el embalse. La luz del atardecer, según bajaba el sol, le arrancaba destellos al agua. Un par de cormoranes trazaban círculos en el cielo. A lo lejos oyó el tañido de una campana. Aquella imagen idílica estaba muy lejos de ser una pesadilla. ¿Qué se le escapaba?

—Ese sonido... ¿de dónde procede?

—¿Qué sonido? —preguntó la jueza.

—He oído unas campanadas.

—No oigo nada.

—Yo tampoco.

La jueza frunció el ceño y el oficial del GEAS se miró los pies, pero Álex los ignoró y escudriñó el embalse. Entonces su mirada se detuvo en una construcción que sobresalía del agua a una decena de metros de la orilla ensombrecida por las montañas.

—¿Qué es aquello?

Armengol y la jueza dirigieron su mirada hacia el lugar que señalaba Álex.

—Son las ruinas del pueblo de Sant Romà de Sau —indicó el guardia civil—. Cuando se construyó el embalse en el 62, las aguas lo anegaron. Eso que ve es su campanario.

—¿Han buscado allí?

Sintió el enojo del hombre al poner en duda su trabajo. Extrajo un cuadrante que llevaba en una carpeta y se lo mostró.

—Esta mañana, a las diez cuarenta, han inspeccionado esa zona.

Álex se levantó de golpe ante la sorpresa de sus acompañantes y bajó las escaleras a toda prisa. Con pasos apresurados se dirigió hacia la furgoneta del GEAS estacionada junto a la orilla; media docena de botellas de aire se amontonaban apoyadas en el vehículo. En ese momento, uno de los agentes estaba guardando los equipos de buceo en su interior.

—Deme un neopreno —le dijo Álex al llegar mientras empezaba a quitarse la chaqueta.

—No le dé nada —intervino Armengol cuando llegó a su lado segundos después.

—Su compañera es de mi talla. Seguro que llevan trajes de repuesto.

—¿Está bien de la cabeza? No puede...

—Tengo el título de buceo —le interrumpió, obviando el hecho de que no buceaba desde hacía una década—. Yo asumo la responsabilidad.

—Esto no es una piscina de Salou.

—Me doy cuenta —respondió deshaciéndose de los pantalones.

El oficial dudó un instante, se volvió hacia la jueza, que llegaba en ese momento. Esta asintió en silencio.

—Como quieran. —Se encogió de hombros—. Este es su circo.

Álex leyó en la mirada de Andrés una advertencia. Sin pararse a pensar lo que estaba haciendo para no echarse atrás, empezó a enfundarse el neopreno.

Comenzó a chispear cuando se encaminaban hacia la lancha neumática donde esperaban dos hombres.

—El piloto es el agente Miralles, y el cabo Ferrer será su compañero de inmersión —dijo Armengol a modo de presentación. Los policías la saludaron con un breve gesto. Ferrer le sacaba varios palmos de ancho y casi dos cabezas a Álex—. Haga en todo momento lo que le indique. No se separe de él.

La lancha se internó en el embalse dibujando una

estela blanca sobre la superficie del agua. Álex le señaló al piloto de la embarcación las ruinas sumergidas.

—Ya hemos estado ahí esta mañana —apuntó el
cabo Ferrer.

Álex no respondió, solo miraba fijamente hacia delante. El hombre que conducía la lancha murmuró
algo por lo bajo, pero no movió el timón y la embarcación mantuvo el rumbo hacia las ruinas. A Álex no se
le escapó la mirada entre los dos agentes.

Unos minutos más tarde, la lancha se detuvo. El
oleaje provocado por el movimiento de la embarcación golpeó las piedras de la antigua iglesia con un
chapoteo. Por encima del agua tan solo asomaba el tejado del campanario, con forma de pirámide. Sobre
ella, una veleta de hierro oxidado se balanceaba con un
chirrido desagradable.

—No se ve la campana desde aquí —dijo Álex.

—Porque no hay. Se la llevaron cuando abandona-
ron el pueblo los últimos habitantes.

Álex tragó saliva.

—Nadaremos manteniendo siempre la distancia
de seguridad —le explicó el cabo Ferrer—, apenas hay
visibilidad ahí abajo. No nos separaremos más de dos
metros. No toque nada. Las corrientes son fuertes en
esta parte del embalse. Si en cualquier momento hay
algún problema, subimos de inmediato. ¿Está claro?

Álex se colocó el regulador, comprobó en el manómetro la cantidad de aire de las botellas que colgaban
de su espalda, se ajustó las gafas y, tras un gesto de OK
al cabo Ferrer, se dejó caer hacia atrás.

El agua estaba helada. Su cuerpo se contrajo por el
frío hasta darle la sensación de que no podía moverse.
Apenas veía, parecía metida en una especie de sopa
amarillenta. Por un momento, se sintió desorientada y

afloró el miedo, pero se forzó a recuperar el control y concentrarse en la respiración. Tenía que calmarse o consumiría demasiado rápido el aire. Como surgido de la nada, apareció el cabo Ferrer a su lado. Un haz de luz la iluminó. El agente llevaba una linterna adherida a una muñequera. Álex maldijo para sus adentros y encendió la suya. Ferrer le hizo un gesto para comprobar que todo iba bien y, tras recibir su asentimiento, se internó en las profundidades seguido por Álex.

44

Avanzaron lentamente por el centro de lo que parecía una antigua calle. A ambos lados se adivinaban las formas de casas derruidas. Ninguna mantenía el tejado. Un viejo rótulo, bajo los restos retorcidos de un balcón, señalaba que aquel lugar había sido el bar del pueblo. En la siguiente esquina todavía colgaba una señal de zona escolar. Era un paisaje irreal, como salido de un sueño.

Guiada por el cabo, revisaron con precaución el interior de las casas buceando entre sus restos. No encontraron nada. Se desviaron por una calle a la izquierda. El antiguo empedrado de la calle estaba cubierto de hierbas y lodo, el movimiento de sus aletas levantaba nubes marrones a su espalda. Algo más allá descubrieron el esqueleto oxidado de un viejo dos caballos abandonado. Al acercarse, un pez salió de debajo y huyó hasta perderse entre las sombras. Durante los siguientes minutos, inspeccionaron varias viviendas sin éxito. La mayoría de las casas estaba tan en ruinas que era difícil que guardaran un cuerpo en su interior.

Al final de la calle, Álex percibió una sombra de mayor tamaño que asomaba como un fantasma. Al acercarse, los haces de luz iluminaron una pared en aparente buen estado. Ferrer le indicó con una seña que la bordearan por la derecha. Rodearon el muro hasta que llegaron a la antigua puerta de la iglesia. Sus linternas iluminaron un precioso arco de piedra románico. Las ondulaciones del agua y la luz le daban un aire espectral. Con un par de golpes de aletas se acercaron y pudieron distinguir mejor los detalles. La acción del agua durante décadas había erosionado la piedra y deformado las figuras de modo grotesco. Ferrer le señaló la cadena que ataba los dos vanos de la puerta. El cabo miró su manómetro y, con el puño cerrado y el pulgar hacia arriba, le indicó que subieran.

Al salir a la superficie, Álex descubrió que el perfil de las montañas apenas se distinguía por la falta de luz. Estaba a punto de hacerse de noche. Mientras estaban abajo, la tormenta se había desplazado hasta allí. A su alrededor, las gotas moteaban de ondas circulares el agua. La lancha se balanceaba por el oleaje provocado por el viento sobre la superficie del pantano. Ellos mismos flotaban como tapones en una bañera. El cabo Ferrer se quitó el respirador.

—¿Satisfecha?

Álex se bajó las gafas, que quedaron colgando de su cuello.

—¿Han inspeccionado el interior? —respondió señalando a su espalda.

—¿Dentro de la iglesia? —La miró incrédulo—. No tiene sentido. Ya lo ha visto: está cerrada y no tiene huecos en los muros. El cuerpo no ha podido meterse ahí por su cuenta. Por otra parte, las construcciones bajo el agua son muy inestables. ¿No ha visto la inclinación de esa torre? Entrar en ese edificio es jugarse la vida.

Álex dudó solo unos segundos. Se volvió a colocar

las gafas y el respirador y, antes que el cabo pudiera evitarlo, se volvió a sumergir en el agua.

Nadó unos metros hasta que la luz de la linterna le mostró los arcos de medio punto del campanario. Se detuvo un instante flotando junto a ellos antes de introducirse por la cavidad.

Como le había dicho el piloto, las campanas no estaban. Una escalera de caracol cubierta de cieno, que le recordó la boca oscura de un animal hambriento, descendía hacia el interior del edificio. Álex se deslizó por ella sintiendo como los muros de piedra se cerraban a su alrededor. El haz de luz iluminaba, frente a ella, el agua llena de partículas en suspensión mientras descendía flotando por encima de los escalones. Según bajaba batiendo con los pies, descubrió que la escalera era tan estrecha que, cargada con las botellas, no podía darse la vuelta. Tenía que llegar al final lo quisiera o no. Consultó el manómetro, calculó que le restaban unos quince minutos de aire. Esperó no encontrarse con el paso bloqueado más adelante.

Los escalones se terminaron y, aliviada, vio frente a ella un hueco abierto donde debió de estar la puerta. Entró en la iglesia y buceó hasta colocarse en el centro de la nave. Se tomó unos segundos para situarse. Le rodeaba la más completa oscuridad. La luz de la linterna apenas llegaba a iluminar un par de metros a su alrededor. El silencio, denso como el agua en la que flotaba, solo era interrumpido por el burbujeo que surgía de su regulador. La idea de que encima de ella se concentraban toneladas de piedra no era muy tranquilizadora.

La iglesia parecía construida en una sola planta. Bajo sus pies distinguió los restos de la bancada de madera. Solo quedaban las estructuras de hierro y tablas podridas. Con un golpe de aletas avanzó por un lateral entre las columnas. Los gruesos muros de arcos lombardos estaban vacíos de pinturas. Las hornacinas quedaban escondidas en las sombras hasta que las iluminaba su linterna. Llegó hasta el coro flotando por encima de una amplia escalinata de piedra. Allí encontró un viejo órgano cubierto de lodo cuyas notas no volverían a sonar.

Echó un vistazo al manómetro, había consumido bastante aire. Debía apresurarse.

Terminó de dar la vuelta por el otro lateral hasta llegar al ábside de la iglesia. A un lado, la escalinata de piedra del púlpito desde donde el cura se dirigía a los fieles seguía en pie. En el centro, un par de escalones llevaban hasta el presbiterio. El altar era una inmensa pared vacía. Aún se conservaban las marcas en la piedra del lugar donde descansaba el crucifijo. Nada indicaba que hubiera estado allí en algún momento el cuerpo de Aina. Por un momento, Álex olvidó la tensión de la inmersión por la frustración que sentía.

Buceó de vuelta hacia la entrada del campanario. Cuando se disponía a introducirse por la abertura, la luz de la linterna iluminó una de las hornacinas. Tenía una figura en su interior. Pensó que se trataría de una estatua demasiado pesada para ser salvada de las aguas. Entonces se dio cuenta de que su cabello flotaba.

Álex olvidó la necesidad de salir de allí y buceó hasta la figura. El cuerpo menudo de Aina, vestido con una tela que se removía al lento compás del movimiento del agua, estaba encajado en la hornacina. Un cable de acero, apenas visible, la retenía por la cintura dentro de la cavidad de piedra. El pelo lo tenía recogido con una corona de flores, excepto un par de mechones que se habían soltado. Sus ojos abiertos parecían pedirle explicaciones.

De pronto, un fuerte temblor sacudió la iglesia. Del muro contiguo se desprendieron unas nubes de tierra. El ruido sordo de algo resquebrajándose se transmitió a través del agua. Álex la miró una última vez y le prometió que la sacarían de allí antes de mover las piernas con fuerza para dirigirse hacia la salida. Una nueva sacudida estremeció el edificio y el desplazamiento del agua la empujó contra el púlpito. Por unos instantes, se quedó desorientada. Hizo un barrido alrededor suyo con la linterna durante unos angustiosos segundos hasta que la luz iluminó la puerta del campanario.

Empezó a subir por la escalera de caracol. Las sacudidas habían levantado el lodo depositado en el suelo y apenas veía. Se ayudó de las manos para impulsarse hacia arriba mientras escuchaba el sonido de su respiración agitada. Un nuevo temblor la lanzó hacia la pared. El golpe le hizo perder la linterna y se quedó sin luz. Buscó en la oscuridad hasta que, con alivio, notó un escalón bajo la mano. Reanudó la subida mientras intentaba contener la creciente presión en el pecho. Le costaba respirar. En la pantalla de su manómetro se encendió una luz roja. Las botellas de aire se estaban quedando vacías. Agitó las piernas desesperada al tiempo que se empujaba. Notó que las fuerzas empezaban a fallarle. Otro brusco movimiento del edificio la desplazó y se golpeó la rodilla. Apretó los dientes sobre el regulador y siguió adelante. Empezó a sentir una sensación de mareo. Sabía que eran los primeros efectos de la falta de aire. Los oídos le zumbaban y cada vez tenía más frío. Maldijo con rabia. No recordaba que la escalera fuera tan larga. Quería seguir avanzando, seguir moviendo las piernas, pero la pérdida de consciencia anegó cualquier intención. Sobre su cabeza le pareció ver una luz. Su último pensamiento antes de desvanecerse fue para la niña.

Jamás había creído que respirar podía ser algo tan maravilloso. Álex tomó una nueva bocanada y, de repente, un acceso amargo ascendió imparable por su garganta. Se inclinó a un lado y vomitó agua entre toses. Cuando recuperó el resuello, descubrió que estaba tendida sobre las piedras de la orilla, llevaba el neopreno abierto hasta la cintura y la habían envuelto con una manta térmica. Al menos esta vez nadie la había golpeado.

La jueza y el cabo Ferrer estaban inclinados a su lado. Algo más allá había un grupo de personas, pero no llegaba a distinguirlas.

—¿Cómo se encuentra?

Oyó amortiguada la voz de la mujer, como si tuviera taponados los oídos. Le dolía todo el cuerpo, pero podía soportarlo. Probó a incorporarse. Sin embargo, la obligaron a volver a sentarse en el suelo.

—Estupendamente —consiguió decir—. ¿Qué ha ocurrido?

—Cuando vio que pasaba demasiado tiempo abajo, el cabo fue a por usted. —Armengol apareció dentro de su rango de visión. Estaba muy enfadado. Vio que señalaba a Ferrer. El joven policía alzó la mano a modo de saludo.

—La encontré inconsciente en los últimos escalones. Se había quedado sin aire.

—¡Maldita sea! Entrar en la iglesia ha sido una imprudencia —estalló Armengol irritado—. La tormenta ha removido el agua y provocado los desprendimientos. Ha tenido suerte, podría haberse quedado ahí abajo. Su irresponsabilidad ha puesto en peligro a sus compañeros.

La jueza tenía el rostro ensombrecido.

—Serra, este operativo ha sido un fracaso. Tendrá consecuencias.

Álex no les respondió. Miraba hacia el cielo cubierto de inmensas nubes grises. Una bandada de aves cruzó por encima de las montañas buscando refugio. Recordó los ojos vacíos de la niña allí abajo. Sabía que no conseguiría olvidarlo durante el resto de su vida.

—Pues tendrán que volver a bajar —murmuró.

—¿Cómo dice?

—Aina está ahí abajo.

45

—El informe de la autopsia de Aina que nos ha enviado el instituto forense es, prácticamente, igual al de
Martina. Hay algunas ligeras diferencias debido a los
siete días que estuvo sumergido el cuerpo. Al parecer,
el contacto con el agua deteriora los tejidos, pero las
bajas temperaturas del embalse pueden haber contenido un poco el proceso de deterioro.

Álex notó un silencio inusual y levantó la vista de
la hoja del expediente.

—¿Qué pasa?

Se miraron entre sí incómodos y negaron con la cabeza.

—Si tenéis algo que decir, hacedlo. Hay mucho
trabajo por delante y poco tiempo que perder. Tenemos dos niñas muertas y puede que la tercera víctima
esté al caer. Si alguien no está cómodo en este equipo,
ahí tiene la puerta.

Álex esperó unos segundos a que alguien dijera
algo. Nadie habló.

—De acuerdo. Se ha identificado el cadáver de
Aina por una antigua cicatriz en el codo derecho. El
vestido de gasa que llevaba y la diadema de flores los
están analizando en el laboratorio, pero parece que
son del mismo material y composición que los de la

primera víctima. Tampoco murió ahogada. Sigue siendo complicado determinar la causa de la muerte.

—¿Cómo se las apañó para meterla allí abajo? —preguntó Vila.

—A eso puedo responder yo —intervino Alain levantando la mano—. He hablado con la empresa hidroeléctrica. Me han confirmado que hace dos semanas hicieron un vaciado del embalse hacia la presa de Susqueda para aprovechar al máximo la generación de energía. Es una práctica habitual. De ese modo, consiguen más beneficios. Cuando eso ocurre, la iglesia y parte del pueblo quedan fuera de las aguas. Es algo que se anuncia unos días antes. El responsable de la muerte de Aina aprovechó ese momento. Con la que está cayendo, el embalse volvió a su nivel habitual en un tiempo récord.

—En otro orden de cosas, esta mañana han llevado a Bonmatí al psiquiátrico —anunció Vila—. Ha pasado a disposición judicial y el juez ha solicitado una prueba pericial al médico forense, que ha determinado su ingreso.

Álex puso los brazos en jarras y suspiró.

—Bonmatí no es el responsable de las muertes de Martina y Aina.

—¿Por qué no? —preguntó Melero—. Encontramos la bicicleta y la camiseta de Martina en la masía donde se escondía. Y la madre de Aina ha identificado un vestido de su propiedad que la niña le había sustraído.

—Es verdad que el hecho de que guardara pertenencias de las niñas le incrimina —accedió Álex—, pero ¿no lo veis? Hay cosas que no terminan de encajar. Pensadlo bien. No tuvo ninguna reacción en el interrogatorio cuando le mostré la imagen de Martina, y tampoco sabía quién era Aina.

—La falta de empatía es un rasgo típico de psicópata.

—Es cierto, Melero; parece que las clases sobre perfiles criminales en el ISPC las aprovechaste. En ese sentido, ¿cuáles consideras que son sus motivaciones?

—Eh... Bueno... —empezó a decir.

—De acuerdo con su coeficiente intelectual limitado —le interrumpió Álex—, deberíamos considerarlo un asesino desorganizado, es decir, que mata compulsivamente, lo que encajaría con que las niñas no tengan nada en común. No las elegiría, se las encontraría. Eso es complicado para alguien que prácticamente no ha bajado de la montaña en los últimos ocho años. ¿No es cierto? Por otro lado, este perfil de asesinos suele dejar los cuerpos donde los encuentran, y este no es el caso, ¿verdad?

Melero negó con la cabeza, abochornado.

—No, no es el caso —repitió Álex, y continuó—. La complejidad con que han sido tratados los cuerpos de las niñas y, sobre todo, el modo en que las han asesinado, usando un método que no deja rastro, exige unas habilidades y conocimientos que ese hombre no posee ni ha poseído jamás.

—Entonces, el responsable sigue libre —indicó Vila.

—Así es. Y pronto habrá una tercera víctima.

Álex escribió en la pizarra dos palabras y las separó con una línea vertical.

—Por un lado, tenemos a las *niñas* —dio un golpe en el tablero—, y, por otro, al *asesino*. —Soltó un nuevo golpe—. Recapitulemos: una primera niña, Martina. Perseguida por unos compañeros que, presumiblemente, la acosaban, se evapora con su bicicleta en el camino a su casa y aparece días después en el paraje de

Les Estunes, a casi trescientos kilómetros del lugar en que desapareció. La segunda niña: Aina. Tras decirle a su madre que va a pasar la noche con una amiga (lo que es falso), aparece días más tarde asesinada en el embalse de Sau, a unos ochenta kilómetros de distancia de su casa. El asesino las maquilla, las peina y hace que lleven un vestido de gasa y una diadema de flores.

—Hemos investigado la procedencia de los vestidos —dijo Vila—. No tienen marca ni nada que los identifique. Es posible comprar un vestido similar por internet en un centenar de sitios.

—En lo que respecta a las coronas, Laboratorio ha enviado las dos al Institut Pierre Magnol de Toulouse para el análisis de las flores por parte de un especialista —apuntó Alain—. Es el centro de estudios botánicos más prestigioso de Europa.

Álex asintió pensativa.

—Bien. En cuanto haya algún resultado, comunicadlo enseguida. —Se volvió de nuevo hacia la pizarra—. Una de las preguntas que necesitamos resolver es: ¿dónde fue Aina la noche que desapareció? Esa niña escondía un secreto. El diario sugiere que había empezado una relación con alguien. ¿Era el propio asesino? Y si no lo era, de quién se trataba —Redondeó con un círculo rojo la palabra *asesino*—. ¿Qué motivos tiene para escoger a sus víctimas? ¿Por qué hace lo que hace? ¿Por qué recorre tantos kilómetros para montar con sus cadáveres una escena que solo comprende él? No hay duda de que esperaba que encontraran a Martina. Les Estunes es un lugar muy concurrido.

—Sin embargo, en el caso de Aina era casi imposible que se descubriera el cuerpo donde estaba —intervino Melero—. ¿Se arrepintió de hacerlo la primera vez y pretendía taparlo?

—No. En realidad, mucha gente visita las ruinas cuando quedan fuera del agua y es algo que sucede varias veces al año. También hay un centro de vacaciones cerca..., es decir, que es una zona frecuentada. Hubiera tardado más, pero alguien la habría encontrado.

—Y ¿por qué estas dos chicas? —reflexionó en voz alta Alain.

—¿Qué quieres decir?

—¿Por qué ellas y no otras? ¿Hay algo especial en ellas o, como parece, las elige al azar?

Se hizo el silencio en el antiguo almacén.

—Adelante, decid algo. Cualquier cosa —animó Álex.

—Tienen una edad parecida.

—Ambas tienen el pelo y los ojos claros.

—Parece probable que el físico sea un elemento determinante, pero no puede ser el único. ¿Por qué son tan especiales para él?

—Una de ellas dibujó una cara blanca en su cuaderno y la otra la vio en su ventana —aportó Melero.

—Es muy probable que fuera el asesino acechándolas —dijo Alain.

—Todo eso ya lo sabemos. Tiene que haber algo más.

De nuevo, se hizo el silencio.

—Bien. Necesitamos más. Melero, ¿has terminado con los expedientes?

—Aún no. Es un trabajo un poco tedioso.

—Lo sé. Sigue con ello e informa de inmediato en cuanto se produzca cualquier denuncia que se ajuste al perfil de las niñas.

El chico asintió, aunque poco convencido.

—Necesitamos saber dónde y con quién estuvo Aina antes de su desaparición. Encargaos de eso.

—Esto... —Melero alzó la mano con timidez—, ¿no crees que sería más útil ayudando a Alain y Vila?

—No.

El joven policía intentó sonreír, pero se quedó a medias.

Algo más tarde, Álex salió de la sala en busca de un café. La aventura en el embalse la había dejado dolorida. A pesar de que hacía todo lo posible por ignorarlas, aún no estaba recuperada de las heridas producidas en el encuentro con Bonmatí. Consultó el móvil y vio que tenía una llamada perdida de un número no registrado. La devolvió y, tras dos tonos, surgió una voz conocida al otro lado.

—¿Sí?

—¿Doctor Maury? ¿Es usted?

—Ah, sí, sí, subinspectora... —El psiquiatra respondió con un extraño tono dubitativo—. ¿Cómo se encuentra?

—Bien. Tengo una llamada suya.

—Sí. Bueno, no era importante. Quería consultar con usted un asunto. Es sobre un paciente que tengo, pero no quería molestarla.

—No es molestia. ¿De qué se trata?

—Verá, no sé cómo explicarlo. Es... —Se interrumpió, y dio la impresión de que se oía otra voz de fondo—. Mire, ahora no puedo. Si le parece, la vuelvo a llamar más adelante.

—Cuando prefiera. Si quiere me puedo acercar...

El psiquiatra le colgó sin despedirse. A Álex le pareció tan extraño como su tono preocupado. Iba pensando en ello cuando llegó a la sala de entrada a la comisaría, donde se encontraban las máquinas de *vending*. Todo estaba tranquilo. No había nadie, excepto el oficial de guardia tras el mostrador. Este la ignoró del mismo modo que hacían los demás. Lo sucedido el día anterior no mejoraba las cosas. Aunque hubiera servido para encontrar el cuerpo de Aina, se hacían preguntas, y no sin razón. Le pasaba a su propio equipo.

El hombre tenía su atención puesta en la televisión colgada en la pared. Mientras esperaba que la máquina llenara el vaso de plástico, Álex miró sin interés hacia la pantalla. Estaba puesto el canal de noticias. El reportero pormenorizaba los detalles de una exposición que iban a inaugurar en los próximos días. La cámara se desplazó y apareció una mujer de rostro alargado, pelo blanco y gafas de pasta dorada. El joven le lanzó una pregunta y ella respondió con desgana en un español con fuerte acento francés. Álex recogió el vaso de la máquina y se disponía a volver a la sala con el resto del equipo cuando la imagen cambió y mostró un grabado: un perro enorme, de pelaje negro, subido encima del pecho de una mujer. Álex musitó una palabra malsonante al advertir el gran parecido con el dibujo de Martina.

—A ver si dicen ya algo del partido —oyó protestar al agente.

La pantalla de la televisión parpadeó, la imagen cambió y aparecieron unos tipos en pantalón corto saltando unas vallas de un palmo de altura. Una voz en *off* comentaba la preparación del próximo encuentro de la Champions y desgranaba lo fundamental que era aquella cita para las aspiraciones del equipo.

Álex se abalanzó sobre el mostrador y le arrebató el mando al atónito policía.

—Oye, ¿qué narices crees que...?

Lo ignoró. Pasó varios canales con rapidez temiéndose que la noticia hubiera ya terminado hasta que en la pantalla volvió a aparecer la imagen de la mujer de pelo blanco. Subió el volumen del aparato.

—... la exposición de criaturas fantásticas del Pirineo abrirá sus puertas la próxima semana en la primera planta del Museo Cerdà, en el antiguo convento de clausura de Puigcerdà. Rosalyne Gutiérrez, etnóloga y comisaria de la muestra. Muchas gracias por atendernos.

—Vale —masculló secamente la mujer, y, sin esperar al cambio de conexión, se encendió un pitillo y se marchó ante la incomodidad del reportero.

Como cierre, para terminar de ilustrar el reportaje, mostraron varias imágenes más mientras repetían las fechas y el lugar. Entonces dieron paso a la previsión del tiempo: anunciaban más lluvias. Pero Álex ya no lo escuchó. Había salido a toda prisa dejando al policía de la puerta pensando que aquella mujer, como bien afirmaban los compañeros, estaba chalada. Luego, cuando descubrió que se había llevado el mando de la televisión, pensó que también era una malnacida.

46

Moreau se balanceaba sobre su silla frente al ordenador mientras mordisqueaba un lapicero. En la pantalla flotaba la imagen de la subinspectora Álex Serra. Sobre la mesa se acumulaban varios periódicos antiguos abiertos y apuntes que había estado haciendo él mismo. El silencio era completo en la redacción. Apenas era consciente de la existencia de sus compañeros, cada uno metido en su cubículo frente a un ordenador. ¡Cómo echaba de menos el ruido de las máquinas de escribir, los teléfonos que no paraban de sonar y la atmósfera cargada de tabaco de los periódicos de antes! Ahora todo era tan aséptico y correcto que incluso alzar la voz parecía de mala educación.

Tras la rueda de prensa había seguido pensando en la subinspectora. Todo el mundo conocía su participación en la resolución de los asesinatos ocurridos hacía un año. Sin embargo, nadie sabía mucho más de ella. Durante un tiempo se habían oído algunos rumores, pero nada concluyente. Cogió su agenda y pasó varias páginas, aún le quedaba algún que otro amigo. Marcó el número en el teléfono fijo que aún mantenía en su mesa. En algún lugar entre el caos de su escritorio debía de estar la Blackberry que habían repartido a todos los empleados a principios de año.

—¿Moreau? —Una voz sorprendida surgió al otro lado—. Vaya, cuánto tiempo. ¿Qué es de tu vida?

El viejo periodista detectó en la última frase un tono prudente. Sabía la fama, bien ganada, que tenía. Su afición a la bebida y su fuerte carácter le habían hecho salir mal parado de varias redacciones, como de otros tantos sitios.

—Impecable. Las cosas no pueden ir mejor.

—Me alegro de oír eso. ¿Aún estás en ese periódico de los Pirineos? Algunos decían que te habías jubilado.

«¿Jubilado?, una mierda para ti», pensó Moreau. Al oír la risa que siguió a las palabras de su antiguo colega se mordió los labios.

—Muy gracioso.

—Dime. ¿Para qué me has llamado? Tengo algo de prisa, no sé si recuerdas cómo es eso.

—Algo recuerdo. Mira, estoy buscando información sobre una subinspectora de policía: Álex Serra. A principios del año pasado estaba en Barcelona, en la central, luego inesperadamente la destinaron aquí.

—Dame unos minutos y te llamo.

Moreau colgó satisfecho. A pesar de las pullas, sabía que su antiguo amigo no le fallaría. Quince minutos más tarde, sonó el teléfono y descolgó enseguida.

—Ya decía que la recordaba de algo. Fue una cosa bastante sonada.

Moreau sintió un escalofrío de excitación. Cogió el bloc de notas y se dispuso a escribir.

—Parece que era una especie de estrella del cuerpo. Se barajaba su nombre para inspectora y para mucho más en el futuro. Pero en una actuación rutinaria la cagó.

—¿Qué hizo?

—Le disparó a su compañero. Dos veces, por la espalda. No sé cómo quedó la cosa, si murió o qué, pero no pintaba bien. Si quieres lo averiguo. El caso es que, como es normal, la suspendieron. Nadie sabe qué ocurrió, pero la evaluaron psicológicamente y, aunque es confidencial, recuerdo haber oído rumores de que tenía alguna clase de trastorno mental. Lo sorprendente es que, en lugar de darle de baja del cuerpo, la enviaron a la Región Policial del Pirineo Occidental. Debe de tener algún buen amigo, aunque, por lo que me han dicho, hay otros que le tienen ganas.

Moreau musitó un «Gracias» y colgó sin esperar la respuesta de su antiguo colega. Se reclinó en la silla y cerró los ojos. Intentó ordenar sus ideas.

Repartidos sobre la mesa tenía algunos de los reportajes que se habían escrito sobre el caso Dante, como lo habían terminado por llamar en los medios de comunicación en un arrebato de dramatismo. El compañero que había cubierto la noticia era un redactor mediocre, pero, leyendo entre líneas, Moreau había encontrado un dato curioso. Al parecer, de niña, la subinspectora había sufrido un hecho traumático, pero en ninguna parte se explicaba bien lo sucedido. Había tenido que buscar en la hemeroteca. Nadie consultaba ya aquellas viejas publicaciones. Se decía que algún día digitalizarían todos los archivos, pero, de momento, había que arremangarse y buscar a la antigua. Tras algunas horas de polvoriento trabajo había encontrado lo que buscaba.

Alzó en el aire el recorte donde aparecía la fotografía de una niña que miraba asustada hacia la cámara. Estaba envuelta en un enorme chaquetón perteneciente a algún miembro de la Guardia Civil. Su padre la sostenía entre los brazos. La que años más tarde se convertiría en subinspectora había sido rescatada la misma noche que su hermana, una niña de unos once años a la que nadie había podido encontrar —ni tan siquiera su cadáver—, había desaparecido.

La coincidencia resultaba extraordinaria. Dos niñas de edad y características físicas similares a su hermana habían desaparecido ahora, veintitrés años después, y la responsable del caso era justamente...

La mesa cobró vida de repente. La montaña de papeles vibró unos segundos sobre el escritorio y se detuvo. Moreau suspiró. Con cierta dificultad recuperó el móvil. En la pantalla aparecía el nombre de Fran Cunillera, el recién nombrado redactor jefe. Tenía la costumbre de hacer llamadas perdidas para pedirles que pasaran por su despacho. Seguramente, lo encontraba muy *cool*.

Diez minutos después, Moreau entró en el despacho y se dejó caer en la silla delante del escritorio. Un joven vestido con una camisa azul metálico abotonada hasta el cuello y vaqueros gastados levantó la palma de la mano sin mirarle mientras escribía sobre un portátil de última generación. Moreau hinchó los carrillos y dejó salir el aire poco a poco. Hay que ver cómo echaba de menos una copa en ese momento. Por fin, Cunillera terminó lo que fuera que estaba haciendo, cruzó las manos frente a su rostro y con gesto preocupado le dijo:

—Edición no ha recibido la crónica de la rueda de prensa, Luc.

Aunque los separaban casi cuarenta años, el nuevo responsable del equipo de redacción del periódico le trataba como si fueran colegas de instituto. Eso también debía de ser *cool*.

—Estoy en ello, Fran.

El joven levantó las cejas y soltó un suspiro.

—Cada segundo que pasa llegamos tarde.

Giró el ordenador y le dio un manotazo a la pantalla.

—Mira. La noticia ya está colgada en todos los portales de la competencia.

—Quiero darle otro enfoque.

—¿Qué quiere decir eso? ¿Se trata de una de tus ocurrencias? Te recuerdo que las últimas veces no llegaste ni a escribir el artículo.

Moreau se tensó en el asiento hasta casi levantarse, pero se obligó a bajar las manos y cogerse con fuerza a la silla.

—Ernesto no ponía inconvenientes...

—Ya sé, ya sé. El antiguo redactor jefe y tú erais colegas. Lo comprendo. Pero Ernesto no está. Se jubiló. Está en la playa cuidando a sus nietos. —Entonces cambió el tono como si estuviera hablando a un niño—. Moreau, los medios de comunicación no son los mismos que cuando eras joven. *Pirineos Actual* es un diario de vanguardia en proceso de transformación hacia una nueva era digital. Hoy en día lo que cuenta es la inmediatez, inmediatez, inmediatez. —Con cada palabra chasqueaba los dedos—. ¿Lo entiendes? No importa mucho más.

—Importa que los medios seamos fieles a la verdad.

Moreau se sorprendió al darse cuenta de que realmente creía en aquello después de tantos años.

—¿La verdad? ¿Qué es eso? La verdad la decidimos los medios. Las noticias acabarán por adelantarse a la realidad. Llegaremos a publicar un artículo antes incluso de que hayan ocurrido las cosas.

«Menudo imbécil», pensó Moreau con la sonrisa congelada. Sabía que debía contenerse si quería obtener lo que quería.

—La subinspectora encargada del caso tiene un pasado oscuro y está extrañamente relacionada con las desapariciones de las niñas. Creo que podría haber una noticia ahí.

—¿Qué clase de noticia?

Moreau suspiró. Tendría que desvelar sus cartas, aunque no todas.

—Imagina una mujer con un historial de desequilibrio mental cuyos detalles nadie conoce en realidad porque el expediente del caso se ha, digamos, extraviado. Tampoco nadie parece poder explicar cómo, en lugar de recibir la baja, termina aquí. Participa, nada más llegar, en un extraño caso de asesinatos que resuelve actuando de forma muy poco ortodoxa. Poco después, obsesionada con la desaparición de su hermana hace veintitrés años justo aquí, en los Pirineos, abandona el cuerpo para investigarlo; sin embargo, ahora vuelve de nuevo sin explicaciones.

—Ya veo.

Moreau dudaba que viera nada, por eso continuó.

—¿No parece extraño que ella vuelva a la policía justamente ahora que desaparecen unas niñas con características muy similares a las de su hermana desaparecida?

—Bueno... —El joven pareció dudar—. ¿No han anunciado la detención de un sospechoso?

—Sí, pero mira qué curioso: en la rueda de prensa, ella no descartó que hubiera más víctimas cuando entonces solo había una. Y la segunda niña la encontraron en el embalse de Sau porque ella afirmó que estaba allí. Se habla de una llamada anónima, pero una fuente de la comisaría me ha dicho que nadie sabe quién es ese testigo misterioso.

—Está bien. —Se echó hacia atrás en la silla—. ¿Qué es lo que quieres?

—Dame libertad para investigarlo y te daré un notición para tu periódico.

—*Nuestro* periódico.

—Lo que tú digas.

Cunillera hizo como si se lo pensara un momento mirando hacia la pared donde colgaban antiguas portadas del periódico y dijo a continuación:

—Te doy tres semanas, pero solo porque las noticias de este tipo tienen mucho morbo y generan mucho tráfico en la web. Hay que ir creando sospechas alrededor del caso y de esa policía. Quiero que escribas pequeñas piezas intermedias.

—De acuerdo.

—Y quiero titulares llamativos. Me da igual si no son totalmente fieles al contenido. Hay que conseguir clics.

El veterano periodista asintió con la cabeza. Los únicos clicks que él conocía eran los muñecos con los que jugaba su sobrino.

—Pues hale, a trabajar.

Cunillera volvió a centrar la mirada en la pantalla del ordenador al tiempo que, con un gesto, le indicaba la puerta.

—«Titulares llamativos», dice el muy capullo —rumió Moreau de vuelta a su mesa. De todos modos, la estupidez de su redactor jefe no empañaba su excitación. Hacía años que no se sentía así, resultaba embriagador. Había que ponerse manos a la obra. Tenía un tiempo limitado para conseguir la noticia del año.

47

El antiguo convento de clausura se alzaba al norte de Puigcerdà. Desde sus ventanas se veían las primeras casas del pueblo francés de Bourg-Madame. La frontera se encontraba a tan solo un kilómetro de distancia, para muchos de los vecinos era una simple línea dibujada en un mapa.

Álex y Alain, tras dejar el coche en un amplio parking, se dirigieron a la entrada del museo. El edificio, de corte moderno, combinaba el gris y el rojo, y contrastaba con el rosetón de finales del siglo XIX que se alzaba a su espalda. Las puertas estaban cerradas. Llamaron al timbre y esperaron. Al cabo de un par de minutos, cuando ya pensaban que nadie iba a responder, oyeron tres chasquidos de la cerradura y la puerta se entreabrió. Un joven vestido con un mono de trabajo y una brocha en la mano apareció tras ella.

—Está cerrado. Estamos terminando de acondicionar una exposición.

—Venimos a ver a Rosalyne Gutiérrez —respondió Alain mostrando su identificación.

El chico los hizo pasar y les pidió que esperasen mientras avisaba a la comisaria de la muestra. En el interior se oían golpes de martillo y el zumbido de una taladradora. Dos operarios que portaban una estructura de madera de varios metros de altura se cruzaron con ellos. Al fondo de la sala, una mujer con una bata blanca y vaqueros estaba dando instrucciones con gestos bruscos a un hombre. La sobrepasaba un par de cabezas, pero la persona amedrentada parecía él. Álex reconoció a la mujer que había dado la entrevista en la televisión. El pelo blanco y encrespado seguía a su aire, pero en esta ocasión lo había intentado someter bajo un gorro de lana. Cuando vio que se acercaban, despidió al hombre, se quitó las gafas que llevaba y las dejó colgando sobre su jersey de cuello alto. Los miró acercarse con el ceño fruncido. Álex y Alain se presentaron. Ni siquiera se molestó en mirar las credenciales; puso los brazos en jarras.

—¿Qué quieren? Estoy bastante ocupada.

—¿Podemos hablar en algún lugar más tranquilo?

Sin decir palabra, la mujer les dio la espalda y se internó por el pasillo que se abría a su derecha. Aquella zona del museo estaba a oscuras y apenas pudieron seguir el paso de la mujer, que se movía con soltura entre los bultos y piezas de la exposición que estaban por colocar.

Finalmente llegaron a una larga sala de techos altos y grandes vigas de madera. Los sonidos de los trabajos y las voces de los operarios quedaron atrás. Álex imaginó que, en el pasado, allí estarían las celdas de las monjas. En su lugar se habían instalado paredes temporales que distribuían el espacio formando una especie de laberinto. Varias vitrinas colocadas sobre bases cuadradas forradas de fieltro negro se alineaban junto a altos paneles con ilustraciones. El conjunto formaba un círculo alrededor de una gran figura de cartón piedra que representaba un gigante. Sostenía un mazo de hierro y su piel parecía hecha de piedra. En unas mesitas cercanas esperaban a los visitantes folletos explicativos en varios idiomas. Docenas de focos colgaban de railes en los laterales, cerca del techo. En ese momento estaban apagados casi todos.

Álex observó con interés uno de los pocos paneles iluminados. Era la imagen que había visto por la televisión. Un gigantesco perro negro de contornos indefinidos y afilados dientes. Estaba montado sobre el pecho de una joven tendida en una cama. La mujer le devolvía la mirada con el rostro distorsionado por el terror.

Leyó la cartela que acompañaba la imagen:

> Perro negro, grueso y pesado cual plomo. Llamado la Pesanta. Intensamente peludo, tiene una terrible pata de hierro. Se dice que pasa por el ojo de las cerraduras, por debajo de las puertas y, si es necesario, se filtra por las paredes. Lo que más le gusta es ponerse encima del pecho de su víctima durante el sueño para oprimirle la respiración, provocando pesadillas y sueños desesperados. Fuente: «Los ogros infantiles». *Revista de Dialectología y Tradiciones Populares*. Joan Amades.

Álex tragó saliva recordando de nuevo los dibujos en el cuaderno de Martina. Desplazó su mirada al siguiente panel. Mostraba la imagen de otro monstruo, una especie de espantapájaros de ojos encendidos vestido con una capucha. La etnóloga se colocó a su lado, sacó del bolsillo de su bata un paquete de cigarrillos y, tomando uno, lo encendió y dio una calada.

—Ese de ahí es el Papu, una criatura de las comarcas del Pallars. Es un devorador de las sombras. ¿Le interesa la mitología, subinspectora?

La voz grave de la mujer resonó con un eco profundo en la sala.

—No especialmente —respondió volviéndose hacia ella.

—Es una lástima. La mitología es un campo de estudio fascinante. Tenga en cuenta que los mitos transmitidos a través de la tradición oral constituyen la base de nuestras historias actuales. En el pasado, la gente creía que existían fuerzas ocultas relacionadas con los cuatro elementos: tierra, fuego, aire y agua. La religión, el racionalismo y, en definitiva, el desarrollo tecnológico, cada uno por su parte, extirparon estas creencias, que acabaron en el mundo del folclore, la fantasía y las leyendas. —Dio una nueva calada al cigarrillo—. Bueno, si me dejan, siempre acabo divagando. ¿Qué desean de mí?

—Queríamos que nos diera su opinión sobre un caso en el que estamos trabajando.

Arrugó el ceño.

—¿Qué tengo que ver yo con una investigación policial?

Su protesta se esfumó cuando Alain apartó unos folletos y colocó sobre la mesita más cercana las fotografías de las niñas. Eran instantáneas de los cuerpos tal y como los habían encontrado en la poza y el embalse.

Se volvió a colocar las gafas, se inclinó sobre las imágenes y las observó con atención. Su mano delgada, surcada de venas gruesas, cogió una de las fotografías y la levantó para que la luz de un foco la iluminara. Se quedó así, parada. El cigarrillo se consumía entre sus dedos sin ella advertirlo. Álex terminó creyendo que había olvidado que estaban allí.

—Ambas son rubias y tienen los ojos claros —murmuró para sí misma tras unos buenos minutos—. Podría ser... No, no es posible, pero... —Se volvió hacia ellos—. Díganme, ¿en qué fase lunar las encontraron?

Álex y Alain se miraron desconcertados ante la pregunta.

—Bueno —dijo Alain consultando unas notas—. Una de ellas fue encontrada el 24 de marzo y la otra, el 30 de abril.

—¿Y su muerte se produjo sobre esas fechas?

—El médico forense calcula que la primera niña falleció entre las veinticuatro y setenta y dos horas antes de que fuera encontrada. La segunda llevaba alrededor de una semana muerta.

—Curioso... ¿Dicen que las encontraron cerca de un lugar con agua?

—Una de ellas estaba sumergida en una poza del paraje de Les Estunes y la otra en la iglesia inundada por las aguas del embalse de Sau.

—Claro —asintió mientras se rascaba la cabeza, pensativa.

La mujer dejó a un lado las fotografías y levantó la mirada hacia ellos. Los cristales gruesos de sus lentes resaltaban sus ojos como los de un camaleón.

—¿Qué saben del mundo de las hadas?

—¿Se refiere a las de los cuentos?

Como respuesta, se desplazó unos metros y accionó un interruptor que había tras una columna. Unos focos iluminaron las vitrinas de la pared, que hasta el momento habían permanecido en la oscuridad. Les señaló una de ellas.

Un grabado mostraba a una hermosa joven de rostro infantil flotando en el agua. Se distinguían perfectamente sus ojos claros y su melena rubia ondulando por la corriente. Una especie de tul traslúcido se pegaba a su cuerpo y dejaba adivinar sus formas. Alrededor de la cabeza, que inclinaba a un lado con gesto lánguido, llevaba una corona de flores.

—Verán, hay que conocer el origen de las cosas para poder entenderlas. Las ninfas aparecen por primera vez en la mitología griega. Se las describe como seres fabulosos que se asocian a lugares naturales: montañas, ríos, lagos..., sitios así. Con el tiempo, este y otros mitos se fueron extendiendo por toda Europa, y cada país los fue adaptando según sus propias historias y circunstancias... hasta llegar a la península Ibérica.

La etnóloga guardó la colilla consumida en el bolsillo de la bata, que tenía ya varias quemaduras. Sacó el paquete de tabaco y extrajo un nuevo cigarrillo.

—Las doncellas de agua o, como se las llama aquí, *dones d'aigua* —señaló la imagen— son una especie de hadas muy especial. Se considera uno de los más importantes seres femeninos de la mitología catalana. Como sus primas griegas, se asocian a la naturaleza. También se cree que favorecen la fertilidad y otorgan la vida. Poseen la virtud de la eterna juventud. Se las considera benefactoras, aunque pueden ser terriblemente vengativas cuando son traicionadas por los humanos. Si alguien se enamora de ellas, lo más probable es que caiga en la locura. Las *dones d'aigua* viven escondidas en entornos que la tradición considera mágicos.

—Déjeme adivinar —intervino Álex—, lugares con agua.

—Exacto. Siempre cerca de aguas frías y puras: torrentes, pozas, manantiales en lo más intrincado del bosque. Son imposibles de encontrar, excepto...

—Cuando hay luna llena —terminó la frase Álex.

—Efectivamente, subinspectora. Salen a la luz de

la luna de sus escondrijos para bailar al son de melodías sobrenaturales. Es la única oportunidad para los humanos de poder verlas.

—Entonces... —empezó Alain.

—Es evidente. Su asesino eligió Les Estunes porque es uno de los parajes mágicos que se relacionan con ellas más importantes de Cataluña, y el pueblo sumergido en el embalse es una excelente representación de los palacios de estos seres fantásticos. Parece, por tanto, muy claro cuál es su objetivo.

—¿Cuál diría que es?

—¿No lo ven? Es evidente. Pretende convertir a sus víctimas en hadas. En concreto, en *dones d'aigua*.

El momento de silencio que se produjo a continuación lo rompió Alain.

—¿Por qué? ¿Qué motivos tiene para hacer algo así?

La mujer se encogió de hombros, dio una calada al cigarrillo y expulsó el humo hacia el techo.

—No entra dentro de mi campo especular sobre la mente de un desequilibrado. Eso es cosa suya. Yo solo puedo decirles lo que veo. Esas pobres niñas —dijo poniendo un dedo encima de las fotografías— son la representación exacta de una criatura que, hasta ahora, solo existía en las leyendas.

48

—Dígame, doctor, ¿no le parece increíble el descubrimiento de esa niña en el embalse? Sé que la policía le consulta, no se haga el modesto. ¿Ya les ha dicho qué clase de tipo hace cosas tan horribles o todavía no?

Maury negó tras la mesa.

—No es un asunto que nos compete en esta sesión.

—Tiene razón. Sin embargo, sé que llamó a la subinspectora.

El psiquiatra sintió una punzada de miedo.

—Querido doctor. Ha sido usted un chico malo.

—Lo... lamento.

La risa del hombre le hizo apretujarse contra el sillón. Las manos crispadas en el cuaderno de notas. Calló de golpe y el silencio se alargó hasta que él volvió a hablar con un tono tan bajo que apenas podía oírlo.

—No vuelva a hacerlo o tomaré medidas. Sabe de lo que soy capaz.

Maury solo pudo asentir.

Durante las siguientes semanas, Alcázar insistió de las más diversas formas para que fuera a calentarle el catre. Yo conseguí esquivarlo todas las veces. Siempre estaba cerca de Magda y del resto de las mujeres. Pasó bastante tiempo.

Empecé a sentirme seguro, pensé que ya me había olvidado. Fue un error.

Todas las mañanas se organizaban cuadrillas con los hombres para recoger una hierba que utilizaban en los talleres de los pueblos cercanos para hacer un tinte o algo parecido. Las zonas de trabajo estaban junto al río que cruzaba al oeste. En la revista de la mañana, el capitán Lamarque, el oficial al mando, elegía unos cuantos hombres de una lista que le pasaba uno de sus subordinados y después se marchaba a desayunar.

El capitán era el típico militar francés, con una enorme foto de su queridísimo mariscal en el despacho, que no quería admitir que le habían dado para el pelo los alemanes. Los nazis habían invadido y después humillado a su país. La esvástica lucía en París. A nosotros, me había contado mi madre, nos habían masacrado mientras los demás países europeos miraban a otro lado. Nadie pensaba entonces que éramos tan solo un campo de prácticas para lo que se avecinaba.

Lamarque, como iba diciendo, era alto y espigado, con un bigote lacio y una barba bien recortada. Llevaba el uniforme impoluto. Vivía con su familia en una casita muy bonita en el exterior del vallado, cerca del río. Se había trasladado hacía unas semanas. El primer día en el campo se dirigió a nosotros para informarnos de las reglas del campo. Lo hizo en francés, por lo que casi nadie entendió ni papa. Luego, hablando con algunos que sí entendían el idioma, pudimos enterarnos de las normas que iban a decidir nuestra vida a partir de entonces.

Como yo era un niño, apenas pensaba en él. Hasta ese día.

Esa mañana, como las otras, formamos en el patio. En esta ocasión, nuevos prisioneros formaban filas en un lado. Hombres, mujeres, ancianos y niños se apelotonaban en uno de los patios. Sus miradas huidizas mostraban el temor que sentían. Algunos de los nuestros murmuraron hasta que se los llamó al orden. Vi que la mayoría de los nuevos tenía cosido a las chaquetas un pedazo de tela que parecía una especie de estrella. Estaban en peores condiciones que nosotros mismos, lo que era mucho decir. Un viejo me explicó, antes de escupir a un lado, que se trataba de judíos.

Desde el último año llegaban al campo familias enteras procedentes de toda Francia. Ocupaban una de las secciones del campo y, por eso, no solíamos mezclarnos demasiado con ellos. Al fin y al cabo, los volvían a trasladar al poco tiempo. Se rumoreaba que, por las noches, un tren especial partía en secreto de la estación situada junto al campo cargado con esta gente. Los más ilusos decían que los enviaban de nuevo a casa; otros, los más viejos, se guardaban la opinión. Había rumores sobre la existencia de campos más duros que el nuestro. Mi imaginación de niño apenas podía concebir lugares peores que Vernet.

Ignoré a aquellos desgraciados, que lo eran tanto o más que yo. Al fin y al cabo, que cada palo aguante su vela. Miré hacia el cielo porque parecía que se acercaban nubarrones. Por la tarde llovería. Estaba deseando que pasara pronto la revista de la mañana para ver si podía echarme algo de comer a la boca cuando oí mi nombre. Sorprendido, miré hacia Lamarque, que, tras nombrar a dos compañeros más, se dirigió a paso rápido fuera del recinto acompañado de uno de sus oficiales. No era extraño que se eligiera algún niño del campo para tareas sencillas, pero en ninguna ocasión antes habían formado parte de la partida de recogida de hierba. Al romperse filas, advertí la mirada de Alcázar, quien, cuando vio que le observaba, me guiñó un ojo.

Salir del campo, aunque fuera con una escolta armada, me provocó una emoción increíble. Íbamos cargados con hatillos de tela y cajas para el trabajo. En mi corta vida lo único que había conocido era aquel espacio marcado por las vallas y los vigilantes. Cuando puse un pie más allá del límite de la puerta, no pude evitar dudar hasta que me dio un empujón el compañero que iba detrás. Avanzábamos en columna de a dos, y junto a mí andaba un antiguo miliciano al que llamaban Vives. No compartía mi excitación, y, en su lugar, miraba nervioso de un lado a otro. Intenté entablar una conversación con él, pero me ignoró por completo.

No tardamos en llegar al lugar elegido por los soldados, un pequeño bosque junto al río, que la gente de allí llamaba Ariège. Había una ligera hondonada que terminaba en la orilla y nos ocultaba de la vista del campo. Miré a mi alrededor, nos rodeaban unos amplios cultivos de la planta que veníamos a recoger. Al otro lado del curso de agua, un extenso campo de cereales se perdía en el horizonte. El cielo sobre nuestras cabezas parecía que no tuviera fin. Hacia el sur, apenas a una hora de coche, decían, estaban los Pirineos. Sentí vértigo, pero no tuve tiempo de recrearme con ello. Un chasquido de vara resonó en mi espalda y ahogué un grito.

—*Au travail!*

El gendarme, montado a caballo, me señaló con la fusta un puesto junto a la fila de prisioneros. Los hombres estaban divididos en dos grupos. El más amplio trabajaba junto a la orilla del río. Un grupo menor, el que me había tocado en suerte, estaba junto a los árboles. Unos pocos, a los que les habían permitido usar herramientas, cortaban las plantas mientras otros las apilaban dentro de las cajas que subían a un carro.

Todo el tiempo estuve evitando a Alcázar, que estaba en mi grupo de trabajo. Observé que apenas se esforzaba, pero los guardias no le decían nada. Por mi parte, me ocupé de no darles excusas a nuestros vigilantes para atizarme otro varazo. Una hora más tarde, a pesar de que se había levantado el viento, sentí la camisa pegada al cuerpo por el sudor. Hacía un buen rato que me había deshecho del chaquetón, que apenas me dejaba moverme.

De repente, oí un tumulto a mi espalda. Al principio no entendí qué ocurría. Uno de los guardias había caído al agua. Vives estaba sobre él con una pala entre las manos. Nuestras miradas se cruzaron por un segundo, luego lanzó la pala al agua y salió corriendo. Por todos lados se oían gritos en distintos idiomas. Sonó un disparo y luego otro. Vi a un grupo de prisioneros huir por entre los campos. Enseguida se separaron y cada uno tomó una dirección diferente. Seguramente lo habían acordado así para ver si alguno tenía suerte. Un guardia pasó a galope tan cerca que me golpeó con los flancos del caballo y caí al suelo. Cuando me iba a levantar, un fuerte brazo me agarró por detrás y una mano me tapó la boca. Me vi arrastrado hacia la espesura de los árboles. Forcejeé con mi asaltante, pero era muchísimo más fuerte que yo. De repente, sentí una hoja afilada apretándome la garganta y una voz conocida susurrándome al oído.

—Si te mueves, estás listo, pajarito.

Estaba tan pegado a mí que su aliento me envolvió. Me recorrió la mejilla con su lengua rasposa.

—Esos imbéciles no van a llegar muy lejos. Mientras, tú y yo vamos a divertirnos.

Alcázar me había arrastrado tras unos matorrales lejos de la vista del resto. Podía oír las carreras, los disparos y las voces de mis compañeros animando a los huidos. Sin embargo, parecía que todo eso estuviera ocurriendo en otro mundo. Con la mano libre empezó a tocarme por debajo de la camisa. Intenté revolverme, pero entonces sentí un dolor agudo en el cuello. Me quedé inmóvil igual que un animal que entra a un matadero. No podía gritar para pedir ayuda, como si a alguien le fuera a importar. El terror me impedía articular una sola palabra.

Escuchaba su respiración excitada junto al oído. Farfullaba como un animal mientras con la mano callosa me hería la piel. Sentí como la náusea crecía en mi interior. De repente, me volteó. Me aplastó contra la hierba. Oí el crujido de una rama bajo mi cuerpo. Una de sus manazas me empujó la cabeza contra el suelo. Apenas podía respirar. Entonces me empezó a tirar del pantalón hacia abajo. La cuerda de cáñamo que hacía las veces de cinturón se resistía y noté su frustración. Tiró de forma salvaje mientras soltaba tacos. La tela se desgarró. Sentí el frío en la piel unos segundos hasta que me cubrió con su cuerpo.

—Relájate. Te va a gustar.

La desesperación me inundó y arañé el suelo con las manos arrancando pedazos de hierba. Cuando ya sentía que estaba a punto de desvanecerme, palpé, con una mano, algo sólido: una pequeña rama. Reuní mis últimas fuerzas, eché la mano hacia atrás e intenté golpearle con ella. Sabía que era un intento inútil, pero para mi sorpresa oí un alarido y la presión sobre mi cuerpo desapareció. Hui a gatas. Intentó agarrarme del tobillo con la mano, pero le solté una patada y me liberé. Alcázar no dejaba de gritar.

—¡Hijo de puta! Me has dejado ciego.

Al volverme me encontré frente a una escena espantosa. Alcázar estaba de rodillas, con los pantalones bajados. Su miembro colgaba inútil bajo la camisa. Con una mano se tapaba el ojo derecho, y la sangre se deslizaba por entre sus dedos.

—Te voy a matar.

Intenté alejarme, pero él fue más rápido. Me hice un ovillo y me cubrí con los brazos mientras caían sobre mí puñetazos y patadas. Sentí crujir una costilla y el dolor se transmitió por el cuerpo como un latigazo. Otro golpe en el costado me hizo expulsar todo el aire. Me pisó como si fuera un insecto. Grité. Grité hasta que una de sus patadas me acertó en la cabeza. Entonces me desvanecí, convencido de que no volvería a despertar.

49

Melero aparcó en un lugar apartado, donde nadie podía ver el coche. Mientras se acercaba a la cabaña empezaron a caer algunas gotas. Llegó a la casa justo en el momento en que la lluvia empezaba a coger fuerza. A cubierto bajo el porche, se tomó un tiempo para recuperar el resuello. Miró a su espalda: el bosque rodeaba la casa hasta llegar al límite mismo del terreno, como si quisiera empujarla por el precipicio junto al que estaba construida. El silencio era absoluto excepto por el golpeteo de las gotas sobre el suelo. Se detuvo y escudriñó entre los árboles, tenía la incómoda sensación de que le observaban. Sonrió para sí mismo. Empezaba a estar tan mal de la cabeza como ella.

Como no vio ningún timbre, llamó a la puerta con los nudillos. No obtuvo respuesta. Giró el pomo, pero, como esperaba, estaba cerrada. Miró a los lados mientras extraía de su chaqueta un juego de ganzúas. Tras manipular la cerradura unos segundos, escuchó un satisfactorio clic.

Del interior de la cabaña surgió un aire frío; estaba oscuro. Tanteó la pared hasta que encontró el interruptor. Las luces se encendieron con un tintineo dubitativo. La chimenea estaba preparada pero resistió la tentación de encenderla.

Entonces su bolsillo se sacudió. Consultó el móvil, en la pantalla leyó el nombre de Vila. Estaría preguntándose dónde se encontraba. Tenía varias excusas preparadas para cuando volviera a la comisaría. Ignoró la llamada y volvió a guardarse el teléfono. Miró el reloj. Calculó que necesitaría unos tres cuartos de hora.

Empezó con la cocina. Estaba limpia y ordenada. Sin embargo, la nevera estaba vacía, excepto por los restos de una pizza, unos trozos de coca y un paquete de café abierto. Revisó el cubo de basura, al fondo del cual encontró un frasco de ansiolíticos que se guardó en el bolsillo. De vuelta en el salón, oyó un ruido por encima de su cabeza. Miró hacia el techo. Hubiera jurado que se trataba de unos pasos. No podía ser Serra. La subinspectora aún tardaría unas horas en volver. Sin embargo, estaba seguro de que había oído algo en el piso de arriba.

Esperó sin moverse de donde estaba. Si había alguien en la casa siempre podría excusarse con que le había traído unos informes a Álex; no volvió a oír ningún ruido, excepto el viento en el exterior y la lluvia golpeando a rachas los cristales de las ventanas. Recordó entonces que construcciones como aquella solían ser una sinfonía de golpes y crujidos a causa de las tensiones de la madera. Se dio cuenta de que estaba aguantando la respiración y dejó salir el aire mientras se volvía a poner en marcha. Decidió darse prisa y salir de allí cuanto antes. Terminó de registrar en un momento el pequeño comedor. No sabía cómo alguien podía vivir con tan poco.

Se encaminó hacia la escalera pensando que lo que buscaba era más fácil de encontrar arriba. Según subía percibió con extrañeza que hacía más frío. Pisó un escalón que cedió con un crujido y se sobresaltó. Se reprendió a sí mismo, parecía un novato.

Al llegar arriba, comprobó que todas las habitaciones estaban vacías excepto la última. Supuso que sería la que Serra utilizaba como dormitorio. Rebuscó entre el somier y el colchón. Registró los cajones de la cómoda y la ropa del armario. No encontró nada. Procuró dejar todo tal y como lo había encontrado. Contuvo las ganas de soplarse las manos. ¿Era posible que hubiera bajado todavía más la temperatura?

Salió de la habitación y vio la trampilla en el techo del pasillo. En algún lugar debía estar. Quizás lo encontraría ahí. Desplegó la escalera y se encaramó por ella.

Asomó la cabeza por el hueco de la entrada del desván y una ráfaga de aire helado le recibió. Por un momento pensó en volver a bajar; sin embargo, no sabía cuándo iba a tener otra oportunidad como aquella. Pulsó un interruptor junto a la trampilla, pero la luz no funcionaba. Encendió la linterna que llevaba para esos casos y terminó de subir.

El techo a dos aguas hacía que tuviera que avanzar por el centro para no ir inclinado. Al fondo había un ventanal circular por el que apenas entraba la luz del exterior. Frunció el ceño ante el intenso olor como a fruta podrida que impregnaba el aire. Le parecía que según avanzaba se removía a su paso como ondas de agua. El haz de luz pasó por encima de varios bultos envueltos en mantas. Supuso que serían muebles y trastos viejos. El vaho surgía de su boca cada vez que exhalaba. Por algún lado debía de entrar el aire del exterior, en caso contrario, no se explicaba el intenso frío que hacía allí arriba.

Oyó un crujido a su espalda y reaccionó con rapidez girándose al tiempo que se llevaba la mano a la cadera, donde tenía la semiautomática. Un pequeño ratón quedó deslumbrado bajo la luz para, un segundo después, desaparecer tras una estantería repleta de libros polvorientos. Quiso reírse de su miedo, pero le salió una especie de graznido. Aquel lugar le estaba poniendo los pelos de punta.

Cuando llegó junto al ventanal, el frío era tan intenso que andaba encogido. Desplazó la luz a su alrededor. Allí solo había trastos. Estaba perdiendo el tiempo. Se dispuso a dar la vuelta cuando oyó el sonido de unos cristales rotos.

Al principio, su mente no terminó de entender lo que sus ojos estaban viendo. Frente a él, el vidrio de la ventana se estaba cubriendo de cristales de hielo. Se extendían y entrelazaban unos con otros con una serie de crujidos y chasquidos. Era imposible. Cuando toda la ventana quedó cubierta, sobre la capa de hielo se empezaron a dibujar unos trazos. Despacio, como si a quien estuviera haciéndolo le costara mucho esfuerzo. Poco a poco se formó una palabra: «Vete».

Melero salió de la cabaña como una exhalación, tropezó y cayó al suelo mojado. Se levantó cubierto de barro y siguió corriendo con el rostro demudado. No dejaba de repetirse una y otra vez las mismas palabras: tenía que salir de allí.

Ya en el coche, sus manos temblaban tanto que no conseguía atinar con la llave en el contacto. Por fin, lo consiguió y arrancó el motor. Salió con tanto ímpetu que golpeó el lateral del coche contra el poste de una valla. Ni siquiera se dio cuenta. Encaró el camino y aceleró. En las primeras curvas a punto estuvo de salirse de la carretera. Cuando ya la cabaña había quedado lejos, bajó la velocidad y respiró hondo varias veces intentando controlar los latidos del corazón. Aquello que había visto no era real. No podía serlo. Se había sugestionado con el lugar y su imaginación había hecho el resto. Eso había ocurrido. O quizás estaba enfermo. Sentía la frente ardiendo y le sudaban las manos. Tanta lluvia y frío en aquella época no era normal. A quién narices le podía gustar vivir en un lugar como aquel.

50

Lo había postergado demasiado tiempo. Después de hallar la segunda carta, Álex sabía que había un sitio donde tenía que ir. Lo más probable es que no encontrara nada, pero no podía dejar de comprobarlo. Desde la desaparición de Lía no había vuelto. Aquel era el lugar donde todo había empezado.

Se sorprendió al comprobar que apenas había cambiado, aunque, claro, por qué iba a hacerlo. Como entonces, estaba tan bien escondido en medio del bosque, lejos de cualquier lugar de paso, que nadie que no supiera de su existencia podía encontrarlo. Ellos mismos lo habían descubierto por casualidad. Aún podían verse los escalones y parte del foso. La puerta seguía allí, parcialmente enterrada y cubierta por la vegetación. Al parecer, los planes para aprovechar los antiguos búnkeres franquistas como atractivo turístico no lo habían alcanzado. Nadie deseaba hacer de aquel sitio una atracción.

Tras lo sucedido, los vecinos del pueblo se habían encargado de que ningún niño volviera a entrar allí jamás, y las gruesas barras metálicas soldadas sobre la puerta así lo atestiguaban. No sabían que aquello era inútil.

Álex apartó unos matorrales a la izquierda de la entrada del búnker y se internó por la hondonada que rodeaba la vieja construcción defensiva. Tras sortear unas rocas y evitar unas aliagas, encontró lo que busca- ba. A ras del suelo, oculta entre las hierbas, se abría una grieta en el muro de hormigón. Las raíces de un árbol habían socavado los cimientos tiempo atrás y una par- te de la pared se había derrumbado, dejando un estre- cho agujero por donde, veintitrés años antes, habían conseguido entrar. Seguía allí, imposible de ver si no sabías qué buscar. Su hermana Lía descubrió aquella entrada, igual que había encontrado el búnker.

El amasijo de hierros sobresaliendo entre los restos de cemento que rodeaban la abertura le daban la apa- riencia de una boca desdentada. En ese momento, la bri- sa removió las ramas de los árboles encima de su cabeza y Álex no pudo evitar sobrecogerse. Recordó las extra- ñas corrientes de aire que recorrían los túneles y, por primera vez, pensó que aquello no era una buena idea.

Aquel hueco era lo bastante amplio para que pu- dieran pasar unos niños, pero no para un adulto. Buscó a su alrededor hasta que encontró lo que buscaba: un pesado tocón. Lo descargó con fuerza contra un costa- do del agujero. El muro no opuso mucha resistencia, y con solo un par de intentos consiguió ampliarlo.

Comprobó que la Maglite funcionaba, e hizo lo mismo con la Walther, aunque esperaba no necesitar- la. Soltó el aire que llevaba reteniendo un rato, se sentó introduciendo las piernas por el agujero y se dejó caer.

Aterrizó en el interior del búnker con un golpe sordo que se transmitió como un eco entre las paredes. El aire allí abajo estaba viciado, cargado de hume- dad. El olfato es uno de los sentidos más asociados a la memoria, y el olor de aquel lugar la hizo volver a sen- tirse como la niña que fue. El miedo empezó a ganar terreno hasta que se dijo que ya no era una cría.

La claridad del exterior moría a los pocos metros.

Entre las sombras del fondo oyó un correteo apresurado. Cruzó la estancia y se internó por un pasadizo a su derecha con la linterna como única fuente de luz. Intentó recordar la distribución del lugar. El búnker era un complejo de grandes dimensiones, uno de los mayores de los Pirineos, con un largo corredor en zigzag que se adentraba en las profundidades de la montaña. Cada varios metros se abrían espacios que tenían diversos usos —depósito de municiones, centro de mando, torretas, dormitorios...— formando una especie de entramado en el que era fácil perderse. Álex recordaba que no habían podido explorarlo del todo porque un corrimiento de tierra había hecho inaccesible la parte más profunda de la vieja instalación militar.

La luz de la linterna iluminó, a la altura de su cadera, una cruz hecha con tiza en el muro. Pasó los dedos por encima. Aquella marca, igual que otras que se veían más adelante, la había hecho Marc. Durante el curso había leído un libro sobre un laberinto que escondía un monstruo y los convenció de que fueran marcando el camino para no perderse. Su grupo de amigos, su hermana y ella se habían pasado el verano explorando el búnker. Fue emocionante, aunque recordaba que ella siempre tenía miedo. Una aventura que terminó de la forma más abrupta. Nadie podía saber entonces que aquel juego inocente iba a cambiar sus vidas para siempre.

Según avanzaba notó que el olor se volvía más intenso y desagradable. Dejó atrás otras tres salas, en una de las cuales el techo se había desplomado. Siguió adelante hasta que, por fin, llegó a su destino.

Se detuvo en la puerta sin atreverse a entrar. El sudor empapaba su rostro. Habían pasado más de veinte años, pero Álex todavía recordaba aquella habitación. No podría olvidarla nunca. Era el lugar donde se jugaron quién se quedaba a pasar la noche allí. Un juego infantil para demostrar quién era más atrevido. Ella le cambió la carta a su hermana para ganar y demostrar que podía ser tan valiente como cualquiera. Y, al hacerlo, la condenó.

Tosió. El aire se había enrarecido aún más y el hedor era insoportable. No sabía muy bien qué esperaba encontrar, pero allí no había nada más que recuerdos dolorosos. De repente, tuvo un acceso de rabia. Estaba perdiendo el tiempo aferrada al pasado mientras en alguna parte había una niña que podía convertirse en una nueva víctima.

Se dio la vuelta dispuesta a volver sobre sus pasos e irse de allí. Al hacerlo, la luz de la linterna trazó una trayectoria en el suelo e iluminó, por un breve instante, un bulto tendido en un lado de la habitación.

La Maglite tembló en su mano cuando reconoció las formas de un cuerpo acurrucado sobre sí mismo. Llevaba muerto bastantes días. Las alimañas se habían ensañado con las partes más tiernas. Tenía el cuello inclinado hacia ella, y las cuencas vacías de sus ojos le devolvieron la mirada. Le faltaba también parte de la mandíbula, que le habían arrancado para poder acceder al interior de la boca. Álex contuvo las náuseas y se acercó.

La luz arrancó un destello a un objeto incrustado en el estómago abierto del cadáver. El olor era tan intenso en el interior de la habitación que, cuando avanzó, le golpeó el calor de la descomposición. Decenas de moscas zumbaron a su alrededor, molestas por la intrusión. Detuvo sus pasos antes de pisar una mancha oscura que se extendía alrededor del cuerpo del lobo. Se puso en cuclillas e iluminó el amasijo de tripas medio devoradas y cubiertas de gusanos del animal. Metido entre ellas sobresalía un as de tréboles.

IV

Quien con monstruos lucha cuide de convertirse a su vez en monstruo. Cuando miras largo tiempo a un abismo, el abismo también mira dentro de ti.

FRIEDRICH W. NIETZSCHE

51

—Pensé que había muerto y que me recibirían en el cielo, doctor. Por eso, cuando la vi por primera vez, pensé que era un ángel. Aquel ser era lo más hermoso que había yo visto en mi corta y miserable existencia. Usted no lo puede entender, creo que nadie puede. Anna era... No. Espere. Me estoy adelantando. Los recuerdos se me acumulan a veces. Es mejor que se lo cuente en orden.

La paliza que me había propinado Alcázar a punto estuvo de llevarme al otro barrio. Al parecer los guardias lo detuvieron antes de que pudiera rematarme. Después me enteré también de que la fuga había sido un fracaso. Todos los que lo habían intentado habían sido detenidos o habían acabado muertos. El capitán Lamarque se lo tomó muy mal. Redujo las míseras raciones que nos daban e incrementó los castigos. La vida, si aún era posible, se hizo todavía más difícil en Vernet.

Yo no me enteré de nada, pues estuve inconsciente tanto tiempo que pensaban que no iba a recuperarme nunca. Durante días, me dijeron más tarde, estuve delirando y removiéndome como una lagartija en la cama a pesar de las heridas. La muerte intentó llevarme consigo, pero al final no pudo y lo dejó para más adelante. En aquel lugar no faltarían oportunidades. Muy débil, pero vivo, desperté al cabo de una semana de mi pelea con Alcázar. Al principio no conseguí saber dónde me encontraba, hasta que reconocí la enfermería.

Lo que hacía de hospital del campo era un edificio apartado que a duras penas podía atender a los miles de prisioneros que nos hacinábamos en Vernet, aunque a mí me pareció un palacio. Tenía dos alas, una para los hombres y otra para las mujeres. Las habitaciones, de paredes encaladas, contaban cada una con ocho camas con sus correspondientes sábanas y mantas limpias. En la que me habían asignado, cuatro de las camas estaban ocupadas, contando la mía. A través de una ventana se escuchaba gemir el viento frío en el exterior, pero allí dentro se estaba caliente.

Normalmente, no se permitía ocupar una cama mucho tiempo, pero al parecer se habían apiadado de mí. Cuando desperté, grité y maldije con todas las palabras malsonantes que había aprendido desde que tenía uso de razón. Mientras estaba inconsciente, mi cuerpo permaneció adormecido por los analgésicos; sin embargo, al volver en mí, el dolor decidió reclamar toda la atención.

—Por fin has despertado.

Un hombre vestido con una bata blanca, y que sostenía unos papeles entre las manos, me miraba a través de sus gafas diminutas. Bajo su barba, densa y oscura, su boca se curvó en una sonrisa.

—Soy el doctor Marín.

Sabía quién era porque todos en el campo hablaban de él. Un viejo médico republicano al que le habían encargado la gestión del hospital. Se decía que era un hombre amable y muy dispuesto con la bebida. Intenté levantarme de la cama y un fuerte mareo hizo que cayera de nuevo sobre la almohada.

—Tranquilo —me dijo colocándome una mano velluda

en el hombro—. Has sufrido un fuerte golpe en la cabeza. Eres muy afortunado.

—¿Usted cree?

—Si no llega a ser por esa paliza no estarías aquí y no hubiéramos podido tratar esa neumonía que te hubiera matado.

Intenté continuar hablando, pero tenía la boca seca. El médico me acercó un vaso de agua. Apuré su contenido como si no hubiera bebido en años.

—¿Ya estoy bien? —pregunté, y me estremecí cuando el dolor recorrió mi cuerpo.

El doctor me miró pensativo.

—¿Tanta prisa tienes por volver al campo?

Yo sabía que en cuanto me devolvieran al campo, aquello significaría mi muerte. Alcázar me estaría esperando. Negué con la cabeza con tanta fuerza que me volví a marear.

—Tranquilo. —Me puso una mano sobre el pecho y, tras mirar a su espalda, me susurró—: He dispuesto que no vuelvas a los barracones por un tiempo. Vamos a ver cómo evolucionas.

Se lo agradecí cayendo en un sueño profundo.

En los días siguientes, según me iba recuperando de mis heridas y mis ataques de tos remitían, más iba temiendo mi vuelta al campo. Un interno que ayudaba en la enfermería me explicó que la herida del ojo de Alcázar se había infectado y aquella bestia se había convertido en uno de esos cíclopes que poblaban las historias de un libro que leí muchos años después. Al parecer, Alcázar me esperaba impaciente.

Una mañana me encontraba lo suficientemente bien como para intentar levantarme, así que me puse de pie. El sol había aparecido tras las nubes y el frío había decretado una tregua. La puerta se abrió y yo esperaba ver aparecer al doctor Marín. Sin embargo, en su lugar entró una chica no mucho mayor que yo cargada con una cesta. Llevaba un vestido azul con una falda ancha y un lazo que le recogía una melena dorada. Los demás compañeros de la habitación la saludaron con alegría y ella respondió con una sonrisa que me pareció lo más bonito que había visto en mi vida. Se volvió hacia mí. Cuando su mirada de ojos claros se desplazó hacia mis piernas desnudas, recordé que debajo de la bata que me habían proporcionado no llevaba nada y sentí una oleada de calor cubriéndome el rostro. Al ver lo azorado que me encontraba, ella se llevó la mano a la boca para contener la risa, aunque fracasó. Volví a la cama todo lo rápido que me permitieron mis escasas fuerzas y me cubrí con la manta hasta el cuello. Por un instante, todo mi interés se centró en el techo.

Ella se acercó. Sus ojos brillaban divertidos.

—Hola, tú eres nuevo. Las veces anteriores que he venido estabas dormido.

—¡Anna! Deja al crío. Ven con nosotros —le gritaron.

Yo me quedé mudo. Ante mi falta de palabras, ella sonrió y se dio la vuelta. Vi como pasaba de cama en cama atendiendo a mis compañeros. Les entregaba un pequeño paquete envuelto en una tela a cuadros, apoyaba la mano sobre el hombro de alguno, intercambiaba algunas palabras amables y, todos sin excepción, la miraban con adoración. Yo seguí con la mirada cada uno de sus gestos, el movimiento de sus manos, la caída de su pelo y su mirada, tan llena de algo que nunca había realmente conocido: vida.

Cuando terminó la ronda vi que tenía intención de acercarse a mi cama. Cerré los ojos y me quedé inmóvil. Sentí su presencia, y al poco noté cómo se alejaba dejando tras de sí un olor a lavanda. Acostumbrado al hedor de los barracones, nunca había olido algo tan maravilloso. De repente, me pregunté avergonzado cómo olería yo. Seguí haciéndome el dormido hasta que oí la puerta cerrarse. Entonces, me incorporé en la cama y vi el paquete en la mesilla. Lo cogí y deslié el nudo que lo ataba. La servilleta se desplegó y descubrió su contenido. Un pedazo de queso, una especie de fiambre cuyo nombre desconocía y un bollo de pan casero. Me percaté de repente de que estaba famélico. El hambre en el campo era algo tan común que te acompañaba como las chinches o los piojos. Frente a aquellos manjares, mi cuerpo respondió como si no hubiera comido en varios años. Sin embargo, mis dedos se desplazaron hacia un ramillete que acompañaba las viandas. Me recosté en la almohada y lo sostuve frente a mí. Ignoré el resto del paquete, excepto aquellas pequeñas flores entrelazadas, sin duda, por sus manos. Las reconocí de inmediato. Casi pierdo la vida por su causa. Estuve mucho tiempo mirándolo mientras escuchaba a lo lejos las burlas de mis compañeros. No me importaba. Pronuncié su nombre despacio para retenerlo en mi memoria: Anna. Y me estremecí.

Maury se arrellanó en el sillón y cruzó los dedos por delante de los labios. Por unos instantes se había dejado llevar por la historia. Era fascinante ver cómo iba recordando aquellos momentos en el mismo instante en que los relataba. A pesar del rechazo casi físico que sentía hacia su paciente, tenía que admitir que estaba cada vez más interesado.

Él se dio cuenta de su silencio y le devolvió la mirada a través del espejo. Sonrió dando a entender que había adivinado sus pensamientos.

—Creo que empieza a entenderme.

—Entiendo que su vida no ha sido fácil.

—Oh, no, ya lo creo que no. No obstante, esta es una etapa que recuerdo con felicidad; por eso, tal vez, fue tan terrible lo que sucedió después... Pero, disculpe, de nuevo me estoy adelantando.

Maury le indicó con un gesto que siguiera.

—Bien.

El hombre se quedó mirando el espejo y su expresión cambió, como si estuviera viendo otro mundo, otro tiempo.

Esperé a que llegara el siguiente jueves con ansiedad. Ella apareció puntual, venía cargada con su cesta. En esta ocasión traía fruta. Yo no le dirigí la palabra. Tampoco me hacía falta. Disfrutaba viéndola ir de cama en cama, atendiendo a mis compañeros sin perder esa maravillosa sonrisa.

Pero cuando vi que se disponía a acercarse a mí, me giré de espaldas para hacerme otra vez el dormido. Mi corazón latía tan fuerte que pensaba que iba a traicionarme. Dejé pasar unos buenos minutos hasta que pensé que se había marchado. Por fin me incorporé y la encontré sentada junto a mi cama con expresión burlona.

—Hola. Me llamo Anna.

No le dije que ya lo sabía. Me gustaba oírselo decir de sus propios labios.

—¿Tienes nombre? —preguntó.

Asentí azorado. En algún lugar de mi mente debían de estar las palabras, pero a pesar de mis esfuerzos, no conseguía encontrar ninguna. Opté por preguntarle para que siguiera hablando ella.

—¿Cómo es posible que te dejen entrar aquí?

Ella se sonrojó y bajó la mirada.

—Mi padre me lo permite.

—Debe de ser un buen padre.

Esta vez fue Anna quien se quedó callada. No sabía qué había dicho, pero ya me arrepentía cuando, de entre las manos, extrajo un pequeño libro de tapas rojas.

—Te he traído esto. Sé lo difícil que es estar metido en una cama sin hacer nada.

En mi interior me dije que aquella niña no tenía ni idea de lo que era difícil o no. Aquellos días allí eran lo mejor que me había pasado en mi miserable y corta vida. Me di cuenta de que ella desconocía lo que ocurría más allá de su realidad. No sabía nada del frío, ni de pasar hambre, ni de tener miedo todo el tiempo. No era más que una niña que nos tenía lástima. Estaba allí, junto a mí, porque le daba pena. Eso me llenó de una furia inesperada. Mi cara debió de expresar lo que sentía, porque abrió mucho los ojos.

—Quizás es mejor que te vayas —dije sin pensar.

Ella se levantó y se fue.

Se había dejado el libro. Me quedé mirándolo un buen rato hasta que decidí cogerlo. Me pareció que aún estaba caliente por su tacto y que de sus hojas todavía emanaban restos de su olor. Yo había aprendido a leer y a escribir, más mal que bien, con un interno del campo que antes de la guerra había sido maestro. Por eso cuando vi el apellido que aparecía escrito en la primera página, dentro de un intrincado sello, metí el libro debajo de la almohada y me quedé un rato mirando al techo dándole vueltas a lo que ahora sabía: que aquella niña era la hija del capitán Lamarque.

52

Seis días para la luna llena

Álex avanzaba por el pasillo mientras oía los murmullos que surgían de las paredes de la comisaría. De algún modo, toda la gente que pasaba por allí día tras día dejaba una especie de huella sonora, como un eco que podía escucharse estando muy atento. Normalmente, la entrada era un lugar bullicioso, pero, a aquellas horas de la mañana, por encima del silencio, solo se oía el runrún del motor de la máquina de *vending*. Saludó con un gesto al agente de guardia, que no despegó la vista del ordenador.

Lo cierto es que aquella calma era anormal. En los últimos días, los teléfonos no habían dejado de sonar por culpa de la última publicación del *Pirineos Actual*. En un extenso reportaje lleno de exageraciones, incongruencias e incluso datos inventados, se deslizaba la sospecha de que el responsable de las muertes de las niñas estaba entre ellos. Se alentaba a los lectores a que informaran a la policía de cualquier persona o actitud sospechosa que sirviera para atrapar al asesino y, por ello, adjuntaban el número de teléfono de la comisaría. Como resultado, no paraban de recibir llamadas de lunáticos, conspiranoicos y ancianos asustados.

Esas llamadas terminaban transferidas a su equipo, por lo que había encargado a Melero que las atendiera mientras continuaba con la revisión de los viejos expedientes.

Cuando entró en la sala de reuniones, Vila ya estaba allí. Miraba pensativa el panel de fotografías desde su silla. La joven no esperó a que tomara asiento.

—¿Cómo supiste que estaba dentro de la iglesia?

Álex no se inmutó. Lo estaba esperando después de comprobar la tensión en el ambiente de la última reunión. Dejó la mochila sobre su mesa y se volvió hacia ella. Vila esperó sin cambiar la expresión inquisitiva.

—Simplemente, lo intuí.

—¿Lo intuiste? —Vila no se molestó en disimular el tono incrédulo de sus palabras.

—Para un policía, un buen policía, es fundamental captar las cosas, sentirlas más allá del proceso consciente de razonamiento. La realidad, en la mayoría de las ocasiones, se expresa de manera sutil, o incluso ni eso. No podemos perder la información inconsciente porque justamente es ahí donde suele encontrarse la clave del caso. Es en esos momentos cuando no hay que pensar, solo actuar. —Y añadió con una sonrisa—: Eso no os debería costar tanto.

Vila sonrió a su vez y asintió. Pareció que daba el tema por cerrado; sin embargo, Álex supo que no terminaba de estar convencida. Por el momento lo iba a dejar pasar, pero la duda seguía allí. No podía decirle la verdad porque tampoco la creería. De hecho, estaba por ver la reacción de todo el equipo con lo que les iba a contar.

En ese instante, entraron Alain y Melero. Álex esperó a que tomaran asiento y, entonces, dejó caer sobre su mesa tres sobres de pruebas. Cada uno contenía un naipe.

—En el lugar donde se encontró a Martina, el equipo de la científica halló este naipe; este otro estaba dentro del diario de Aina y, por último, este lo encontré ayer en un viejo búnker dentro del cadáver de un animal —dijo señalando con el dedo alternativamente—. Los han analizado en el laboratorio. Ninguno de los tres tiene una sola huella.

Todos los miembros del equipo la miraban con gesto interrogante.

—No entiendo.

—Yo tampoco.

—¿*Ese* búnker? —preguntó Alain, que empezaba a ver la conexión.

Álex suspiró antes de continuar.

—Hace veintitrés años, un grupo de niños se jugó a la carta más alta quién se quedaba a pasar la noche en un antiguo búnker abandonado. La típica apuesta de verano. Una de las niñas que estaba en ese grupo era Lía, mi hermana, y otra, yo. Durante el juego cambié la carta a mi hermana sin que ella se diera cuenta. Por una vez, quería ganar y demostrar al resto que era una chica valiente. También lo hice porque uno de los niños me gustaba. La carta era un as de tréboles. Esa noche, mi hermana, que entonces tenía doce años, desapareció.

Álex se calló los sentimientos de culpa e intentó silenciar el pensamiento recurrente que tenía desde entonces: si no hubiera hecho trampas, Lía estaría aún allí. La posibilidad de que, en ese caso, ella hubiera sido la niña desaparecida resultaba un pobre consuelo. De hecho, lo había deseado en más de una ocasión.

—¿No puede ser casualidad? —preguntó Vila.

—¿Tres cartas?

—Ocurre en ocasiones —continuó, aunque se le sonrojaron las mejillas— que un investigador en un caso que se complica...

Álex sonrió para sí, Vila era siempre directa a la hora de exponer sus puntos de vista. Decidió terminar por ella.

—¿... acaba viendo cosas que no son? Yo misma pensé eso al principio, pero me temo que no.

Melero se removió en su silla.

—¿Estás diciendo que este caso está relacionado con lo que le ocurrió a tu hermana?

—No estoy segura —admitió.

—Pero ¿de qué modo? —intervino Alain—. Si se tratase del mismo autor, ¿cómo es posible que en todos estos años no haya habido ningún otro suceso similar hasta ahora?

—No lo ha habido..., que sepamos.

Álex observó las caras de perplejidad de su equipo mientras asimilaban sus palabras.

—Existe un tipo de criminal —continuó— que detiene su actividad durante un tiempo. Suele haber diferentes motivos: son detenidos por otro delito y entran en la cárcel, o forman una familia que apacigua sus instintos o hay cualquier otro suceso tan importante que hace que se detengan. Algunos especialistas los llaman asesinos latentes o durmientes, y no vuelven a actuar hasta que, de nuevo, un suceso concreto les despierta la pulsión de matar.

Nadie dijo nada. Se oyó una tos y un carraspeo incómodo.

—Otra posibilidad es —apuntó Alain dubitativo— que el asesino de las niñas conozca los detalles de la desaparición de tu hermana Lía y que quiera jugar contigo. Todo el mundo sabe, gracias al *Pirineos Actual*, que diriges la investigación.

—He pensado en ello, pero nadie podía saber la carta que hizo que ganara aquella partida. No se publicó en ningún medio, ni está en los informes policiales. Lo he comprobado. Éramos solo un grupo de niños jugando.

Antes de que alguien más pudiera intervenir, Díaz irrumpió en la sala con el rostro demudado. Los miró a todos con gravedad antes de hablar.

—Ha desaparecido otra niña.

—¿Dónde?

—En Aravell, a menos de diez kilómetros de aquí.

Vila abrió el calendario en el ordenador.

—¿Se ha comprobado si su perfil encaja con...? —preguntó Alain.

—La niña es rubia —le interrumpió Díaz—, de ojos claros. Va a cumplir doce años el próximo agosto. Durante la declaración, sus padres han explicado que la niña les contó que había visto a un hombre o mujer, no sabía decirlo, con la cara pintada de blanco observándola desde un coche.

Álex se extrañó al percatarse de que el intendente eludía su mirada. Fuera cual fuera el motivo, lo resolvería después. Se volvió hacia Vila. La joven agente levantó la vista de la pantalla.

—Seis días. La próxima luna llena aparecerá en el cielo dentro de seis días a contar desde hoy.

Álex dibujó seis casillas en la pizarra blanca y tachó la primera. Se hizo el silencio mientras cada uno asumía el significado de aquello.

—Este es el tiempo que tenemos para salvar a esa niña —dijo Álex—. Alain, continúa con la investigación de Aina: en el caso de que podamos saber qué hizo y dónde estaba antes de desaparecer, eso puede darnos una información muy valiosa. Vila, vienes conmigo para hablar con los familiares. Y tú, Melero, sigue atendiendo las llamadas. Quizás alguien ha visto u oído algo.

El chico hizo una mueca, pero no dijo nada. Todos se levantaron al unísono. En la puerta, Díaz esperó a que se acercara Álex y la retuvo del brazo cuando el resto del equipo ya había salido. A Álex no le gustó aquella expresión de azoramiento tan impropia del intendente. No presagiaba nada bueno.

—Hay una cosa más que tienes que saber. —Cogió aire antes de proseguir—. Conoces a sus padres.

53

Cuando llegaron a la casa, Álex se detuvo frente al muro de piedra que rodeaba el terreno. A la luz de la mañana, el árbol del que colgaba el columpio parecía menos amenazante. La calle estaba vacía. La brisa se levantó y removió su pelo. Parecía una locura pensar que, unos días antes, un lobo hubiera estado allí, justo donde ella se encontraba en ese momento. Aunque en aquel caso, la realidad se mezclaba con sus propias pesadillas y empezaba a temer que no sabía distinguir una de las otras.

—¿Vienes?

Vila la esperaba con la cancela entornada. Asintió y siguió a su compañera hasta la puerta. Mientras la joven llamaba al timbre, observó a su alrededor. La ropa tendida en un oxidado tendedero. Un par de bicicletas apoyadas en la pared, pero que no parecía que se usaran por el polvo que las cubría. El jardín necesitaba cuidados. La caseta del perro estaba vacía y no se lo veía por ninguna parte.

Les abrió la puerta un hombre con expresión grave. El rastro de una barba de varios días le marcaba el mentón. Hacía tiempo que las entradas en su pelo habían ganado la batalla. Se movía con pesadez e intentaba disimular, sin éxito, una incipiente barriga con un jersey ancho.

Al ver a Álex, abrió los ojos en un leve gesto de reconocimiento, pero no dijo nada.

—¿Marc Font? —preguntó Vila enseñando la identificación.

Asintió y se hizo a un lado, dejando la puerta abierta. Luego, los guio al interior. Dentro de la casa hacía mucho calor. Llegaron a una habitación que se usaba de comedor. En un sofá se sentaba una mujer envuelta en una manta de punto. Las imágenes de una televisión sin sonido se reflejaban en sus gafas de pasta.

Alba seguía tan delgada como Álex la recordaba, aunque entonces era una niña. Sus rasgos se habían vuelto mucho más angulosos, los labios eran una fina línea morada y sus ojos estaban rodeados por una sombra oscura. El pelo descuidado lo llevaba mal recogido en un moño. Al entrar, las ignoró. Su mirada estaba centrada en algún punto de la habitación. El cenicero rebosaba de colillas.

—Hace mucho tiempo. Casi no te he reconocido —dijo el hombre acercando unas sillas.

Álex esbozó una sonrisa que le salió mal. Vila los miró sin entender.

—Sí, mucho.

—Te hemos visto en el periódico estos días.

Álex recordó la serie de artículos que el periodista del *Pirineos Actual* había estado publicando sobre ella desde la rueda de prensa. Contuvo un suspiro.

—No te creas todo lo que leas.

Vila carraspeó y se inclinó hacia delante en la silla.

—Somos conscientes de que se trata de un momento difícil. Se ha activado el protocolo de búsqueda de su hija y todos los agentes de los diferentes cuerpos de policía están sobre aviso. Aunque ya hicieron una declaración previa a uno de nuestros compañeros, queríamos volver a hablar con ustedes.

—¿Qué necesitan saber?

—Para empezar, ¿podrían facilitarnos algunas fotografías recientes de Olivia?

Marc se levantó y se internó por el pasillo hasta una habitación.

—Mientras su marido vuelve, señora —dijo Vila—, ¿puede decirme qué recuerda del día que la niña desapareció?

La miró sin responder. El rostro vacío de expresión. Se hizo un silencio incómodo.

—Discúlpenla —dijo Marc al volver—. Alba está enferma y todo esto la ha alterado bastante.

Colocó sobre la mesita varias fotografías de una niña que había heredado los rizos rubios y los ojos claros de su padre y los rasgos perfilados de su madre. Tenía un gran parecido con Martina y Aina.

—Oli es una buena chica.

Álex observó que Marc se había quedado mirando una de las fotografías y cómo el recuerdo del momento le hacía esbozar una leve sonrisa. Por un segundo, volvió a ver al niño que había conocido y del que ella estaba enamorada cuando era una cría.

Vila extrajo de su chaqueta una libreta de notas y un bolígrafo.

—¿Olivia ha tenido algún problema en la escuela o en algún otro sitio?

—No, no, ninguno. Es una niña muy sociable y querida. Va a clases de guitarra los jueves, tiene su grupo de amigos... Lo normal.

—Comprendo que puede ser doloroso, pero necesitamos que nos relaten con detalle qué pasó la última vez que vieron a la niña —insistió Vila.

—Bien. —Marc se pasó la mano por el rostro—. Fue un día normal, como otro cualquiera. Al volver del colegio por la tarde, Olivia se disgustó. A veces su madre puede ser un poco exigente. Tuvieron una discusión.

—¿No teníais perro? —preguntó Álex de pronto.

—Eh... —Marc se volvió hacia ella y pareció desorientado por un momento—. No, bueno. Eso fue lo que desencadenó la discusión.

—¿Qué pasó?

—El veterinario nos dijo que se envenenó. Debió de comer algo de los campos cercanos. En ocasiones utilizan veneno para los topos. Para Olivia fue un golpe terrible. Amaba a ese perro con locura. Acusó a su madre de..., bueno, de que era culpa suya. Tras la discusión salió fuera, al patio. Cuando la llamamos ya no estaba. La buscamos por todo el pueblo. Pensábamos que igual se había ido a casa de alguna amiga. Todos nos conocemos aquí. No llegamos a cien vecinos.

Vila buscó con la mirada a Álex antes de continuar.

—¿Estos últimos días han visto algo fuera de lo normal, que les resultara extraño?

—Bueno, entonces no le dimos importancia, pero ahora todo parece...

—Cualquier cosa, por insignificante que crea que es, puede ser importante.

—Como os he dicho, Aravell es un pueblo pequeño. Por eso me pareció raro que, algunas noches, hubiera un coche aparcado al otro lado de la calle.

—¿Por qué le pareció sospechoso? ¿Vio a alguien dentro?

—Sí, bueno. No era de ningún vecino. No le vi bien, pero sé que había alguien dentro.

—¿Qué hacía?

—Estaba allí un rato, como observando la casa, y después se marchaba.

—¿Qué tipo de coche era?

Vila tomaba nota visiblemente excitada.

—Grande. Creo que era un Land Rover o, quizás, un Jeep. Pero... espere. —Se levantó y fue hasta la cocina. Allí rebuscó en un frutero lleno de folletos de comida rápida, llaves y monedas—. Aquí lo tengo. —Volvió con un papel arrugado en la mano. Un viejo recibo de compra—. Una noche salí para pedirle explicaciones a su ocupante. Quería saber qué hacía allí. Cuando me acerqué, arrancó y salió huyendo. Estaba enfadado y le rompí una ventanilla. —Bajó la vista avergonzado—. Pero, cuando se alejaba, conseguí ver la matrícula. Al volver a casa la copié en el primer lugar que encontré.

Álex alargó la mano adelantándose a su compañera y cogió el papel que les tendía Marc.

—Muy bien. Lo investigaremos. Seguramente, no tiene nada que ver.

Vila la miró sorprendida, pero no dijo nada.

—Cuéntanos lo de la cara blanca —pidió Álex.

—Bueno, en su momento creímos que era una tontería que ella se inventaba. Olivia puede ser a veces muy imaginativa. —Intentó sonreír, pero le temblaron los labios y se quedó a medias—. Una tarde volvió del colegio muy asustada. Eran más de las seis. Ya había oscurecido. Nos contó que, nada más bajar del autobús, había visto a un hombre o una mujer, no supo decírnoslo, que la seguía desde un coche y que, en un momento dado, se acercó mucho. Ella salió corriendo. Lo que más le asustó es que decía que tenía la cara muy blanca, maquillada como un payaso.

—¿Podría ser el mismo coche que observó cerca de su casa? —preguntó Vila.

Marc se encogió de hombros.

—Puede ser. La verdad es que pasados unos días acabamos por pensar que se trataba de otra de sus fantasías. Le gusta llamar la atención y suele inventar cosas. Alba la riñe bastante por ello.

La mujer se removió en el sillón, pero continuó callada. Al moverse, la manta se escurrió y Álex se fijó en que tenía el antebrazo vendado.

—¿Cómo se ha hecho daño?

—Oh, no es nada —respondió Marc atrapando la mano de su mujer con las suyas—. Un tropezón, ¿verdad, Alba?

Ella no respondió.

Álex se inclinó hacia delante y apoyó los codos en sus rodillas.

—Esta pregunta te parecerá extraña, pero ¿habéis encontrado un naipe en la habitación de Olivia, entre su ropa o junto a algún objeto personal?

—¿Un naipe? ¿Te refieres a una carta de una baraja? —Marc la miró con extrañeza—. No. No que yo recuerde. ¿Es importante?

—No. No te preocupes. ¿Puedo ir al baño? —preguntó al tiempo que se levantaba.

—Por supuesto.

Marc le indicó una puerta en el pasillo. Álex entró y cerró el pestillo. Miró a su alrededor. Inspeccionó los diferentes cajones bajo el lavabo hasta que encontró lo que buscaba tras unas toallas: una antigua caja metálica de galletas Birba. Rebuscó en su interior. Dejó a un lado las diferentes cajas de analgésicos, algunas vendas y botes de crema hasta que encontró tres cajas de Prozac. Abrió una y comprobó que apenas quedaban píldoras. Las otras dos estaban por abrir.

Cuando volvió del baño, Marc y Vila estaban ya en la puerta. En el salón seguía su antigua amiga sentada en el sofá con la mirada perdida.

—Álex —la llamó. Su voz era apenas un hilo.

Se acercó a la mujer, que seguía mirando a la pantalla de la televisión.

—¿Es lo mismo que le pasó a Lía?

Álex negó con la cabeza, aunque sabía que lo que realmente quería preguntar era si no iba a volver a ver a su hija. No quería mentirle, pero tampoco quería ahogar sus esperanzas. Antes de que pudiera decir nada más, del escuálido pecho de la mujer brotó un sollozo.

—Es culpa mía. Mía.

Una lágrima atravesó su rostro hasta caer sobre la manta que sostenía agarrada.

Álex la dejó con su pena. Cada uno tenía que soportar sus propias dosis de culpabilidad.

Llegó a la puerta. Al pasar junto a Marc, este hizo un gesto tímido para despedirse. Álex le palmeó el hombro, asintió y salió de la casa. Vila la esperaba dentro del coche.

Cuando se sentó a su lado, la joven se volvió hacia ella mientras arrancaba.

—No he querido preguntarte en la casa, pero...

Álex cogió aire antes de responder.

—Sí, es lo que imaginas. Marc y Alba eran dos de los niños que estuvimos aquella noche en el búnker. Marc fue novio de mi hermana. Yo estaba enamorada de él y Alba me caía fatal porque era una niña pija que iba con nosotros porque éramos los únicos que la aguantábamos. La vida, en ocasiones, es una mierda.

Vila la miró estupefacta.

—Entonces...

En ese instante, el bolsillo interior de la chaqueta de Álex empezó a vibrar. Al descolgar, al otro lado de la línea escuchó la voz de un hombre que le hablaba en un buen español, pero con fuerte acento.

—Es un gusto hablar con usted, subinspectora... Serra. Le llamo del Institut Pierre Magnol. Hemos analizado las flores que nos ha enviado su colega forense. Él me facilitó su teléfono.

Álex tardó unos segundos en recordar que el laboratorio había enviado las coronas que llevaban las niñas a un especialista de Toulouse.

—Sí. Dígame.

—Las flores son endémicas de los Pirineos, aunque para saber eso no nos necesitaban. —Soltó una risita—. Perdón. Lo que es extremadamente interesante es la planta que sirve de base para la corona. Es bastante conocida por esta zona, aunque ahora solo se encuentra en estado salvaje; hicimos una datación y nos dio un resultado sorprendente. Creo que sería mejor que nos viéramos en persona.

54

Álex llegó a la cabaña cuando ya oscurecía. Nada más bajar del coche, una gran pesadez se apoderó de todo su cuerpo. Reprimió un bostezo. Al pasar junto a uno de los postes de la valla pasó la mano por encima de un raspón en la madera con restos de pintura roja. Suspiró y siguió andando hacia la casa. Tan solo deseaba dejarse caer en la cama e intentar dormir, pero aún tenía que trabajar un poco más.

—Llegas tarde.

—¿Qué haces aquí?

Canellas le sonreía desde el porche; iba con un delantal, y en la mano sostenía una especie de cucharón.

—Me pareció que estabas a punto de llamarme para nuestra cena pendiente. He pensado que preferías un lugar mejor que la cafetería del hospital. Y —levantó las manos teatralmente— no se me ha ocurrido ninguno mejor.

Del interior de la cabaña surgía un aroma que hizo que el estómago de Álex protestara. Apenas había ingerido en todo el día más que un sándwich, una barrita energética y mucho café. Descubrió que tenía la mano apoyada en la funda de la pistola y, despacio, se obligó a separarla hasta dejarla caer en un costado.

—¿Cómo has entrado?

—Me dijiste que tenías una llave escondida en un macetero. Pensaba que sería difícil encontrarla, pero solo tienes ese de ahí, el que está roto.

Álex no recordaba habérselo dicho, pero empezaba a olvidar cosas cada vez más a menudo, lo que era un síntoma de la ansiedad. La expresión risueña del joven médico cambió al ver su reacción.

—Lo siento. Quizás he debido... —dijo atropelladamente mientras empezaba a quitarse el delantal—. No quería importunarte.

—No, no —se apresuró a negar Álex—. Solo estoy cansada y mañana me espera un viaje largo. Además, no suelo responder muy bien a las sorpresas... Aunque tengo que admitir que eso huele muy bien.

Canellas la miró esperanzado.

—Entonces, ¿no la he cagado?

Álex sonrió ante su gesto compungido.

—No. No la has cagado.

Disfrutó de la velada mucho más de lo que esperaba. La cena estaba deliciosa y la charla tranquila de Canellas, junto con el vino que había traído, la hicieron entrar en un cómodo sopor. Por primera vez después de muchos días, el caso no ocupó ninguno de sus pensamientos.

—He tenido que inventar sobre la marcha. Es increíble lo vacía que tienes la nevera.

—Nada de esto estaba en ella. —Álex señaló la mesa cubierta de los restos de la cena.

—¿Qué tal el trabajo?

Ella se llevó la copa de vino a la boca y murmuró algo ininteligible.

—Mi día ha sido muy parecido —respondió el joven médico—. He tenido que asistir a una colonosco-pia de un simpático anciano que desconocía el proce-dimiento hasta que hemos empezado a introducir..., bueno, ya sabes.

Álex se sorprendió soltando una carcajada. La charla siguió amable y sin prisas en el sofá, junto a la chimenea encendida. Había refrescado. En el exterior el viento agitaba la montaña, y le pareció escuchar a lo lejos el aullido de un lobo, pero Canellas dijo algo en ese momento. No entendió sus palabras. Se estaba tan bien junto al fuego. Apenas notó cómo le quitaba la copa de las manos y la cubría con una manta. Ni tam-poco sintió el suave roce de sus labios en la mejilla.

—Descansa, subinspectora.

Lo último que oyó fue la puerta cerrarse, y, por pri-mera vez en mucho tiempo, durmió sin sueños.

55

Cinco días para la luna llena

La sede del Institut Pierre Magnol se encontraba a las afueras de Toulouse, la capital de la región de Occitania. El moderno edificio de paredes blancas y altos ventanales pasaba desapercibido entre el resto de las construcciones de un polígono industrial.

Guillem Merlès observaba fascinado a la mujer que se había plantado allí al día siguiente de que hubieran hablado por teléfono. La había visto aparcar el imponente coche que conducía en una de las plazas de visitantes y entrar con pasos decididos en el centro. Había preguntado por él y lo había saludado con un fuerte apretón de manos. Aún sentía el calor de su contacto.

Tras esa imprevista llegada, Merlès era más consciente que nunca de su complexión delgada, y se lamentó de lo grande que le iba la bata blanca de laboratorio, hasta el punto de que sus manos desaparecían por las mangas cada vez que las bajaba por debajo de la cintura, por lo que las mantuvo en alto. Intentaba responder a las preguntas de la mujer mientras centraba su mirada en las lentes oculares del microscopio —era más seguro—. Pero no podía evitar, de vez en cuando, girar la cabeza hacia ella cuando creía que no lo miraba directamente.

La mujer había ido al grano. Se había mostrado muy intrigada por su trabajo y eso era inédito. Casi nadie se molestaba mucho por saber lo que hacían allí. Ni el propio ministerio que les inyectaba las ayudas públicas. De hecho, no habían tenido una visita tan interesante en los últimos cinco años, desde que vino un grupo de universitarios del programa Erasmus. Los compañeros iban a morirse de envidia cuando se lo explicara ese mediodía en el comedor. Al alzar la cabeza, descubrió su reflejo en el ventanal del laboratorio. Con torpeza, se recompuso la bata y se apartó el flequillo. Se dijo que tenía que contener sus nervios.

—Tendrá que disculparme, subinspectora. No la esperaba tan pronto —dijo, en el español heredado de sus abuelos, mientras se colocaba unos guantes de látex azul.

—No dispongo de mucho tiempo. Es quizás la única pista que tenemos para identificar al responsable de unos crímenes.

La voz de ella era grave y profunda. Merlès se quedó por un momento paralizado ante sus palabras.

—Si no le importa. —La mujer le indicó con un gesto que continuara.

El joven investigador pareció despertar, cruzó la sala y extrajo de una cámara aislada las dos coronas de flores que le habían enviado. Estaban metidas dentro de unas bolsas herméticas de Saranex con doble cierre a presión. Las llevó hasta una mesa alargada y las colocó en unas bandejas metálicas bajo unos focos de baja intensidad.

—Como le dije por teléfono, esas coronas vegetales son muy interesantes. Para empezar, son prácticamente iguales, independientemente de que una está más deteriorada que la otra por su mayor exposición al agua. Ambas tienen el mismo número de flores y hojas, y el diámetro de la circunferencia es exactamente igual en las dos. La flor de color lila que ve aquí —señaló hundiendo el plástico con el dedo enguantado— se denomina *Ramonda myconi*, y pertenece a la familia de las gesneriáceas. Puede encontrarse en la montaña, hasta dos mil metros por encima del nivel del mar, entre rocas y en zonas donde puede evitar la luz solar directa. La de color amarillento —dijo señalando una flor adyacente— es una *Cypripedium calceolus*. Se trata de una orquídea popularmente llamada zapatilla de dama, por esa forma que tiene el labelo. Suele crecer en suelos calcáreos húmedos. Y esta otra —mostró una flor de cinco pétalos de color rosa intenso— es una *Androsace ciliata*, es un endemismo, justamente de esta misma zona, de los Pirineos Orientales. Es una especie muy resistente, capaz de soportar el clima más exigente de las alturas.

—Me comentó por teléfono que habían hecho un descubrimiento sorprendente.

—Sí, sí. A ello iba. ¿Ve? Esta es la planta que utilizaron para unir el resto y formar las coronas. Las hojas tienen un tamaño mayor de lo usual, por lo que se trata de una planta cultivada. —Rozó unas flores pequeñas engarzadas en un tallo largo y nudoso—. Técnicamente, se denomina *Isatis tinctoria*, pero es conocida de forma común como hierba pastel o isatide.

—¿Qué tiene de especial?

—¿Sabe usted algo de botánica?

—No consigo que sobreviva ninguna planta a mi cuidado. Esas son mis credenciales.

Merlès hizo una mueca.

—Bueno. Hasta finales del siglo dieciséis, la *Isatis tinctoria* fue la única fuente de tinte azul en Europa, hasta que se introdujo el índigo, traído desde Oriente. Se le llama pastel por la pasta que se hace con las hojas para obtener el colorante. El proceso, como en el caso de otros tintes vegetales, es sencillo: se dejan secar las hojas, se trituran y luego se espera a que fermenten. En el Mediterráneo se ha utilizado desde la Antigüedad. Seguro que ha visto pintados de azul los vanos de puertas y ventanas en muchos pueblos en España. También lo puede ver aquí, en el sur de Francia, en Italia, en Grecia, en Marruecos, en Túnez... El color azul del añil ahuyenta a los insectos, y se dice también que protege de los malos espíritus. —Soltó una risita al final de la frase, pero, ante el rostro serio de la mujer, calló. Miró su reloj. Se desplazó por el pasillo que formaban las largas mesas de laboratorio hasta un terrario iluminado. Con una pipeta de cristal añadió unas gotas de suero a unos esquejes mientras continuaba la explicación.

—El caso es que el cultivo de esta planta es bastante común. Sin embargo, lo que es verdaderamente extraordinario es que esta variedad concreta de *Isatis tinctoria* es única. He estado revisando los registros que tenemos en el centro y su hábitat se localiza exclusivamente en la zona sur del Tarn, cerca de Mazères. Eso me hizo recordar una vieja historia que me contó mi padre.

La policía le sonrió, aunque disimulaba mal su impaciencia.

—Después de la guerra —empezó Merlès— se desarrolló en todo el país una economía de subsistencia, lo que hizo que se recuperaran muchos antiguos oficios y usos tradicionales. Esta zona no fue ajena a ello.

En ese momento, la producción del índigo era escasa y su precio subió enormemente. En consecuencia, durante un tiempo, se volvió a plantar y recolectar la planta para confeccionar tintes y otros productos derivados como pomadas y cosas por el estilo.

—Muy interesante.

Merlès escrutó el rostro circunspecto de la mujer y dudó si hablaba en serio. Tras titubear unos segundos, continuó.

—No, no. Eso no es lo interesante. Lo verdaderamente relevante es dónde se recolectaba la planta.

—¿Qué quiere decir?

—Por aquel entonces, al sur de aquí había un centro de internamiento.

—¿Se refiere a un campo de concentración?

—Eso mismo. El Campo de Vernet d'Ariège. Se encontraba a menos de una hora de aquí. Hoy en día apenas quedan restos que demuestren la existencia del lugar. Promovieron un pequeño museo junto a la estación de tren del que salían los convoyes con prisioneros hacia quién sabe dónde. Y, por supuesto, está el cementerio. Mi padre era tratante de telas y me contó muchas historias del campo porque tenía un amigo guardia. Siendo yo pequeño, aquellas historias me entusiasmaban y...

Ante el gesto impaciente de la policía, el joven investigador retomó la historia.

—Cerca del campo había varias importantes plantaciones de *Isatis*. Durante algunos años, utilizaron a los prisioneros para la recolección de la planta. Ahora nadie quiere recordar que existiera ese lugar, ni lo que se hizo con aquellos pobres hombres y mujeres. Todos los pueblos intentan borrar las huellas de sus pecados del pasado para ocultar su vergüenza.

—Como dice, es muy interesante, pero ¿qué tiene que ver todo esto con las coronas?

—Verá. Hoy en día podemos conocer los ancestros de una planta. Podemos determinar, digamos, su árbol genealógico, para que me entienda. —El joven rebuscó sobre la mesa, atestada de carpetas, libros y fichas de control—. Sí, aquí está.

Entre sus manos sostenía una hoja de papel con unos gráficos.

—No sé dónde las han encontrado, pero, sin ningún tipo de duda, la planta que conforma la corona y sirve de unión a las otras flores es un descendiente directo de las plantaciones situadas junto al campo de internamiento. Teniendo en cuenta que esos cultivos desaparecieron hace casi cincuenta años, ¿no resulta increíble?

El joven Merlès sonrió con satisfacción ante el primer gesto genuino de interés de la subinspectora.

56

Maury tenía que admitir que ser testigo privilegiado de cómo evolucionaba la amnesia disociativa de un paciente era algo asombroso, una experiencia única. Sin embargo, según avanzaban las sesiones sentía que se estaba involucrando cada vez más. La historia que ese hombre iba recordando resultaba cada vez más atrayente, pero, al mismo tiempo, era consciente de que estaba internándose en zonas oscuras que podían ser tremendamente peligrosas. No quería ni pensar en los espantosos actos de los que era responsable. Ni tampoco en la maldad que percibía en su interior.

Pensó en la subinspectora. Ella podría ayudarlo. No podía ir a la comisaría, eso estaba descartado, pero podía intentar volverla a llamar.

Justo cuando estaba sopesándolo, sus ojos se encontraron a través del reflejo del espejo. Intentó desviar la mirada, pero él no se lo permitió. Por su expresión intuyó que sabía lo que pensaba. Incluso parecía adelantarse a sus propios pensamientos. Sin pretenderlo se sintió culpable cuando escuchó el chasquido de su lengua, que sonaba como si estuviera reprendiendo a un niño.

—No, yo...

—Sí —le interrumpió—. Lo sé. Le parece que no voy a ningún sitio con esta historia, sin embargo, tendrá que ser paciente. Los recuerdos vienen como vienen.

Maury suspiró, miró el péndulo del reloj oscilar de un lado a otro y asintió.

El siguiente día que estaba previsto que Anna viniera a visitarnos, no vino. Pasé la mañana consumido por la culpa. Había ensayado varias excusas, cada una de ellas más humillante que la anterior. Más tarde, según pasaban las horas, empezaba a imaginar mil posibles motivos para que no hubiera aparecido. Por la tarde, concluí que le había ocurrido algo horrible. Empecé a sentir un fuerte dolor de estómago, que hizo que la enfermera llamara al doctor. No encontraron causas para mi mal, por lo que me prescribieron una dieta estricta, como si mi vida no hubiera sido una continua restricción. Apenas pensé en las raciones que me perdía, que, aunque humildes, eran un manjar comparadas con lo que comíamos en el campo. La noche la pasé en vela oliendo los restos del perfume de lavanda que desprendía el libro y maldiciéndome por mi estupidez.

Pasaron varios días hasta que, una mañana, cuando ya creía que no iba a volver a verla, Anna entró por la puerta. Todo el mundo la recibió con alegría excepto yo, que lo hice con alivio. Tras la ronda acostumbrada, se acercó a mí. Intenté dominar mis emociones; sin embargo, cuando la vi a mi lado, apenas pude contenerme.

—¿Cómo estás hoy? —preguntó.

—El médico dice que estoy mejorando.

—Eso es una estupenda noticia.

Sus ojos se desviaron hacia el libro, que descansaba bajo la almohada.

—No te ha gustado.

Esta vez me tocó a mí sonrojarme. Ella al principio no lo

entendió, pero entonces en su rostro se vio una expresión sorprendida.

—¿No sabes le...? Oh, lo siento, lo siento mucho.

—No. Sí que sé, aunque no mucho. —En ese instante nuestras miradas bajaron a mi mano, que cogía su muñeca con fuerza. La solté como si me hubiera dado un calambrazo. Ella se acarició la zona de la piel donde se veían las marcas de mis dedos mientras miraba a un lado. En ese instante, apareció la enfermera, ajena a nuestra incomodidad.

—Chico —dijo. Bajo el brazo sostenía unas muletas—. El doctor ha ordenado que salgas ya de esa cama. Tienes que andar un poco todos los días o te vas a quedar inútil.

Anna se volvió hacia ella.

—¿Le puedo acompañar afuera? Hace un sol estupendo —pidió, y, ante la reticencia de la enfermera, añadió—: Seguro que al doctor le parecería bien para acelerar su recuperación. Tampoco es que vaya a escaparse llevando muletas, ¿verdad? Y usted puede estar en todo momento observándonos por esa ventana.

Era difícil resistirse al encanto de Anna, y la enfermera accedió con una advertencia muda.

Salimos al pequeño patio que había junto a la enfermería, donde se almacenaban los pocos suministros que se utilizaban allí. Me movía con torpeza, pero con Anna al lado no me importó. Ella no dejaba de contarme cosas y yo escuchaba. Me encantaba escucharla. Por nada del mundo quería interrumpirla. En un momento dado, hizo una pausa algo más larga, lo que me impulsó a mirarla directamente. Me cogió del brazo y, por un instante, pensé que se me pararía el corazón. Acercó su cabeza a la mía —yo era un poco más bajo que ella—. Sentía su aliento cálido y dulce cerca en mi rostro.

—He hablado con mi padre —susurró—. Le pregunté por el campo. Quería pedirle permiso para visitarlo y conocer mejor vuestra situación, pero me lo ha prohibido. Jamás lo había visto tan enfadado. A punto ha estado de no dejarme volver aquí. —Trastabillé y, a punto de caerme, ella me sujetó con fuerza.

—¿Estás bien?

Asentí repetidamente. La perspectiva de no volver a verla era demasiado terrible para mí. Ella me clavó la mirada en los ojos. Estábamos tan cerca que advertí que su iris azulado tenía reflejos oscuros. Miré a nuestras espaldas. La enfermera que debía vigilarnos estaba ocupada.

—Yo... —continuó ella—. Querría que me contaras.

—¿Que te contara?

—Sí, quiero saber más.

Entonces empecé a explicarle mi vida y la vida de mis compañeros en el campo. En ocasiones vi lágrimas en sus ojos, en otras preocupación, y en otras una rabia apenas contenida. La realidad de Vernet. La verdad sobre el campo de internamiento que gestionaba su padre la golpeó como un yunque.

La enfermera nos llamó y ella se marchó sin decirme adiós.

Durante los siguientes días, cada vez que ella venía salíamos al patio y me escuchaba en silencio contarle las historias del campo. Yo me fui acostumbrando a su presencia como lo haría un perro con su dueño. La adoraba. Era decidida. Quería saberlo todo. Se enfurecía. Se lamentaba. Lloraba. Y empezó a pensar cómo podía ayudar. Le expliqué que no había nada que hacer. Sus intentos de convencer a su padre volvieron a poner en peligro sus visitas y ya no pudo insistir en ello. Pero yo sabía que no dejaría de darle vueltas. Uno de los días que íbamos a salir al patio, llevaba en la mano el libro que me había prestado tiempo atrás.

—Hoy no quiero que me cuentes más cosas del campo.

—Como quieras. ¿De qué te gustaría que habláramos?

Ella levantó el libro.

Me sonrojé de inmediato.

—Poco a poco.

Los siguientes días empezamos a leer aquel libro sentados bajo un árbol. Yo, como dije, lo había ojeado, pero mis conocimientos rudimentarios no me dejaron entenderlo bien. Eso cambió con Anna.

Era un libro de cuentos de la zona. Hablaba de gigantes, monstruos mitológicos y hadas. Para más complicación, apenas sabía nada de francés. No obstante, cuando se es un crío, nada es imposible. Es una lástima que luego lo olvidemos. El caso es que, sin darme cuenta, empecé a leer con más fluidez. Al parecer, estaba dotado de un mejor cerebro de lo que yo había creído y Anna aplaudía entusiasmada mis logros.

Una tarde vino con un nuevo libro. Por su expresión, que yo empezaba a entender, tenía algo que decirme, pero se aguantó las ganas de hacerlo mientras yo me preparaba con las muletas y salíamos fuera.

Al abrir el libro vi que era algo que yo no había leído antes.

—Se trata de una obra de teatro —me explicó.

No dije nada porque no quería mostrarle mi ignorancia.

—He tenido una idea —exclamó sin darse cuenta de mi embarazo.

Mi expresión atemorizada la hizo reír. Accidentalmente, su mano rozó la mía.

—¿Cómo dices? —balbuceé.

—Me contaste estos días que en el campo había una especie de comité que organizaba actividades culturales: conciertos, cursos y cosas así.

—Sí, ¿y qué?

—Creo que podríamos montar una obra. Esta obra de teatro. —Señaló la portada del texto.

—*Lili...ana,* de Apeles Mes...tres.

—Es un cuento de hadas.

Yo no sabía qué decirle, y mucho menos cuando se puso a bailar a mi alrededor de la alegría ante mi silenciosa aceptación.

—Como le decía, querido doctor, era muy complicado negarle algo a Anna.

El paciente se estiró en el sofá y tomó aire. El psiquiatra miró el reloj de la pared y se sorprendió de la hora que era. No se había dado cuenta del paso del tiempo, absorto con la historia.

—Se ha terminado la sesión hace diez minutos.

—Lo sé. Gracias por escucharme —dijo levantándose—. ¿Mañana a la misma hora?

Maury asintió y vio como él hacía lo mismo satisfecho.

57

Álex avanzaba por la carretera entre extensos campos de cereales. Cada cierto tiempo se veía alguna casa aislada, oculta bajo un grupo de árboles. A su derecha sentía la proximidad del curso del Ariège, que parecía acompañarla en su camino de vuelta a casa. Un cielo inabarcable, de un azul transparente, se extendía sobre su cabeza. A lo lejos se alzaban, veladas, como si fuera un espejismo, las primeras montañas de los Pirineos.

Sin darse cuenta, Álex levantó el pie del acelerador. Bajó la ventanilla. Una brisa fresca le acarició el rostro. En ese momento fue consciente de que llevaba la radio puesta. Unos tertulianos discutían sobre los resultados negativos del referéndum sobre la Constitución Europea. Los franceses habían querido castigar a Chirac y ahora el Gobierno se tambaleaba. Cambió el dial y la voz lánguida de Gus Black inundó el coche entonando las primeras estrofas de *(Don't Fear) The Reaper*.

Díaz estaba histérico. La había llamado tres veces. Ella no había cogido el teléfono ni una sola de ellas. El intendente no había comprendido que se marchara a Toulouse justo en aquel momento, pero la posibilidad de que las coronas de flores que el asesino utilizaba les proporcionaran una pista, algo a lo que aferrarse, era mucho más importante que su presencia en la comisaría. Todo se había complicado aún más con la aparición de los naipes y el secuestro de una niña tan vinculada a su pasado. Confirmaban que aquel caso tenía una extraña relación con la desaparición de Lía. Era una locura. Como una pesadilla que volvía una y otra vez.

Sin embargo, a pesar de la información que el técnico del Institut Pierre Magnol le había transmitido, Álex seguía como al principio. No estaba más cerca de conocer los motivos que empujaban al asesino a elegir sus víctimas ni de desvelar su identidad, y mucho menos de saber dónde tenía secuestrada a Olivia. No tenían nada. Cuando pensaba en ello, la rabia y la frustración la dejaban sin aire. Faltaban solo cinco días para que la luna completara su ciclo.

De repente, el paisaje bucólico ya no lo parecía tanto. Apagó la radio y aceleró. Dejó atrás una señal que anunciaba el hotel Domaine du Pégulier y, algo más adelante, la incorporación a la autovía. Sintió la tentación de tomar el desvío, pero ya que había llegado hasta allí, decidió acercarse al lugar donde habían estado ubicados el campo de internamiento y las plantaciones antes de volver a casa.

Unos kilómetros más adelante, frente a las instalaciones de una cooperativa de la zona, se alzaba un muro de baja altura con unas letras metálicas: Mémorial Camp du Vernet. Sin frenar la marcha, dio un volantazo que le valió una sonora pitada de un camión.

Entró en un camino que corría en paralelo a un jardín en el que se alzaban unos pocos cipreses y varias filas de monolitos de cemento. El acceso se terminó abruptamente una decena de metros más adelante. Álex aparcó y bajó del automóvil. Sostenido entre dos postes, un vinilo recordaba en francés, español e inglés la historia del lugar y los ciento cincuenta y dos fallecidos que descansaban en aquel pedazo yermo de tierra.

El cementerio de los prisioneros del campo de internamiento de Vernet era de una gran sencillez. Si esperaba encontrar un espacio más imponente, descubrió que se trataba de un simple trozo de tierra rodeado de campos de cultivo pegado a una nave de techos metálicos de una empresa de construcción.

Las tumbas se distribuían en orden castrense sobre un suelo de grava. Todas las sepulturas eran iguales: un rectángulo de cemento y una lápida con una placa negra donde se leía el nombre de su ocupante. En algunas de ellas habían depositado unas flores en tarros de cristal. No había vallas, ni apenas ornamentos. Un único árbol de gran tamaño se erguía en el centro, dando sombra a una columna de piedra en forma de v con tres grandes láminas de mármol que recordaban la memoria de los internos del campo y la lucha antifascista. El olvido que emanaba de aquel lugar la estremeció.

—*Cherchez-vous quelqu'un?*

Álex se volvió para encontrarse a una anciana encorvada junto a una de las tumbas. En la mano, que temblaba levemente, sostenía una pequeña regadera de plástico que parecía fuera de lugar en aquel sitio con su color amarillo chillón y el dibujo de un pez anaranjado en el centro. La mujer, con un gesto coqueto, se pasó la otra mano por el pelo, que el viento le había revuelto. Sus ojos legañosos la miraban con serenidad. Álex respondió en francés.

—*Je ne me suis arrêtée qu'un instant.*

—Ah, es usted española. Supongo que habrá venido a visitar a algún familiar, entonces.

—No exactamente. Pasaba por aquí.

—Bienvenida, pues.

Álex sonrió. El acento de la anciana le recordó a sus primos franceses, a los que, cuando era niña, visitaba con sus padres y su hermana en un pueblo cerca de la costa. Mucho antes de que todo se fuera al infierno.

La mujer se dirigió con pasos lentos a la siguiente tumba. Con esfuerzo se puso de rodillas sobre la piedra y adecentó un pequeño manojo de plantas silvestres metidas en un antiguo tarro de garbanzos. Como si supiera que Álex la observaba, dijo:

—A nadie le interesan ya estos muertos.

—¿Es usted quien les trae las flores?

—La mayoría. También limpio. Cuido un poco de esto, vaya, pero cuando yo muera... —La mujer miró alrededor—. *Alors, c'est fini.*

—Hace un gran trabajo.

Como respuesta, recibió un encogimiento de hombros de la mujer, que se levantó trabajosamente.

—Bueno, encantada de conocerla. He de marcharme.

—No debería irse sin pasar por nuestro *petit musée.*

La anciana se limpiaba las rodillas del polvo que se había adherido a sus medias color crema. Cogió con la mano, indecisa, la regadera y se encaminó a la tumba contigua.

—¿Dónde se encuentra?

—*Un peu plus en avant.* Junto a la estación, lo encontrará enseguida. Aquí es difícil perderse.

58

Vila cerró la última carpeta y la dejó sobre el montón de viejos expedientes que llenaban la mesa. Alain se había marchado por la tarde a Girona siguiendo una pista sobre las últimas horas de Aina antes de desaparecer. No sabía dónde se había metido el novato. Hacía mucho que no lo veía. Albert Melero era un joven extraño. No habían conseguido congeniar con él demasiado. También se había dado cuenta de que Álex lo apartaba todo el tiempo de los trabajos de investigación principal como si no pudiera fiarse de él. Ella compartía que las tareas que le encargaba no eran las más emocionantes, por decirlo así, pero el chaval tenía que aprender que buena parte del trabajo policial eran esas labores menos gratas, aunque en muchas ocasiones resultaban fundamentales para resolver el caso.

Le dolían los ojos. Se estiró en la silla y oyó el crujido de su espalda. Al mirar la hora en el reloj de su muñeca se sorprendió de lo tarde que era. De nuevo, se había saltado la cena. También era tarde para llamar a su madre. Últimamente, estaba muy preocupada por sus relaciones amorosas y por lo que tenía en la nevera. En cualquier caso, era hora de irse. Agotada no iba a ser de mucha utilidad. Se levantó y cogió la chaqueta de la percha.

En ese momento sonó el teléfono sobre la mesa de Melero. Se quedó mirando el aparato desde el quicio de la puerta. Desde la publicación de los artículos del *Pirineos Actual* recibían decenas de llamadas diarias. El teléfono continuó sonando mientras Vila terminaba de recoger sus cosas. Tenía ganas de llegar a casa, darse un baño y ponerse el pijama. Quizás un chocolate caliente y un poco de lectura. El timbre volvió a sonar. Vila se detuvo con la mano en el pomo de la puerta, apoyó la cabeza en la madera y soltó un taco.

Unos segundos después de haber descolgado, al otro lado del aparato surgió la voz excesivamente alta de un anciano.

—¿Hola? ¿Hola?

Vila apartó la oreja del altavoz y suspiró. Tendría que haberse marchado.

—Buenas noches. Soy la agente Vila. ¿En qué puedo ayudarle?

—Ya era hora. Pensaba que nadie iba a coger el teléfono.

—Sí, bueno. Es un poco tarde.

—Verá, llamaba en relación con el caso de las niñas.

Vila se pasó el teléfono a la otra oreja para aguantarlo con el hombro mientras abría la libreta para tomar notas. Empezó a dibujar un árbol en la hoja en blanco.

—¿Me oye?

—Sí, sí, le oigo perfectamente. No hace falta que alce tanto la voz.

—Como le decía, le llamaba por lo de las niñas. Conozco un antiguo caso...

—¿Un antiguo caso?

—Sí, ¿está mal del oído? Es de hace al menos veinte años. Antes de que me jubilara, claro.

Vila cerró los ojos y pensó en el baño que no se estaba dando y en la taza de chocolate caliente que se evaporaba.

—La cuestión es que yo estuve allí.

—¿Allí dónde?

—¿No me escucha? Yo estaba destinado en la Pobla de Segur. Estuve presente en todo lo que ocurrió. El incendio y eso.

Quizás por las horas que eran o por lo cansada que se encontraba, Vila empezaba a irritarse.

—¿Y por qué cree que puede ser interesante un suceso de hace tantos años?

—Por la chica que encontramos.

—¿Sí? —Vila dejó de dibujar y se enderezó en el asiento.

—Sí. La chavala. Estaba muerta, pobrecilla. Y la recuerdo bien porque parecía una princesa. Imagínese, llevaba una diadema de flores alrededor de la cabeza y todo. Clavadita a la que nombran los periódicos.

59

La mujer tenía razón. Apenas incorporarse a la carretera, un poco más adelante, se alzaba la pequeña estación de tren de Le Vernet d'Ariège. Era una construcción sencilla, similar a las casas de la zona, con un parking concurrido, puesto que aún continuaba en funcionamiento. El encargado de la estación, un hombre con un mostacho poblado que todo guardavía debería tener, pensó Álex, le indicó una vía muerta, donde un antiguo vagón hacía las veces de museo.

Al acercarse, un anciano que fumaba junto al vagón se levantó de una descolorida silla de camping. Tenía un gran parecido con la mujer del cementerio. Cuando Álex lo sugirió, el hombre sonrió.

—Es mi hermana —dijo sin más explicación mientras tiraba la colilla al suelo y la pisaba—. Si la vuelve a ver, no le diga que me ha visto fumando.

El hombre abrió la puerta. Una vaharada de calor y olor a trapos viejos salió de su interior. Álex sospechó que ella era la primera visitante en muchos meses.

—No sé si conoce la historia de este lugar...

Entendió como una negativa el silencio de Álex y el hombre siguió hablando.

—Vernet era uno de los siete campos de concentración donde los franceses hacinaron a los refugiados españoles que cruzaban la frontera tras la retirada, que se convirtió en desbandada, al final de la Guerra Civil. Era ya un campo antiguo, pues se había levantado en 1918 para acoger a las tropas coloniales senegalesas, y luego fue convertido en campo de concentración para los prisioneros alemanes y austríacos durante la Primera Guerra Mundial. Al llegar los españoles no había prácticamente nada, excepto unos pocos barracones que se caían a pedazos y alambradas. En este campo llegaron a estar encarceladas más de cuarenta mil personas de cincuenta y ocho nacionalidades, casi todo hombres, aunque también hubo mujeres y niños.

—Una terrible tragedia.

—Ya lo creo. Y todos somos cómplices de lo sucedido. España. Francia. La Unión Europea. Todos. Solo hay que ver los esfuerzos que se han hecho para que no quedara ningún rastro del campo ni de lo que ocurrió aquí. Apenas se conservan el cementerio y este vagón. Y gracias a la Amicale des Anciens Internés, porque, si no, ni eso. Qué mejor muestra de culpabilidad y vergüenza que esta.

—¿Por qué un museo en un vagón de tren? —preguntó Álex mirando su reloj. No debía tardar en marcharse si quería llegar antes de anochecer a la frontera.

—Vagones como este formaron parte de los convoyes de deportación y del conocido tren fantasma.

—¿Cómo ha dicho?

—Mire. Desde esta misma estación fueron deportadas casi cinco mil personas. En concreto, cuatro mil seiscientas setenta y nueve. Las enviaron a los campos de concentración del Gobierno de Vichy en Argelia, a las cárceles de Mussolini, a las islas anglonormandas o a la misma Alemania. A partir del cuarenta y dos, Vernet fue utilizado directamente por la Gestapo y se deportó a más de mil judíos a los campos de exterminio. El último convoy con destino a Dachau partió el quince de junio del cuarenta y cuatro. Le llamaron el tren fantasma.

Continuaron en silencio recorriendo la pequeña sala. Una serie de vinilos explicaban la historia del lugar acompañados de antiguas fotografías y dibujos realizados por artistas que estuvieron cautivos allí. Había textos de reconocidos escritores como Max Aub o Arthur Koestler, que fueron también prisioneros. En una vitrina se exponían sencillos utensilios que usaban los cautivos, y que mostraban las terribles condiciones que tenían que soportar.

—El campo estaba organizado en cuatro zonas —explicó el anciano sin que Álex se lo pidiera—, según se consideraba a los prisioneros criminales comunes, prisioneros políticos o sospechosos y peligrosos. También había una zona dedicada a los internos en tránsito, normalmente judíos.

—Imagino que sería muy duro.

—Durísimo. Las condiciones de vida en el Campo de Vernet eran terribles. Este era el campo más cercano a los Pirineos de todos los que prepararon para acoger a los refugiados españoles. Imagine el frío, a lo que se sumaba el hambre, enfermedades de todo tipo..., un horror. Sin embargo, el espíritu de los prisioneros era fuerte —dijo con orgullo—. Se organizaban actividades para entretenerse: partidos de fútbol, clases, teatro. Aquí puede ver una representación.

Álex examinó sin mucho interés las diferentes fotografías de color sepia que se agrupaban en el interior de la vitrina que le señalaba el anciano. Empezó a pensar que se estaba haciendo tarde. Entonces, detuvo su mirada en una de las imágenes. En ella aparecía un grupo de prisioneros que posaba representando una escena. Era evidente la falta de medios. Las expresiones endurecidas y los cuerpos malnutridos, pero, como decía su inesperado guía, ahí estaban, esforzándose por hacer algo que les devolviera la condición de seres humanos en un lugar donde era fácil olvidarla. Sin embargo, lo que le había llamado la atención era que entre los adultos maquillados y disfrazados para la obra había dos niños. Un chico alto, vestido con una especie de toga, miraba con resolución hacia la cámara; sus ojos destacaban por encima del maquillaje blanco que cubría su rostro. A su lado, una niña de cabellos claros ataviada con un vestido ligero posaba tendida sobre una especie de olas de cartón pintado. Tenía los ojos cerrados como si estuviera dormida o muerta. A pesar de que la fotografía estaba dañada y tenía manchas por el tiempo se adivinaba que era una chica muy bonita. Sin embargo, lo que Álex no podía dejar de mirar era su cabeza.

—Esa corona de flores que lleva la chica... —indicó a su acompañante intentando disimular su nerviosismo.

—A ver, déjeme. —El anciano se colocó las gafas de cerca y se pegó al cristal achinando los ojos—. Ah, sí. Ya la veo. Se lo haría la chica por su cuenta para la función. Supongo que formaba parte de la recreación del personaje.

—Y dígame, ¿sabe qué están representando?

El anciano volvió a ajustarse las gafas.

—Creo recordar que lo pone por algún lado. Mire, sí, aquí: *Liliana*. Se trata de una vieja obra de teatro. Ya nadie la recuerda. Me parece que cuenta la historia de...

—¿Un hada?

—Así es. —Entornó los ojos—. ¿Cómo lo sabe?

De pronto se oyeron unas voces en el exterior.

—¡Más visitantes! —exclamó el hombre con entusiasmo—. Parece que hoy ha decidido venir todo el mundo.

Le hizo un gesto de disculpa y se dirigió hacia la puerta. Álex esperó a que se hubiera alejado para abrir la vitrina. Despegó la fotografía del expositor y se la guardó en el bolsillo de la chaqueta. A continuación, cruzó el interior del vagón y salió al exterior.

El viento frío procedente de las montañas, el mismo, pensó, que debieron de soportar los prisioneros de aquel lugar desgraciado, le despejó la cabeza. Con un asentimiento se despidió del anciano, que conversaba con una pareja de mediana edad de rostros sonrojados por el sol y vestimentas falsamente montañeras del mismo establecimiento comercial. Se dirigió hacia el coche sintiendo hervir la excitación en su interior. En ese instante, sonó su teléfono.

60

Cuatro días para la luna llena

El lugar era el típico bar donde los parroquianos del pueblo hacían el café y jugaban unas partidas. Cualquier extraño era recibido con miradas suspicaces y rápidas conjeturas sobre su procedencia. Cuando Vila entró por la puerta, el tono de las conversaciones sufrió una breve interrupción, hubo alguna mirada admirativa, y luego volvió a la normalidad cuando tomó asiento.

—Hace mucho tiempo de aquello, pero me acuerdo de todo.

El antiguo guardia civil se presentó como Federico Martínez, Fede para los amigos, le dijo cuando le estrechó la mano. Encajaba su corpachón en la silla con dificultad, y Vila notó que se quejaba en silencio de una de sus rodillas al moverse. Era evidente que en el pasado había sido un hombre robusto. Ahora, rondando los ochenta, su rostro ancho estaba cincelado de arrugas y una barba blanca descuidada cubría su papada. La observaba con ojos acuosos tras unas gafas de montura metálica mientras esperaba que Vila terminara su análisis. Frente a ellos, sobre la mesa, humeaban dos cafés y había un periódico doblado.

—Nunca olvidaré aquella noche y los días que siguieron. Pero sobre todo recuerdo el frío. Hacía un frío del demonio allí arriba.

La última frase apenas fue un murmullo. El viejo agente de la Benemérita hizo una pausa. Sus ojos se entornaron y dejaron de mirarla hasta que, pasados unos segundos, su mirada adquirió de nuevo vida.

—Cuando llegues a ser tan vieja como yo te darás cuenta. Nunca se olvidan los casos que no conseguimos resolver. Quizás olvidamos otras cosas, los nombres de las personas, de los lugares y cosas así, pero todo el resto se queda aquí dentro —añadió tocándose la sien con el índice.

En ese momento, un estruendo procedente de la calle le obligó a callar. Un tractor que tiraba de un remolque pasó por la calle. El hombre se arrellanó en la silla y se frotó las dos manos como si quisiera alejar un frío repentino. Señaló el periódico que descansaba a su lado.

—Todas las mañanas, a esta hora, vengo aquí y pido un café. El médico no me deja tomar más que uno al día, a cuento de no sé qué historias sobre mi tensión. Entonces es cuando le echo un vistazo al periódico. Y siempre, siempre, no sé cómo me las apaño, termino en la sección de sucesos. Leo y releo las noticias hasta que me aburro. La verdad: jubilarse es una mierda.

—¿Qué le parece si me cuenta por qué nos llamó?

El hombre suspiró como si se arrepintiera de haberlo hecho.

—¿Conoces el sanatorio de Sant Martí?

Vila negó con la cabeza.

—Sin embargo, la Vall Fosca sí sabes dónde está.

—Por supuesto. La primera víctima de nuestro caso era de Torre de Capdella.

—Eso es. Pues bien, te voy a contar una historia. ¿Tienes tiempo?

Vila se dijo que qué remedio, después de haber conducido hasta allí. Con una sonrisa le animó a continuar.

—Bien. A principios del siglo veinte, en la parte norte de ese valle se construyó una central hidroeléctrica aprovechando la veintena de lagos que hay en esa zona. Se contrató a mucha gente de fuera, entre ellos a un ingeniero que trabajó en las obras y vivió allí durante años, creo que era francés o alemán, un extranjero, al fin y a la postre. El caso es que aquel tipo iluminado creyó encontrar entre aquellas montañas el sitio ideal para construir una especie de hospital para tuberculosos. Ya sabes: un lugar con aire limpio y esas cosas. Aprovechó que él mismo era el responsable de las obras de la central para convencer a las empresas promotoras del proyecto. Su idea fue utilizar la misma instalación de aguas del embalse para construir encima el edificio y así disponer de toda la energía eléctrica necesaria.

»El edificio no se completó hasta bastantes años después, a tal punto que no llegó a funcionar como hospital de tuberculosos. En los años setenta se hizo cargo una empresa de Barcelona. Para entonces, la tuberculosis ya no era tan importante, y el lugar se transformó en un sanatorio privado. Por lo que decían, tenía un lujoso servicio de comida, habitaciones confortables, salones de recreo e incluso un invernadero. Allí arriba estaban aislados del mundo exterior. Seguramente por ese motivo ocurrió lo que ocurrió.

Se quedó callado un instante. Vila esperó pacientemente. Álex le había enseñado que a los testigos había que darles espacio para que hablaran a sus anchas, sin interrupciones, y, de ese modo, evitar que terminaran diciendo lo que creían que quería oír su interlocutor.

Por muy enrevesada y confusa que fuera la historia original, esa era siempre la que escondía la verdad. Sin embargo, ignoraba a dónde quería ir a parar el antiguo guardia civil.

El anciano pareció adivinar los pensamientos de Vila.

—Te preguntarás por qué te estoy contando todo esto.

—Un poco sí, la verdad.

El viejo policía desvió la mirada hacia el fondo del local, donde tres hombres golpeaban la mesa con las fichas de dominó y se increpaban amistosamente.

—Por aquel entonces, yo estaba destinado en el cuartel de la Pobla de Segur. Aquel sanatorio era un lugar muy opaco. Apenas tenían contacto con los pueblos del valle, excepto para la compra de alimentos y suministros. Los trabajadores vivían allí mismo y mantenían un estricto código de silencio. Aun así, claro, había rumores.

—¿Rumores de qué tipo?

—Maltratos, abusos y cosas aún peores que, se decía, ocurrían tras sus muros; pero, sin denuncias de por medio, nosotros no podíamos hacer nada.

Vila advirtió la frustración que aún sentía el hombre después de tantos años.

—Una noche recibimos un aviso. Se había declarado un incendio arriba, en la montaña. Solo podía ser el sanatorio. Si ahora tiene su dificultad acceder hasta allí, imagínate en los años ochenta. Cuando llegamos no se podía hacer nada, aunque tampoco hubiera sido diferente de haber llegado antes. El incendio destruyó el edificio. Jamás había visto nada igual. Por un milagro, solo hubo algunos heridos de poca consideración entre los internos y el personal del centro. Alguien había dado la alarma cuando empezó el fuego en las cocinas y salvó la vida a la mayoría de aquellas personas. El único realmente afectado fue el director. Se lo llevaron con quemaduras terribles. —Hizo una pausa—. Eso es lo que podrías leer en el informe que se redactó.

—Cuénteme lo que no está ahí escrito.

El anciano tomó un sorbo del café y la miró con gravedad.

—Hasta que no llegó la mañana el incendio no se extinguió, y fue gracias al aguacero que caía. Entramos en busca de alguna víctima, a pesar de que no era muy seguro meterse allí dentro. Revisamos todas las plantas y bajamos al sótano. El sanatorio se asentaba sobre un complicado sistema de esclusas y túneles, tal y como lo había diseñado el ingeniero. Un verdadero laberinto. La encontramos por casualidad.

Los labios del veterano agente temblaron y se tomó unos segundos antes de seguir.

—Era apenas una chiquilla. Estaba flotando en una de las piscinas de decantación. Tenía el pelo claro y los ojos muy azules. Era muy bonita. Llevaba tan solo una bata del sanatorio. Parecía que estuviera durmiendo. Sobre todo, recuerdo con nitidez la corona de flores alrededor de su pelo. Es una imagen que jamás podré olvidar. Por eso, al leer la noticia, os he llamado.

—Ha hecho muy bien, Fede. Continúe, por favor.

El viejo asintió.

—La habían arreglado.

—¿Qué quiere decir?

—Estaba lavada y peinada. Al sacarla de allí, en una primera inspección del cadáver, vi que tenía restos de sangre entre las piernas y moratones en el cuello y los brazos. En las manos también tenía heridas. Me jugaría mi jubilación a que aquella chiquilla había sido forzada.

Antes de poder abrir una investigación, desde arriba nos ordenaron cerrar el expediente y registrarlo como muerte accidental. Se hizo una autopsia, pero no llegamos a ver el informe del médico. Mi mando me llamó a su despacho en la casa cuartel y me lo dejó claro. Tanto yo como mi compañero teníamos familia que mantener. La empresa se hizo cargo de todo y la chica fue enterrada a toda prisa. No tenía familia. Está claro que los responsables de aquel lugar estaban muy bien relacionados.

Vila anotó varias cosas en su cuaderno.

—Aun así —continuó el hombre—, detuvimos a un hombre sospechoso de provocar el incendio. Un joven médico. Estaba en shock y tenía una buena quemadura en el brazo.

—¿Cómo se llamaba?

El viejo bajó la mirada, pero al cabo de unos segundos negó con la cabeza.

—Lo siento, no lo recuerdo. Hace mucho tiempo. Ya te lo dije, los nombres se olvidan. Estará en el informe. De todos modos, no teníamos nada contra él, por lo que lo soltamos enseguida. —Se irguió tomando aire—. Y eso fue todo.

—Si recuerda algo más, llámeme, ¿le parece?

Vila se levantó y deslizó una tarjeta sobre la mesa.

El anciano no hizo ademán de cogerla. En su lugar, se inclinó hacia ella.

—Aquel lugar está maldito. Siempre lo estuvo. Y ahora esto —dijo presionando con el dedo el periódico. Vila se sorprendió al descubrir el miedo en sus ojos—. De algún modo está relacionado. Lo sé. Desde que empezaron a desaparecer esas niñas, aquella chica, la joven que encontramos en el sanatorio de Sant Martí, se me aparece en sueños.

61

Maury se levantó y se asomó por la ventana. La lluvia había vuelto. Caía con tanta fuerza que apenas se veía el cobertizo, así que mucho menos los árboles de más atrás. Pensó si era posible que las cosas fueran diferentes. Si había alguna forma de escapar de aquello. Por otro lado, según avanzaba recuperando sus recuerdos, mayor interés sentía. Notó su presencia.

Suspiró y se volvió para encontrarse con su mirada. Esa mirada que le decía que debían llegar hasta el final. Igual aquel era el único modo de liberarse. Volvió a su asiento y cerró los ojos.

—A ver, doctor, por dónde me quedé... ¡Ah, sí! Yo estaba casi recuperado y Anna estaba entusiasmada con la posible celebración de la obra.

Un par de días después, el doctor vino a verme con la noticia que más temía. Me encontró sentado sobre la cama leyendo el libro de Anna. Me costaba mucho entenderlo, era un cuento sobre tres gnomos, espíritus de la naturaleza y guardianes de Liliana, un hada. Las muletas ya eran un mero recuerdo. Había recuperado la fuerza en mis piernas e incluso había cogido algo de peso. Seguía siendo delgado, por supuesto. Simplemente, ya no era el niño esquelético a punto de morir de inanición que andaba por el campo sin saber si iba a sobrevivir un día más.

—Chico —empezó con voz grave—, como te indiqué en su momento, he intentado alargar tu estancia todo lo posible. Por desgracia, ya no puedo seguir haciéndolo. Nada justifica que sigas aquí, y hay compañeros que necesitan esa cama. Mañana deberás volver al campo.

De repente, mi mundo se desmoronó. Volver al campo, volver a dormir en los barracones, pasar hambre, frío y miedo de nuevo. No obstante, estos pensamientos me duraron unos segundos en la cabeza, sustituidos por un único pensamiento: mi marcha de allí significaba que no volvería a ver a Anna. Y me di cuenta de que eso me aterrorizaba, mucho más aún que la posibilidad de volver a encontrarme con Alcázar.

El doctor observaba mi reacción en silencio, mirándome por debajo de sus lentes. Se sentó a mi lado y apoyó la mano en mi hombro.

—De todos modos, parece que eres un crío afortunado.

Le miré sin entender nada.

—Tu amiga ha intercedido por ti.

—¿Qué quiere decir?

—Al parecer, la señorita Anna ha convencido a su padre, el capitán Lamarque, de que necesitan un mozo para hacer diversas tareas de la casa: trabajar en el jardín y cosas así. —El médico levantó las manos apaciguando mi reacción entusiasta—. Solo será por unas horas al día. Sigues interno en el campo y deberás dormir en tu barracón.

Sin embargo, las últimas palabras del médico casi no las oí. De la más absoluta desolación pasé a la euforia. Vería todos los días a Anna.

El primer día me acompañó uno de los guardias del campo. La casa de los Lamarque era un pequeño chalet alejado del campo, seguramente para evitar los malos olores que salían de él. Acostumbrado a barracones hechos con tablones y restos de telas, aquel lugar me pareció un palacio.

La casa tenía dos plantas y paredes encaladas. Estaba pegada al río, cerca de un puente antiguo de piedra. Un porche de madera pintado de azul y lleno de flores en grandes maceteros enmarcaba la entrada principal que recibía a los visitantes. A mí, sin embargo, me llevaron a la puerta trasera de la casa, junto a un huerto de modestas dimensiones con tomates, lechugas y patatas. Una visión propia de un sueño para cualquiera de los internos de Vernet.

En la entrada nos esperaba impaciente una señora regordeta con un vestido negro. Me examinó de arriba abajo antes de dejarme entrar. No le debió de gustar mucho lo que veía porque, tras la inspección, frunció el ceño y soltó un bufido.

—¿Este nos va a ayudar? Pero si es prácticamente un niño y se puede ver a través de él de lo delgado que está.

El guardia rio y me dejó en manos de aquella señora. Lo miré con aprensión mientras entraba en la casa, y él me devolvió una mirada de regocijo. Me sentía mucho más seguro con aquel tipo armado y malcarado que con aquella mujer que lo primero que hizo fue darme un manotazo en la cabeza para hacerme pasar dentro.

—Me llamo Joséphine Bonnet, soy el ama de llaves de la familia Lamarque. Tú me llamarás señora Bonnet. Si intentas escaquearte, robar algo o aprovechar para escaparte, te las verás conmigo y no te va a gustar. —Me explicó con un dedo a un centímetro de mis ojos. Sus manos olían a lejía.

Asentí, seguro de que si hacía enfadar a aquella mujer, sería lo último que haría. Estuve trabajando en la cocina, bajo sus ojos vigilantes, durante varias horas. Luego me ordenó descargar una camioneta y llevar a un almacén una decena de cajas que pesaban tanto que creía que estaban llenas de piedras. Como recompensa estuve pelando patatas y zanahorias. A pesar de sus amenazas, en cuanto se despistó un momento, me guardé un par en los bolsillos. El hambre siempre es más fuerte que el miedo. En todo caso, aquello era mejor que estar en el campo soportando el frío en un barracón y bajo la amenaza de encontrarme con Alcázar en cualquier esquina. Sin embargo, estuve inquieto todo el tiempo, ya que en ningún momento vi a Anna. Me planteé si, a pesar de estar allí, volvería a verla.

Unas horas más tarde, estaba agotado. Faltaba poco para que el guardia volviera a recogerme. La señora Bonnet me llamó. Empecé a imaginar qué otro nuevo trabajo iba a encargarme cuando me hizo sentar en la mesa de la cocina y me puso delante un bocadillo de embutido sobre un plato y un vaso de leche.

—Si no ponemos algo de carne sobre esos huesos no me servirás de nada.

Antes de poder agradecérselo, ella ya se había marchado. Miré aquel manjar inesperado unos segundos mientras sentía como se me hacía la boca agua. Me disponía a empezar a comer cuando unas notas de música sonaron a través del techo. No es que no supiera lo que era la música. En el campo se cantaba, y algunos prisioneros habían formado una pequeña banda con unos instrumentos precarios, pero aquello era muy diferente. Las notas surgían de un piano, según me explicó luego la señora Bonnet. No conocía la melodía, pero mi corazón empezó a bailar con ella y estuve casi a punto de olvidarme de comer.

Al salir de la casa para dirigirme a los barracones, la tarde estaba a punto de morir. Me dolía todo el cuerpo. El esfuerzo todavía me pasaba factura. Levanté la vista cuando noté el movimiento de unas cortinas en una ventana del piso de arriba. El rostro de Anna apareció unos segundos y luego desapareció. El empujón del guardia para que siguiera caminando apenas lo sentí. Tan solo deseaba que pasaran las siguientes horas con rapidez para volver al día siguiente.

62

Tres días para la luna llena

Álex puso las manos bajo el chorro de agua que salía del grifo del cuarto de baño de la comisaría. Salía tan fría que sintió cómo por momentos perdía la sensibilidad de los dedos. Se propuso mantenerlas debajo todo el tiempo hasta que le dolieran. En ese momento, irrumpió Melero.

—¿Sabes que este es el baño de las chicas? —le preguntó con una sonrisa.

El joven policía se encogió de hombros con gesto nervioso.

—Quiero saber por qué me tiene haciendo tareas inútiles. ¿No confía en mí?

Álex siguió lavándose las manos sin mirarlo. Se inclinó y se mojó la nuca. Melero titubeó. Empezó a pensar que no iba a responderle cuando su jefa comenzó a hablar sin dejar de mirar hacia el espejo.

—¿Nunca te has preguntado por qué el agua es prácticamente transparente?

Melero negó con la cabeza. En ese momento no pensaba en la maldita agua. Sin embargo, la subinspectora ignoró su falta de respuesta y continuó.

—Su composición química hace que absorba poca

luz y, en contraposición, devuelva mucha. En realidad, el agua no es transparente, sino que la consideramos así por nuestro rango de visión, pues solo en él devuelve muchas ondas de luz. Si tuviéramos otro rango de visión la veríamos muy diferente. Quizás de colores. ¿No te parece fascinante? —preguntó mientras se incorporaba y, apartando al joven policía, cogía una servilleta de papel de un dispensador para secarse—. Al fin y al cabo —añadió mirándolo por primera vez—, este caso y todo lo que lo envuelve se trata de lo mismo: de lo que no vemos.

Y salió del baño.

En el antiguo almacén hacía un calor pegajoso. Álex se movía de un lado a otro de la pizarra, donde habían colocado las fotografías de las niñas, los mapas, los esquemas y los apuntes de aquellas últimas semanas. En un lado se habían añadido las imágenes de Olivia, la última niña desaparecida, rodeadas de un gran círculo rojo. Encima había siete cuadrados dibujados. Tres de ellos estaban tachados.

Vila terminó de explicar su encuentro con el antiguo guardia civil mientras Álex y Melero la escuchaban. Alain todavía no había vuelto de Girona. Sobre la mesa estaba el viejo expediente del instituto forense con la autopsia practicada a la chica del sanatorio.

—Se llamaba Claudia Oletti, tenía quince años. El informe es bastante breve, como si se hubiera hecho con prisas; aun así, detalla una serie de lesiones que coinciden con un abuso sexual continuado. La muerte, según el médico forense que firma el documento, se debió a la pérdida de sangre. No hay mucho más.

Álex suspiró y se presionó el puente de la nariz con los dedos.

—Vamos a ver. Un hombre o una mujer, no lo sabemos todavía, secuestra a unas niñas que no tienen nada en común, excepto su edad y sus características físicas. Las asesina cuando se completa el ciclo lunar de un modo que no deja huellas, luego las viste y arregla para convertirlas en un tipo de hada muy concreto, una *dona d'aigua*, y las abandona para que sean encontradas en lugares que se consideran relacionados con ese mundo mágico. Utiliza una antigua planta, originaria de una zona de cultivo junto a un antiguo campo de concentración en el sur de Francia, para hacer unas coronas de flores a sus víctimas. Por otro lado, en esta fotografía del museo del campo de concentración —Álex señaló la copia ampliada de la imagen colocada en la pizarra, la original la llevaba consigo— aparece un grupo de teatro del campo que representaba una obra cuya protagonista es una de esas hadas. La chica que interpreta el personaje principal lleva una corona de flores igual a la de nuestras víctimas y los actores que la rodean tienen el rostro maquillado de blanco. Y, por último, unos treinta años después del cierre de ese campo, en un sanatorio de la Vall Fosca, se descubre, tras un incendio que destruye el centro, una chica con el mismo tipo de corona que llevan las otras.

Hizo una pausa.

—¿Estás diciendo que la misma persona estuvo en los dos lugares? —preguntó Vila.

—No es posible —negó Melero—. ¿Qué tendría? ¿Cien años?

—¿Cómo explicáis, entonces, esas coincidencias?

Nadie respondió.

—¿Hemos podido identificar al médico que detuvieron por el incendio? —preguntó para seguir avanzando.

—En el atestado que abrieron entonces no llegaron a registrar su detención, y, por tanto, no aparece su nombre.

—Han pasado algo más de dos décadas entre la chica del sanatorio y las chicas de ahora. Eso podría significar que hay otras víctimas que no conocemos. Entre ellas... —Vila hizo una pausa— podría estar Lía.

Álex asintió levemente. Ella había llegado a la misma conclusión.

—También es posible que la chica del sanatorio fuera una prueba —conjeturó Melero.

—¿Qué quieres decir?

—Varios estudios han demostrado que los primeros actos de los asesinos en serie suelen ser un tanteo previo. Aún existen dudas, desconocimiento. Se vive en la fantasía del asesinato, pero no se hace realidad. Esos trabajos determinan que siempre hay una serie de factores desencadenantes previos a la primera muerte y, cuando esta se produce, ya no se detienen.

Álex se quedó mirándolo con gesto pensativo. Melero se dio cuenta y desvió la mirada.

—O puede —intervino Vila— que las circunstancias del asesino fueran diferentes y no hubiera podido dar rienda suelta a su pulsión hasta ahora.

—Si ha estado tantos años reteniéndose, ahora puede que no quiera parar.

Álex desplazó la mirada hacia los cuadrados dibujados sobre la pizarra. Tan solo quedaban tres sin tachar.

—Bien. Solicitemos los registros de los empleados

del sanatorio de Sant Martí para identificar al médico que detuvieron.

Vila compuso una mueca.

—¿Qué ocurre?

—Ya lo he intentado. El incendio destruyó todos los archivos. Al parecer fue una suerte para la empresa, porque las deficientes prácticas del centro empezaban a traspasar sus muros. Se preparaba una inspección justo antes del accidente. Por otra parte —sonrió satisfecha—, he localizado al antiguo director. El que resultó herido por el incendio.

—¿Cómo lo has conseguido?

—Está fichado. Tras sobrevivir a las heridas, se dedicó los siguientes años a la consulta privada. A punto de jubilarse, fue condenado por varios casos de abusos en su clínica. Al parecer, se propasó con siete mujeres, tres de ellas menores. Una de las madres puso la primera denuncia.

Álex sacudió la cabeza, asqueada.

—Fue condenado y estuvo tres años en prisión. Por edad y enfermedad lo trasladaron a la residencia Vellaterra, un centro geriátrico especializado de alta seguridad cerca de Ripoll. Por lo que sé, sigue allí.

—Hazle una visita, a ver qué puede decirnos. También quiero que consigáis un listado de los prisioneros del Campo de Vernet.

En ese momento, Alain apareció en la puerta con una taza en la mano, saludó con un gesto y se dejó caer en su asiento. Su rostro mostraba signos de agotamiento, pero también de agitación.

—¿Habéis conseguido algo? —preguntó Álex.

El espigado policía asintió mientras se frotaba las sienes.

—No hay ninguna duda de que el día que desapareció, Aina fue hasta Girona en autobús. Hablamos con todos los conductores de la empresa de autobuses Teisa, que es la única que da servicio desde Camprodón. Uno de ellos la identificó.

—¿Iba sola?

—Sí. Allí le perdimos la pista. Como la parada está junto a la estación de ferrocarril, pensé que podría haberse subido a un tren. Girona es uno de los nudos ferroviarios más importantes del país, con conexiones diarias con Francia y Barcelona. Solicitamos el listado de pasajeros de ese día de todas las líneas. Tardamos horas en revisarlo, pero no apareció en ninguno. Sopesamos entonces la posibilidad de que se hubiera quedado en la ciudad. No había forma de saber a dónde se había dirigido después de bajar del autobús, con lo que peinamos la zona mostrando la fotografía de Aina con la esperanza de que alguien la reconociera. No hubo suerte. Tan solo el camarero del bar de la estación recordaba a una niña similar, pero no se puede considerar una identificación positiva: por allí pasa a diario mucha gente. Existe también la posibilidad de que hubiera quedado con alguien que la recogiera en coche, por lo que tampoco podemos afirmar con rotundidad que se quedara en Girona.

—¿Qué motivo la llevaría a viajar hasta allí? No es un viaje sencillo para una chica tan joven...

—No estoy seguro, pero cuando recorríamos la zona preguntando por ella descubrimos otra cosa. No os lo vais a creer.

63

Álex entró a la iglesia del monasterio de Sant Joan de les Abadesses. El olor a incienso y humedad combinado con la oscuridad y el silencio le hicieron retroceder al pasado. Su madre era devota de la Virgen de Nuria y, cuando eran pequeñas, las obligaba a su hermana y a ella a asistir a la misa del domingo. Tenía un recuerdo agridulce de aquellas mañanas. Lía siempre conseguía traer un par de Sugus, que compartían entre risas a escondidas durante la ceremonia. Nunca entendió cómo sus padres habían terminado juntos.

La misa empezaba a las siete y media de la tarde. La iglesia estaba llena. La familia ocupaba los primeros bancos. Álex disponía de una buena visión desde un lateral. La madre de Aina llevaba el rostro cubierto por un velo negro de encaje. Cada minuto extraía un pañuelo y se lo pasaba con cuidado por la comisura de los ojos. Vestía un modelo ajustado del mismo color. A su lado, pero a cierta distancia, se sentaba Albert March. Bien erguido en el banco de madera. Su rostro sin expresión podía confundirse con alguna de las figuras de mármol que poblaban las capillas. Un banco atrás localizó al abogado de la familia.

Cuando terminó la ceremonia y el cura les indicó que podían ir en paz, Álex se colocó junto al pasillo.

En primer lugar pasó por su lado la mujer sin esperar a su esposo. Tampoco le dedicó una mirada a ella. Un poco más retrasado, hablando con el abogado, venía el padre de Aina. Álex hizo ademán de dirigirse a él y su movimiento lo confundió. Albert March le estrechó la mano con un asentimiento aunque sin mirarle, pensando que le ofrecían las condolencias.

—Gracias —dijo escuetamente antes de intentar proseguir hacia delante, pero Álex le retuvo la mano.

El hombre, desconcertado, levantó la vista.

—Señor March, soy la subinspectora Serra, responsable de la investigación por la muerte de su hija. Tenemos que hablar. ¿Tiene unos minutos?

—Ahora no es un buen momento —intervino el abogado desde atrás.

—Lo lamento —insistió Álex evitando que March le soltara la mano. Algunos asistentes empezaron a mirarlos—. Debo insistir. Si no tengo más remedio, le detendré aquí mismo y le llevaré a comisaría.

El hombre abrió los ojos por la sorpresa, luego sopesó durante unos segundos si aquella mujer estaba dispuesta a cumplir su amenaza.

—De acuerdo. Un momento.

—Albert —le reconvino el abogado—. Voy con ustedes.

—Usted no va a ninguna parte —le espetó Álex.

El abogado se dispuso a protestar, pero antes de que pudiera hablar, March le cogió del brazo.

—Si es necesario, te llamo.

Álex no esperó a que el abogado pusiera más problemas y condujo al empresario hacia una puerta que daba a un almacén. La habitación tenía un solo ventanuco en lo alto. Arrinconados a un lado había un banco forrado de terciopelo rojo y una mesa de madera oscura recubierta de polvo. Tres cajas llenas de velas se apilaban encima. Varios cuadros de imágenes de santos descansaban apoyados en la pared contigua junto a un viejo confesionario al que le faltaba la celosía. No había nadie.

—Usted dirá.

Álex se apoyó en la mesa.

—Ha sido difícil poder hablar con usted.

—Tengo muchas ocupaciones.

—Ya veo. Verá, hemos repasado la declaración que mandó a través de su abogado por escrito y hay algunos detalles que necesitamos aclarar. Usted afirmó que durante los días en los que desapareció su hija usted estaba de viaje en París.

—Así es. Puede preguntarle a mi secretaria.

—Lo he hecho y afirma que es cierto.

March no cambió la expresión.

—¿Puede decirme cómo viajó a Francia?

—En mi automóvil.

Álex se tocó el mentón con el índice como si reflexionara.

—Eso explicaría por qué no hay ningún billete de avión a su nombre por esas fechas, ni de ida ni de vuelta, en ninguna compañía. Vaya, creí entender en su declaración que había cogido un vuelo desde Barcelona.

—Me confundiría. Hago muchos viajes al cabo del año, pero ¿acaso importa en qué medio viajo? ¿Vamos a algún lugar con estas preguntas?

—Por supuesto. No se preocupe. Solo necesito terminar de comprobar unas pocas cosas más.

—Si va a preguntarme por mis viajes, puede hablar con mi secretaria y no molestarme en la ceremonia en memoria de mi hija —dijo con tono enojado, pero Álex no se dio por enterada.

—Lo hemos hecho. Hemos requisado la agenda de su secretaria y no aparece ningún viaje en esas fechas. Es un poco extraño, ¿no?

—Se le olvidaría incluirlo.

—Creo que trabaja para usted desde hace dieciséis años. No parece muy eficiente. De todos modos, también podría solicitarle que me dijera en qué hotel estuvo alojado, en qué restaurantes comió o con quién se vio, pero eso sería inútil, ¿verdad?

—Menuda estupidez. No sé a dónde quiere ir usted a parar, ni me importa. No pienso seguir aguantando esto por más tiempo. Justamente ayer por la tarde hablé con el comisario jefe para expresarle mi insatisfacción por cómo se están llevando las cosas. Me han hablado de usted, ¿sabe?

—Ah, ¿sí?

—No es ni de lejos la persona más cualificada para esta investigación. He solicitado que la aparten del caso y estoy meditando emprender acciones legales contra el departamento y contra usted.

—Espero que se haya informado bien.

March enmudeció, confuso.

—Supongo que le habrán explicado que en un arrebato le disparé a un compañero. Dos veces.

Álex sonrió como si aquel incidente fuera lo más maravilloso que le había ocurrido en el mundo. March se removió con inquietud advirtiendo por primera vez que estaban solos.

—Pierdo los estribos con facilidad. Algunos creen que estoy mal de la cabeza. Yo misma me lo pregunto cada día.

March la miró dubitativo. Álex se inclinó hacia él asegurándose de que viera su arma bajo la chaqueta. Su rostro palideció.

—Ahora que ya sabe quién soy y lo imprevisible que puedo ser, hablemos de usted.

—¿Qué quiere decir?

Su voz titubeó levemente. Álex extrajo de un bolsillo una fotografía en blanco y negro de baja resolución, pero donde se distinguía con claridad un automóvil de alta gama. Álex señaló la matrícula.

—¿Reconoce el número?

—Creo que esta conversación se termina aquí.

Se dio la vuelta y se encaminó hacia la salida. Álex continuó hablando sin inmutarse.

—Verá. Mis compañeros han estado investigando qué hizo su hija el día que desapareció.

March se detuvo junto a la puerta.

—Aquel día, por la tarde, Aina subió a un autobús y tras un trayecto de una hora y dieciocho minutos llegó a Girona. Su pista desaparece en la estación. Por eso mi equipo peinó la zona con una fotografía de su hija. Preguntaron en todos los establecimientos en un radio de quinientos metros: comercios, bares, hoteles... Consiguieron la declaración de un camarero. Trabaja en un bar justo delante de la estación de autobuses. Le pareció ver a una chica similar. Dijo que se tomó un refresco y se cambió de ropa en el servicio. La recordaba por lo joven que le había parecido.

El hombre la escuchaba en silencio, sin moverse.

—Del mismo modo que su nombre, señor March, no aparece en los listados de ningún vuelo, ni su secretaria programó ese viaje, estoy segura de que tampoco lo encontraremos en ningún lugar de París. ¿Sabe dónde aparece su nombre ese día? En el registro de un establecimiento de Girona, el hotel Europa. Y da la casualidad de que está situado justo a dos calles del bar donde creyeron ver a su hija.

Una película de sudor cubría la frente del empresario.

—El hotel ha sufrido algún robo recientemente —continuó Álex—, por ese motivo, instaló hace seis meses una cámara en su parking. Esa imagen es de su coche, tiene la fecha y la hora impresa. ¿La ve?

—Se acabó. Me marcho. Ya recibirá notic...

Empujó la manilla de la puerta, pero Álex le agarró del cuello de la chaqueta y tiró de él.

—¿Qué hace?

Aprovechó su desconcierto para meterlo dentro del confesionario y empujarlo contra el panel de celosía, que crujió por el peso inesperado. Apenas cabían dentro. Le retorció el brazo por detrás de la espalda y con el antebrazo le presionó la nuca oprimiéndole la cara contra los listones de madera. March intentó zafarse, pero Álex tiró del codo hacia arriba, lo que provocó que el hombre aullara de dolor.

—¡Está usted loca!

—Dígame, ¿por qué estaba allí?

March intentó negar con la cabeza, pero le fue imposible.

—¡Suélteme! Le voy a denunci...

Álex parpadeó. El rostro de Aina le vino a la mente. La imagen de una niña perdida y asustada. ¿Cómo había sido capaz, cuando él era la persona que debía protegerla? ¿Qué clase de monstruo destruía la inocencia de su propia hija? Ni tan siquiera se dio cuenta de cómo ocurrió. Sacó el arma y le incrustó el cañón en la mejilla. March ahogó un gemido.

—¡Dígamelo!

Al otro lado de la puerta, Álex oyó voces y pasos apresurados. Se le acababa el tiempo. Tiró del brazo hacia arriba y sintió como cedía la articulación. March pegó un chillido histérico y las palabras brotaron atropelladas de su garganta.

—¡Es cierto!, Dios mío, es cierto. ¡No fui a París!

—¿Por qué estaba en Girona?

Álex vio como se mordía los labios.

—¡¿Por qué?!

—¡Estaba con ella! Maldita sea, ¿es lo que quiere oír? ¡Estaba con ella!

—¿Con quién? ¡Diga su nombre!—gritó Álex mientras notaba como se tensaba su dedo en el gatillo. Todo su cuerpo temblaba a causa de la ira y la repugnancia.

—¡Con Aina! ¡Estaba con Aina!

La puerta de la sacristía se abrió de golpe a su espalda. Se oyeron gritos y varias manos tiraron de Álex hacia atrás. Esta soltó al empresario y cayó al suelo arrastrada por dos hombres, pero aún le dio tiempo a darle una patada en el costado.

—Hijo de puta.

Ignoró al grupo de personas que la rodeaban, entre los que estaban el párroco y el abogado. Todos miraban la escena atónitos. Los sonidos de la tormenta retumbaban en el exterior de la iglesia. El empresario yacía encogido en el suelo del confesionario. Se tapaba los ojos con las manos y los hombros se sacudían al compás de sus sollozos.

—Yo... la amaba.

64

La parte de atrás del edificio del hospital daba a un callejón que solo se utilizaba para la carga y descarga de material sanitario y la gestión de los residuos. A aquellas horas de la noche estaba vacío. Víctor, el joven ayudante de Joan Valet, salió por la puerta de servicio cargado con unas pesadas cajas de cartón que la gente de administración había acumulado en el almacén. Cuando se ofreció a sacarlas al contenedor, la chica de la recepción se lo había agradecido con un gesto de alivio y una sonrisa prometedora. Víctor sabía que había terminado una relación hacía poco. Quizás la semana próxima le propondría tomar algo juntos.

Una única farola arrojaba luz sobre los contenedores de reciclaje al fondo de la calle. Se acercó con su carga hasta el azul y la dejó caer en su interior. Al otro lado, las brasas de un cigarrillo se encendieron revelando la figura de un hombre que esperaba en la oscuridad dentro de un viejo Ford.

—Has tardado mucho.

—No es tan fácil como crees.

Tras echar un vistazo hacia la puerta del edificio y otro a la salida del callejón, Víctor se acercó al coche. El hombre tiró a un lado la colilla. El chico se apoyó en la puerta del conductor y se levantó la bata. Debajo llevaba escondida una carpeta marrón. El hombre hizo ademán de cogerla, pero Víctor se apartó antes de que la pudiera tocar con los dedos.

—Quiero ver la pasta.

—Has visto muchas películas.

—Sí, lo que quieras, abuelo, pero dame el dinero.

Con un gesto de fastidio, el hombre rebuscó en su chaqueta y le tendió un sobre. De un golpe, le arrebató la carpeta.

—Espero que merezca la pena.

El chaval revisó el interior del sobre con discreción y se lo guardó en un bolsillo con una amplia sonrisa.

—Tengo algo más que esos expedientes.

El hombre alzó la cabeza y se encontró con la expresión risueña del joven ayudante. Le entraban ganas de darle un capón. En sus tiempos, los informantes no eran tan capullos. Se armó de paciencia y preguntó:

—Venga, ¿de qué se trata?

—Ayer llegó del instituto forense un viejo informe de una chica que murió hace veinte años. Lo han solicitado desde la comisaría de la Seu. Está relacionado con ese caso de las crías que se llevan entre manos. Tengo aquí una copia... si te interesa.

El hombre se irguió en el asiento.

—¿Por qué lo querrían?

—No lo sé. Tendrás que averiguarlo tú.

—Pásamelo.

El chico se acarició el pulgar con el índice. El hombre hizo una mueca, extrajo de su cartera unos billetes y se los entregó.

—Si me estás tangando, te arrepentirás.

—Yo nunca te haría eso, abuelo. Me voy antes de que me echen de menos.

El joven ayudante desapareció por el callejón

mientras el coche arrancaba y salía a la luz de la calle sin prisa.

Una hora más tarde, el viejo Ford estaba aparcado bajo las oficinas del periódico. Moreau, sentado en su mesa, había terminado de leer el contenido de la primera carpeta. Algunos análisis complementarios de la segunda víctima que no aportaban nada. Nada de interés. Cogió la segunda carpeta con desgana y empezó a leer. Pensaba matar a Víctor cuando lo viera. Aquello no valía la pasta que le había soltado.

De repente, al llegar al apartado donde se nombraba la corona de flores, dio un respingo. Su expresión fue cambiando poco a poco según avanzaba la lectura hasta formar un gesto extraño con la boca. Hacía tanto tiempo que no lo hacía que se sintió raro al verse reflejado en la pantalla del ordenador: estaba sonriendo.

Las noticias sobre los crímenes de las niñas, la subinspectora Serra y su historia habían dado mucho de sí. El capullo de Cunillera estaba contento, como si a él le importara, pero aquello era mucho mejor, porque disponía de una información que nadie tenía. En aquellos papeles había una exclusiva que él y nadie más que él podía convertir en un gran reportaje.

Una ventaja de hacerse viejo era que habías vivido unos años más que los demás y experimentado acontecimientos que el resto desconocía porque eran demasiado jóvenes para haber estado allí. En cuanto leyó el nombre del sanatorio le vino todo a la memoria. Recordaba bien aquella entrevista. En aquel tiempo trabajaba en *El Periódico*, en Barcelona. No había podido acompañarlo el fotógrafo de plantilla, por lo que tuvo que tomar las fotos él mismo. Aún podía oír al baboso del director del centro y sus exigencias cuando retrató a todo el equipo médico. No lo hubiera vuelto a recordar de no ser por aquel informe antiguo que descansaba ahora sobre su mesa.

El incendio ocurrió poco después de su visita. Tuvo bastante repercusión, aunque rápidamente fue silenciado porque el sanatorio estaba financiado por una gran entidad bancaria que no quería que se la relacionara con aquel desastre. Todo se tapó. Incluso el periódico paró su reportaje y no se publicó. Sin embargo, aún tenía el material, incluso las fotografías. Él lo guardaba todo. Solo tenía que encontrarlo.

No fue tan sencillo. Sabía que estaba guardado en unos viejos archivadores en su casa, sin embargo, él nunca había sido muy eficiente ordenando su material y estuvo más de tres horas buscando. En un momento dado, la sed le llevó a tomar una cerveza. Después de esa siguieron otras cuatro o cinco. No las había contado. No importaba. Estaba tan eufórico que compensaba los efectos de la embriaguez.

Sentado en el suelo de su salón releía el texto escrito con una Olivetti. Se asombró de la fuerza que destilaba. Cuando era más joven tenía un estilo agudo y potente. ¿Dónde se había quedado todo aquello? ¿En qué momento lo había perdido? Bueno, ahora se tomaría la revancha. Volvería a ser aquel gran periodista del que todos hablaban.

Pasó una a una la colección de fotos que acompañaban al texto que había escrito. Se detuvo en la de grupo. Cogió una lupa que tenía en un cajón y examinó la imagen ampliada por la lente. Ahí estaba, detrás de todo, como si prefiriera evitar protagonismo. Los mismos ojos, el mismo gesto. Vaya si lo recordaba. Lo había visto recientemente, pero ¿dónde? ¿Dónde? Entonces, como si se tratara de una iluminación, cayó en la cuenta cuando empezaba a rendirse. ¡Claro que sí! Lo había visto en la comisaría.

En su mente saltó una pequeña alarma. Quizás debería compartir aquella información con la subinspectora. Ella ni se lo imaginaba. Eso sería lo correcto, pues la vida de una niña estaba en juego. Sin embargo, él sabía que no lo haría. Aquello era una noticia que iba a tener una repercusión internacional e iba a estar firmada por él: «Veterano periodista resuelve los crímenes de las niñas de agua». Ya imaginaba los titulares, la petición de entrevistas. Le llamarían de la televisión. Empezó a reír disfrutando la ola de excitación que sentía. La risa se convirtió en carcajadas. Se levantó con dificultad. Necesitaba un trago. Tenía mucho que celebrar.

65

Álex se dejó caer en los escalones del porche de la cabaña y se llevó la mano al hombro dolorido. La lluvia que había caído todo el día se había detenido por unas horas y una suave brisa jugueteaba con las hojas de los árboles. Cerró los ojos. Lo ocurrido en la iglesia y los sentimientos que le había producido escuchar la confesión de March todavía se removían en su interior. Sabía que había estado a punto de disparar y eso le dio miedo. Inspiró con fuerza. Dejó que la envolviera el agradable olor a tierra mojada mientras intentaba calmar los pensamientos que corrían sin control por su mente.

—¿Sabías que este olor lo produce una bacteria?

Álex no se movió. El suelo de tablones de madera del porche vibró a su espalda cuando él avanzó un paso. Había olido el aroma de su colonia desde hacía rato.

—Se trata de un microbio —continuó—, produce una sustancia llamada *geosmina*. Es una palabra de origen griego que significa, justamente, aroma de la tierra.

Álex no dijo nada, tan solo volvió a tomar aire y dejó que este enfriara su pecho.

Los escalones crujieron cuando el inesperado visitante se sentó a su lado. Llevaba una cazadora oscura, pantalones con bolsillos y unas buenas botas de montaña. Álex descubrió que le resultaba extraño verlo fuera del hospital sin la bata.

—Deberías dejar de venir por sorpresa, Joan. Un día te voy a pegar un tiro.

—Si quieres, me marcho.

—No. —Álex se sorprendió ante lo rápido que salió la negativa de sus labios—. No te vayas.

—¿Estás segura?

—¿Alguna vez se está segura de algo?

Esa noche hicieron el amor por primera vez. Lo hicieron despacio. Álex se dejó llevar. No recordaba cuánto tiempo hacía que eso no ocurría. Joan recorrió sin prisa, con sus manos, labios y lengua todo su cuerpo herido. A base de caricias y besos, los dolores se atenuaron. También los recuerdos del día. Poco a poco, todo el sufrimiento quedó atrás. Un intenso calor la invadió y fue incrementándose hasta extenderse por todo el cuerpo. Perdió el control. Tuvo un momento fugaz de resistencia, pero fue imposible. Se tensó sobre la cama y dejó salir un grito. Después, con el recuerdo del placer recorriendo su interior, se durmió.

Al despertar, la luz del amanecer asomaba por los huecos de la contraventana. Álex sentía su cuerpo exhausto, pero descansado, como si se hubiera liberado de una carga muy grande. Los dolores habían desaparecido. Miró sus heridas. Joan le había cambiado los apósitos. Ni se había dado cuenta. Había dormido tan profundamente que no recordaba haber soñado siquiera.

Él no estaba, pero aún sentía la forma de su cuerpo

y su calor junto a ella. Se sorprendió al darse cuenta de que echaba de menos su presencia. Se tocó el cuerpo desnudo y, por un instante, se ruborizó como una chiquilla. Hacía mucho tiempo. Su mano se entretuvo los siguientes minutos en acariciar el hueco que había dejado el cuerpo de él mientras terminaba de ver cómo amanecía tras las montañas.

66

Dos días para la luna llena

Álex pulsó el timbre de la puerta. La vivienda de Jac Maury era una preciosa casa de varias alturas y tejados de pizarra negra a dos aguas. Se levantaba solitaria junto a la carretera que llevaba a las pistas de esquí de Port Ainé. Una valla de recia madera oscura y base de piedra delimitaba el terreno, que terminaba, por detrás de la residencia, en la linde de un bosque que ascendía por la montaña. A la derecha, y fuera de sus límites, un sendero se internaba entre los árboles siguiendo el curso de un torrente.

Álex volvió a llamar. En esta ocasión oyó pasos en el interior de la casa. Unos segundos después se abrió la puerta y apareció el cuerpo robusto del psiquiatra. A diferencia de las veces anteriores, en las que siempre le había visto con chaqueta de traje a cuadros y pajarita, Maury llevaba una gruesa camisa de leñador abierta por encima de una camiseta negra desgastada y unos pantalones de montaña. El sudor le cubría la frente y el rubor encendía sus mejillas. Su gesto tenso se relajó al reconocer a su visitante.

—Subinspectora Serra. Menuda sorpresa.

—Necesito hablar con usted.

—Por supuesto. No sé dónde tengo mis modales. Por favor, pase.

Nada más entrar, un ambiente cálido como un suave abrazo la acogió. Al fondo del pasillo, vislumbró un comedor y una chimenea. Los muebles eran sencillos, pero robustos. El resto del espacio estaba ocupado por libros. Había libros por todos lados formando columnas sobre las que se apoyaban toda clase de objetos o más libros. Una escalera subía a la derecha, Álex presumió que por ahí se accedía a las habitaciones. Al pasar al lado de un armario entreabierto donde se amontonaban cuerdas de escalada, bastones de montaña y alguna mochila, se oyó un sonido, y ambos miraron hacia el techo al mismo tiempo.

—¿Vengo en mal momento?

—Oh, no. Es una ventana que cierra mal. Algún día encontraré tiempo para repararla —explicó con una mueca divertida.

Maury la guio hasta una agradable y luminosa cocina. Le señaló una silla junto a una bonita mesa de roble. Había dos ventanas: una pequeña sobre el fregadero que daba a los árboles del camino, y un amplio ventanal, en el otro lado, que permitía ver la parte trasera del terreno. Así pudo apreciar un cable eléctrico que salía del techo de la casa y llegaba hasta un cobertizo, junto al que se apilaba una montaña de leña recién cortada, un hacha apoyada en un tocón y una carretilla a medio llenar.

—Vaya, parece que se está preparando para el invierno de los próximos tres años.

—Sí, me ha pillado en plena faena —dijo mientras retiraba algunos papeles de encima de la mesa—. Se espera una gran tormenta en los próximos días y no quería quedarme sin calefacción en el peor momento. Dígame, ¿quiere algo de beber?

—Si tiene café, estaría bien.

Mientras el psiquiatra rebuscaba entre los cajones, Álex echó un vistazo alrededor. Estaba claro que a Maury le gustaba el orden. La cocina, igual que el resto de la parte de la casa que había visto, estaba impoluta. En una alacena descubrió varias cajas de medicamentos: ibuprofeno. Robaxin. Lorazepam.

—¿También le cuesta conciliar el sueño? —dijo señalando la última caja.

Maury la miró unos segundos desconcertado hasta que advirtió hacia dónde señalaba Álex. Soltó una risa que hizo que su rostro se llenara de arrugas alrededor de sus ojos.

—Los psiquiatras también necesitamos dormir.

Tras prepararla, colocó en el fuego una cafetera y se apoyó en la bancada junto al fregadero.

—No sabía que le hubiera dado mi dirección.

—No lo hizo. Me la facilitó el intendente Díaz.

—Ha llegado justo a tiempo. Me va muy bien tomarme un respiro. Ya no tengo tanta resistencia como hace veinte años. El paso del tiempo es... un desastre.

Álex pensó que no daba la sensación de que necesitara tomarse ningún descanso.

—¿Vive aquí usted solo? Esta casa es muy grande.

Maury entornó los ojos manteniendo la sonrisa.

—Sí, vivo solo. Hace unos meses que mi esposa falleció. Por desgracia, no pudimos tener hijos.

—Vaya. Lo lamento.

El burbujeo de la cafetera interrumpió la conversación. Un delicioso aroma inundó el aire. Maury apagó el fuego.

—Esta bebida es fascinante —explicó de espaldas a

Álex sirviendo una taza—. ¿Sabía que se han detectado cerca de mil compuestos aromáticos volátiles en el café tostado? Ni más ni menos que dos premios Nobel de química fueron los primeros en hablar de ello. Y lo más curioso es que solo se han conseguido identificar alrededor de ochocientos. Algunos aparecen en concentraciones ínfimas, pero, incluso así, son capaces de darle un toque ácido, amargo o dulce. ¿Azúcar? —preguntó mientras llevaba la taza a la mesa.

—Sí, por favor —respondió Álex volcando varias cucharadas en la taza—. Dicen que a los que le añaden azúcar, en realidad, no les gusta el café. Y tienen razón, a mí no me gusta.

—¿Y por qué lo toma?

—Es una buena forma de iniciar una conversación.

Maury asintió esbozando una sonrisa.

—¿Cómo lleva su ansiedad?

—Ahí está, como una compañera de piso que, en ocasiones, deja sin hacer la cama o no lava los platos, pero que, por el momento, es soportable.

—Curiosa analogía. —Sonrió y, con ello, llenó de calidez la cocina.

Maury abrió un cajón del que extrajo un paquete de tabaco y una pipa de madera de brezo cuyas raspaduras indicaban un largo uso. Levantó ambos en el aire.

—¿Le molesta?

Álex negó con la cabeza.

—Tiene usted mucha responsabilidad sobre sus espaldas. Es normal que, en ocasiones, el *piso* esté patas arriba.

El hombre empezó a cebar la pipa apoyado en la ventana. Álex se fijó en la precisión de sus movimientos, que desmentía la presumible torpeza de sus dedos gruesos.

—Entonces —dijo el psiquiatra—, por fin se ha decidido a tener una sesión. Aunque creo recordar que le dije que pasaba visita los jueves y hoy no es jueves.

—En realidad, quería consultarle algunas dudas sobre el caso que estamos investigando.

—¿Qué tal va?

El rostro de Álex se ensombreció.

—Hay una tercera niña desaparecida y el tiempo corre en nuestra contra. Por eso estoy aquí. Verá, necesito entender por qué hace lo que hace, creo que solo de ese modo conseguiré detenerlo.

—No sé si le seré de ayuda, pero estoy a su disposición. Dígame.

Álex dejó a un lado la taza vacía y se recostó en la silla.

—Tengo la teoría de que el criminal al que nos enfrentamos, en realidad, pretende proteger a las niñas. ¿Qué le parece?

El terapeuta no respondió enseguida, entornó los ojos y encendió la pipa dando varias caladas.

—¿De qué cree que las protege?

—Creo que las ve como seres vulnerables. Todas ellas estaban a punto de dejar de ser niñas. Le aterra darse cuenta de que al crecer muere su esencia, lo que las hace especiales: su inocencia. Creo que actúa de ese modo porque quiere proteger exactamente eso. Y siente un miedo tan poderoso que le empuja a cometer esas acciones.

Maury reflexionó de nuevo unos segundos.

—Puede que esté en lo cierto. El miedo es una de las emociones primarias que más nos impulsa a la acción. Es un gran estimulador. Eso usted lo sabe muy bien, ¿verdad?

Álex dudó antes de responder.

—No es agradable vivir con miedo.

—Nadie quiere vivir con miedo —remarcó el psiquiatra—, pero no puede evitarse. Forma parte de ser humano. Siempre va a estar ahí. No hay sitio donde huir. No se puede dejar de tener miedo, como tampoco se puede evitar sentir amor, tristeza o esperanza. Se trata de emociones, forman parte de estar vivo. Nadie puede eludir las emociones. Si lo intenta, más tarde o temprano lo paga.

Álex frunció los labios en una mueca.

—Entonces...

—Las emociones deben aceptarse. El miedo, por tanto, también. No es lo que nos gusta oír, pero así es como funciona. Mientras no lo acepte y, por tanto, asuma su origen, ese hombre o mujer seguirá actuando.

El psiquiatra chupó de la boquilla de la pipa y expulsó el humo despacio. Sin prisa, esperando. El aroma dulzón del tabaco los envolvió. En alguna parte de la casa se oyó el sonido de un reloj. Finalmente, Álex dejó salir el aire como si llevara mucho tiempo retenido.

—¿Qué pensaría si le dijera que, en ocasiones, veo a mi hermana?

—¿La ve? ¿De verdad la ve?

Álex le miró sin responder.

—Si lo que me pregunta es si está loca, puede tranquilizarse: no lo está. Ya se lo dije. En ocasiones, necesitamos aferrarnos a los seres queridos que han desaparecido y esto no es malo. Incluso al contrario, puede hacernos sentir mejor. Pero también hay que saber cuándo hay que dejarlos marchar.

La señaló con la mano que sostenía la pipa.

—Permítame hacerle una pregunta.

—Claro.

—¿Por qué sigue buscando a su hermana?

—En mi caso, ¿no haría lo mismo?

—Es posible, pero después de todo este tiempo... Usted es policía. ¿Qué le diría a alguien que espera encontrar a un ser querido desaparecido hace más de veinte años?

Álex se aclaró la garganta. Al oír su voz le pareció que era otra persona la que hablaba.

—Le diría que está muerto.

Maury parpadeó levemente a causa del humo de la pipa.

—Sin embargo —continuó Álex con el mismo tono—, hasta que no la encuentre, no encuentre su... cuerpo, no podré... Es algo inacabado, ¿entiende? Algo pendiente. Si no consigo cerrarlo...

—... No dejará de sentirse culpable.

—Así es. Aunque, si consigo encontrarla, tampoco estoy segura de que cambie las cosas.

Maury suspiró.

—Es por ese motivo por lo que quizás usted, mejor que nadie, pueda entender al asesino de esas niñas. Está claro que busca recuperar algo que en su día perdió y, cometiendo esas terribles acciones, lo consigue, aunque solo momentáneamente. Por eso se ve obligado a actuar una y otra vez.

—Sin que nunca consiga del todo su objetivo.

—Exacto. Igual que le ocurre a usted.

Álex se levantó de la silla.

—Gracias por el café.

—Aquí encontrará más cuando quiera.

Al salir de la casa se detuvo en el rellano y se volvió hacia el psiquiatra.

—La pasada semana me llamó. Parecía preocupado. Dijo que quería hablarme de un paciente suyo.

—Ah, ¿sí? ¿Eso hice? Vaya. Pues no, no lo recuerdo. —Se apoyó en el marco de la puerta, inclinó la cabeza y se rascó la nariz—. No sería nada importante.

Álex asintió dubitativa y, tras despedirse con un gesto de la mano, se dirigió hacia el Wrangler. Cuando se alejaba con el coche, Maury ya no estaba.

67

Maury observó desde la ventana cómo se alejaba el coche de la subinspectora Serra. Luego se dirigió a la cocina e hizo algo más de café. Con la taza en la mano, subió las escaleras y se internó en el pasillo a oscuras hasta que llegó a la habitación del fondo. Después de cerrar la puerta tras de sí, se dejó caer en su sillón de cuero gastado, que había pertenecido a su padre. Desde la ventana observó cómo el sol se alejaba del cobertizo y su luz huía perseguida por las sombras que en poco tiempo lo cubrirían todo. Más allá, las impertérritas montañas se recortaban en el horizonte.

—¿Ya se ha marchado?

—Sí.

Maury pensó que era curioso cómo cambiaban las cosas. Aquel lugar, durante mucho tiempo, había sido su refugio. En ocasiones, recordó con nostalgia, su mujer le recriminaba el tiempo que pasaba allí. Sin embargo, ahora, se había convertido en una prisión. Estar en ese lugar con aquel ser era terrible, y no había por dónde escapar.

—Esa mujer nos hará daño.

Maury intentó ocultar su reacción de alarma e hizo un gesto para quitarle importancia.

—Es una excelente policía, pero sus profundos

miedos la atenazan y la llevan a tomar decisiones erróneas. No es un problema.

—Yo creo que sí sabe lo que hace. Debería intervenir.

Maury evitó pensar en lo que significaba «intervenir». Cerró los ojos e intentó centrarse en el delicioso aroma del café, pero fue inútil. La habitación, su querido despacho, estaba invadido por el olor a podredumbre que se había instalado allí desde su primera visita. Con un gesto de desagrado dejó la taza a un lado.

—Ha estado a punto de contarle nuestro secreto.

Maury intentó ignorarlo y desvió la mirada al suelo. Observó la sombra que proyectaba y pensó que parecía una mancha de sangre.

—No. No lo haría nunca.

El silencio que siguió le hizo sentir más miedo que si hubiera hablado.

—Deberíamos seguir —sugirió—, ¿no le parece? Porque ha seguido recordando, ¿verdad?

—Sí, lo he hecho.

El trabajo en la casa me permitía esquivar a Alcázar, que sabía que quería vengarse. La señora Bonnet me encargaba tantas tareas que apenas me dejaba tiempo para pensar, aunque invariablemente recibía un bocadillo y un vaso de leche unos minutos antes de volver al campo. Todos los días escuchaba la música de piano sonando en el piso de arriba. Decidí convertir esas notas en palabras. Palabras que me dirigía Anna. Me convencí de que me hablaba de esa manera e imaginé largas conversaciones con ella. Poco a poco, me resigné a pensar que ya no volvería a verla.

Un día, la señora Bonnet me encargó que desbrozara un trozo del huerto. El sol estaba en lo alto en un cielo extrañamente sin nubes. No era un trabajo fácil, y pocos minutos después de empezar estaba sudando a mares. Me tomé un descanso para beber algo de agua de una vieja bota cuando una sombra se interpuso entre el sol y yo. La reconocí sin verla, pues su aroma a lavanda la precedía.

—Hola.

Noté como mi corazón latía en mi pecho, pero me forcé a mostrarme sereno. Anna llevaba un sencillo vestido de color verde y se había recogido el cabello dorado en una coleta con una larga cinta de pelo que se agitaba a su espalda al ritmo de la brisa. Estaba seria. Sus ojos parecían expectantes ante mi respuesta.

—Te he oído tocar —dije sin pensar, para después arrepentirme. Iba a creer que era estúpido. Pues claro que la había oído.

—¿Te ha gustado?

Ella seguía muy formal, como si supiera que la estaban vigilando. Afirmé con la cabeza mordiéndome los labios para no volver a meter la pata.

—No he podido verte antes porque mi padre no me lo permitía.

Observé su cara unos segundos y me esquivó la mirada. Mantenía sus manos a la espalda con los dedos entrelazados.

—Y ¿cómo...?

—Hoy ha tenido que ir a Toulouse. Una reunión de trabajo. No volverá hasta la noche.

Siguió un silencio entre los dos.

—Debo darte las gracias. Me has salvado la vida con... —señalé alrededor— esto.

Ella me miró los brazos cubiertos de tierra, el rostro sudoroso, y sonrió por primera vez.

—¿Sigues teniendo el libro?

—Sí.

No pensaba decirle que lo había escondido bajo unas tablas en el suelo del barracón para que nadie me lo quitara y que, cada noche, lo leía a escondidas a la luz de una vela. Me lo sabía de memoria.

—¿Te gustaría salir fuera? Necesito recoger unas flores.

Al ver mi expresión alarmada, continuó explicándose.

—Joséphine no dirá nada. La he convencido de que no me estrangularás y huirás. Eres tan solo un crío. Yo misma soy más alta que tú. ¿Me das tu palabra de que no intentarás escaparte?

Me tendió la mano acompañada de una risa nerviosa. Me di cuenta de que no estaba segura de que yo no fuera a aprovechar la oportunidad para huir del campo. Me levanté del suelo y me limpié las manos de tierra en el pantalón. Le ofrecí mi mano solemnemente. Entonces, ella me colocó una cesta en ella, después se dio la vuelta y cruzó la cancela.

Yo la seguí con cierta precaución. La última vez había terminado en el hospital. Volví la vista atrás y descubrí a la señora Bonnet observándonos desde una ventana del primer piso con gesto preocupado.

Anna me guio por un sendero que corría junto al río. Las aguas bajaban con fuerza tras pasar por debajo del puente de piedra. Ella iba recogiendo algunas plantas al azar y colocándolas en la cesta que yo llevaba.

—Mi padre bebe.

Me sorprendió el tono profundamente triste de Anna. Permanecí callado a la espera de que continuara.

—Desde la muerte de mi madre hace un año. Yo también la echo de menos, pero él... Además, está su trabajo. Este lugar le ha corrompido. Apenas lo reconozco. Solía ser cariñoso. Ahora apenas me habla y me evita. Muchas noches se emborracha hasta perder el conocimiento.

No sabía qué decir. Ella continuó andando por delante de

mí, se paraba y recogía alguna flor sin mirarme. Estaba llorando.

—Últimamente, ha ido a peor. La semana pasada, una noche, lo descubrí en mi habitación. Yo me hice la dormida, pero podía verlo de pie, apoyado en la puerta, mirándome sin más. No me gustó lo que vi en sus ojos. Sin previo aviso se marchó. A la mañana siguiente, no me dirigió la palabra y parecía enfadado. Me da miedo.

Tuve la intención de abrazarla, pero me contuve al recordar que la señora Bonnet podía vernos desde la casa. Anna se rehízo y me sonrió.

—Volvamos.

Desanduvimos el camino.

—¿Sabes cómo se llama este río?

Me encogí de hombros.

—L'Ariège. Es un afluente del Garona. Parece increíble que nazca en los Pirineos, a más de cien kilómetros, ¿verdad?

De pronto, se volvió hacia mí y a punto estuvo de tirarme al suelo.

—¿Qué harías si fueras libre?

Balbuceé como respuesta. Anna frunció el ceño. El campo había sido mi mundo desde que había nacido, la sola idea de hacer mi voluntad e ir a donde quisiera me provocaba temor. Sin embargo, poco a poco empecé a considerarlo, y, de repente, se convirtió en un anhelo sorprendente.

—Me iría muy lejos de aquí —dije con nerviosismo—. A un sitio donde no hiciera frío y pudiera comer todos los días.

—¿Me llevarías contigo?

Ella me observaba muy seria.

—¿Qué quieres decir?

—Tengo que escapar de aquí —dijo decidida, y se volvió hacia la casa.

365

En los siguientes días no volvimos a hablar del tema. Yo seguí con mis tareas y los viajes del capitán se hicieron más frecuentes y, con ello, tuvimos más oportunidad de vernos. Una tarde, mientras paseábamos, Anna me preguntó de repente:

—¿Has oído hablar del tren fantasma?

—Claro, todo el mundo en el campo habla de él.

—Dice mi padre que ese tren tiene como destino París. Lo van a utilizar para devolver a los judíos a su casa. Han revisado sus casos y van a liberar a la mayoría.

Yo había oído historias semejantes entre mis compañeros de reclusión. Conversaciones llenas de envidia y que habían sido un motivo de resentimiento hacia los judíos. Los consideraban unos privilegiados por optar a una libertad que otros añorábamos. Algún viejo dudaba de la veracidad de esas historias, pero casi nadie le hacía caso. En un lugar como el Campo de Vernet, el odio era un sentimiento muy fácil de sembrar.

—Me gustaría subirme a ese tren y escapar de aquí —dijo Anna con rabia contenida.

Me sorprendí al darme cuenta de que ella también estaba encerrada en una prisión, igual que yo. No me quiso contar los detalles, pero las visitas de su padre por la noche se habían repetido, y, en alguna ocasión, observé algún morado en sus brazos. Antes de que pudiera decirle nada, llegamos a la casa y la señora Bonnet salió de la cocina como una exhalación.

—Me juego el trabajo por ti, niña. Venga para arriba y cámbiate de ropa, llevas la falda manchada de barro. Tu padre ha adelantado la vuelta. Debe de estar a punto de llegar.

Anna subió corriendo hacia su habitación musitando un breve «Adiós». Su sonrisa triste me rompió el corazón.

—Pobre —oí murmurar a la señora Bonnet—. Se parece tanto a su madre…

De repente, pareció advertir mi presencia y su expresión cambió.

—¿Qué estás mirando? Fuera de aquí, haragán.

La señora Bonnet me arrancó la cesta de las manos.

—Hoy no necesitas comer.

Tras aquella última excursión, Anna bajó varias veces a conversar conmigo. La señora Bonnet no nos permitió más salidas, pero a mí no me importaba mientras estuviera cerca de ella. Una de las tardes, justo antes de tenerme que marchar, Anna me dijo:

—He convencido a mi padre.

—¿A qué te refieres?

—¿Recuerdas la obra de teatro? Cree que es una buena idea.

Por un momento, la miré estupefacto.

—¿En serio?

—Será genial. Yo seré Liliana y tú puedes ser uno de los gnomos que me protegen.

Mi cara de escepticismo no la desanimó.

—La representaremos dentro de dos miércoles.

—¿Por qué precisamente ese día?

La señora Bonnet pasó junto a nosotros y nos miró con el ceño fruncido. Anna se apresuró a separarse de mí. Cuando el ama de llaves se metió otra vez en la cocina, se acercó de nuevo y me susurró:

—El último miércoles de este mes sale el tren. Justo dentro de quince días.

—¿Cómo dices?

—Escuché a mi padre hablar por teléfono con uno de sus superiores. Van a prepararlo todo para enviar a un grupo de prisioneros judíos a París. Es una oportunidad que no podemos dejar pasar.

Los nervios me estrujaron el estómago. De pronto, no era tan fácil respirar.

—¿Qué estás diciendo?

—Estoy diciendo que nos escapemos. Juntos. Podemos hacernos pasar por judíos y subir a ese tren. En París seremos libres.

—Somos unos niños.

—Yo voy a cumplir trece y aparento unos cuantos más, y tú has crecido desde la última vez y no pareces tan niño.

Su entusiasmo decayó al ver mi apocada reacción.

—¿No te atreves?

La decepción empezó a asomar en su rostro.

Lo cierto es que me había pillado por sorpresa, pero según se aposentaba en mi mente la perspectiva de fugarnos juntos, más me atraía. Sin embargo, si nos atrapaban, a mí me esperaba un duro castigo. Se solía ejecutar a los fugitivos. Estaba emocionado y aterrado al mismo tiempo. Por ese motivo, cuando pronuncié las siguientes palabras, no me avergüenza decir que mi voz tembló.

—Sí. Lo haremos. Nos escaparemos.

El rostro de Anna se iluminó. Inesperadamente, se acercó y me besó. No fue un beso como el de las películas, ni tan siquiera fue un buen beso, pero fue el beso más maravilloso del mundo, y, en ese instante, supe que yo sería capaz de morir por aquella chica.

68

Moreau dejó el coche en un camino abierto por madereros unos metros antes de llegar a la casa. Esta apenas se veía desde la carretera a causa de la niebla, que había surgido súbitamente en los últimos minutos. Las nubes también habían descendido sobre el valle y un halo gris cubría todo a su alrededor. Los árboles, sacudidos por el viento, parecían moverse a cámara lenta.

De modo inesperado, le vino a la memoria una historia que le contaba su abuela al acostarse. Decía que cuando aparecían los primeros jirones de la bruma había que correr a resguardarse a un sitio seguro, porque, en caso contrario, la Tinyosa te podía atrapar y te llevaba consigo a su guarida oscura y húmeda. Allí te absorbía hasta los mismísimos huesos. A la Tinyosa le encantaba devorar a niños como él, le decía para terminar el cuento mientras le miraba como si hubieran compartido el mayor de los secretos. En noches como aquella, las viejas historias no parecían tan fantásticas. Al fin y al cabo, las fábulas siempre tenían un trasfondo de verdad.

Moreau se encendió un cigarro y, para su disgusto, vio que le temblaban las manos. Era el último del paquete, así que arrugó la cajetilla de Ducados y la tiró al suelo del coche. No tendría que haber bebido tanto la

noche anterior. Aún sentía el cuerpo pesado y un fuerte dolor en las sienes.

Volvió a consultar sus notas para confirmar otra
vez sus conclusiones. Allí, en medio de la nada, le parecían menos definitivas. Habían pasado muchos años
desde el reportaje del sanatorio. Había hecho un par
de llamadas y comprobado algunos datos en un archivo digitalizado. De todos modos, si se equivocaba,
siempre podía disculparse y tan amigos.

Consultó el móvil del periódico. No tenía casi cobertura. Menuda mierda de teléfono.

Su idea era colarse en la casa, conseguir alguna
prueba que confirmara sus sospechas y salir de allí a
toda leche. Su conciencia le decía que debería haber
compartido sus averiguaciones con la policía. A pesar
de lo increíbles que parecían, la subinspectora le habría escuchado. No podía confiar en denunciarlo sin
más en la comisaría porque lo hubiera puesto sobre
aviso.

Sin embargo, aquella era la noticia del año, si no
del lustro. Las otras niñas asesinadas, la parafernalia
que el asesino montaba para que se encontraran sus
cuerpos... El reportaje que saldría de todo aquello le
iba a sacar de allí: volvería a la primera división. La
policía podía esperar.

Tuvo un pensamiento fugaz sobre la niña secuestrada. Olivia. Una simple palabra más en el texto que
debía redactar. Hoy era ella, y al día siguiente sería
otro el nombre. A las víctimas no había que verlas
como seres reales, sino como personajes de una historia que tenía la responsabilidad de contar. No era un
cínico, como los demás, que se decían impactados por
lo ocurrido. Era un profesional. Lo más importante
era ser el primero en conseguir la noticia. En realidad,

cualquiera de ellos daría un brazo por estar en la situación en la que él se encontraba ahora.

Se aseguró de que llevaba la cámara colgando del cuello, se ajustó el abrigo y alzó la cabeza hacia el cielo. La luna estaba a punto de mostrarse completamente llena en un hueco entre las nubes. Sabía que era tan solo una tregua. Unas tinieblas amenazantes se acumulaban y crecían por encima del contorno oscuro de las montañas más cercanas. Al parecer, la tormenta que anunciaban desde hacía días iba a llegar al cabo de pocas horas. Se esperaba que fueran las lluvias más intensas de los últimos veinte años.

Atravesó la carretera desierta. Según se acercaba, el perfil de la casa se hizo más nítido. No detectó ninguna luz en las ventanas, ni ningún movimiento en su interior. Era el momento. Dentro del bolsillo de la chaqueta sentía el peso de la defensa extensible que un policía jubilado le había vendido por dos duros. Era un buen pedazo de acero, que hacía un ruido confortablemente amedrentador cuando se alargaba de un tirón de muñeca. En alguna ocasión le había salvado de recibir una paliza. Aunque esperaba no encontrarse con nadie, no estaba de más tomar alguna precaución. Al fin y al cabo, aquel tipo era un asesino.

Avanzó por el extenso jardín hasta que se volvió a detener junto a un árbol. Estaba a unos cinco metros de la casa, que seguía sin mostrar el menor atisbo de vida. Aquella era la última oportunidad de volverse atrás. A decir verdad, se sintió tentado. Si se había equivocado, no solo le iban a denunciar por allanamiento de morada, sino que sería despedido, y, con total seguridad, ya no le iban a contratar en ningún otro lugar. Por no decir que se convertiría en el hazmerreír de toda la profesión.

—Joder.

Cruzó los últimos metros que le separaban de la casa y llegó hasta la puerta. La niebla reptaba por el suelo como si quisiera alcanzarlo. Volvió a recordar el cuento y maldijo a su abuela. Tragó saliva. La garganta parecía papel de lija. Se prometió no volver a beber. Al menos, hasta que saliera de allí. El silencio era tan profundo que parecía irreal. Odiaba admitirlo, pero estaba aterrorizado. Dio un paso atrás sin darse cuenta, pero entonces le vino a la cabeza la mirada condescendiente de Cunillera.

Se quitó la chaqueta torpemente y se envolvió el brazo izquierdo con ella. Así lo había visto hacer en alguna película. Aun así, se sorprendió cuando el cristal se rompió con el primer golpe. El ruido le pareció ensordecedor. Moreau se agachó y miró a su alrededor asustado. Sin embargo, nada pareció alterar el paisaje gris que le rodeaba. Tampoco oyó ningún sonido procedente del interior. Esperó unos segundos más para asegurarse, luego limpió de cristales el alféizar, pasó una pierna por el hueco de la ventana y después el resto del cuerpo. Desde el exterior pareció que la casa se lo comía.

69

La residencia Vellaterra estaba situada en una zona tranquila del pueblo de Campdevànol, a siete minutos en coche de Ripoll. Se trataba de un edificio moderno con todas las medidas de seguridad necesarias. Un solo bloque con grandes ventanales para que sus ilustres residentes tuvieran una excelente vista de la ribera del río Merdàs y, levantando la mirada, también de las montañas.

Vila dejó el coche en el parking y se dirigió hacia la entrada del edificio. Junto a la puerta acristalada, le enseñó la acreditación a un joven auxiliar, que llamó al responsable del centro. Unos minutos después apareció un hombre de pelo claro, baja estatura y complexión robusta que llenaba la bata que vestía. Se presentó como Daniel Polo. Saludó a la joven policía con un fuerte apretón de manos, más propias de un agricultor que del director de un instituto geriátrico. Vila observó que le faltaba la falange de uno de los dedos.

—Un accidente —respondió siguiendo su mirada.

Vila se sorprendió ruborizándose.

—No se preocupe —rio alegre—. Todo el mundo siente curiosidad.

Polo mantenía una expresión cálida y, tras unas ligeras gafas de pasta, sus ojos brillaban con entusiasmo.

Vila pensó que sería fácil ser amigo de un tipo como aquel.

—Por teléfono me ha comentado que deseaba ver a uno de nuestros residentes. Ha sido una sorpresa recibir una orden judicial casi inmediatamente después de su llamada.

—Hay una investigación en curso. Su testimonio puede ser de enorme importancia para resolver unos asesinatos.

El joven director cambió el gesto y adoptó una expresión más reservada.

—Muy bien. Sígame. Se encuentra en un ala especial del centro.

Avanzaron en silencio por un pasillo pintado en tonos ocres. A ambos lados se abrían puertas de forma similar a un hotel, excepto por los cierres exteriores y los guardias de seguridad. Al pasar junto a las cocinas, el aire se inundó de ruidos metálicos y del aroma cálido de la preparación de la comida. Unos metros después de dejar atrás unas correderas de cristal que daban a un amplio jardín, el director se detuvo junto a una puerta cerrada, donde esperaba un enfermero. Polo miró a Vila con repentina seriedad.

—El señor Álvarez es un residente especialmente problemático. Debe saber que se altera con facilidad. Normalmente, no recibe visitas. Su único hijo no quiere saber nada de él. —Hizo una pausa—. Entiendo que conoce su historial. No distingue entre lo que está bien y lo que está mal.

—Entiendo.

—No, no creo que lo entienda. Joaquín estará con usted todo el tiempo...

—No es necesario.

—Son las normas —insistió.

—Se lo agradezco, señor Polo, pero necesito hablar a solas con él. No creo que me dé la información de otro modo. Soy agente de policía. Creo que podré apañármelas con un anciano.

—Está bien, Joaquín se quedará junto a la puerta por si necesita cualquier cosa.

Vila asintió agradecida. El director se acercó a ella. No sonreía.

—Tenga cuidado con él. Le doy diez minutos.

El anciano, vestido con una bata, se sentaba, retorcido como una vieja cepa, sobre una silla de ruedas junto a la ventana enrejada del cuarto. A su espalda había una cama y un pequeño armario. Nada más. Vila solo podía ver una parte de su cara, la otra quedaba oscurecida por la penumbra de la habitación.

Tenía las piernas cubiertas por una manta a cuadros grises. A la espalda de la silla colgaba una botella de oxígeno de la que salía un tubo que terminaba en una mascarilla que sostenía entre los dedos, largos y amarillentos. Sus ojos, transformados en rendijas, observaban con atención a varios residentes que estaban en el jardín. Se movían con lentitud por un pequeño huerto portando azadas y cestas. El anciano emitió un gorjeo y sus labios finos y azulados se curvaron en una sonrisa que se tornó en una mueca de desagrado. Se llevó la mascarilla a la cara y aspiró unos segundos.

—Desgraciados —murmuró, y, tras quitarse el respirador, escupió al suelo.

—¿Señor Álvarez?

El hombre volvió la cabeza hacia ella. La parte de la cara escondida se expuso a la luz. La mitad de su rostro era un amasijo de nudos petrificados en los que sobresalía un ojo ciego. Vila se sobresaltó a su pesar. Por su sonrisa vio que aquella era la reacción que el hombre deseaba provocar a sus visitas.

—¿Quién eres tú?

Su voz chirriaba como el roce de una tiza contra una pizarra.

—¿Puedo sentarme? —respondió Vila señalando la cama pegada a la pared.

—Por qué no, señorita como se llame.

La recorrió con la mirada de arriba abajo.

—Me llamo Alicia Vila. Soy agente de policía —le dijo mostrándole la identificación—. Quería hablar con usted del sanatorio de Sant Martí.

—¿El sanatorio? —El viejo se irguió sobre la silla, como si los recuerdos le dieran energía—. Ah, sí. El sanatorio. Se quemó, ¿sabe? Apenas quedaron cuatro piedras. De eso hace mucho tiempo.

—Usted fue el médico jefe desde el año setenta y ocho hasta su cierre.

—Es posible.

Vila carraspeó incómoda. Decidió ir al grano. Extrajo de la carpeta que llevaba la fotografía que estaba adjunta al informe forense de la chica y se la mostró.

—¿Recuerda a Claudia Oletti?

El anciano llevó una mano con dificultad hasta el bolsillo de su bata y extrajo unas gafas para ver de cerca. Tenía los cristales cubiertos de huellas de dedos. Sus cejas, de pelos largos como antenas, se alzaron y descendieron varias veces. Unos segundos después, le devolvió la fotografía, se recostó y cerró los ojos.

—No está en muy buenas condiciones, ¿verdad? —dijo al tiempo que soltaba el mismo gorjeo de antes—. Conozco a esa pequeña. Ya lo creo que sí.

—Echó hacia atrás la cabeza deslizando la lengua por los labios—. Estaba deliciosa.

Vila contuvo un estremecimiento.

—¿Puede decirme cómo murió?

El viejo la miró por encima de las gafas. Las sombras se retorcían sobre su carne cicatrizada.

—Quizás, pero ¿qué gano yo con ello?

—Su ayuda puede salvar la vida de una niña.

El viejo chasqueó la lengua con desagrado.

—No es asunto mío.

—Puedo conseguirle alguna mejora en su estancia aquí.

—Na. Este sitio es una mierda y no...

Antes de poder terminar la frase sufrió un ataque de tos, que se alargó hasta que consiguió colocarse la mascarilla. Inhaló con fuerza dos veces. Por un instante, Vila distinguió el miedo en sus ojos. Poco a poco recuperó el resuello.

—Es usted muy guapa —dijo con la respiración entrecortada. Su lengua no dejaba de salir y entrar de la boca.

—¿Cómo dice?

—Si me deja ver un poco —su dedo tembloroso le señaló el pecho—, le diré lo que quiere saber.

Vila se levantó de golpe.

—Ni lo sueñe.

—Como quiera. Ya sabe dónde está la salida. —El viejo volvió la atención hacia la ventana.

Asqueada, Vila salió de la habitación, pero, nada más cruzar el umbral, se detuvo en medio del pasillo y apoyó la frente contra la pared.

—¿Todo bien, señora? —le preguntó el enfermero.

Lo ignoró. Pensó en Olivia. El testimonio de aquel hombre podía ser la única oportunidad para salvarla y detener al responsable de aquel horror. Cerró los ojos y apretó las mandíbulas hasta que se hizo daño. Al abrirlos ya había tomado una decisión.

—Todo bien, Joaquín. No se preocupe.

Volvió a entrar a la habitación, cerró la puerta y se sentó de nuevo.

—Ah. —Sonrió el anciano—. Veo que llegaremos a un acuerdo.

—¿Cómo sé que no me mentirá?

—A esa chica la traté personalmente. Tenía una mancha de nacimiento en el hombro izquierdo en forma de luna.

Vila sabía por el informe forense que aquel dato era cierto.

—Ahora, deme lo que quiero o márchese.

Contuvo las ganas de volver a salir de allí. Se inclinó hasta que sintió el aliento agrio del anciano, que la miraba fijamente. Llevó sus dedos hasta los botones de la camisa, dudó un momento, y luego soltó el de más arriba. La tela se entreabrió mostrando el contorno del sujetador negro que llevaba debajo. El anciano se removió en el asiento.

—Hable.

—A ver, déjeme pensar. Ha pasado mucho tiempo. —El antiguo médico entornó los ojos como si hiciera memoria, pero Vila intuía que recordaba perfectamente aquella época—. La chica llegó al sanatorio en octubre, o quizás fue en noviembre, del último año. Había pasado por varios centros hasta que llegó a nosotros. Se le diagnosticó un trastorno obsesivo-compulsivo. Además, tenía un cuadro de adicción a varias drogas que había disparado el trastorno. Un historial prometedor... No se detenga, por favor.

Con una mueca, Vila soltó el siguiente botón de la camisa. El aire procedente de la ventana abierta le rozó la piel expuesta y se estremeció mientras intentaba evitar la mirada del anciano.

—La tratamos como a cualquier otro interno, aunque ella era especial. —Cerró los ojos y pareció relamerse—. Sí, muy especial.

—¿Cómo de especial? —carraspeó. Tenía la garganta seca.

—Mucho. Aquella muchacha tenía algo diferente. Todos en el centro nos dimos cuenta... Al principio, no cooperaba, pero la medicación hizo que se volviera más dócil. Como todas.

Vila contuvo el gesto de asco.

—¿Abusó de ella?

—Oh, no. Era la terapia establecida.

Vila notó que le dolían las palmas de las manos. Se había clavado las uñas al cerrarlas con fuerza. Enumeró los motivos por los que continuaba en la habitación con aquel hombre. Hasta entonces solo estaba confirmando cosas que ya sabía. Necesitaba algo más.

—Fueron tiempos maravillosos —continuó el viejo con una risilla—. Hasta que lo estropeó aquel maldito tipo.

—¿A qué se refiere?

—A finales de ese mismo año entró a trabajar un nuevo asistente en el sanatorio.

—¿Se acuerda de su nombre?

—¿Por qué habría de hacerlo? Era una simple sustitución. Iba a pasar allí unas pocas semanas. Esas cosas las llevaban en la administración del sanatorio.

—Entonces, ese médico...

—Oh, no, no era médico. Al menos, no como yo. El anciano calló por falta de aire y volvió a llevarse el respirador al rostro, que se llenó de salpicaduras de saliva. Tras unos segundos, continuó:

—El caso es que ese entrometido se encaprichó de la chica. Empezó a poner en duda la medicación que se le suministraba. Llegó incluso a amenazar con ponerme una denuncia. ¡A mí! —El anciano elevó la voz—. Iba a despedirlo, pero pensé que era mejor que aprendiera una lección.

—¿Qué clase de lección?

—Una mañana, le envié con la carreta de suministros al pueblo. Sabía que tardaría una jornada completa. Pude quedarme a solas con ella todo el día. Ah, fue un gran día.

Vila respiró hondo, pero eso no evitó que sintiera que las paredes de la habitación se estrechaban a su alrededor. Tenía la sensación de que le faltaba el aire, y sin pretenderlo dirigió su mirada hacia la puerta, pero aún no había conseguido lo que buscaba. No podía marcharse sin la información que necesitaban. Todavía no.

—¿Qué ocurrió luego?

El anciano le señaló la camisa. Vila tragó saliva y abrió otro botón.

—Fui a descansar. Bebí un vaso o dos de vino. Quizás más. —Hizo una mueca—. No hacía mucho que me había dormido cuando desperté por los gritos. El sanatorio estaba en llamas. Intenté huir, pero estaba demasiado borracho. Alguien me sacó. Sobreviví de milagro, pero me quedó este recuerdo. —Se señaló el rostro.

—¿El incendio fue provocado?

—¡Claro que lo fue! Yo sé quién lo hizo. ¡Él lo hizo!

Vila consultó el reloj. Se quedaba sin tiempo y se

dio cuenta, por la forma en que la miraba, de que el viejo lo sabía. Estaba alargando la conversación a propósito.

—Dígame el nombre de ese hombre. Sé que lo sabe —gruñó.

El anciano sonrió con malicia. Luego pasó a mirarle los pechos mientras se acariciaba lentamente con la lengua el borde de los labios.

—Si realmente desea saberlo, se tendrá que acercar. Solo se lo diré al oído. Nunca se sabe quién puede estar escuchando.

Se inclinó hacia él. El intenso olor a sudor y orín que despedía el anciano la envolvió. El hombre murmuró unas palabras apenas audibles. Se acercó algo más.

—El hombre se llamaba... Diago. Diago no sé qué. Un apellido raro.

Entonces la cogió del brazo con una fuerza inesperada. Se pegó a ella y la manta cayó a un lado. Su rostro se crispó y de su boca desdentada surgió un sonido gutural. Antes de que pudiera reaccionar, Vila sintió que algo húmedo le salpicaba la mano. El anciano la apartó respirando con dificultad y le dedicó una sonrisa torcida mientras se llevaba el respirador a la boca. Al ver como la expresión de la joven policía pasaba de la comprensión al asco, sus ojos brillaron por encima de la mascarilla de plástico.

—Eso era lo mejor —farfulló—. Sus caras.

Por unos segundos, Vila se quedó paralizada. Después, un único pensamiento ocupó su mente: salir de allí lo antes posible. Conteniendo la náusea, se limpió con un pañuelo. Luego se abrochó la camisa mientras retenía las lágrimas que pugnaban por desbordar sus ojos. Apenas acertaba con los botones. Al llegar a la puerta, oyó reír al anciano, que miraba de nuevo por la ventana.

—Putas. Sois todas unas putas.

Sin mirar atrás, Vila atravesó el pasillo a la carrera e, ignorando el saludo del director del geriátrico, salió del centro. En el exterior, la lluvia caía con fuerza, pero ella apenas lo notó. Llegó hasta el parking, se apoyó en el coche y vomitó.

70

—Me va a permitir un momento, doctor.

Maury se recostó en el sillón. En el reflejo del espejo vio como su paciente extraía de una bolsa un dispositivo metálico en forma de lápiz grueso, lo regulaba, se levantaba la camisa y se lo aplicaba en un costado.

—Sí, soy diabético. Necesito insulina para sobrevivir. De hecho, el médico me ha dicho que tampoco me funciona muy bien el páncreas. Los exámenes no han sido muy positivos. Es muy probable que no me quede demasiado tiempo. Por eso es tan importante lo que hago. Lo que hacemos.

Terminó y lo guardó todo de nuevo. Su mirada se tornó triste.

—¿Le parece que sigamos? Intuyo que los siguientes recuerdos van a empezar a ser dolorosos. Siento que nos acercamos al final.

—Le escucho.

Convencimos al comité para organizar la representación. Supongo que ayudó bastante que el capitán Lamarque ofreciera una mejora en las raciones de comida para aquellos que ayudaran a que la obra de su hija saliera adelante. Entre los internos había algún antiguo actor, otros habían trabajado en un teatro e incluso uno había sido acomodador en un cine de Madrid. La banda de música se ofreció a tocar alguna pieza de acompañamiento. Se montó un escenario con cuatro maderos y unas telas viejas. Lo cierto es que las dos semanas pasaron como un suspiro. Y sin darnos cuenta, nos encontramos a unas pocas horas de obtener nuestra libertad.

La semana anterior había conseguido un par de bandas de tela con la estrella de David a cambio de una lata de carne. Pertenecían a dos judíos que habían muerto nada más llegar a Vernet y ya no las necesitaban. También me había hecho con unas tenazas medio oxidadas. Empaqué mis pocas cosas en un viejo petate: el libro de Anna, una camisa, una vieja navaja que crujía cuando la abría y un vaso de latón al que tenía cariño, aunque era un desecho. Yo era un crío, por aquel entonces no tenía la mente muy clara.

De la obra, lo único que recuerdo es a Anna. Durante la representación, las chanzas de los compañeros eran continuas; se reían sobre todo con los errores que cometíamos o por nuestros patéticos disfraces. La presencia de los guardias y del propio capitán Lamarque no los amedrentaba, y las voces casi no dejaban oír nuestros discursos. Pero cuando ella entró al escenario, se hizo el silencio por completo.

No había visto nunca algo tan hermoso. Nadie de los allí presentes lo había visto. Anna llevaba un vestido de seda azul que se movía mientras avanzaba por el escenario como si flotara. Su larga cabellera dorada le caía por la espalda, recogida con una corona de flores trenzadas alrededor de la cabeza. Rodeados por la miseria y la podredumbre, día tras día, aquello era como si realmente el hada del cuento se hubiera encarnado en Anna. Sus gestos tenían tanta gracia y sus palabras resonaban en el aire con tanta fuerza que cuando se dio por finalizada la obra el silencio aún continuó durante unos segundos hasta que, evaporado el hechizo, todo el mundo prorrumpió en un aplauso atronador. Verla tan feliz a mi lado mientras nos inclinábamos ante el público es algo que atesoraré toda la vida. Incluso recuerdo a su padre, de pie, aplaudiendo a rabiar.

Tras la función, me lavé para quitarme el maquillaje que blanqueaba mi rostro y me metí en mi barracón a esperar. La salida del tren era a medianoche. Mis compañeros de barracón no tardaron en dormirse mientras yo me removía sobre las tablas de mi litera. La espera se me hizo eterna.

Aquella noche había luna llena. Salí con sigilo y avancé por entre los barracones pegándome a las sombras. Tuve que esperar escondido a que una pareja de guardias que hacía la ronda se marchara, lo que incrementó mi nerviosismo al temer que no llegaría a tiempo. Por fin alcancé la valla que separaba mi sección de la zona donde tenían a los judíos. Extraje mis tenazas. Entre el frío de las manos y los nervios tardé una eternidad en cortar el alambre. Cada chasquido del metal resonaba en medio de la noche como un disparo de fusil. En cualquier momento esperaba ver las linternas de los guardias sobre mí. Sin embargo, nadie vino. Tras abrir un hueco suficiente, me deslicé arrastrándome por debajo. En el otro lado, me oculté junto a una letrina y me quité el barro de la ropa todo lo que pude. Después, me coloqué la banda con la estrella de David en el brazo. Me iba algo grande, pero no importaba. Intenté orientarme.

Anna debía llegar a través del dispensario. A la hora convenida, debía cruzar y salir por el patio que había detrás del hospital, que lindaba justamente con aquella sección. Habíamos quedado de acuerdo en vernos tras el tercer barracón.

No conocía tan bien aquella parte del campo, pero llegué sin problemas al lugar convenido. Anna no estaba allí aún. Se encendieron unos focos junto a la estación y oí las voces de los guardias mezcladas con otras voces en un idioma que no conocía. Un grupo de prisioneros salió en fila del barracón más cercano; llevaban con ellos alguna maleta, bolsas de tela y petates con sus pertenencias. A las órdenes de un oficial formaron a toda prisa. Había hombres, mujeres, ancianos y niños. Nosotros pasaríamos por uno de ellos sin problemas, pero Anna no llegaba. Escudriñé las sombras esperando verla aparecer en cualquier momento.

Entonces recibí un golpe en la nuca que casi me tira al suelo. Al volverme, descubrí el rostro crispado de un soldado armado con un fusil. Me dijo algo, pero no lo entendí, aunque estaba claro lo que quería. Reconocí su uniforme del ejército alemán y me estremecí. Me empujó hacia las filas de los prisioneros hasta que formé parte del grupo. Miré hacia atrás, pero no vi a Anna por ningún lado. ¿Se había arrepentido al final? ¿Su padre le había sorprendido escapándose? Las dudas empezaron a corroerme.

Un foco de gran potencia me deslumbró. Luego alguien gritó una orden y nos pusimos en marcha hacia los vagones. Entre los soldados alemanes había también guardias franceses y algunos prisioneros de confianza. De repente, me quedé paralizado al ver entre ellos una cara conocida.

Alcázar estaba ayudando en el embarque cerca de las rampas que se utilizaban para subir a los vagones. Llevaba un parche en el ojo herido, lo que le hacía aún más aterrador si aquello era posible. Entonces nuestras miradas se encontraron. Su cara reflejó sorpresa y luego se amplió en una sonrisa. Intenté evitarlo, pero el grupo de hombres y mujeres que me rodeaba me empujó hacia él. Al pasar a su lado, me agarró de la chaqueta unos segundos y me susurró unas palabras al oído que apenas oí con el ruido de los motores del tren. Me soltó y, cuando entraba en el vagón, me dio un puntapié que a punto estuvo de hacerme caer.

71

Moreau estaba de cuclillas. Observaba la trampilla en silencio. Por un momento, llegó a pensar que se había equivocado. No había encontrado nada que lo incriminara, nada que corroborara sus sospechas, y estaba a punto de abandonar cuando lo descubrió.

Había sido muy listo. Sí, muy listo: para cualquier otro hubiera pasado desapercibido; sin embargo, su familia tenía una granja, y algo así no se le escapaba. Estaba a un paso de conseguir su gran noticia. Se irguió e hizo una fotografía con la cámara. Llevaba unas cuantas. Los nervios le hacían temblar de emoción o quizás también era el miedo, aunque no quisiera admitirlo. ¿Estaría la niña allí? Su corazón se aceleró y sintió un pinchazo en el pecho. Pensó que debía calmarse o acabaría teniendo un ataque. A pesar del frío estaba sudando y le costaba respirar. Aun así, le hubiera encantado fumarse un cigarrillo.

Miró atrás, hacia el recuadro de luz que formaba la trampilla abierta que había dejado atrás. Se imaginó que alguien podría cerrarla mientras él estaba allí abajo y se estremeció. Reprimió las ganas que le habían entrado de repente de volver a subir. Aquel lugar no parecía tener otra salida que aquella. Un escalofrío helado le recorrió el cuerpo.

Quizás no era necesario ir más allá. Con lo que sabía, era suficiente. Volvería a la redacción, escribiría su artículo, mandaría las fotos y llamaría a la policía para que se ocuparan ellos. Les contaría lo que había descubierto y eso sería todo.

En ese instante oyó un ligero golpe procedente del otro lado de la puerta. A punto estuvo de soltar un grito. Se quedó paralizado sin saber qué hacer. Era posible que se lo hubiera imaginado. Sin embargo, a pesar de su propio miedo, se acercó a la puerta y, dubitativo, deslizó a un lado el panel de la ventana que se hallaba a la altura de sus ojos. Del interior surgió un olor que le provocó arcadas. La oscuridad era absoluta.

—¿Hola? —dijo a través del estrecho agujero, y golpeó una vez los nudillos contra el metal.

Cuando estaba a punto de repetir la llamada le pareció oír el sonido de algo arrastrándose.

—¿Olivia?

Como respuesta oyó un golpe y un murmullo que no entendió, pero que parecía la voz de una niña.

La había encontrado. ¡Había encontrado a la niña!

Entonces se oyó otro sonido. Este no procedía del otro lado de la puerta, sino de encima de su cabeza. Se trataba del motor de un coche. Al mismo tiempo, las luces parpadearon dos veces y se apagaron.

72

Un día para la luna llena

—Tenías razón, Álex —oyó decir al otro lado del
auricular a Canellas—. He llamado a varios compañeros de otros dos hospitales. Al parecer, iban cambiando de centro. De ese modo esquivaron a los servicios
sociales por un tiempo. Sin embargo, ya había un aviso
de la última atención.

—¿Tienes un informe?

El teléfono enmudeció y Álex no oyó la respuesta
del joven médico. Con la llegada de la tormenta, la cobertura iba y venía. Tras unos chasquidos de estática
volvió a escucharse la voz del médico.

—¿Álex?

—Se ha cortado. No te he oído.

—Sí..., sí, tengo su expediente médico. No te va a
gustar.

Álex escuchó con atención. Conforme le desgranaba los detalles, una cólera silenciosa iba apoderándose
de ella. Cuando Canellas terminó, olvidó darle las gracias. Simplemente, colgó la llamada y dejó el móvil sobre el asiento del coche como si estuviera infectado.
Después arrancó y, con un giro de volante, se reincor-
poró a la carretera sin detenerse a mirar el tráfico. Una

furgoneta le pitó, pero ella ni tan siquiera la oyó. Agarraba con tanta fuerza el volante que el hombro le pegó un latigazo de dolor. Eso solo hizo que la ira que sentía se terminara de desatar.

Álex se sentó al otro lado de la mesa. Marc le había traído un vaso de agua y él se abrió una cerveza. La expectación cargada de esperanza con la que la había recibido en la puerta desapareció en cuanto le dijo que no había novedades. Al entrar en la cocina, Álex se fijó en la cantidad de cascos vacíos que se amontonaban en un cubo junto a la nevera.

—¿Y Alba?

—Arriba, descansando. La desaparición de Olivia la ha afectado mucho. No se levanta de la cama.

Álex observó a su antiguo amigo de juegos infantiles al trasluz de la ventana. No quería distraer su mente de lo que venía a hacer, pero fue imposible detener los recuerdos. Por eso aquello se hacía mucho más difícil. El presente había arrasado a aquel chiquillo lleno de vida del que había estado enamorada. Un amor infantil, pero un amor, al fin y al cabo. Sin embargo, aquellos últimos días, tras la desaparición de su hija, le habían afectado de forma alarmante. Había perdido mucho peso, como delataba lo holgada que le iba la ropa que llevaba, y vestía una camiseta gris y un pantalón de chándal que necesitaban un lavado con urgencia. El pelo revuelto, aplastado a un lado. Sus manos se contraían nerviosas y parecían no saber dónde detenerse. Apenas conseguía sostener el tercio de cerveza hasta que decidió dejarlo sobre la mesa. No podía ni imaginar el infierno por el que estaba pasando, pero tampoco evitar lo que iba a pasar. Ella necesitaba saberlo.

—¿Desde cuándo?

Marc giró la cabeza hacia ella con expresión sorprendida. La miró con los ojos enrojecidos. Las ojeras oscurecían su semblante. Desvió la mirada y negó con la cabeza.

—¿Desde cuándo? —repitió marcando cada sílaba.

Álex se escuchaba a sí misma como si fuera otra persona la que hablaba por ella, serena y concentrada. Por dentro, la tensión de saberse más cerca de la verdad y la ira que le provocaba luchaban por imponerse la una a la otra. Empezaba a entender la verdadera motivación del asesino. A comprender lo que realmente significaban aquellos asesinatos.

—No... No...

—Te lo voy a preguntar una vez más: ¿cuánto hace que la maltrata?

Marc pegó un respingo en su asiento como si le hubieran golpeado.

—No, no es eso.

—¿Cuándo?

Álex gritó al tiempo que golpeaba la mesa con el puño. La botella se cayó y la cerveza se derramó sobre el mantel de plástico. Nadie se movió. El líquido amarillento se deslizó dejando rastros de espuma como si fuera una baba por el tapete hasta que llegó al borde y empezó a gotear.

—Alba está enferma —murmuró Marc con un hilo de voz—. Hace mucho que no se encuentra bien y no es dueña de sí misma. Olivia es muy movida y le altera los nervios. A veces, le grita.

—Pero eso no es todo, ¿verdad? Eso solo fue al principio.

Volvió a asentir levemente, como si hubiera vuelto a ser aquel niño pillado en falta.

—No puedo estar en casa todo el tiempo, ¿entiendes? No puedo. Tengo que ir a trabajar —protestó Marc, los ojos brillantes—. Dependemos de mi sueldo en el aserradero.

Una tormenta de emociones se agitaba en el interior de Álex. Se tomó unos segundos antes de continuar.

—¿Qué ocurrió?

Marc empezó a sollozar.

—Todo empezó hace un año, coincidiendo con una de las crisis de Alba. Al principio, fueron algunos moratones. Olivia decía que se los había hecho jugando en el patio del colegio. Yo no le di importancia. Ella misma decía, pobrecita, que era muy torpe.

—Hasta que un día se rompió el brazo... también jugando.

—Sí.

—Fuisteis al hospital.

—Sí.

—Y unas semanas más tarde, se fisuró dos costillas.

Álex recordó la llamada de Canellas y la lectura pormenorizada que le había hecho del expediente médico. La descripción de las lesiones todavía le producía escalofríos. Marc se llevó las manos a la cara.

—Ella fue la que envenenó al perro, ¿verdad? Porque la niña lo quería.

Él asintió hundiéndose en la silla.

—¿Cómo has podido permitirlo?

—Buscamos ayuda —respondió. Las lágrimas corrían libres por el rostro—. Desde hace un mes, aproximadamente, Alba recibe tratamiento. Las cosas habían empezado a calmarse.

—Excepto cuando se olvida de tomar la medicación.

—Sí. Excepto esas veces.

—El día que desapareció, Olivia —insistió Álex— había acusado a su madre de matar a su perro...

Marc cogió aire y asintió.

—Ella..., en ocasiones, usa el cinturón. Cuando terminó de pegarle, la encerró en su habitación. Más tarde fue a verla y no estaba. Olivia no se había escapado nunca. Alba me llamó al trabajo, pero habían pasado muchas horas. Llamé a sus amigas del colegio y busqué en todos los sitios donde suele ir cuando no aguanta más estar cerca de su madre. Me pasé la noche entera buscándola, pero no la encontré. El resto ya lo sabes.

Marc evitó la mirada de Álex, se levantó y abrió la nevera para coger otra cerveza.

73

Álex observaba cómo el agua resbalaba por el parabri-sas mientras mordía el borde del forro polar, que lle-vaba subido hasta el borde de la nariz. Le fascinaban las ondas que formaba el líquido sobre el cristal cada vez que una racha de lluvia azotaba el Wrangler. Se-guía con la mirada el movimiento del agua y contem-plaba cómo esta distorsionaba la imagen del valle al tiempo que se superponía con el reflejo de su rostro. En la radio sonaban las notas de piano de *Comptine d'un autre été,* de Tiersen. Sentía que esa melodía esta-ba sonando todo el tiempo en aquella investigación.

Había detenido el coche en un mirador en medio de la carretera. En otro momento habría disfrutado de la espectacular vista. Ahora, las nubes parecían haber descendido entre las montañas ocultando sus contor-nos como el famoso *sfumato* de los pintores renacentis-tas que le habían enseñado cuando estudiaba historia del arte en el instituto. Aquella técnica pictórica la ha-bía subyugado, aunque por un motivo distinto del que explicó la profesora. La teoría decía que era un modo de dotar de profundidad al cuadro y de realismo a las figuras pintadas; sin embargo, lo que le interesó a ella es que las figuras parecían diluirse dentro del cua-dro. Pensaba que si daban un paso atrás podrían desaparecer del todo. Como si nunca hubieran estado allí pintadas.

Levantó la vista. El gris del cielo se tornaba más y más oscuro cada segundo que pasaba. La luz del mediodía parecía retirarse devorada por la oscuridad. No se veía un alma. Ningún otro coche circulaba por allí. Bajó un par de dedos la ventanilla, y el frescor del exterior y el olor a hierba húmeda se mezclaron con la música del interior caldeado del coche. Unas pocas gotas empujadas por el aire le motearon la manga de la chaqueta. Apagó la radio. Cerró los ojos y se recostó en el asiento. El silbido del viento y los lejanos truenos que retumbaban en el valle se colaban por la estrecha abertura. La anunciada tormenta ya estaba ahí. Consultó su reloj. Hacía una hora que tendría que haber llegado a la comisaría.

Estaba equivocada en parte. El asesino no quería proteger la inocencia de las niñas como había pensado. Lo que anhelaba era compensar su pérdida. Martina, la primera niña, era acosada por un grupo de compañeros de colegio. Aina, la segunda, sufría abuso sexual por parte de su propio padre y Olivia, la última, era maltratada por su madre enferma. Las tres niñas eran víctimas. Eso es lo que las relacionaba. Lo que tenían en común. Habían quebrado su vida, destrozado su infancia. El asesino tan solo pretendía protegerlas. Reconstruirlas. En su locura, las convertía en *dones d'aigua*, seres prácticamente inmortales, inmunes al envejecimiento y al dolor. De ese modo, las salvaba.

Debía sentirse satisfecha por haberlo descubierto por fin. Sin embargo, nada de esto servía para saber dónde estaba Olivia. Faltaban menos de veinticuatro horas para que se completara la fase lunar y, después de agotar todas las líneas de investigación, no estaban ni un poco más cerca de saber dónde la tenía retenida. La niña sería asesinada como las anteriores. Después, elegiría una nueva víctima y volvería a empezar la pesadilla.

Entonces golpeó el volante con el puño una y otra vez. Se hizo daño, pero no se detuvo hasta que sintió romperse algo en su interior. Luego se dejó caer hacia atrás con la respiración entrecortada. Le entró calor. Abrió más la ventana y decidió quitarse la chaqueta. Al ponerla en el asiento contiguo, se cayó la fotografía que había robado en Vernet. La recogió del suelo del coche. Tendría que devolverla algún día. Se quedó mirándola, y entonces, sin saber muy bien por qué, le vino a la cabeza la última conversación con Marc. Un niño cuya inocencia desapareció hace mucho tiempo, como la de todos... De repente, recordó algo que había dicho su antiguo amigo de la infancia, algo en lo que no había reparado.

Se irguió de golpe y rebuscó, a toda prisa, el móvil en los bolsillos de la chaqueta.

74

—Éramos unos simples críos, doctor. Por un momento, yo creí en un cuento de hadas, cuando realmente vivíamos en un cuento de terror.

Aquel vagón era un transporte de ganado, y así nos trataban. Nos hacinábamos allí unas ochenta personas, y apenas tenía respiraderos. Olía a sudor, meados y cosas aún peores que preferí ignorar. Éramos tantos e íbamos tan apretados que ni siquiera nos podíamos sentar en el suelo. El ambiente era sofocante, y más aún para un niño que no llegaba al pecho de la gente. Por primera vez en mi vida añoré el frío del campo de internamiento. Allí no vi gente que fuera a recuperar su libertad. En cambio, sí podía ver miradas llenas de temor y resignación. Todo el mundo estaba callado, pero no era un silencio sereno, era un silencio terrorífico, como el de los animales de camino al matadero.

Entonces noté un tirón en la chaqueta. Me volví hacia un anciano al que, milagrosamente, habían dejado un hueco para poder sentarse. Me miró con curiosidad y dijo algo. No lo entendí. Él frunció el ceño y entonces pasó al francés con mucho acento.

—¿Quién eres tú? No te conozco.

Me encogí de hombros e intenté no hacerle caso, pero no podía moverme de donde estaba.

—No pareces judío, a pesar de eso. —Me señaló el brazalete con la estrella colgando de mi codo—. Ni tan siquiera entiendes el yidis.

Le miré unos segundos y luego resoplé. Ya daba lo mismo.

—Soy de la zona B. Quería escapar del campo.

—¿Y te has subido a este tren? —Me miró con los ojos desorbitados—. ¿Estás loco?

—Decían en el campo que llevaba a la gente a París, y que allí les devolvían la libertad. —Yo mismo oía con incredulidad mis palabras.

El viejo soltó un graznido que semejaba una risa triste, pero pronto se convirtió en una tos seca que no se detuvo hasta que extrajo de su chaquetón raído un pañuelo sucio y lo presionó contra la boca. Cuando volvió a hablar, sus palabras surgieron trabajosas entre silbidos.

—Yo no creo que llegue a París, joven, pero te aseguro que este tren no va a ningún otro lugar que al infierno. Todos los que estamos montados en él ya estamos muertos.

En ese instante, se oyó un silbido y, a modo de respuesta, un chasquido metálico seguido de un fuerte tirón del vagón que nos hizo caer a unos contra otros. El tren empezó a rodar. Atrapado entre aquella masa de carne humana sentí bajo los pies el traqueteo de las ruedas sobre las vías y cómo el convoy iba cogiendo velocidad. Escuché los murmullos de alguna clase de oración judía, otros sollozaban y alguno empezó a maldecir, pero enseguida lo hicieron callar y volvió el silencio. Por un instante, me alegré de que Anna no estuviera allí. Sin embargo, al momento recordé a Alcázar inclinado hacia mí. Con el miedo del momento apenas había oído lo que me decía, pero entonces sus palabras aparecieron claras en mi mente.

—Ella no va a venir.

Un intenso terror se apoderó de mí. Anna nunca me hubiera abandonado por su propia voluntad. Algo le había ocurrido.

Fui consciente, entonces, de que cada segundo que pasaba en aquel tren me alejaba más de ella. Una fuerte resolución me invadió: tenía que salir de allí.

A base de empujones, ignorando las protestas de mis compañeros de vagón, llegué hasta la puerta. Allí encontré a tres hombres que intentaban forzar el cierre. Uno de ellos, no sé de qué modo, había conseguido una barra metálica. La había introducido entre las juntas de la puerta y tiraba de ella con fuerza mientras los otros le miraban expectantes. Algunos de nuestros compañeros de infortunio le recriminaban la acción, temerosos de las represalias. Entonces se oyó un crujido y la cerradura saltó. El hombre tiró de la puerta y esta se deslizó a un lado. El viento entró como un vendaval en el vagón. La luna iluminaba los campos que atravesábamos con una luz fantasmal. Los postes de luz pasaban como una exhalación. Yo me asomé dispuesto a saltar cuando una mano me cogió del brazo. Era el tipo de la barra. No entendí sus palabras, pero por sus gestos me dijo que esperara. Se asomó a su vez. El tren empezaba a coger una curva antes de llegar a un puente.

Entonces el hombre me soltó y, con el rostro crispado, acomodó bajo sus brazos una maleta y saltó sin mirar atrás. A él le siguieron otros dos. Oí un grito por encima de nosotros. Me quedé paralizado por un instante. Entonces, varios ocupantes del vagón se aprestaron a cerrar la puerta. No esperé más y, justo antes de que se cerrara, salté a la oscuridad.

Caí rodando por una pendiente. La bolsa que llevaba la perdí mientras daba vueltas sin control. Sentí que algo crujía en mi codo izquierdo y, un segundo después, mi cabeza estalló de dolor. Mis manos intentaban aferrarse a algo, pero fue inútil hasta que una aliaga detuvo mi caída. Las espinas se me clavaron por todo el cuerpo. Intenté levantarme, pero no podía. Estaba atrapado.

Alcé la mirada al oír un fuerte chirrido. La enorme sombra del tren se había detenido justo al empezar el puente. Escuché órdenes dadas a gritos y algunos soldados bajaron a tierra. Se encendieron unos focos situados en los techos de los vagones, que iluminaron el terreno de alrededor. Me quedé agachado contra el suelo. El brazo lo tenía entumecido y me costaba moverlo. Los focos barrían todo el terraplén y pasaron por encima de mí en dos ocasiones. No me avergüenza decir que sentí un calor húmedo en la entrepierna, pero me quedé inmóvil. La luz de los focos me permitió ver que el río estaba una decena de metros más abajo, junto a un grupo de árboles, tan solo había que atravesar un campo de cebada.

Dudaba que pudiera llegar hasta allí sin ser descubierto. De pronto, una sombra saltó a mi derecha y salió corriendo. El haz de luz de uno de los focos cayó sobre él. Deslumbrado, trastabilló, pero siguió corriendo. Era uno de los tres hombres que habían saltado antes que yo. Iba cojo de la pierna izquierda, por sus gestos de dolor seguramente se había roto el tobillo en la caída desde el tren. Advertí que era más joven de lo que creía. Apenas tendría unos cuantos años más que yo. Se detuvo con expresión resignada y levantó las manos. Se oyeron unas voces y, a continuación, unos disparos atronaron en la oscuridad. Aterrado, vi como el chico se convulsionaba por el impacto de las balas como si fuera un muñeco de feria y caía allí mismo sin ningún grito.

Tuve la suficiente entereza para darme cuenta de que bajarían a comprobar que estaba muerto y, entonces, me descubrirían. Tenía que moverme. Conseguí soltarme de las espinas y me arrastré hacia abajo. En cualquier momento, esperaba que un foco de luz cayera sobre mí, seguido de los impactos de las balas sobre mi cuerpo. Sin embargo, las luces se desviaron hacia la parte delantera del tren y los soldados corrieron hacia allí. Oí varios disparos más. Aproveché para llegar hasta el campo de cebada. Lo atravesé agachado, siendo un niño apenas se me veía por encima de las plantas y, sin creérmelo yo mismo, conseguí alcanzar la arboleda.

Allí intenté coger aire. Mi corazón latía desbocado. Esperaba ver a los soldados detrás de mí apuntándome con sus fusiles. Sin embargo, lo que vi fue el tren reemprendiendo la marcha. Esperé allí unos minutos y, cuando conseguí calmarme, me pareció que aquella zona me resultaba familiar. Justo al lado reconocí varios de los campos a donde llevaban a las brigadas de trabajo. No estaba tan lejos como creía. Eso me animó.

Mis pasos me llevaron hasta el margen del río. Allí me deshice del brazalete de los judíos y lo lancé al agua. Me ardía el brazo, sentía el sabor de la sangre en la boca y el dolor me recorría todas las heridas del cuerpo, pero solo podía pensar en Anna. Empecé a correr siguiendo el curso del agua.

No sé el tiempo que tardé en ver los primeros barracones. Estaba exhausto y el dolor del codo era cada vez mayor. Sin embargo, todo eso no importaba, pues solo pensaba en Anna. Me desvié por el sendero que sabía que iba directo a la casa. Nada más llegar, aporreé la puerta trasera hasta que se encendieron unas luces en las ventanas de abajo. En la entrada apareció la señora Bonnet cerrándose el batín.

—Madre de Dios, ¿qué haces tú aquí a estas horas y montando este escándalo?

—Tengo que ver a Anna.

Mi cara de desesperación y, sobre todo, el estado de mis ropas y heridas debieron de asustarla, pues no reaccionó cuando me colé por debajo de sus brazos y corrí hacia la habitación de Anna. Solo entonces oí sus pasos detrás de mí intentando alcanzarme. Llegué a la puerta y la abrí de golpe. La cama estaba vacía, sin deshacer. La mano del ama de llaves se cerró sobre mi hombro.

—¡Estás mal de la cabeza! ¿Qué te has creído...?

La señora Bonnet se quedó paralizada.

—¿Dónde está Anna? —le pregunté.

Por su expresión, vi que ella tampoco sabía nada.

Fui por la casa como un loco buscándola por todas partes hasta que entré en el salón. A la luz de la chimenea, se recortaba la sombra de un hombre echado en el sillón, ensimismado con el fuego.

—Capitán Lamarque.

Ni siquiera se giró hacia mí. Aún vestía el uniforme y las botas altas llenas de barro del campo. Tenía abierta la pechera, que subía y bajaba al ritmo de su respiración. Me acerqué. Su brazo colgaba por un lateral del sillón. En la mano sostenía una botella de licor vacía. El oficial responsable del Campo de Vernet había perdido todo su porte orgulloso y yacía como un borracho cualquiera medio inconsciente. Olvidé cualquier precaución y le sacudí los hombros. Entreabrió los ojos y volvió a cerrarlos. Dijo algo ininteligible.

La señora Bonnet me miró con aprensión, aunque parecía acostumbrada a aquella escena.

Desesperado, salí fuera de la casa. Tomé el sendero que tantas veces había recorrido con Anna hasta el viejo puente de piedra. Allí me senté intentando pensar. ¿Dónde podía estar? ¿Había escapado por su cuenta?

Miré hacia el río, apenas visible en la oscuridad. Al principio, me pareció que mis ojos me engañaban, pero, en ese instante, las nubes se entreabrieron y la luz de la luna iluminó un cuerpo flotando.

Enseguida reconocí el vestido de seda que se mecía al ritmo de la corriente. Me lancé al agua olvidando que no sabía nadar. Sin embargo, en aquella zona no cubría más allá de la cintura. Llegué hasta ella gritando su nombre.

Su rostro tenía una expresión serena, sus labios habían adquirido un tono azulado, como si los hubiera acariciado la luna. Alrededor de su frente seguía llevando la corona de flores. La cogí entre mis brazos, a pesar del dolor de mis heridas, y la llevé conmigo hacia la orilla; no sé cómo conseguí llegar. Pedí ayuda desesperado. Me quedé acunándola entre mis brazos hasta que llegó alguien. Apenas recuerdo voces, luces y gritos. Intentaron separarme de su lado, pero yo me resistí hasta que, agotado, me desvanecí.

El reloj de la consulta empezó a dar la hora. Maury se irguió de golpe en el sillón. Se tocó las mejillas y se sorprendió al descubrirlas húmedas por las lágrimas. Carraspeó y consultó el cuaderno. Apenas había anotado nada.

—Comprendo que sería un gran trauma para usted.

—¿Un trauma, dice? Jamás, doctor, jamás la había visto tan hermosa como aquella vez. Al morir, Anna se había transformado en el hada del poema.

75

El sonido del coche se alejó hasta que dejó de oírse. Rodeado por la oscuridad, Moreau intentó calmarse. El apagón debía de haberse producido a causa de la tormenta. Nada más entrar en la casa había oído caer las primeras gotas. Bueno, aún podía intuir el cuadrado de luz de la trampilla abierta al fondo. No tendría problemas en llegar. Debería aprovechar la oportunidad y salir de allí antes que le descubrieran. En cuanto llegara a un lugar donde hubiera cobertura, llamaría a la policía para que viniera y rescatara a la niña.

La niña. Encerrada allí abajo desde hacía tantos días. Estaría muerta de miedo.

De repente, una idea se abrió paso en su mente de forma rotunda: no podía abandonarla. Se sorprendió a sí mismo al pensar que el artículo le daba igual. Nada era más importante que aquella chiquilla. Por ello, en lugar de volver sobre sus pasos, golpeó la puerta de nuevo. Unos segundos después, escuchó un golpe al otro lado como respuesta. Se asomó por la ventanilla y susurró:

—Soy..., soy Luc. Te voy a sacar de ahí.

Se sorprendió de la convicción de sus propias palabras. No sabía cómo iba a hacerlo, pero él no se iba a ir sin la niña de aquel lugar horrible.

Tanteó la puerta con las manos hasta que encontró un largo pasador de hierro. Intentó abrirlo, al moverlo el metal chirrió. Moreau pensó que se habría oído a kilómetros a la redonda. De pronto, ya no pudo abrir más. En el borde colgaba un grueso candado de combinación. Sacó la defensa extensible de acero. Con un par de buenos golpes lograría romperlo.

En ese instante empezó a sonar una alegre melodía, dándole un susto de muerte. La música salía de su propio abrigo. Era el móvil del periódico. No recordaba dónde lo había metido. Nervioso, rebuscó en los bolsillos, pero no había forma de encontrarlo, y el tono fue aumentando de volumen hasta hacerse ensordecedor. Por fin lo extrajo de la cazadora y empezó a presionar botones para apagarlo sin saber muy bien lo que hacía. Tras lo que le pareció una eternidad, el sonido del aparato se interrumpió cuando volvió a perder la cobertura. Antes de desvanecerse la luz, vio el nombre de Cunillera en la pantalla.

Moreau se quedó inmóvil, respirando con dificultad mientras mascullaba maldiciones. Rodeado por la oscuridad, esperó oír, en cualquier momento, los pasos del asesino acercándose. Aferró la defensa de acero en un intento de darse confianza.

Sin embargo, transcurrido un tiempo sin que ocurriera ninguna de las terribles opciones que su mente había imaginado, Moreau se relajó y dejó salir el aire que llevaba reteniendo desde hacía una eternidad. Al menos la llamada le había recordado que podía usar el móvil como linterna improvisada. Iluminó la cerradura y se dispuso a golpear el candado con todas sus fuerzas. Luego, cuando salieran y la cobertura se lo permitiera, llamaría a la policía. Después de dejar a la niña a salvo, pensaba ir a la redacción y, justo después de despedirse, quemaría con gasolina el teléfono sobre el portátil de última generación del redactor jefe.

Esos pensamientos le hicieron sonreír, quizás por eso no advirtió la sombra que se movía a su espalda.

V

Mira, sólo hay un medio para matar los monstruos: aceptarlos.

Julio Cortázar

76

—Afortunadamente, querido doctor, el inconveniente que podía poner en peligro nuestras últimas sesiones está resuelto de forma definitiva, así que podemos proseguir.

Maury no respondió a la sonrisa complacida de su paciente. Imaginó lo que significaban sus palabras y se estremeció. Sentía que había perdido ya todo control sobre lo que estaba sucediendo en aquellas sesiones. Incluso sobre su propia vida. El miedo y la angustia ocupaban cada vez más espacio en su consciencia, paralizándole, impidiéndole pensar o tomar decisiones. Lo único que podía hacer era seguir escuchando.

La voz de él interrumpió sus reflexiones.

—¿Se ha fijado? Hoy hay una magnífica luna llena en el cielo.

Miró por la ventana. Ignoraba cómo lo sabía. La tormenta ya estaba allí. Las tinieblas se habían adueñado de todo.

Desperté en una celda de castigo. El dolor que sentía por los golpes que me propinaron los guardias del campo, además de las heridas producidas durante mi huida del tren, era insignificante en comparación con el vacío que sentí al despertarme.

Al encontrarme junto a Anna en el río, me acusaron de su asesinato, pero el testimonio de la señora Bonnet evitó que me fusilaran allí mismo. Eso no me salvó de recibir una paliza, y, cuando ya pensaban que estaba muerto, me dejaron en aquella celda. Con el fallecimiento de su hija, el capitán Lamarque perdió la razón y fue relevado por otro oficial, no recuerdo su nombre, aunque tampoco importa.

Para sorpresa de todos, no morí, a pesar incluso de desearlo yo mismo. Las heridas de mi joven cuerpo se curaron. Volví a mi barracón. Apenas hacía nada por sobrevivir. Estaba todo el día en la litera, encogido como un animal. Mi mente iba una y otra vez a Anna. Tenía grabados en mi mente sus bolsillos medio rotos con restos de guijarros. Una tarde, paseando juntos, me había contado que su escritora favorita había llenado de piedras los bolsillos de su vestido y se había hundido en el agua de un río. Lo tomé por una de sus historias. Una más.

Magda era la única que se preocupó por mí. Aquella buena mujer hacía lo posible por evitar que me consumiera en vida. Me cuidaba y, a pesar de mi resistencia, insistía en que comiera mientras no paraba de hablarme. A veces en español, otras en ruso. Yo no respondía, ni participaba en la conversación, ni preguntaba nada. Simplemente, me había quedado mudo. Así pasaron varias semanas.

Una tarde, Magda llegó al barracón muy excitada. Me contó un rumor que se extendía por los barracones desde el día anterior: iban a cerrar el campo y nos iban a liberar a todos. Las tornas de la guerra estaban cambiando en Europa. Yo no compartí su alegría, y, simplemente, me recosté en el catre. Entonces la mujer mudó de expresión. Me miró unos segundos antes de hablar, como si sopesara decirme lo que iba a contarme a continuación.

—Ayer noche, Alcázar con amigos. *Govno*. Beber mucho. Ese *sukin sin* alzó la voz de más. Gente escuchó.

La seguí mirando, callado, sin saber a dónde quería ir a parar. Magda tragó saliva.

—Dijo haber disfrutado con niña.

—¿Có...mo?

Mis primeras palabras, tras tantos días en silencio, me rasparon la garganta.

—Hombre muy peligroso. Nunca solo. Tú no hacer nada.

La mujer agachó la cabeza sin decir nada más. Un estremecimiento me recorrió el cuerpo. Le quité la escudilla de metal de las manos a Magda y empecé a comer con ansia. Me miró asustada. Vi que tenía intención de decirme algo más, pero lo que vio en mi mirada hizo que apretara los labios y callara. Tras acariciarme el rostro, se persignó. Luego se levantó y, sin volverme a mirar, se marchó.

Tardé unos días en recuperar las fuerzas suficientes para andar y poder salir de allí. Corroboré las palabras de la mujer hablando con algunos hombres. Corría el rumor de que la noche de la partida del tren fantasma, Alcázar había sorprendido a una prisionera mientras pretendía huir. Lo que había hecho con ella ninguno lo sabía con certeza. Nadie relacionaba a esa chica con Anna, pero yo sabía que era ella.

Intenté acercarme a Alcázar, pero, como bien había dicho Magda, nunca estaba solo. Se hacía acompañar por tres hombres a los que beneficiaba con privilegios. Él sabía que en Vernet mucha gente lo odiaba, sobre todo al convertirse en un preso de confianza. Era casi imposible encontrarlo a solas. Casi.

En el campo habían construido varias letrinas. Se trataba de simples cobertizos con un estrecho espacio donde habían excavado una profunda trinchera en el suelo y encajado algunas tablas de madera sueltas. Cada semana una brigada de prisioneros echaba tierra, pero el olor era indescriptible. Todo el mundo evitaba ir en lo posible hasta que se imponía la necesidad. Unos simples maderos clavados en el suelo permitían cogerse y, así, inclinarse sobre el agujero sin caerse en aquella montaña de mierda.

Estuve vigilando a Alcázar durante días sin que él me viera. Descubrí que tenía la costumbre de levantarse muy temprano, antes de que nadie hubiera despertado, y hacer sus necesidades sin compañía. Siempre utilizaba la misma letrina.

La mañana de ese viernes, se levantó y se dirigió hacia las letrinas como en otras ocasiones. Oculto en las sombras, encima de una de las gruesas vigas que cruzaban el techo, le esperaba escondido mientras sostenía entre mis manos la cuerda de esparto de un viejo brigadista, que había conseguido a cambio de mi abrigo. Até la cuerda a la viga.

Cuando entró, se colocó justo debajo de donde yo estaba. Desde mi posición veía sus hombros y su cabeza rapada. Le escuché maldecir por el olor del lugar. Esperé a que se bajara los pantalones y se agarrara de los maderos para inclinarse hacia el agujero. En cuanto estuvo en esa posición, le rodeé el cuello con el lazo corredizo y tiré. El nudo se ajustó y la sorpresa le hizo trastabillar, soltándose de los agarres. Al caer hacia atrás, aún se apretó más. Intentó gritar, pero solo consiguió emitir murmullos ahogados. Sus dedos intentaban aflojar la cuerda sin éxito mientras a duras penas lograba mantener el equilibrio apoyado en el borde del agujero con la punta de los pies.

Me bajé de la viga.

Al verme abrió los ojos como platos. Cuando extraje de debajo de mi camisa el viejo cuchillo de cocina de Magda empezó a revolverse. Se lo coloqué entre sus partes desnudas y, al notar el contacto frío de la hoja, Alcázar se quedó muy quieto.

—Mal...dito cr...ío de los coj..., ¿qué coñ... haces? Suél...
tame o te mat...

Le presioné con el cuchillo y enmudeció. Su expresión
enfurecida se transformó en un gesto atemorizado. Por su
mirada me di cuenta de que sabía por qué estaba allí. Moví
la hoja y en la piel se dibujó una línea roja.

—Hos...tia...

Volví a presionar.

—Es...tás lo...co, cha...val... Ay.

Recordé la última sonrisa de Anna antes de separarnos.
Jamás volvería a verla, ni a escuchar su voz. Nunca más sen-
tiría sus labios sobre los míos. Cerré los ojos y hundí el cuchillo con todas mis fuerzas. Alcázar soltó un chillido ahoga-
do. Es curioso lo sencillo que resulta atravesar la carne. La
sangre salió a borbotones. Intentando alejarse del cuchillo,
perdió pie y cayó hacia atrás. La cuerda se tensó de golpe
con un crujido. Por un instante, temí que se rompiera, pero
aguantó. Me miró aterrorizado mientras se agitaba sobre el
agujero, las piernas atrapadas por sus propios pantalones.
En su desesperación, se arañaba la piel del cuello intentando
inútilmente evitar que la cuerda se hundiera en su carne. De
su boca solo surgían gorgoteos. No tardó en dejar de moverse. Menos de lo que yo hubiera querido. Su rostro adquirió un tono gris. Los ojos muy abiertos. Me quedé mirándolo un tiempo más mientras su sangre resbalaba por entre sus
piernas desnudas hasta formar un charco sobre la mierda
del fondo.

77

Luna llena

La tormenta zarandeaba el pesado Wrangler como si fuera un juguete en manos de un niño. Las luces de los faros apenas conseguían iluminar unos metros bajo la tromba de agua que caía. La lluvia arrastraba todo lo que encontraba a su paso e inundaba las cunetas, completamente desbordadas, por lo que la carretera estaba anegada por un manto de lodo, piedras y restos de ramas. Aun así, Álex no levantó el pie del acelerador ni una sola vez.

De forma intermitente, la oscuridad se resquebrajaba cada vez que una descarga eléctrica dividía en pedazos el cielo, para que, a continuación, las contracciones del aire provocaran un estruendo ensordecedor que las montañas amplificaban una y otra vez. Álex entendió por qué los antiguos habitantes de aquellas tierras pensaban que en los Pirineos vivían gigantes de grandes miembros y estruendosas voces, capaces con su furia de destruir valles enteros. Ella misma no se hubiera sorprendido de encontrarse a uno de esos seres fantásticos en medio del camino.

Las transmisiones de la emisora de la policía se habían convertido en un continuo ruido de estática y terminó apagándola. Tampoco tenía cobertura en el móvil.

Se hizo el silencio dentro del coche, solo interrumpido por los sonidos de la tormenta en el exterior. Álex nunca se había sentido más sola.

Recordó la conversación que había tenido con Marc Font un poco antes. Su viejo amigo se extrañó ante la pregunta, pero le respondió sin dudar. Luego contactó con el colegio de Martina y tuvo la suerte de que el director aún estuviera en el centro, a punto de marcharse a casa para evitar quedar aislado por la lluvia. Tras rogarle un buen rato, había accedido a revisar la documentación del departamento. Minutos después le llamaba para confirmarle lo que ya esperaba. Estaba segura de que si alguien hubiera cogido el teléfono en el centro escolar de Aina le hubieran dado la misma respuesta.

Una y otra vez acudía a su mente la imagen de Olivia. Se había acabado el tiempo. No le hacía falta mirar al cielo para saber que, tras las nubes, la luna relucía con la circunferencia completa. Apretó los dientes y contuvo las ganas de apretar más a fondo el pedal del acelerador. Si se mataba en la carretera no sería de ninguna ayuda.

Semioculta por la tormenta, la casa de Jac Maury parecía un lugar muy diferente al refugio sereno que recordaba de su visita anterior. La casa, ahora envuelta en sombras, le pareció uno de aquellos inquietantes lugares de los cuentos donde los protagonistas entraban confiados y se encontraban atrapados por la malvada bruja.

Álex detuvo el Wrangler frente a la cancela. Nada más salir, el viento la empujó contra el coche. La lluvia caía con tanta fuerza que sentía cada una de las gotas que golpeaban su gruesa chaqueta de montaña. No se molestó en llamar y corrió agachada hacia la casa.

Álex recordaba la última conversación con el psiquiatra, cuando le preguntó por el paciente que él mismo le había nombrado. Desde hacía días estaba molesta porque algo no encajaba en su respuesta. Se dio cuenta al hablar con su amigo de la infancia y descubrir que mentía. Los músculos del rostro están conectados a zonas del cerebro vinculadas a las emociones. Maury se había mostrado despistado y luego no le había dado importancia. Sin embargo, entre sus palabras y su expresión corporal había una incongruencia.

Empujó la puerta y esta se abrió en silencio. Desenfundó el arma y pulsó el interruptor de la luz, pero, como esperaba, no funcionaba. Con aquella tormenta se había quedado sin electricidad todo el valle. Se internó por el pasillo, iluminado intermitentemente por el estallido de los relámpagos. La casa estaba helada.

Recorrió entre tinieblas la planta baja de la casa. Atravesó la estancia que, con su extensa biblioteca, hacía de salón y llegó hasta la cocina. Sobre la mesa había una taza con café. La tocó con el dorso de la mano. La cerámica estaba fría. Salió con sigilo y se encaminó hacia las escaleras. Empezó a subir con la espalda apoyada contra la pared y el arma apuntando al suelo.

En la planta superior, la primera estancia era un baño vacío. Justo al lado había un dormitorio. Probó de nuevo a encender la luz, pero seguía sin funcionar. Álex se desplazó por la habitación moviéndose en semicírculos con el arma dispuesta. Nada parecía fuera de lo normal. La cama estaba hecha. El armario, ordenado con varias chaquetas de trajes a cuadros colgando de sus perchas. En la cómoda, junto a la luz y un par de libros, había varias cajas de medicinas. Las ojeó. Descubrió dos cajas de Zofran, que se utilizaba para evitar los vómitos causados por la quimioterapia.

De improviso, oyó un golpe. Álex levantó su arma hacia la puerta. Se colocó junto al marco y asomó la cabeza para observar el pasillo. No había nadie. Se desplazó con pasos medidos hacia la última habitación que le quedaba por revisar. Sentía las palmas de las manos ardiendo alrededor de la culata de la pistola.

La puerta estaba entornada. Álex la empujó y esta se abrió en silencio. Allí, la sensación de frío era mayor que en el resto de la casa. Estalló un nuevo relámpago y, por un instante, iluminó el interior con una luz azulada. Tuvo un sobresalto cuando se vio reflejada en un espejo de cuerpo entero que se apoyaba en una pared. Álex reconoció los contornos del clásico mobiliario de despacho. A un lado, un hermoso reloj de péndulo enturbiaba el denso silencio de la casa con su sonoro tic-tac. La ventana estaba abierta unos centímetros y el estor que la cubría se alzaba y caía contra el marco con cada racha de viento. En el suelo se había formado un charco. Siguió su recorrido con la mirada. El agua se extendía entre las juntas de las baldosas hasta encontrarse con una mancha más oscura que asomaba por debajo de un sillón. Un nuevo relámpago volvió a iluminar la habitación. Álex levantó el arma en un veloz gesto. Había una persona sentada junto al escritorio. Mantenía una pose relajada, recostado y con las manos apoyadas sobre los reposabrazos. Daba la sensación de que la estaba esperando.

—¿Doctor?

Álex avanzó un paso sin dejar de apuntarle. El siguiente relámpago se reflejó sobre la mancha de sangre que, desde el cuello abierto —como una segunda sonrisa—, empapaba la pajarita y se extendía por la chaqueta a cuadros hasta gotear en el suelo y mezclarse con el agua de la lluvia. En ese instante, volvió la luz.

78

—Ahora lo recuerdo todo. Recuerdo cómo se cerró el campo, cómo terminé adoptado por una familia francesa que se apiadó de un niño famélico. Recuerdo que no podía soportar lo que había ocurrido y mi mente decidió dejarlo atrás. Borrarlo. Darlo por inexistente. Y lo conseguí. Tenía un apellido diferente. Me refugié en esa nueva identidad y me transformé en un niño normal sin recuerdos.

»Pasaron los años. Estudié y se me dio bien, llegué a graduarme. Tenía por delante un futuro maravilloso. Entonces, cuando menos lo esperaba, todo cambió, otra vez.

»Conseguí una sustitución en un sanatorio español, un lugar entre montañas. Nunca hubiera podido imaginar lo que iba a ocurrir. Imagine mi conmoción cuando la vi por primera vez. Inmediatamente, me fue familiar. Como si hubiera encontrado un trozo de mi propia alma perdida hacía una eternidad. Fue como abrir una compuerta y que un tsunami de recuerdos arrasara mi mente. Un día la llamé por su verdadero nombre: Anna. No podía creerlo, teníamos una nueva oportunidad.

»Pero fui un iluso. El destino es cruel, pues tan solo pretendía jugar conmigo. De nuevo, todo se perdió. Se convirtió literalmente en cenizas. De nuevo me la arrebataban, y yo no podía impedirlo. Eso me llevó al borde de la locura. —Rio con desgana—. Sin embargo, contra todo pronóstico, volví a reunir los pedazos en que se había convertido mi ser, recogí cada gramo de dolor y rabia y los enterré tan hondo dentro de mí que conseguí volver a olvidar. De nuevo, me convertí en otra persona. Hasta ahora.

—Ha sufrido mucho, lo entiendo, pero esto tiene que parar —rogó Maury.

—¡No!

El grito hizo que el psiquiatra se encogiera como si le hubiera golpeado.

—¿No ha entendido nada hasta ahora?

—Por favor... —se oyó sollozar.

—He estado mucho tiempo sin ser yo mismo. Demasiado. Pero la terapia ha sido un éxito. He conseguido recordarlo todo, gracias a usted. He podido recuperar mis recuerdos. Recuperar a Anna, otra vez.

Maury negó con la cabeza. Aquello estaba mal. Pensaba que podría controlarlo, hacerle ver que aquel no era el camino, pero... Había cometido un error. Oh. Dios. Un error terrible. Escondió el rostro entre las manos.

—La historia ha llegado a su fin, doctor —continuó él ignorando su desolación—. La subinspectora ha resultado ser más capaz de lo esperado, pero cuando descubra la verdad será tarde. Solo queda cerrar el tercer acto. Una última niña que proteger antes de desaparecer de nuevo; aunque, en esta ocasión, me temo que será para siempre.

—No...

Maury apartó las manos de su cara, pero entonces descubrió con horror que las tenía impregnadas de algún tipo de pintura blanca. ¿De dónde había salido? Intentó limpiarse, pero estaba adherida a su piel como si formara parte de ella. Gimió desesperado mientras la voz del otro resonaba en su cabeza.

—Es hora de aceptarlo, Jacques.

Maury se levantó volcando la silla. Tenía que quitarse aquello que cubría sus manos. Tenía que hacerlo ahora mismo. Trastabilló hasta el baño y estuvo a punto de caer al suelo. Bajo el agua del grifo se frotó hasta que, con alivio, empezó a aparecer su piel sonrosada. Entonces levantó la vista y se quedó paralizado.

El espejo cercado de manchas de humedad y grietas le devolvía su reflejo. Su rostro era una máscara blanca. Incrédulo, alzó los dedos temblorosos hasta rozar la mejilla. Debajo de sus ojos, la única parte no maquillada, las lágrimas habían abierto varios surcos en la piel, dándole un aire trágico. Escuchó la voz de su paciente otra vez y observó horrorizado que eran sus propios labios los que se movían.

—Hola, Diago. Qué bien tenerte de vuelta.

Y vio cómo su boca se curvaba en una sonrisa.

79

Álex le cerró los ojos al periodista. No soportaba ver su mirada vacía. Luc Moreau se había acercado demasiado a la verdad. De alguna forma, había llegado a las mismas conclusiones que ella y lo había pagado con su vida.

Un trueno retumbó en el exterior y pareció que toda la casa se estremecía. Desvió la mirada hacia el ventanal. Por unos instantes, el relámpago iluminó el terreno que había detrás, el cable eléctrico que colgaba hasta el cobertizo, apenas visible, y el bosque al fondo. Luego todo volvió a hundirse en la negrura.

Álex se quedó inmóvil unos segundos y, de pronto, atravesó la habitación y bajó las escaleras de dos en dos. Salió al exterior sin importarle la lluvia y corrió hacia la parte trasera de la casa.

El cobertizo se alzaba al lado de la valla, junto al torrente por el que ahora bajaba con tanta fuerza el agua que desbordaba sus orillas. Llegó hasta las altas puertas de doble batiente. Una sólida cerradura las mantenía cerradas. Álex dio un paso atrás, apuntó y disparó. Varias astillas de madera cayeron al suelo. Ahogó un gemido a causa del latigazo que le recorrió el brazo. Maldijo entre dientes mientras veía el agujero abierto en la puerta por debajo del mecanismo intacto. A pesar del dolor, volvió a levantar la pistola. Parpadeó para quitarse el agua que caía por su cara y apuntó de nuevo. Disparó y la cerradura saltó por los aires.

Empujó las puertas, ignorando los espasmos del hombro, hasta que pudo abrir un hueco. Al entrar, automáticamente se encendieron los tubos fluorescentes de dos largos plafones que colgaban del techo. El suelo era de tierra. Aquel lugar resultó ser más pequeño de lo que parecía desde el exterior. A un lado, una lona cubierta de polvo escondía lo que parecía una antigua Volkswagen T1. Álex examinó su interior a través de las sucias ventanillas. Estaba vacía. Recorrió con la mirada el resto del cobertizo. Aparte de un motocultor Garland, un buen número de cajas ordenadas contra la pared del fondo y un cuadro de herramientas de carpintería colgado de la pared, no había nada más.

Sintió cómo le invadía una enorme frustración. Le dio una patada a la puerta de la furgoneta, que resonó con un crujido metálico. Salió al exterior y dejó que la fuerza de la tormenta cayera sobre ella. Se quedó allí, de pie, observando el cobertizo mientras la lluvia la empapaba por completo.

Una idea se abrió paso poco a poco en su mente. Empezó a andar junto a la construcción. Sus botas se hundían en el terreno encharcado. Llegó hasta el final y luego volvió al interior e hizo lo mismo. Había una diferencia de una zancada y media entre una y otra medición. Empezó a revisar la pared del fondo desde su izquierda. Las luces parpadearon. Álex se apresuró, en cualquier momento podía irse la electricidad y se quedaría de nuevo a oscuras. Siguió golpeando con el puño las tablas de madera hasta que llegó junto a las cajas amontonadas en el rincón contrario. Cada una de ellas contenía tres garrafas de cinco litros. Leyó la etiqueta: «Assec Opti, insecticida foliar con acción de ingestión y de contacto, indicado para control de orugas de lepidópteros para manzano, peral y melocotonero». ¿Con qué motivo Maury había comprado aquel producto?

Apartó tres de las cajas y descubrió un cable disimulado en la pared entre los tablones de madera. Golpeó en ese lado y se oyó un sonido hueco. Al apartar el resto de las cajas, descubrió unas marcas de rozaduras en el suelo. Tanteó las tablas, sintiendo su propia excitación, hasta que una cedió y toda una sección se abrió, dejando un hueco de medio metro de alto por el que poder entrar.

El espacio al otro lado era estrecho. Apenas cabía una persona de pie. Dentro de una caja de cartón, encontró media docena de botellines de agua, latas de comida y un paquete de rollos de papel de cocina. En el suelo había una trampilla con una argolla.

Álex la abrió y la dejó caer a un lado, revelando unos escalones que desaparecían en la oscuridad del fondo. Un fuerte olor emanó del interior. Junto a la pared encontró un interruptor. Lo pulsó y se encendió una ristra de luces que desveló el resto de la escalera y el principio de un túnel excavado en la roca. Enfundó la pistola, pues necesitaba las dos manos para bajar.

El pasadizo, de baja altura, estaba afianzado con unas tablas y con vigas de madera, de las que colgaban bombillas desnudas cada dos metros. Las paredes eran de roca y tierra. Álex avanzó por el túnel hasta que torció a la derecha. Tres metros más adelante, el pasadizo terminaba en una puerta metálica. Al estilo de las

antiguas celdas, tenía una apertura en la base, seguramente para alimentar al ocupante, y una especie de
ventanuco estrecho a la altura de los ojos para observar el interior. Unas rejillas situadas en la parte de
arriba permitían que entrara aire. Álex se dio cuenta
de que ya no oía el ruido de la tormenta. Aquel lugar
estaba completamente aislado. Nadie en el exterior
oiría gritos ni llamadas de auxilio. Se estremeció al pensar que, cuando ella visitó la casa, la niña estaba allí
dentro.

Un simple pasador mantenía la puerta cerrada.
En el suelo encontró un candado de combinación
roto. La tierra estaba removida como si se hubiera
producido un forcejeo. Tiró de la puerta mientras
con la otra mano sostenía la pistola. La puerta, cuyas
bisagras estaban pulcramente engrasadas, se abrió
sin ningún ruido. Sin embargo, el hedor que surgió
de la diminuta estancia, horadada en la roca, era horrible.

El espacio no mediría más de un par de metros
cuadrados. Las paredes transpiraban humedad y el
suelo de tierra estaba encharcado. En un rincón había
un colchón, varias botellas de plástico vacías y restos
de un sándwich en un plato de plástico. La celda estaba vacía.

Al volver a la casa, Álex fue directamente al despacho
de Maury. Necesitaba encontrar algo que le permitiera saber dónde había llevado a la niña. Cualquier
cosa. Lo registró de arriba abajo evitando mover el
cuerpo de Moreau, pero no encontró nada. Empezó a
desesperarse. Su mirada se detuvo, entonces, en el cadáver.

Reflexionó un momento. Maury había tenido que reducir al periodista, y luego, tras vestirlo con su propia ropa, le había cortado el cuello con fría eficacia en su propio despacho. Se había tomado todas esas molestias para dejárselo a ella a modo de broma macabra. Pero ¿por qué hacer un esfuerzo de ese calibre y arriesgarse tanto? ¿Qué es lo que quería evitar que ella viera? O, mejor dicho, ¿qué quería que viera?

Se dio cuenta de que la posición de Moreau en el sillón era extraña y no guardaba relación con el *rigor mortis* que empezaba a extenderse por el cuerpo. Su asesino lo había colocado de ese modo por alguna razón.

Volvió a observar el cadáver desde otro ángulo y entonces lo vio. La cabeza estaba girada hacia un lado de modo forzado. Se colocó detrás y siguió la mirada del cadáver hasta una fotografía enmarcada colocada sobre la mesa del escritorio, justo en el lado más alejado de su posición. Estaba vuelta hacia el cuerpo y apartada de otros marcos con fotografías situadas bajo la lámpara del escritorio. La cogió para verla de cerca. En ella aparecía una joven que sonreía frente a la cámara. A su espalda se veía un lago y parte de un edificio. La chica le parecía familiar, pero no conseguía recordar dónde la había visto antes. Al extraer la fotografía del marco, se deslizó sobre la mesa un objeto que estaba escondido dentro. Se trataba de un naipe. El as de tréboles.

En ese instante, las paredes de la habitación se llenaron de luces azules. Álex se asomó por la ventana. Una patrulla de la policía estaba en el exterior, junto a la cancela. Uno de los agentes, cubierto con un chubasquero, iluminaba el interior del Wrangler con una linterna mientras se llevaba la emisora a la boca. Al parecer, estaba pidiendo confirmación del propietario del vehículo, lo que significaba que no debían pertenecer a la comisaría de la Seu, donde su coche era bien conocido. Se fijó entonces en que el compañero se dirigía hacia la casa.

80

Melero entró en el despacho sin llamar. Díaz, que estaba al teléfono, levantó la cabeza sorprendido.

—¿Dónde está? —soltó el joven policía—. La subinspectora Serra —aclaró ante la expresión del intendente—, ¿dónde se ha metido?

Díaz tapó con la mano el auricular.

—Supongo que haciendo su trabajo. ¿Qué...?

Melero cerró la puerta, cruzó la estancia, le arrebató el teléfono de las manos y cortó la llamada ante la mirada atónita de Díaz.

—No hay tiempo para esto. Es totalmente prioritario conocer el paradero de la subinspectora.

Un mal presentimiento atravesó la mente de Díaz.

—¿Puede decirme qué es lo que ocurre?

El joven agente tomó aire y lo soltó.

—Álex Serra es la responsable de los secuestros y asesinatos de las niñas Martina, Aina y, muy probablemente, también de Olivia. Aquí tiene una orden de busca y captura del juez. —Dejó unos papeles sobre la mesa—. Debemos actuar de inmediato.

Díaz se irguió en el asiento.

—¿De qué demonios estás hablando?

—De un desastre que ha dejado que se desarrollara ante sus narices, intendente.

—Explícate.

—Todo se produce a partir de la obsesión de la subinspectora con su hermana desaparecida. Como sabe, abandonó el cuerpo con el objeto de llevar una investigación por su cuenta. Durante ese tiempo, agentes de esta comisaría le han estado facilitando documentación de casos oficiales, lo cual es una falta grave.

—Era consciente de que Álex, quiero decir —carraspeó—, la subinspectora Serra, estaba interesada en descubrir qué había ocurrido con su hermana. ¿Y qué? Lo de los expedientes es una irregularidad que se zanjó en su momento. Eso no la hace culpable de ningún asesinato. Sé que le destinaron aquí, inspector Melero, desde Asuntos Internos para controlarla, pero no creo que eso suponga...

—Esto solo es el principio —le interrumpió—. Ante la falta de resultados, la subinspectora Serra decidió tomar otro rumbo de acción. Primero maniobró para volver a ser admitida en el cuerpo. —Melero hizo caso omiso a la agria expresión del intendente—. Para ello, ella misma creó su propio caso, replicando la desaparición de su hermana Lía con nuevas víctimas. ¿No le parece mucha casualidad que sean tan similares físicamente entre sí? Mientras tanto, durante la investigación iba sembrando pistas de que el responsable era el mismo que hizo desaparecer y, seguramente, asesinó a su hermana hace más de veinte años. De forma inteligente, ha incorporado indicios falsos durante la instrucción, como el hallazgo de un naipe que relacionaba ambos casos. Como jefa de equipo le ha sido fácil. Su objetivo todo el tiempo era forzar las circunstancias para reabrir el caso de su hermana.

—Pero eso...

Díaz calló al recordar el momento, al inicio de la

investigación, en el que Álex le pidió reabrir el caso de su hermana como una de las condiciones para volver. Él se había negado y ella ni tan siquiera había protestado.

—En contra de la opinión de todos, la subinspectora ha asegurado siempre que el asesino no iba a detenerse con una sola víctima. Incluso lo sugirió en una rueda de prensa, ¿por qué? —Melero golpeó la mesa con fuerza—. Porque sabía lo que iba a ocurrir.

—Serra ha sido una excelente policía durante años. Todo esto debe tener otra explicación.

—A falta de unos resultados que solo su mente desequilibrada esperaba, se ha ido incrementando su frustración, y eso la ha vuelto aún más inestable, hasta el punto de golpear y amenazar al padre de una de las víctimas, un importante miembro de la sociedad barcelonesa. Hoy se ha recibido una denuncia de su bufete de abogados.

Díaz musitó un juramento.

—¿Cómo se explica que supiera dónde se hallaba el cuerpo de la segunda víctima? —continuó Melero—. Nadie tiene constancia de esa misteriosa llamada que ella afirma haber recibido. Tampoco se ha investigado, lo que hubiera sido lógico dentro de un procedimiento normal de actuación. De haberlo hecho, hubiéramos sabido que esa llamada no existió. ¡Serra sabía dónde estaba el cuerpo porque ella misma lo había colocado allí!

Díaz observó al joven inspector de Asuntos Internos sin decir nada. Mientras desgranaba las pruebas en contra de Álex, tenía el rostro congestionado por la excitación, como si aquello fuera más allá de lo profesional y hubiera algo personal entre él y Serra. No era de extrañar. Álex siempre conseguía generar aquella clase de reacciones si estabas mucho tiempo con ella.

No quería escuchar nada más. Quería que el tiempo se detuviera y empezar a ir hacia atrás hasta llegar justo al momento en que no sabía nada de todo aquello. Cuando le habían impuesto la investigación interna desde Barcelona no había tenido más remedio que aceptar. Había gente importante que pensaba que Serra debía estar fuera del cuerpo. Y ahora aquella mierda amenazaba con salpicarle. Sentía la garganta seca. Buscó la botella de agua mineral.

—A estas alturas, Serra empieza a cometer errores. Ayer —continuó Melero ajeno a la expresión de Díaz, que parecía sufrir una indigestión— mantuve una conversación rutinaria con el padre de la tercera víctima, Olivia. La niña que sigue desaparecida. Como sabe, *da la casualidad* de que el señor Font es un antiguo implicado en el caso de la hermana desaparecida. En un momento de la conversación, el hombre me preguntó si habíamos conseguido identificar la matrícula del vehículo que le había facilitado a la subinspectora. Le pedí más información sin decirle que Serra había omitido informar sobre ello.

»El señor Font me explicó que, semanas antes de la desaparición de la niña, un vehículo desconocido había permanecido aparcado cerca de la casa algunas noches. Pudo advertir que había una persona en su interior. En la zona todo el mundo se conoce, por lo que le extrañó e inquietó. Ya había noticias de las desapariciones de las niñas en los medios. Un día pudo anotar la matrícula y se la dio a Serra. Que la subinspectora haya obviado esto resultaba, aun dentro de su desconcertante comportamiento, algo inaudito. Es evidente que quien estaba en ese coche podía ser el asesino de las niñas. Cotejé por mi cuenta la matrícula que me facilitó de nuevo el señor Font y ¿sabe qué? —Hizo una pausa—. El propietario de ese coche es la propia subinspectora.

Que recordara Díaz, era la primera vez en su vida que no sabía qué decir. Su corazón apenas luchó con su razón, que rápidamente cogió las riendas de la situación y estableció las consecuencias desastrosas de todo aquello para su carrera. Él era el responsable de haber incorporado a Álex, y eso le haría, a ojos de sus superiores y de los medios de comunicación, culpable. Melero, ajeno al vendaval que se había declarado en la mente del intendente, extrajo de su chaqueta unas hojas dobladas en dos y las dejó caer sobre la mesa.

—Por si quedara alguna duda. Sé que está medicándose con ansiolíticos sin comunicárselo a nadie. Aquí tiene el informe psiquiátrico de la subinspectora. Nos lo ha remitido el doctor Maury, que, como sabe, colabora con el departamento. Retrata a una mujer desequilibrada, obsesionada, llena de ira incontrolada. En él se aconseja su baja inmediata del servicio. —Y continuó Melero en voz más grave—: Es posible que ahora mismo esté a punto de cometer su tercer asesinato. Ya he informado a mis superiores. Desde este mismo instante, los agentes de todas las comisarías de los Pirineos tienen una única prioridad: la detención de Álex Serra.

Díaz asintió con la cabeza.

Cuando el joven inspector de Asuntos Internos se marchó del despacho, el intendente se quedó con la mirada perdida viendo como su mundo perfecto estaba a punto de hacerse añicos.

81

Álex se guardó la fotografía y el naipe y salió de la habitación. Oyó los golpes en la puerta entornada y la voz del agente preguntando si había alguien en la casa. Al mismo tiempo que llegaba al principio de la escalera, el policía entró.

—Menuda noche para trabajar —dijo Álex a modo de saludo.

La luz de la linterna la enfocó de lleno. Se arrepintió enseguida de su tono bromista al ver que el policía se había sobresaltado. Era apenas un muchacho; con seguridad, un novato.

—¿Es usted la propietaria de la casa?

—No. Pero tranquilo, soy compañera.

—¿Cómo dice?

Álex detectó el miedo en la pregunta. El joven la miraba con nerviosismo. La mano tensa sobre la empuñadura del arma que colgaba de la cintura. Se trataba de un agente inexperto y aquella era una noche terrible para estar de servicio; sin embargo, era una forma algo exagerada de actuar.

—Soy la subinspectora Serra —dijo con calma, y se llevó la mano al bolsillo para enseñarle la identificación.

—¡No se mueva! —gritó el muchacho al tiempo que desenfundaba y la encañonaba.

Álex quedó por unos segundos paralizada por la sorpresa. El policía, con expresión asustada, empezó a subir los escalones sin dejar de apuntarle con la pistola. Se acercó a la boca la emisora que llevaba colgada del hombro.

—Sospechosa localizada. So..., solicito refuerzos.

—Estás cometiendo un error.

—¡Contra la pared y las manos sobre la cabeza!

Álex obedeció mientras maldecía para sus adentros. No podía perder el tiempo con aquello. Cuando descubrieran el cadáver de Moreau, se complicarían todavía más las cosas. Para cuando pudiera explicarse, ya sería demasiado tarde para Olivia.

El joven agente terminó de subir la escalera y se situó detrás de ella. Álex podía notar su nerviosismo. La empujó y le hizo separar las piernas. Enfundó el arma, la cogió del brazo derecho con fuerza y la obligó a bajarlo a la espalda, a la altura de los riñones. Álex escuchó el tintineo de las esposas y se tensó cuando la anilla se cerró alrededor de su muñeca.

—No deberías...

—Cierra la puta boca.

Se disponía a cogerle la otra muñeca para terminar de esposarla cuando, en ese momento, las ventanas se iluminaron como si fuese de día y un estruendo ensordecedor sacudió toda la casa. El policía dudó un segundo.

Álex echó la cabeza hacia atrás con fuerza. Su cráneo impactó con la nariz del muchacho, que la soltó y se tambaleó aturdido. Sin esperar a que se recuperara, le bloqueó la mano con la que intentaba empuñar de nuevo el arma reglamentaria y, atrapándolo del chaleco, lo volteó y, utilizando la inercia, lo estampó contra la pared. El policía cayó a plomo con el rostro cubierto de sangre.

Antes de poder comprobar su estado, una luz la deslumbró.

—¡Eh! ¡Alto! ¡Quieta ahí!

La linterna la enfocaba desde abajo de las escaleras. El otro agente de la patrulla había entrado en la casa y alzaba la pistola hacia ella. Álex no dudó ni un instante. Salió corriendo perseguida por los gritos de advertencia del policía.

Atravesó el pasillo y entró en el despacho de Maury. Cerró la puerta tras de sí y giró el pestillo. Pasó junto al cadáver, sin dedicarle una mirada, se dirigió hacia la ventana y la abrió. El aire, impregnado de humedad, removió las cortinas con violencia. A su espalda, la puerta se sacudió por un tremendo golpe. Escuchó voces al otro lado. Puso un pie encima del alféizar. La cerradura saltó por los aires y el policía entró en la habitación. Pero ella ya no estaba.

Como esperaba, sus pies aterrizaron sobre el techo lateral de la casa. La recibió una tromba de agua. Avanzó con cuidado por encima de las empapadas tejas de pizarra, pero, tras dar tres pasos, el viento la desequilibró y resbaló. Cayó de espaldas y empezó a deslizarse como si el tejado fuera un tobogán. Intentó frenarse con los brazos, pero fue inútil. De improviso, la presión debajo de su cuerpo desapareció.

Fue una caída breve. Su hombro herido impactó contra el suelo y un estallido de dolor le recorrió todo el cuerpo. Por un momento, quedó tendida en la hierba. Álex recordaba, de su visita anterior, que aquella parte de la casa daba a una zona donde el terreno se elevaba y la distancia del techo al suelo era como máximo de unos tres metros. Se alegró de no haberse equivocado. Una luz apareció en la ventana desde la que había saltado. Se levantó a duras penas, cogiéndose el brazo, y echó a correr.

La única ventaja con la que contaba era que, con la lluvia que estaba cayendo, apenas se veía más allá de unos metros. Al pasar junto al coche patrulla, se detuvo y abrió la puerta del conductor. Cogió las llaves puestas en el contacto y salió corriendo de nuevo. Unos metros más adelante, las lanzó hacia los árboles sin detenerse.

Saltó al interior del Wrangler. Al encender el motor, los faros iluminaron a los dos policías que corrían hacia ella con las armas en las manos. Uno de ellos, el compañero al que ella había golpeado, se detuvo y apuntó a las ruedas. Álex no esperó a oír el disparo, hundió el pie en el acelerador y el coche le respondió dando un salto hacia delante. Los dos agentes tuvieron que apartarse tirándose a la cuneta. Las ruedas de atrás patinaron y a punto estuvo de perder el control, pero tras unos metros tambaleándose, consiguió enderezar el coche. Unos segundos después, las luces del coche patrulla quedaron atrás.

Álex redujo la velocidad, intentó tranquilizarse y recuperar el resuello. De su muñeca todavía colgaban las esposas. Rebuscó en el hueco junto a la palanca de cambios, donde acumulaba viejos recibos, restos de galletas, monedas y una caja vacía de chicles hasta que encontró lo que buscaba. Introdujo la horquilla del pelo entre la base y la parte dentada de la anilla y, con un chasquido, liberó su muñeca magullada. Se guardó las esposas en un bolsillo del pantalón. Ya se las devolvería al compañero junto con unas disculpas.

Se abrió la chaqueta empapada y extrajo la fotografía que había cogido del despacho de Maury. La colocó sobre el salpicadero, enganchada en la rejilla del aire acondicionado.

Con todo lo ocurrido apenas había podido pensar en ello; sin embargo, en ese instante cayó en la cuenta. Sabía dónde había visto antes a aquella chica. En la fotografía parecía mayor y, desde luego, mucho más llena de vida. Claudia Oletti le devolvió la mirada. Era difícil reconocer aquella sonrisa en las fotografías del forense, pero era ella. Sin duda. Entonces se fijó en el paisaje que se extendía detrás de la muchacha y en el edificio junto al lago y pensó que Bonmatí no había mentido en el interrogatorio. En realidad, la había querido avisar: el mal procedía de la montaña, de arriba de la montaña.

Un pinchazo en el hombro le hizo soltar un gemido de dolor. Se frotó el músculo. La caída del tejado le había hecho más daño de lo que creía. Apenas sentía el resto del brazo. La pantalla del móvil se encendió. Volvía a tener cobertura. Le echó una ojeada al teléfono mientras intentaba no perder de vista la carretera. Tenía una decena de llamadas perdidas, varios mensajes en el correo y un mensaje de voz de Vila. Presionó el *play* para escucharlo.

—Acabo de salir de la entrevista con el antiguo director del sanatorio de Sant Martí. —La voz de la joven transmitía una tensión extraña en ella—. Me ha confirmado que el incendio del sanatorio fue intencionado. Está convencido de que el responsable fue un joven que había llegado pocas semanas antes al sanatorio. Solo recuerda su nombre de pila: Diago. El motivo, al parecer, fue una especie de venganza por la muerte de la chica. —Se hizo el silencio por un instante, pero la grabación no había terminado. La voz de Vila volvió con un tono dubitativo—. Hay algo que... No sé. Quizás sea importante. Hemos supuesto que ese hombre era médico, pero resulta ser una confusión, realmente...

El mensaje se cortó sustituido por la vibración del móvil. Intentó cortar la llamada y continuar con el mensaje, pero, en cambio, fue la voz de Alain la que surgió por el altavoz.

—¿Hola? ¿Álex? ¿Me escuchas?

Hablaba en susurros, como si temiera que alguien le oyera.

—Melero ha resultado ser de la DAI. ¿Te lo puedes creer? Ha traído consigo un equipo de la División de Asuntos Internos de Barcelona y tiene una orden de detención a tu nombre. ¡Te acusa de los asesinatos de las niñas!

Ahora comprendía Álex por qué aquel policía la había encañonado en cuanto le dijo su nombre.

—¿Álex? ¿Sigues ahí?... Hay much... interferencias.

—Sí, Alain. Tienes que...

El policía la interrumpió atropellándose con las palabras.

—No te oigo apenas. Una patrulla acaba de emitir un aviso. Han encontrado un cadáver en la casa de Jac Maury y te han identificado huyendo del lugar. Díaz está como loco. Todo el mundo está buscándote. ¿Qué está pasando?

—Escúchame. No tenemos tiempo.

—¿Qué...? Se cort...

—¡Alain! Hay que enviar varias patrullas y una ambulancia a...

—¿Ale...x?

Lo siguiente que oyó a través del auricular del teléfono fue un pitido intermitente. Luego, la pantalla se oscureció hasta volverse negra. Se había quedado sin batería.

—¡Mierda! —gritó, y estampó el inútil teléfono contra la guantera.

82

Olivia abrió los ojos. Lo primero que pensó es que no lo había hecho. La oscuridad era absoluta. Ni un resquicio de claridad, ni un leve tono gris, pero intuía que ya no estaba en aquella habitación estrecha y maloliente. La había llevado a otro lugar. Hacía mucho más frío y se oía un estruendo continuo, como si estuviera junto a una fuerte corriente de agua.

No se atrevió a gritar por si aquella negrura, como un engrudo, invadía su boca y la ahogaba. Creyó incluso que podía introducirse por sus ojos y dejarla ciega, por lo que cerró los párpados con fuerza y se acurrucó entre las mantas que la cubrían para hacerse lo más pequeña posible.

Al cabo de unos minutos, o quizás horas, no lo podía saber, se atrevió a moverse. Tanteó a su alrededor con la mano. La pared contra la que apoyaba la espalda era de piedra, rugosa y húmeda. A un lado, junto a las mantas, encontró un tubo, como una cañería que ascendía por la pared. Al rozar el suelo con los dedos notó el mismo tacto áspero que en el muro. Dudó si levantarse e intentar encontrar una salida de aquel lugar, pero el miedo a caer por algún agujero que ella no podía ver o golpearse contra algo y hacerse daño la paralizaba.

Además, apenas conseguía mantenerse despierta. Pensaba que la comida que se encontraba cada vez que despertaba tenía alguna clase de somnífero. Horas antes, cuando estaba en el otro lugar, había creído oír a alguien que la llamaba por su nombre y que afirmaba que iba a ayudarla; sin embargo, ahora pensaba que había sido un sueño. Nadie la iba a encontrar. Pensó en sus padres. No volvería a verlos. Un sollozo se escapó de su boca. Deseaba con todas sus fuerzas volver a verlos. Volvió a acurrucarse y se durmió mientras lloraba.

Despertó al sentir que alguien la tocaba. Se irguió con dificultad. No había nadie junto a ella, pero estaba segura de haber notado una mano rozándole la mejilla. Entonces, sintió su presencia.

Antes no sabía qué eran, pero ahora sí, porque había entendido las palabras que le susurraban al oído. Eran las otras. Habían estado allí antes, como ella, atrapadas en aquella oscuridad. También habían sentido miedo. Notaba su aliento sobre la piel, lo que le producía escalofríos. Como si alguien abriera una puerta y la corriente de aire removiera una cortina. Olían a flores viejas, igual que la abuela, y a agua estancada. No las veía, pero, aunque hubiera luz, sabía que tampoco podría verlas. Estaban muertas, y aquel ya no era su sitio; sin embargo, algo las retenía allí. Se dio cuenta de que pronto pasaría a ser una de ellas. Solo estaban esperándola.

Tomó una resolución y se puso en cuclillas. Ella era una chica valiente, como decía su padre. De nuevo, su recuerdo le provocó mucha pena, pero eso no la detuvo. Avanzó despacio, tanteando el suelo por delante de ella, y, aunque la piedra le arañaba las rodillas desnudas, no se quejó. Solo avanzaba sin saber hacia dónde, con el miedo de perder el contacto con la pared y no poder encontrar el camino de vuelta. Siguió adelante hasta que, de repente, se encontró de nuevo con las mantas. Parecía que aquel sitio era pequeño y tenía forma circular. Como un pozo. ¿Pensaba dejarla allí hasta que se muriera? Empezó a llorar, aunque hubiese jurado que ya no le quedaban más lágrimas después de todos aquellos días.

De improviso, al apoyarse en el suelo, su mano tropezó con un objeto que salió despedido, emitiendo un ruido metálico al rodar por el suelo. Olivia se inclinó y buscó a su alrededor a ciegas hasta que sus dedos volvieron a encontrarlo. Se trataba de una cuchara pequeña. Estaba muy fría al tacto. Cogió las mantas, se envolvió con ellas y se sentó apoyándose contra la pared. Sacó la mano por un lado y golpeó la cañería con la cuchara. Un sonido metálico se transmitió como un eco hacia arriba hasta perderse a lo lejos.

Contó otra vez hasta treinta y volvió a golpear.

De nuevo, empezó la cuenta.

Uno, dos...

83

Álex dejó atrás la señal del pueblo de Torre de Capdella. Apenas reducía la velocidad cuando llegaba a una curva. Cada segundo que transcurría le parecía una eternidad. Las luces del coche no conseguían iluminar más que unos metros antes de ser tragadas por la tromba de agua que caía del cielo. El Flamisell se había desbordado y, en algunos tramos más cercanos al río, sentía que el coche perdía adherencia por la cantidad de agua que anegaba la carretera.

Había tomado varias pastillas del bote de analgésicos y, como resultado, había conseguido adormecer un poco el hombro. Sin embargo, el dolor continuaba presente.

Dejó a su derecha la central de Capdella, y la carretera se convirtió en un camino estrecho y mal asfaltado flanqueado por árboles a uno y otro lado. Álex no levantó el pie del acelerador. Pasó como una exhalación por entre unas casas y, tras superar un nuevo tramo de curvas, llegó a un puente. Las aguas del río bajaban con furia y golpeaban los cimientos asaltando la carretera.

Más adelante, el camino se complicó con curvas más pronunciadas y tuvo que reducir la velocidad, o de lo contrario se arriesgaba a terminar en el río. La carretera empezó a ascender y creyó distinguir los perfiles de las montañas que marcaban la puerta de entrada al sur de Aigüestortes. El Wrangler avanzaba zarandeado por el viento y la lluvia como si fuera un juguete y los elementos estuvieran sorprendidos de su presuntuosa presencia allí.

Tras lo que le pareció una eternidad, por fin vislumbró la presa de Sallente. Sus aguas oscuras se removían inquietas. Pasó de largo el parking vacío y rodeó el embalse hasta que la carretera terminó frente a la valla metálica de las instalaciones de la subestación eléctrica. A su lado se levantaba el edificio del teleférico, al que se accedía por una empinada escalera lateral. Dos coches estaban aparcados justo debajo. Álex reconoció el automóvil de Maury.

Al final de la escalera se encontró con un operario envuelto en un chubasquero empapado. El hombre mascullaba por debajo mientras cerraba la puerta de la entrada.

—Un momento —le gritó Álex para hacerse entender bajo el ruido de la tormenta.

El hombre se volvió con cara de sorpresa.

—*Què collons...?*

—Necesito subir allí. —Señaló la montaña.

—Pues no va a ser hoy —respondió mientras empezaba a bajar por las escaleras—. Con este tiempo es una locura. Esta instalación solo abre de julio a septiembre. Algún gracioso ha forzado la cerradura y encendido la máquina. Esta es la tercera vez en los últimos meses. Voy a avisar a la Guardia Civil.

Álex rebuscó en el interior de su chaqueta y le mostró la identificación.

—Vuelva dentro y póngalo en marcha otra vez. Ahora. Y luego llame a la policía.

El hombre se disponía a replicar, pero entonces advirtió la expresión de la mujer que tenía enfrente, con los brazos en jarras, y tan solo asintió.

Álex se montó en la cabina y las puertas se cerraron tras ella. Con un tirón, el cubículo se desprendió de la rampa y empezó a ascender. En cuanto salió de la protección del edificio, el viento la zarandeó y la lluvia golpeó el techo metálico, provocando un ensordecedor ruido en el interior. Según cogía altura, el embalse de Sallente, encajado entre las montañas, empequeñecía a gran velocidad a su espalda. Álex miraba fijamente hacia arriba, ignorando la belleza de las vistas. No dejaba de pensar en Olivia. No consideraba la posibilidad de no llegar a tiempo. No quería volver a fallar.

El teleférico superó una torre con un leve salto, un traqueteo y se sumergió en la bruma. De repente, un manto gris cubrió los ventanales. La cabina recorrió unos metros más y, tras un último salto, se detuvo bruscamente y se abrieron las puertas. Habían llegado.

La niebla cubría la cima. Hasta donde la vista alcanzaba se extendía un paisaje de sombras grises que cambiaban de forma según se alzaba el viento. Álex consultó el mapa que había cogido del coche: desde donde se encontraba empezaba una senda que se internaba entre placas de nieve, rocas y pequeños arbustos hasta desaparecer unos metros más allá.

La lluvia, que había parado un momento, empezó a caer de nuevo con fuerza mientras caminaba. Allí arriba, a más de dos mil metros de altitud, el frío y el viento la obligaban a ir encogida para avanzar. Pasó junto a una caseta de información del parque, que estaba cerrada, y, tras un recodo, apareció la lámina de agua del lago Gento. El camino continuaba por encima de una larga pasarela en forma de media luna que recorría la parte superior del muro de contención del embalse. Sus aguas, a punto de desbordarlo, anegaban el camino.

Al final, el terreno se alzaba por encima del agua formando una pequeña elevación. Las nubes se abrieron por un instante y la luna llena derramó su luz sobre unas antiguas ruinas: el sanatorio de Sant Martí.

Bajo la tormenta, el viejo edificio parecía un ser monstruoso recién emergido de las aguas oscuras junto a las que se alzaba. La bruma a su alrededor lograba que diera la sensación de que estaba envuelto por su propio aliento.

Al acercarse, Álex distinguió que el sanatorio, en realidad, estaba formado por un conjunto de edificaciones de diferentes alturas y formas. Los gruesos muros estaban cubiertos de musgo y profundas grietas. Apenas quedaba algún techo intacto. La sección de la torre principal se había desmoronado y sus restos se confundían con las rocas de la propia montaña. El incendio había sido tan devastador como para que a nadie se le ocurriera volver a rehabilitar el edificio. Una parte del sanatorio, observó Álex, recaía sobre una zona rocosa que asomaba al vacío. Cuatrocientos metros más abajo se adivinaban los contornos del embalse de Sallente. Se detuvo frente a la entrada principal. Las puertas hacía tiempo que habían desaparecido.

Al entrar en el edificio, encendió la linterna que llevaba. Los pasos de sus botas en el suelo resonaron en el amplio hall. El edificio era vasto, con muchas estancias y salones. Tardaría una eternidad en registrarlo incluso con ayuda. Sin embargo, Álex creía saber dónde se encontraba Olivia.

Recordó lo que Vila le había explicado sobre cómo el edificio se asentaba sobre el sistema de aprovechamiento de energía hidráulica. Según los planos que había podido ver en la comisaría, tenía que haber una entrada junto a las antiguas cocinas que bajaba a los sótanos del edificio.

Tardó unos minutos en encontrarla. Estaba tan cubierta de hollín que casi pasa de largo. La puerta se resistió y amenazó con desmoronarse hasta que, con un crujido, consiguió abrirla. Al otro lado se vislumbraba un pasadizo que a los pocos metros se fundía con las tinieblas. De fondo, se oía el rumor del agua. Los túneles de Bonmatí.

84

Maury se desplazó por las desoladas salas sin detenerse. Los fantasmas del pasado parecían aullar a su alrededor y no quería despertarlos. Casi podía oír el crepitar de las llamas y los gritos de los internos, pero, por encima de todo, era la imagen de Claudia la que volvía una y otra vez a su mente. De Claudia o de Anna, era lo mismo para él.

Entró en una sala que, anteriormente, había sido un comedor. Era de las pocas que mantenía el techo más o menos intacto. Las ventanas estaban tapiadas y tan solo la luz que llevaba le permitía andar por allí. Bajó unas escaleras y accedió a un pasadizo que daba al otro lado de los canales de agua. El ingeniero que había ideado aquel lugar era un enamorado de los laberintos.

En medio de la oscuridad se alzaban los paneles traslúcidos de un invernadero, parecía un objeto extraño, fuera de lugar. Le había costado un tiempo reconstruirlo. Disponía de agua en abundancia y también de energía. Nadie lo molestaba.

Abrió la puerta. Distribuidas en largos caballones de tierra, las plantas, de tallo fino y largas hojas coronadas con ramilletes de flores amarillas, habían crecido hasta casi su cintura. Maury las acarició con mimo mientras avanzaba por el centro del invernadero. En su cabeza empezó a sonar la música, y se dejó llevar hasta entonar la melodía con la boca. Se acercó a una mesa de bebidas vacía de botellas, donde había dispuesto un viejo tocadiscos y unos altavoces. Encendió el aparato y, con suma delicadeza, depositó la aguja sobre el antiguo disco de vinilo. Durante unos segundos solo se oyó el zumbido sordo de la aguja, hasta que empezaron las primeras notas que había compuesto Granados para *Liliana*. Cerró los ojos y, por un momento, se vio transportado a aquel día. Ella nunca había estado tan bella como con aquel vestido de seda, el pelo suelto y la corona alrededor de la cabeza.

Siguiendo el ritmo de la música con la cabeza se sentó en una silla frente a un banco de trabajo donde tenía todo el instrumental. Ya tenía dispuesto el resto de las flores, recién traídas de la montaña, sobre unas bandejas de madera. Con una navaja cortó un manojo de isatide y lo dispuso sobre la mesa al otro lado.

Entonces, cuando consideró que estaba todo listo, empezó. En esta ocasión, trenzaría la corona más hermosa de todas. Olivia se la merecía. La pobre niña padecía un tormento en aquella casa y él se proponía salvarla. Nunca más volvería a sufrir a manos de nadie. La angustia trepó por su interior. Un miedo profundo y oscuro se apoderaba de él cuando pensaba en lo cruel que podía ser el mundo, capaz de cercenar la inocencia de una niña. Cruzó, con gran pericia de los dedos, las primeras ramas, empezando a formar el círculo que coronaría a su bella hada.

85

La luz de la linterna rebotaba en el suelo de piedra. Álex avanzaba con precaución por el pasadizo, atenta a cualquier sonido. Tiritaba de frío a causa de la ropa empapada y, aunque intentaba ignorarlo, el dolor de su hombro había vuelto con mayor intensidad una vez que las pastillas habían dejado de hacer efecto. Si hubiera tenido opción, se hubiera dejado caer en cualquier sitio para descansar. En lugar de eso, tomó aire y siguió avanzando. No pensaba salir de allí sin Olivia.

Llegó hasta una plataforma que se alzaba por encima de una enorme galería. Desde ese punto elevado se podía distinguir el complejo sistema hidrológico construido debajo del antiguo sanatorio. Una de las obras de ingeniería más brillantes de principios de siglo. Las aguas de veintiséis lagos convergían en aquel lugar. El agua era transportada a través de túneles en profundos canales excavados en la roca que formaban una especie de laberinto. Atravesaban balsas de contención, depósitos, esclusas y motores hidráulicos hasta terminar en un enorme colector, justo debajo de donde se encontraba, por el que el agua caía con una fuerza brutal al embalse de Sallente, seiscientos metros más abajo.

Encontró una escalera metálica que bajaba hasta el borde de uno de los muros. Álex se guardó la linterna, enfundó el arma y empezó a descender. La escalera crujió al sentir su peso. Según bajaba, sus manos se llenaban de escamas de óxido. Cuando llegó abajo, el estruendo era sobrecogedor.

El lugar donde habían encontrado a Claudia Oletti, tal y como les explicó el antiguo guardia civil, estaba algo más adelante. Álex suponía que allí encontraría a Maury y a la niña. Esperaba no haberse equivocado.

Volvió a empuñar la linterna. Iluminó el estrecho paso encharcado por el que tenía que avanzar. Evitó mirar abajo. El agua golpeaba los muros de piedra formando nubes de espuma que empapaban sus pies. Tras recorrer unos metros, llegó frente a los dos túneles en los que el camino se bifurcaba. Álex se detuvo un instante. Recordando las indicaciones que le había transmitido Vila, eligió la segunda galería.

El canal de agua de esa sección se había quedado a su derecha. El camino, aún más estrecho y resbaladizo que el anterior, corría pegado a la pared. Una vieja maroma colgaba de unas argollas incrustadas en el muro a modo de pasamano. Debía ir con mucho cuidado o terminaría en el agua, lo que era una muerte segura. Cada pocos metros, el túnel se volvía a dividir, hasta que, tras unos minutos que se le hicieron muy largos, sus pasos la llevaron a un espacio abierto.

Un puente de tablas de hierro salvaba un canal más ancho y conectaba con la siguiente galería. Parecía a punto de desmoronarse. Mientras lo cruzaba sintió la fuerza de la corriente de agua que, bajo sus pies, caía una decena de metros más abajo formando una cascada. Las paredes del túnel multiplicaban su sonido ensordecedor.

La siguiente galería era más estrecha y la obligó a ir inclinada, pero, en compensación, el fragor del agua fue reduciéndose hasta que se convirtió en un rumor lejano. En algún momento el camino empezó a girar y, por un instante, Álex se desorientó. Empezaba a pensar que se había equivocado cuando llegó a una sala circular algo más amplia que las anteriores. Unas tuberías recorrían las paredes y se perdían en la oscuridad. A un lado, se amontonaban varios contenedores de plástico. Echó un vistazo en el interior de uno de ellos, contenía unas cajas con varias latas de comida y tres garrafas de agua mineral. Desde aquel lugar partían otras tres galerías, el problema era que no recordaba aquel lugar en las descripciones del guardia civil. No sabía por dónde ir.

Entonces oyó un golpe metálico. En un principio pensó que era producto de su imaginación, porque le había parecido oírlo antes, pero, al acercarse a una tubería que recorría la pared, volvió a oírlo con más claridad. Puso la mano encima del conducto y esperó. Unos segundos después se repitió el sonido, y le pareció sentir las vibraciones.

Siguió la tubería mientras sujetaba la linterna con una mano y con la otra empuñaba la pistola. El olor a podredumbre se hizo más y más intenso según avanzaba. Cada tanto escuchaba el golpe. En una ocasión dejó de oírlo. Volvió sobre sus pasos y tomó otro túnel. Atenta a las sombras, crispada por la tensión, esperaba en cualquier momento la aparición de Maury. Unos metros más adelante, el túnel desembocó en una sala sin salida. En el centro del suelo, excavado en la roca, se abría un pozo. Los golpes surgían de su interior.

Álex se asomó e iluminó el interior. Tenía unos cuatro metros de profundidad. Al fondo, distinguió un pequeño bulto acurrucado entre mantas. Apenas se movía, excepto por una mano diminuta que sujetaba una cucharita pequeña junto a una tubería.

—Hola.

La mano se detuvo en el aire y luego volvió a golpear. A Álex le pareció escuchar un murmullo, como si la niña estuviera contando. Necesitaba algo para sacarla de allí.

Recorrió la sala con la linterna girando sobre sí misma. Aquel lugar parecía una antigua habitación para el descanso de los operarios. Descubrió un viejo cuarto de baño con un espejo resquebrajado, una mesa desvencijada y un armario de herramientas vacío. Un poco antes de completar el círculo, la luz reveló un cubo atado a una cuerda junto a una escalera metálica apoyada contra la pared.

En unos segundos, colocó la escalera y bajó. El frío y la humedad allí eran insoportables. Se agachó junto al bulto escondido entre las mantas, alargó una mano y lo tocó. Se retiró como si le hubiera dado una sacudida eléctrica. Álex apartó las mantas con delicadeza. La niña se apartaba intentando escapar. Finalmente, la luz de la linterna iluminó el rostro sucio de Olivia.

—Tranquila. Soy agente de policía. Te voy a sacar de aquí.

La niña murmuró algo ininteligible. Tenía los ojos entornados, y seguía con la cuchara en la mano y el brazo tendido hacia la tubería. Álex la cogió de los hombros con suavidad e hizo que la mirara.

—¿Puedes ponerte en pie?

Olivia pareció sorprendida, como si no creyera que Álex fuera real. Pero, trastabillando, la obedeció y se alzó hasta erguirse apoyada contra el muro. Iba descalza y vestía una tela de seda por la que se transparentaba su pequeño cuerpo desnudo. Álex se deshizo de la chaqueta y envolvió a la niña con ella.

—¿Y papá? —dijo por primera vez con un hilo de voz.

—Pronto vas a volver con él. Soy... una vieja amiga suya. —Respiró hondo—. ¿Sabes dónde está el hombre que te ha encerrado aquí?

La niña negó con la cabeza repetidamente. Los ojos aterrorizados.

—Bien. Ahora necesito que me ayudes, Olivia. ¿Lo entiendes? ¿Vas a ayudarme?

La niña asintió. Álex se guardó la linterna y se quedaron a oscuras por un momento. Sintió como la niña intentaba volver al refugio que le ofrecían las mantas. Álex lo evitó cogiéndola entre sus brazos. Estaba temblando.

—Tranquila. Tranquila. Estoy aquí. Necesito las dos manos. Cógete fuerte a mí. Vamos a salir.

La cargó a su espalda y la pequeña le rodeó el cuello. Rezó para que no se soltara y empezó a subir los peldaños resbaladizos de la escalera. La niña pesaría cerca de treinta kilos y no era una carga sencilla, aún menos con su hombro herido, pero consiguieron salir del pozo. Al llegar arriba, encendió de inmediato la linterna para tranquilizar a la niña.

—Eres una niña muy valiente, Olivia. Ahora necesitamos que sigas siéndolo un poco más, ¿de acuerdo?

Volvió a asentir con la cabeza. Parecía algo más espabilada, aunque debajo del chaquetón de Álex no dejaba de temblar. La cogió de la mano. La tenía helada.

—No me sueltes por nada del mundo —le susurró.

Avanzaron por el oscuro túnel en silencio. Iban muy despacio, para desesperación de Álex, pero la niña no podía ir más rápido con los pies desnudos. Sus pasos tampoco eran muy seguros y en cualquier momento podía caer al agua. Se detuvieron un momento. No había otra solución. Álex enfundó la pistola y la cargó a la espalda. El hombro le pegó un pinchazo, pero lo ignoró e intentó centrarse en avanzar un paso tras otro. Apenas conseguía sostener a la niña e iluminar el estrecho camino por el que iban. A pesar de no llevar abrigo, no sentía el frío a causa de la tensión. No dejaba de preguntarse dónde estaría Maury.

Llegaron a la sala donde había encontrado las cajas de comida junto a los depósitos. Un poco más allá estaba el puente. Álex decidió darse un descanso. La niña parecía agotada. No podían continuar así, el psiquiatra conocía mejor que ella aquel laberinto, no podía cargar con la niña y defenderse. En ese momento, escuchó un sonido túnel arriba. Alguien venía.

—Olivia, escúchame. Escúchame con atención.

La niña abrió los ojos como si se acabara de despertar. La había asustado el tono de urgencia de su voz.

—¿Recuerdas el juego del escondite? Seguro que jugaste muchas veces cuando eras más pequeña.

Ella asintió. El sonido se oyó con más nitidez: se trataba de un silbido. Alguien estaba silbando.

—Genial. Quiero que te escondas tras esos depósitos y no salgas, pase lo que pase, hasta que yo vuelva a por ti.

Olivia empezó a negar con la cabeza e intentó

abrazarse a ella, pero Álex la separó y la miró fijamente.

—Eres muy valiente. Puedes hacerlo —le susurró.

La niña no dijo nada más. Se acurrucó entre las cajas y se enroscó en la chaqueta de la policía. Se quedó allí muy quieta. Álex le sonrió por última vez y se internó en las tinieblas empuñando la pistola.

86

El silbido se interrumpió de golpe. Durante unos segundos, tan solo se oyó el estruendo de la corriente de agua, hasta que una voz surgió de la oscuridad.

—Subinspectora Serra, ¡qué sorpresa más agradable!

Maury apareció en medio del túnel con la expresión afable que Álex tan bien conocía. Sonrió al verla. La pintura blanca le cubría el rostro, excepto alrededor de los ojos, donde el maquillaje se había corrido. Vestía ropa de montaña y llevaba en la cabeza un frontal apagado. En la mano derecha sostenía con delicadeza una corona de flores. Desde aquella posición, Álex no podía ver la otra mano. Rodeados por las tinieblas, la única luz era el círculo que dibujaba su linterna sobre el pecho del psiquiatra.

—Jac Maury, queda detenido —dijo Álex levantando la pistola—. Póngase de rodillas, las manos en la cabeza...

El hombre no se alteró. Como si no la hubiera oído, dio un paso adelante.

—No se mueva de donde está.

—Tengo una curiosidad: ¿cómo me descubrió?

—Cuando supe por qué elegía a las niñas. El padre de Olivia me comentó de pasada que su mujer recibía ayuda y, entonces, me di cuenta de la relación. No fue difícil comprobar su trabajo con los departamentos psicopedagógicos de los colegios de Martina y Aina. De ese modo, tenía acceso a los historiales de centenares de niñas.

—Ha evolucionado mucho, querida. Estoy orgulloso de usted.

Álex no pudo evitar una mueca cuando el dolor del brazo le hizo rechinar los dientes.

—He dicho «quieto».

—Apenas puede sostener el arma, ¿no es cierto?

Un sudor frío empapaba el rostro de Álex. Les separaban tan solo un par de metros.

—Póngame a prueba.

—Apuesto a que ni tan siquiera es capaz de disparar. ¿Cree que podrá matarme?

Avanzó un paso más. El dedo de Álex se crispó sobre el gatillo.

—Seamos sinceros. Tampoco creo que lo haga, porque sabe que, entonces, me llevaré a la tumba todo lo que sé sobre la desaparición de su hermana.

La pistola vaciló en el aire un segundo, y, entonces, Maury se movió.

El disparo resonó en la galería de forma ensordecedora. La linterna salió despedida, rodando por el suelo de piedra. El haz de luz iluminó en todas direcciones mientras forcejeaban en el suelo hasta que se oyó un chapoteo y todo quedó a oscuras. Maury, aprovechando su envergadura, consiguió ponerse encima de ella y le golpeó el hombro herido repetidas veces. El dolor fue tan grande que Álex pensó que iba a desmayarse, pero no soltó la pistola. A continuación, sintió un fuerte pinchazo en el cuello. Soltó un grito. Rodó por el suelo hacia un lado y disparó.

El fogonazo iluminó por unos segundos el túnel. Maury ya no estaba.

Álex se levantó y retrocedió a tientas hasta que notó la pared a su espalda. De repente, sintió un sudor frío y le empezaron a temblar las manos. Respiró hondo y se centró en el tacto de la empuñadura de la pistola mientras intentaba situar la posición del psiquiatra.

—Le he inyectado insulina, querida mía.

La voz de Maury resonó en la oscuridad con un eco tan profundo que hacía imposible situar su procedencia.

—Me temo que su cuerpo ya está empezando a sufrir sus efectos. Solo tengo que esperar.

Sabía que no mentía. Los temblores se estaban extendiendo por todo su cuerpo y empezaba a notar que tenía problemas para mantenerse de pie.

—Así que es de esta forma como termina con sus vidas. Muy inteligente. La insulina no deja ningún rastro en el cuerpo y un pinchazo es casi imperceptible.

—Pensaba que lo había entendido. Ellas no mueren. Se transforman en algo mejor, para siempre.

—No hizo lo mismo con el periodista.

El psiquiatra tardó unos segundos en responder.

—Bueno, no me puede responsabilizar de los actos de otros.

Álex no acabó de entender sus palabras porque, de pronto, un fuerte mareo la invadió.

—Ha sido muy amable de usar a Moreau para indicarme cómo encontrarlo —insistió Álex. No sentía la boca y le costaba pronunciar.

El psiquiatra no respondió. Álex se aclaró la garganta. Tenía que hacerle hablar, necesitaba que su voz la guiara.

—¿Cómo supo que era un as de tréboles? Nadie excepto los niños que estábamos allí lo sabíamos.

La risa de Maury pareció multiplicarse en la oscuridad.

—Ay, pobre Álex. ¿Aún sigue con eso cuando está a punto de morir?

—Maldito cabrón. ¡¿Qué hizo con Lía?!

Álex había gritado sin darse cuenta. Su voz airada resonó en la galería, pero tan solo obtuvo como respuesta el estruendo del agua.

—Joder, no es más que un puñetero tarado.

—Oh, no me decepcione, querida. Usted mejor que nadie ha entendido mi labor.

—Mis compañeros están a punto de presentarse aquí. Todo el mundo sabe que es el responsable de las muertes de las niñas. Se acabó.

—No mienta, no le sienta bien. En todo caso vienen a por usted. Creen que es una persona inestable y peligrosa. Y tienen razón... —Suspiró antes de proseguir—. De todas formas, ya no importa. Este es mi último saludo en el escenario. Estoy enfermo, querida subinspectora. Me quedan unos meses. A lo sumo un año.

Álex disparó y el fogonazo le permitió ver por un instante una forma borrosa moverse a su izquierda. Ignoró los pinchazos del hombro, apuntó hacia esa dirección y volvió a disparar dos veces. El estampido de los disparos se multiplicó ensordecedor por los túneles. Álex se mordió el labio para evitar gritar de dolor. Estaba perdiendo la sensibilidad de los dedos y le costaba horrores mantener el brazo en el aire. Le pareció que una sombra se desplazaba ahora a su derecha. Apoyó el brazo en el costado y apretó el gatillo de nuevo, pero esta vez tan solo se escuchó un clic metálico.

—Ha fallado, Serra. Ya no le quedan más balas y, además, se está muriendo. Es hora de que me diga dónde ha escondido a Olivia.

Álex no respondió, estaba empapada en sudor. Notaba la lengua seca y sentía el corazón desbocado, como si fuera a tener un ataque al corazón. Rebuscó en sus bolsillos para hallar algo que pudiera utilizar a modo de arma, pero solo encontró las esposas del agente que había intentado detenerla horas antes. Parecía que había pasado toda una vida desde entonces. Se le resbaló la pistola de entre las manos. Ya no podía dominar el temblor del cuerpo. Cayó de rodillas y se dio cuenta de que estaba a punto de perder el conocimiento.

—Piense que por fin va a descansar. Ya no tendrá que preocuparse por su hermana, ni por ninguna otra cosa. Nunca volverá a tener miedo.

Álex se tambaleó. En su mente se formó una imagen de Olivia. Iba a fallarle. Igual que había hecho con Lía.

La rabia empezó a agitarse en su interior. Al principio eran apenas los restos de un ascua de la que surgía una pobre llama, pero, poco a poco, esa llama fue creciendo y creciendo hasta que se convirtió en una hoguera que la inflamó por dentro y, en unos segundos, se extendió por todo su cuerpo como un incendio imparable. En esta ocasión, no hizo nada por controlarse, dejó que la ira la arrastrara. Y no pensó en nada más, solo en levantarse.

Percibió un cambio de aire a su derecha. A pesar de sus embotados sentidos, creyó ver una sombra que se interponía entre la cascada y ella. El sonido producido por la caída del agua era diferente. No sabía si se lo estaba imaginando, pero tampoco tenía tiempo de averiguarlo. Apoyada contra la pared, cerró los ojos y cargó con sus últimas fuerzas.

Sintió la sorpresa de Maury cuando sus cuerpos chocaron. El golpe hizo que el psiquiatra vaciara el aire de sus pulmones y cayera con pesadez hacia atrás. La pluma de insulina que empuñaba salió despedida y se perdió en la oscuridad. La inercia los llevó sobre el puente, que se combó al recibir tanto peso de forma inesperada.

Todo ocurrió en unos segundos.

Una serie de chasquidos metálicos precedieron a un largo crujido. Los envejecidos cables de sujeción saltaron por los aires y el puente se desmoronó bajo sus pies.

Enzarzados como estaban, Álex sintió como caían. Se tensó esperando el abrazo de las heladas aguas del fondo. La corriente los arrastraría por el laberinto de canales hasta el colector. Si no morían por los golpes, lo harían ahogados. Sus cuerpos terminarían flotando en el embalse de Sallente. Era el final, pero le parecía bien. Olivia estaría a salvo.

Sin embargo, para su sorpresa, no se hundieron en el agua. En lugar de eso, cayeron entre restos de la barandilla, cables y tablones metálicos sobre un saliente rocoso y rodaron hasta el borde.

Álex descubrió que, tras el derrumbe, el primer tercio del puente había quedado encajado en un hueco de la pared de piedra evitando que cayeran. Escuchó al psiquiatra a su lado intentando levantarse. Iba a advertirle que no lo hiciera cuando los restos de la estructura se inclinaron con violencia lanzándolos a un lado.

Álex consiguió sujetarse al pasamanos. Cuando alzó la vista, Maury había desaparecido.

Sin pensarlo, se soltó y se arrastró con cuidado hasta el borde. El psiquiatra colgaba en el vacío agarrado a un tablón. Unos metros más abajo, la corriente de agua chocaba con furia contra las rocas del fondo esperando su caída. Álex se inclinó hacia él y el puente se estremeció con un crujido. Muy despacio, consiguió acercarse lo suficiente para cogerle de la muñeca, descubriendo parte de su brazo, cuya piel era un nudo de cicatrices que se perdía dentro de la manga. Sus rostros apenas quedaron a un palmo de distancia.

—¿Pretende salvarme?

Álex resopló.

—Quizás sería mejor que me dejara caer.

—No se lo voy a poner tan fácil.

—Y si le dijera que su hermana murió entre horribles sufrimientos...

Por un momento, Álex aflojó la mano, pero entonces volvió a reunir fuerzas y lo agarró con más decisión.

—No juegue conmigo. No pienso soltarlo. Ni hablar.

Entonces oyeron algunas voces por encima de sus cabezas. Álex pensó que eran producto de su mente aturdida hasta que varios haces de luz iluminaron la galería. El rostro pálido de Maury se curvó en una mueca que mostró los dientes enrojecidos por la sangre. Al parecer, uno de sus disparos no había fallado. Álex tragó saliva; intentó llamar la atención de los propietarios de las linternas, pero le costaba un enorme esfuerzo hablar y su visión volvía a emborronarse. No podría aguantar mucho más tiempo.

—¡Allí hay alguien! —escuchó gritar al otro lado del puente. Las luces los enfocaron.

—Es usted una persona muy interesante, subinspectora —le dijo Maury—. Lamentablemente, parece que nuestra relación ha llegado a su fin. Ambos vamos a morir. Aunque yo lo haré un poco antes.

Álex sintió como el brazo del psiquiatra se resbalaba de entre sus dedos. Intentó agarrarlo de la ropa, pero Maury, con los ojos clavados en ella, curvó los labios en una última sonrisa y se soltó. Las aguas se abrieron para recibirlo. Justo al mismo tiempo se oyó un chasquido metálico y la voz ronca, apenas audible, de Álex.

—Y una... mierda.

La caída se interrumpió bruscamente. Maury se balanceó hasta golpearse contra la pared de piedra y quedó colgando de los restos de la pasarela de hierro, que se estremeció por el impacto. A sus pies, el agua aullaba decepcionada por la pérdida de su presa. Aturdido, el psiquiatra se dio cuenta entonces de lo sucedido, empezó a patear en el aire y tiró desesperado de la anilla metálica de las esposas que rodeaba su muñeca mientras la maldecía a gritos. Sus alaridos se repitieron en un eco sin fin a través de los túneles.

Eso fue lo último que Álex oyó antes de hundirse en su propia y confortable oscuridad.

VI

«¡Se acabó!», dijo Max, y envió a los monstruos a la cama sin cenar.

Y Max, el rey de todos los monstruos, se sintió solo y quería estar donde alguien le quisiera más que a nadie.

Maurice Sendak

IV

87

Michael Jackson ha sido declarado inocente de abusos a un menor. Tras más de treinta horas de discusiones, las ocho mujeres y cuatro hombres que componían el jurado del tribunal de Santa María de California han exculpado a la estrella del pop de los diez cargos que pesaban sobre él. A las puertas del juzgado, miles de fans han celebrado la noticia. Dos mil periodistas de treinta y dos países se han desplazado hasta esta localidad para seguir las deliberaciones y dar a conocer el veredicto...

Álex apagó la radio justo cuando empezaban los primeros acordes de *Heal the World*. Condujo agradeciendo el silencio mientras se removía incómoda por culpa de los vendajes y los apósitos bajo la ropa. Todavía sentía malestar por las heridas producidas en el enfrentamiento con Maury y la reciente operación de su hombro, pero lo peor era el dolor de cabeza. Los médicos la habían avisado de que tendría durante un tiempo molestias tras la severa hipoglucemia que había sufrido. Había estado muy cerca de entrar en coma. En el hospital, tras administrarle una solución de dextrosa por vía endovenosa, le explicaron que había sido muy afortunada. De haberle inoculado todo el contenido del dispositivo de insulina habría muerto.

Maury estaba aún con vida cuando los sacaron del viejo sanatorio. La bala le había atravesado limpiamente el costado afectando un pulmón. Lo habían conseguido estabilizar y estaba fuera de peligro. Sin embargo, no podría usar la mano izquierda durante bastante tiempo. Las esposas le habían roto la muñeca. Una vez detenido, y tras una primera declaración, no había vuelto a decir una palabra. Le habían trasladado a la Unidad de Hospitalización Psiquiátrica Penitenciaria de Brians. Pasaría el resto de su vida interno en un ala especial de un centro para reclusos con problemas de salud mental. La estancia se presumía corta a causa de su enfermedad.

Las escuetas explicaciones del psiquiatra habían conseguido resolver algunas incógnitas de la investigación. Tras el incendio del sanatorio, Maury se había cambiado el nombre original, Diago, por Jacques, y adoptó la abreviatura de Jac. Poco después conoció a una mujer que terminaría siendo su esposa. Álex había visto algunas fotos y se trataba de una inquietante versión adulta de las niñas. Cuando esta falleció, a principios de año, la personalidad de Diago empezó a tomar el control. Maury intentó evitarlo, pero fracasó.

Al parecer, Martina había sido su primera víctima. El psiquiatra volvía de hacer una excursión y se encontró con ella. Un golpe de suerte. Ya conocía su caso y la había seleccionado como una posible candidata. Seguramente ese encuentro terminó por decidirlo. Se ofreció a llevarla de vuelta a casa. Tenía el coche al final del sendero, al otro lado de la montaña. La convenció para dejar la bicicleta y volver al día siguiente a por ella. De ese modo la encontró Bonmatí.

Por su parte, Aina había tenido un descenso inexplicable en las notas del trimestre y algunos conflictos en el colegio que parecían ir a más. El departamento psicopedagógico recomendó que tuviera alguna sesión con el psiquiatra de apoyo. Maury descubrió los abusos que sufría. Enseguida decidió que sería su siguiente víctima. Le ofreció su teléfono de contacto por si necesitaba hablar con él en cualquier momento. Tras el encuentro con su padre en Girona, Aina, totalmente desolada, le llamó y él fue a recogerla.

Y, en el caso de Olivia, conoció la situación de su madre por un colega que la había tratado tiempo atrás. Se ofreció a través de su compañero de forma gratuita. Fue la propia Alba quien le llamó para contarle la pelea que había tenido con su hija y que había desaparecido. Le respondió que estaba en Barcelona y que la vería al día siguiente, sin embargo, esa misma tarde se dirigió a Aravell. Había estudiado los hábitos de Olivia y sabía dónde podía encontrarla. La pequeña estaba en un parque a las afueras del pueblo. Maury se presentó como un amigo de su padre y le prometió llevarla con él.

En algunas ocasiones, la personalidad de Diago se descontrolaba, y entonces acechaba a las niñas con el rostro maquillado de blanco, arriesgándose a ser descubierto. Sin embargo, pronto entendió que su otra personalidad era más útil. Maury era encantador y generaba automáticamente confianza. En el coche solía llevar refrescos o agua con algún tipo de benzodiazepina disuelta. No le costaba mucho convencerlas para que bebieran.

Durante la investigación, Álex llegó a pensar que el responsable de los asesinatos de las niñas era también el culpable de la desaparición de su hermana veinte años atrás. Sin embargo, había comprobado que la noche que desapareció Lía, Maury se encontraba a centenares de kilómetros del lugar. Tenía una sólida coartada que numerosos testigos podían confirmar.

Sus servicios como especialista en la comisaría le habían permitido al psiquiatra acceder al expediente del caso. Sin embargo, eso no explicaba cómo conocía aspectos tan precisos como el naipe que hizo que ella ganara el juego de aquella fatídica noche o por qué había elegido como víctima a la hija de sus antiguos amigos. Maury se había negado en redondo a hablar de ello.

Álex cogió aire con fuerza y lo dejó salir. Seguía, por tanto, sin saber qué había ocurrido con su hermana. Al parecer, su búsqueda no había concluido e ignoraba si lo haría alguna vez.

Una llamada en el móvil la distrajo de sus pensamientos. Al activar el manos libres, la voz de Valet resonó en el interior del coche. Al fondo se escuchaban los compases de un aria de ópera.

—¿Subinspectora? Ya tenemos los resultados de la autopsia del señor Moreau. Al parecer le seccionaron la yugular con mucha pericia. A pesar de lo que salga en las películas, no es algo tan sencillo. El asesino tuvo que utilizar un objeto bien afilado, que aún no ha sido encontrado. Me inclino por algo similar a un bisturí. Encontramos restos de un agente anestésico en su cuerpo, por lo que estaba inconsciente al morir.

El periodista había difundido rumores sobre ella, entorpecido la investigación y provocado muchos problemas, pero, en el último momento, según el testimonio de Olivia, había intentado liberarla, lo que le había costado la vida. No merecía aquel final espantoso. En su periódico habían publicado un reportaje que glosaba su trayectoria y detallaba su asesinato de modo morboso. Esa semana era el medio de comunicación con más entradas en su web en todo el país.

—Eso no es todo —continuó Valet—. Por el tipo de corte y la trayectoria de las salpicaduras de sangre, se puede afirmar que el asesino es diestro. La muerte se produjo por la pérdida masiva de sangre. No tardaría más de cinco minutos en fallecer. Bueno, todo esto no tiene mayor relevancia. Por fortuna, el responsable ha sido detenido y el caso cerrado, gracias a usted. Le enviaré el expediente para completar el archivo.

Tras despedirse del forense, Álex condujo en silencio un buen rato mientras le venía a la mente la imagen de Maury en la cocina de su casa sosteniendo la taza de café con la mano izquierda.

Se detuvo en un cruce antes de acceder a la carretera local.

Sonrió al pensar en la expresión de Melero deshaciéndose en disculpas. La había visitado en el hospital antes de volver a Barcelona. La informó de que habían retirado todos los cargos de los que la acusaban. Aun así, antes de despedirse dejó entrever que el Departamento de Asuntos Internos estaría siempre pendiente de ella.

Por otro lado, Díaz había conseguido, gracias al éxito del caso, un nuevo destino acorde a sus méritos. Además, su mujer estaba embarazada. Apenas se había despedido. Aquella comisaría parecía destinada a no conservar un intendente más de un año. Desde Barcelona se había insinuado la posibilidad de que ella ocupara el cargo; sin embargo, la denuncia de los March, aunque más tarde la hubieran retirado por consejo de su propio abogado, había congelado la iniciativa. De todos modos, ella no hubiera aceptado. Estaba bien como estaba y, en esta ocasión, no pensaba abandonar.

El móvil volvió a sonar. En la pantalla iluminada apareció el nombre de Canellas. Álex hizo amago de cogerlo, pero se quedó quieta, con la mano suspendida en el aire. El joven médico le gustaba, y mucho más de lo que quería admitir. El teléfono siguió sacudiéndose en el asiento del acompañante. Álex suspiró. Durante años había construido una coraza a su alrededor. La hacía sentir segura, aunque, al mismo tiempo, imponía una distancia a los demás. Llevaba mucho tiempo sola. Tal vez era el momento de dejarse llevar. El móvil dejó de vibrar y la pantalla se oscureció. Álex volvió su atención a la carretera. Le llamaría después. Quizás.

Cruzó un puente, salió de la carretera y se internó por una calle que subía entre árboles y casas. Tras una curva pronunciada, detuvo el coche. Tomó aire tres veces con las manos aferradas al volante, bajó del Wrangler y se apoyó en el capó.

Alzó la mirada, colocando la mano a modo de visera para evitar que le deslumbrara el sol. El cielo, sin ninguna nube, cubría de azul el valle de Castellbó y permitía ver con todo detalle las cumbres más cercanas de las montañas, como si unas pocas horas antes no hubiera descargado una de las tormentas más intensas de las últimas décadas. Las cunetas, llenas de barro mezclado con toda clase de restos que había arrastrado la lluvia, delataban lo ocurrido, pero así era la montaña: cambiante, mortífera y hermosa, terriblemente hermosa. Al parecer, el gigante de los cuentos había vuelto a refugiarse en las recónditas profundidades de la tierra para seguir dormitando hasta la próxima vez.

El columpio seguía allí, colgado del árbol, pero en

esta ocasión no era el viento el que lo movía. Olivia estaba sentada en él, mientras su padre la empujaba desde un lado. La niña reía entusiasmada cada vez que subía a lo más alto. Su vestido flotaba en el aire por unos segundos y luego volvía a apretarse contra su cuerpo al descender. Entonces, en un momento dado, sus pies rozaron el suelo y se desequilibró, pero Marc reaccionó con rapidez y la atrapó en volandas antes de que cayera. Olivia se agarró a él como si fuera un salvavidas. Por un instante se quedaron quietos, como sorprendidos, y luego se pusieron a reír sin soltarse en ningún momento.

Desde la entrada de la casa una pareja mayor seguía sus evoluciones. Eran los padres de Marc, que habían venido de visita.

Entonces la niña apoyó la mejilla en el hombro de su padre y giró la cabeza hacia ella. Su expresión cambió, se oscureció como si una nube hubiera ocultado el sol. A continuación, su rostro se difuminó hasta transformarse en el de su hermana Lía. Álex se enderezó de golpe y avanzó un paso hacia ellos, pero entonces la luz volvió a caer sobre la niña y su cara volvió a la normalidad. Al verla, le sonrió y levantó con timidez una mano a modo de saludo.

Álex volvió a apoyarse en el coche haciendo caso omiso del temblor de sus manos. Respiró hondo. Había sido una simple ilusión. Aún estaba cansada y su mente se imaginaba cosas. Nada más.

En ese momento, Marc advirtió su presencia. Dejó la niña al cuidado de sus abuelos y se acercó. El rostro, exhausto y feliz, aún mostraba las huellas del sufrimiento de aquellos días.

—No sé cómo...

—No hace falta.

Marc, sin decir palabra, la abrazó. Álex se tensó

ante aquel contacto inesperado. Estuvieron unos segundos así, hasta que ella se removió incómoda y él se apartó.

—Habrá algo que pueda hacer para agradecértelo.

Álex se tomó su tiempo.

—Algo hay.

—Lo que quieras.

No respondió. Solo le miró con fijeza, los brazos cruzados. Su antiguo amigo desvió la mirada hacia el suelo. Las mejillas adquirieron color. Golpeó un guijarro con la zapatilla. Por un segundo, volvió a ser aquel chico tímido que le había gustado tanto.

Pasado ese instante, alzó la cabeza. Los ojos le brillaban.

—El lunes pasado, Alba ingresó en una clínica en Puigcerdà. Van a ayudarla. —Hizo una pausa—. Estaremos bien.

Tras un amago de sonrisa a modo de despedida, volvió sobre sus pasos para reunirse con su familia. No miró hacia atrás en ningún momento. Álex se quedó allí un rato más mientras la luz del sol bañaba de calor la tarde. Cerró los ojos y escuchó los sonidos que surgían del interior de la casa. Uno destacaba por encima de todos: la risa de una niña.

Agradecimientos

La escritura es el acto solitario más multitudinario. Esta novela no hubiera sido posible (ni tampoco ninguna de las anteriores, ni las que vendrán) sin la intervención de un número inesperadamente grande de personas.

Según pasa el tiempo, uno va advirtiendo cuánto debe a otros. Lo cual siempre es mucho más de lo que creemos. Cada cosa que hacemos, cada proyecto que emprendemos, siempre hay gente alrededor que nos anima, se implica, nos echa una mano y/o nos insufla energía para seguir adelante. De acuerdo a eso, he concluido que soy tremendamente afortunado, pues ha sido imposible incluir en estas páginas finales a todos los que habéis sido importantes en la redacción de estas páginas. Si a ello se une mi asombrosa habilidad (propia de un superhéroe) para olvidar nombres, vayan por delante mis disculpas por los no mencionados. Que sepáis que, aunque no en la mente, sí os llevo en el corazón. Donde más importa.

El caso es que todo lo bueno (y nada de lo malo) de esta novela tiene mucho que ver con personas maravillosas que, a veces sin saberlo y otras siendo plenamente conscientes, han puesto su granito de arena. Por ello, quiero dar las gracias...

A Ella Sher, mi agente, mi consejera y, sobre todo, mi querida amiga.

A Emili Rosales y Anna Soldevila por vuestra confianza y cariño. Juntos vamos a conseguir grandes cosas.

Al extraordinario equipo de Destino, que hacéis posible con vuestro trabajo y entusiasmo que exista este libro. Vuestro respeto, mimo y dedicación en esta novela me abruman.

A cada uno de los equipos editoriales de los diferentes países en los que se traducen mis historias, por vuestra apuesta y afecto. A colación de esto: un recuerdo especial para los traductores, siempre terriblemente olvidados. (¿Has pensado en la cantidad de obras que no habrías leído si no existieran?)

A María Zúñiga, mi primera lectora, colega y amiga. Sin la luz que desprendes, la vida sería mucho mucho peor. A Santiago Álvarez por tu insistente amistad día tras día. A mis compañeros de Amundsen, que sufrís mis desapariciones con paciencia. Este año ha sido muy duro, pero seguimos ahí.

A Miguel. En esta dedicatoria no deberías estar, al menos, no así. Dejamos demasiadas cosas por hacer, amigo.

A Ricardo y Toya por enseñarme la diferencia entre intentarlo y hacerlo.

A las bibliotecas, porque gracias a vosotras he pasado algunos de los mejores momentos de mi vida y, sin vosotras, no sería la misma persona y, desde luego, no escribiría. A vuestras primas hermanas: las librerías, espacios de resistencia, oficio que solo se explica desde la inconsciencia, la pasión y la locura. En ambos lugares, el tiempo se detiene de forma misteriosa y, por ese motivo, siempre me tienen que arrancar de allí.

A todos y cada uno de los miembros de mi familia, desde San José hasta Candillargues, pasando por Malvern, Venecia, Barcelona y terminando en Valencia. Sin vosotros no sería.

A mi sobrino Étienne, pies ligeros, jinete de las olas, gracias por darme el medio ideal para asesinar sin huellas.

A Belén, con la que navego la vida. Salvamos naufragios y cruzamos tormentas, buscando siempre el horizonte. Por los besos de puntillas.

A Joana, que te escurres entre mis dedos. Ya veo asomar la maravillosa mujer en la que empiezas a convertirte mientras en tus ojos me sigo reflejando con más amor del que jamás creí merecer. Culpable del fabuloso título de esta novela, gracias por tu idea luminosa del pueblo bajo las aguas.

Y por último, a ti, lector, por llegar hasta aquí y cerrar conmigo el mágico círculo de la lectura. Hasta la próxima ocasión que tengamos la fortuna de encontrarnos en esta vida o en cualquier otra de las vidas que nos esperan al abrir la página de un libro.